UM SEGREDO DOCE E AMARGO

Da autora:

Para minhas filhas
Juntos na solidão
O lugar de uma mulher
A estrada do mar
Uma mulher traída
O lago da paixão
Mais que amigos
De repente
Uma mulher misteriosa
Pelo amor de Pete
O vinhedo
Ousadia de verão
A vizinha
A felicidade mora ao lado
Impressões digitais
Família
A fuga
Um segredo doce e amargo

BARBARA DELINSKY

UM SEGREDO DOCE E AMARGO

Tradução
Rachel Gutierrez

1ª edição

Rio de Janeiro | 2018

Título original: *Sweet salt air*

Imagem de capa: Evgeny Karandaev/Shutterstock

Texto revisado segundo o novo
Acordo Ortográfico da Língua Portuguesa

2018
Impresso no Brasil
Printed in Brazil

CIP-BRASIL. CATALOGAÇÃO NA PUBLICAÇÃO
SINDICATO NACIONAL DOS EDITORES DE LIVROS, RJ

D395u

Delinsky, Barbara, 1945-
Um segredo doce e amargo / Barbara Delinsky; tradução de Rachel Gutierrez. – 1ª ed. – Rio de Janeiro: Bertrand Brasil, 2018.
392 p.; 23 cm.

Tradução de: Sweet salt air
ISBN 978-85-286-1877-8

1. Ficção americana. I. Gutierrez, Rachel. II. Título.

17-46572

CDD: 813
CDU: 821.111(73)-3

EDITORA BERTRAND BRASIL LTDA.
Rua Argentina, 171 – 2º andar – São Cristóvão
20921-380 – Rio de Janeiro – RJ
Tel.: (21) 2585-2000 – Fax: (21) 2585-2084

Atendimento e venda direta ao leitor:
mdireto@record.com.br ou (21) 2585-2002

Para Eve, um jardim cheio de flores mágicas,
ervas e uma corça.

Prólogo

Charlotte Evans estava habituada a se sentir pegajosa. Como freelancer, viajava com pouquíssimo dinheiro, escrevendo histórias que outros escritores rejeitavam exatamente por serem mais exigentes no jeito de viver. Nos últimos doze meses, sobrevivera à poeira ao escrever sobre tratadores de elefantes no Quênia; ao gelo, redigindo sobre o urso branco da Colúmbia Britânica; e às moscas, quando escreveu sobre uma família de nômades na Índia.

Poderia facilmente sobreviver a um *mizzling*, como o chamam os irlandeses, embora o pesado nevoeiro se infiltrasse em tudo — nos jeans, nas botas, e até no grosso suéter de pescador que ela usava. O suéter fora emprestado pela mulher em cuja casa ela dormia, na menos povoada das três Ilhas Aran, e, apesar de ter uma lareira no quarto, a água quente era escassa na casinha de pedra campestre. Charlotte bem que faria bom uso de um chuveiro a gás, uma lavagem completa das suas roupas e um dia inteiro ao sol.

Seu contrato fora para escrever a respeito da mais jovem geração de tricoteiras de Inishmaan, mulheres que adaptavam padrões tradicionais de maneiras de tirar o fôlego. Ela agora conseguia descrever malhas com pontos em relevo, oitos voltados para direita ou para a esquerda, desenhos repetidos e losangos, inclusive no próprio suéter. Já era hora de partir. Precisava voltar para casa a fim de encerrar a história e entregá-la à *Vogue Knitting*, antes de seguir para o deserto da Austrália e pesquisar a confecção das joias aborígenes para a *National Geographic*, o que seria um grande furo. No entanto, ela continuava ali.

Em parte, o que a mantinha ali era a dona da casa, tão calorosa e maternal como nenhuma que ela jamais conhecera; outro motivo era a oficina que ocupava o espaço. Sem ser tricoteira, podia ficar horas observando aquelas mulheres. Elas estavam em paz consigo mesmas e com seu mundo, coisa que Charlotte invejava, pois suas raízes não pertenciam a lugar algum. Tão próximas da sua geração que poderiam ter sido suas colegas de escola, tentavam ensiná-la a tricotar. Convenceu-se de que isso era motivo suficiente para ficar.

Na verdade, o que a fazia permanecer ali era a ilha. Havia se apaixonado por ilhas desde aquele verão que passou em uma delas. Na época, tinha 8 anos. Agora, com 34, ainda sentia a aura do lugar — um isolamento que parecia manter as preocupações à distância, uma separação do mundo real que se prestava aos sonhos.

Seus olhos se voltaram para o horizonte — ou para onde o horizonte estaria se a névoa não fosse tão densa. *Grosso nevoeiro*, assim era chamado naquele outro lugar; deixava sua pele lustrosa e dava volume aos seus cabelos. Puxou os cachos escuros para trás, perdendo os dedos naquela massa úmida, e girou na desmazelada montanha apenas o suficiente para olhar alguns graus mais ao sul.

Lá, no outro lado do Atlântico, estava o Maine, e, apesar do oceano comum, sua ilha e o outro lado eram mundos separados. Onde Inishmaan era cinza e marrom, com o frágil solo cultivado suportando apenas as mais resistentes plantas rasteiras, a fértil Quinnipeague tinha carreiras de altos pinheiros, sem falar nas verduras, nas flores e nas incríveis e incontáveis ervas. Erguendo a cabeça e fechando os olhos, aspirou o denso ar da Irlanda e um pouco do cheiro de madeira queimada que o vento frio do oceano trazia. Quinnipeague também cheirava a madeira queimada, pois as madrugadas eram frias mesmo no verão. A fumaça, entretanto, ia embora por volta de meio-dia, dando lugar ao cheiro de lavanda, de bálsamo e de grama. Se os ventos viessem do oeste, todavia, o cheiro seria de fritura da Chowder House; se viessem do sul, seria de conchas e areia; e, se viessem do nordeste, trariam a pureza de uma suave brisa marinha.

Ah, sim, do outro lado do Atlântico estava o Maine, pensou ao abrir os olhos. Procurou penetrar aquela longa distância através da névoa, e, por ser abril, não se importou com o lugar onde se encontrava. Estava enraizado: a primavera era quando começava a planejar o verão em Quinnipeague.

Ou tinha sido. Não mais. Havia fechado aquela porta dez anos antes, num ato estúpido. Não podia voltar atrás, embora desejasse de vez em quando. Sentia falta do clima do verão em Quinnipeague, tão mais intenso por estar afastado do resto do mundo. Sentia falta dos sanduíches de lagosta, mais saborosos do que em qualquer outro lugar. E, principalmente, sentia falta de Nicole, que fora como uma irmã para ela. Nunca tinha encontrado outra igual, e só Deus sabia o quanto havia procurado.

Talvez permanecer em Inishmaan tivesse um significado. As mulheres dali podiam ser amigas. Elas entendiam de independência e de autossuficiência. Charlotte se deu logo tão bem com algumas que chegou a achar que poderia manter o contato.

Manteria? Talvez.

Provavelmente não, admitiu a realista Charlotte. Por mais que vivesse escrevendo e usasse a escrita como meio de vida, era péssima correspondente. Dentro de um ou dois dias, deixaria Inishmaan para trás e voltaria para o Brooklyn, e depois? Além da Austrália, tinha compromissos na Toscana e em Bordeaux, o apelo desta sendo a possibilidade de ir a Paris antes e depois. Tinha amigos lá — um escritor, um ceramista e um estilista aspirante cujas roupas eram esquisitas demais para agradar à clientela, mas cuja calorosa personalidade era a melhor de todas.

Seria como na época de Quinnipeague? Não!

Mas era a vida que tinha escolhido.

Nicole Carlysle vivia em abençoado esquecimento do passado. Tinha muito com que se preocupar no presente, embora ninguém soubesse disso, e esse era o grande problema. Ninguém *podia* saber, o que significava não ter saída: nem apoio emocional nem conselho capaz de ajudar. Julian era irredutível em seu silêncio, e, por amá-lo, ela cedeu. *Nicole* é que lhe dava força na vida, dizia ele, e que mulher não gosta de ouvir isso? Mas a dificuldade era enorme. Teria enlouquecido se não fosse o blog. Quer escrevesse para dar aos seus leitores o endereço de uma queijaria local, ou o de um novo restaurante de comida caseira, ou sobre o que fazer com uma fruta especial e exótica produzida de modo orgânico e recentemente colocada no mercado, ela passava horas por dia percorrendo a Filadélfia e as cidades vizinhas em busca de assunto. À medida que a primavera avançava, as ofertas locais cresciam.

Porém, em uma missão diferente, sentou-se diante de um iMac no estúdio de Julian. Não se avistava o rio Schuylkill daquele cômodo, como era possível de quase todos os outros do apartamento deles no décimo oitavo andar. Não havia janela, apenas paredes cheias de estantes de madeira com livros de medicina herdados por Julian de seu pai, além daqueles que colecionou antes dos livros se tornarem digitais. Nicole tinha estantes também, mas não tantas. As dela estavam repletas de romances dos quais não podia se separar e livros sobre entretenimento que serviam como pesquisa e inspiração.

Organizada como era, os papéis à esquerda do computador — anotações, comentários de fãs e pedidos de recomendação de vendedores — estavam perfeitamente arrumados. Sua câmera ficava atrás, presa a um cabo USB, e, num pote de cerâmica, à direita do computador, pousava a fotografia do mais novo assunto para o blog: a cabeça de uma couve-flor roxa, destacada das venosas folhas verdes entre as quais crescera. Um sofá de couro com uma cadeira semelhante ao lado e um divã impregnavam o quarto com o cheiro de óleo de limão e móveis velhos.

Mas aquele cheiro não era o mais importante na sua cabeça quando releu o que havia digitado. "Sempre vou aos mercados dos agricultores. Da horta à mesa é o que me interessa. Mas nenhuma das suas ervas se compara às das ilhas. E são as ervas que *dão o toque* na comida de Quinnie — bem, as ervas e seu frescor. Quinnipeague já cultivava orgânicos na cozinha regional antes do movimento da-horta-à-mesa ser criado, e, além disso, pensamos nas ervas em primeiro lugar. Não posso escrever sobre a culinária da ilha sem falar nelas, tampouco posso sem falar das pessoas. É aí que você entra, Charlotte. Você comeu os ensopados de lagosta de Dorey Jewett e os mexilhões empanados de Mary Landry, sempre gostou da compota de fruta que Bonnie Stroud trazia todos os anos para o jantar de 4 de julho. Essas pessoas ainda estão por aí. Cada uma com uma história. E quero incluir algumas no livro, mas escrevo melhor sobre culinária do que sobre pessoas. E você é tão boa nisso, Charlotte. Sempre procuro você no Google. O seu nome aparece entre as melhores das *melhores* revistas de viagens."

Parou e pensou nessas coisas enquanto observava os próprios olhos refletidos no visor. Naquele momento, verde-mar de preocupação, perguntando-se quais as chances da sua amiga aceitar. Charlotte era uma profissional bem-sucedida e certamente estava acostumada a ter seus próprios projetos. Ela teria que dividir o dinheiro, e o adiantamento de Nicole não era lá essas coisas. Se o livro vendesse bem, haveria mais, mas por enquanto tudo que podia oferecer era uma pequena ajuda de custos além do alojamento em uma das melhores casas da ilha — fora as leituras e conversas e caminhadas, tudo o que costumavam fazer antes da vida se meter no caminho.

Nicole digitou à medida que pensava, corrigiu uma vez, depois outra. Finalmente, cansada de divagar, foi direta: "Preciso de você, Charlotte. Um livro sobre a cozinha de Quinnie não estará completo sem a sua contribuição. Sei que está ocupada, mas o meu prazo é 15 de agosto, portanto não pega o verão inteiro, você vai conseguir algumas histórias para contar. Vai valer a pena, garanto".

Ergueu os olhos por sobre o computador e deu com Julian parado em frente à porta aberta, o que a fez sentir um tremor quente por dentro. Era sempre assim quando ele a pegava de surpresa — desde a primeira vez que o vira numa Starbucks, em Baltimore, doze anos antes. Naquela ocasião, recém-formada em estudos sobre o Meio Ambiente, em Middlebury, ela trilhava seu caminho na produção de publicidade para uma organização de agricultura do Estado. Esperando trabalhar durante a folga da tarde, sentara à mesa com um grande copo de cappuccino de caramelo, mas sem tomar muito conhecimento do que acontecia ao seu redor até abrir o notebook e se dar conta de que outro, idêntico, estava aberto do mesmo jeito na mesa ao lado. Como fizera a mesma observação segundos antes, Julian a olhava com um sorriso divertido.

Ele, um cirurgião da Filadélfia de passagem pela cidade para participar de um seminário na Universidade John Hopkins, parecia forte e calmo. Força essa que fora seriamente testada nos últimos quatro anos, mas, mesmo assim, vendo-o agora, ainda sentia o impacto. Ele não era um homem alto, mas seu porte sempre se impusera. Pouco havia mudado, apesar de alguns percalços. O cabelo se tornara grisalho nos últimos dois anos, e, mesmo depois de um dia de muito trabalho no hospital, ele continuava um bonitão de 46 anos.

Aproximou-se sorrindo.

— Passando a limpo as notas de ontem à noite? — perguntou.

Eles estiveram com amigos num restaurante, um jantar de trabalho para Nicole, que insistira que cada um escolhesse um prato diferente e opinasse, a fim de que ela fizesse anotações.

Quando sacudiu a cabeça negando, Julian olhou para ela com um quadril sobre a mesa, ao lado do teclado.

— O livro de culinária, então — disse, abrindo mais o sorriso. — Você sempre fica com esse olhar quando pensa em Quinnipeague.

— Tranquilo? — admitiu ela. — Estamos em abril. Mais dois meses e estaremos lá. Você ainda vai comigo, não é?

— Eu disse que vou.

— De boa vontade? É uma fuga, Jules — insistiu ela, séria de repente. — Pode ser só por uma semana, mas precisamos disso. — Então teve pensamentos mais alegres. — Você se lembra da primeira vez que foi até lá? Diga a verdade, você estava louco de medo.

Os olhos castanhos dele sorriram.

— E não era para ter medo? Uma ilha perdida no meio do Atlântico...

— Só a uns dezoito quilômetros.

— Tanto faz. Se não tivesse um hospital não estava na tela do meu radar.

— Você pensou que as estradas eram de terra e que não havia nada para fazer.

Ele soltou um muxoxo torto. Nicole o mantivera sempre ocupado, primeiro com as lagostas, os mexilhões e os veleiros, depois com o cinema à noite na igreja e com as manhãs passadas no café, sem falar nos jantares em casa, na cidade ou na casa de amigos.

— Você adorou — arriscou ela.

— Sim — admitiu ele. — Foi perfeito, um mundo à parte. — Seus olhos ficaram tristes. — Sim, meu amor, precisamos disso. — Segurou o rosto dela entre as mãos e a beijou, mas isso também foi triste. Desejando afastar a sensação por mais alguns segundos, especialmente por causa daquele *meu amor* que sempre a excitava, ela se levantou e ele pegou suas mãos, apertou os lábios nelas e a girou suavemente, abraçando-a pelas costas. Então encostou o rosto em seu cabelo e leu as palavras na tela.

— Ah — exclamou com um suspiro —, Charlotte.

— Sim, eu a quero na empreitada.

Ele se esquivou, afastando-se apenas para olhá-la.

— Você não precisa dela, Nicki. Pode escrever o livro de culinária sozinha.

— Eu sei — repetiu, como fizera mais de uma vez. — Mas ela é uma escritora experiente e também tem uma história em Quinnipeague. Se juntarmos seus textos sobre as pessoas aos meus sobre comida, o livro vai ficar muito melhor.

— Há dez anos que ela não põe os pés na ilha — disse ele, com a segurança de quem tem conhecimento de causa. Ah, ele sabia o que estava dizendo; um pioneiro em seu campo, sempre capaz de julgar. Mas Nicole não desistiu.

— Mais uma razão para convencê-la a ir. Além disso, se você não voltar em uma semana e mamãe não estiver lá, quero Charlotte.

Ele ficou quieto e, antes mesmo de falar, Nicole já sabia o que seria dito.

— Ela não tem sido uma boa melhor amiga. Ela chamava seu pai de segundo pai, mas sequer se esforçou para vir ao funeral.

— Ela estava no Nepal. Não teria chegado a tempo. Mas telefonou e ficou triste como nós.

— E telefonou depois disso? — perguntou ele, apesar de ambos saberem a resposta.

— Trocamos e-mails.

— Com frequência? Não. Além disso, a iniciativa é sua. As respostas dela são sempre curtas.

— Ela está ocupada.

Ele acariciou o rosto dela.

— Há dez anos vocês não se encontram. Se quer atraí-la de volta para recuperar o que alguma vez tiveram, vai se decepcionar.

— Sinto falta dela.

Quando a expressão dele se tornou mais sombria, ela insistiu:

— Não, não é isso, prometi a você que não vou contar a ela. — E continuou: — Mas é como se os astros estivessem favoráveis, Jules. O livro de culinária, você na Carolina do Norte por um mês inteiro, mamãe não querer ir e precisar de alguém para empacotar as coisas no seu lugar. Acha que quero ir? Já vai ser bem ruim, pior ainda ficar *sozinha* com você longe. Este é o último verão que poderei estar na casa, e Charlotte faz parte do que aquele lugar significa para mim.

Ele estava quieto.

— Você nem sabe onde ela está.

— Ninguém sabe. Ela está sempre em trânsito. É por isso que mando e-mail; ela vai receber onde quer que esteja. E, sim, ela sempre responde.

Ele tinha razão, no entanto, quanto ao tamanho das respostas. Charlotte nunca fazia confidências sobre sua vida. Apesar disso, desde a primeira menção ao projeto, Nicole a imaginara tomando parte nele. Ah, sim, Charlotte conhecia Quinnipeague, mas também conhecia Nicole. E a amiga precisava vê-la. Ela e Julian atravessavam um caminho áspero, e momentos de ternura como o de havia pouco — antes tão frequentes — agora eram raros. Um mês em Duke, treinando novos médicos na técnica que o tornara conhecido seria uma distração muito bem-vinda para ele. E para ela? Charlotte era sua grande esperança.

Julian afastou uma longa mecha de cabelos para trás da orelha dela. A expressão transmitia dor — e Nicole poderia ter se aproximado se ele não tivesse segurado seu rosto.

— Só não quero que você sofra. — E beijou-lhe a testa. Depois a afastou. — Acha que ela vai aceitar?

Nicole sorriu, finalmente confiante.

— Com certeza. Não me importa quanto tempo passou. Ela ama Quinnipeague. A tentação é grande demais para resistir.

Capítulo 1

Quinnipeague, a dezoito quilômetros do continente, com uma população flutuante de aproximadamente trezentas pessoas por ano, recebia barcos diários com mantimentos e um punhado de passageiros, mas nenhum carro. Como Charlotte acabara de adquirir um pela primeira vez na vida, com muito orgulho reservou lugar no *ferry*; embarcou em Rockland numa terça-feira, um dos três dias da semana em que o capitão passava por Vinalhaven e seguia em direção a ilhas como Quinnipeague. Nicole oferecera um voo para a viagem, mas a vida de Charlotte era andar de avião por toda parte. Esse verão seria diferente.

O carro era um velho jipe Wrangler, comprado de um amigo de um amigo por uma fração do preço original. Tonta de animação, ela recolheu a capota e, com o ar quente do vento de junho entrando livremente, dirigiu sozinha desde Nova York. Ficou contente com a duração da viagem. Após dois meses de trabalho frenético para conseguir se liberar, ela queria desacelerar, descontrair, e talvez, apenas talvez, compreender por que aceitara passar um último verão na ilha. Tinha jurado que não voltaria, tinha jurado por causa das dolorosas lembranças.

Mas havia boas lembranças também, todas afloraram quando leu o e-mail de Nicole naquele dia na Irlanda. Respondeu imediatamente, prometendo telefonar assim que chegasse a Nova York. E assim fizera. Literalmente. Ali mesmo na entrega das bagagens, enquanto sua mala não aparecia.

É claro que iria, disse a Nicole, e só depois raciocinou. Para começo de conversa, havia Bob. Não havia ido ao seu funeral porque não tivera coragem de encará-lo nem mesmo morto depois de tê-lo abandonado — de ter abandonado *todos* eles — daquele jeito. Estava em dívida com Nicole; não apenas pelo funeral, mas também por causa da traição.

A obrigação, porém, não foi o único motivo para aceitar o convite. O alívio era outro; a própria Nicole sugerira a colaboração. A saudade; Charlotte sentia falta daqueles verões sem compromisso. E a solidão; ela convivia com pessoas, mas ninguém era da família como Nicole fora uma vez.

E, além disso, havia o livro. Nunca tinha trabalhado num livro, nunca havia realmente colaborado em nada, embora parecesse bastante fácil se considerasse que outra pessoa seria a responsável. Quando pensou nas pessoas que entrevistaria, lembrou-se logo de Cecily Cole. Falar sobre personalidades fascinantes. Cecily *representava*, em muitos aspectos, a cozinha da ilha, uma vez que era o tempero das suas ervas que tornava a comida especial. Ela tinha de ser o assunto principal do livro. Falar com ela seria divertido.

Charlotte faria bom uso de um pouco de diversão, de descanso e do faz de conta — Quinnipeague era o lugar ideal para isso. Mesmo naquele momento, com o *ferry* em movimento e sem nevoeiro, a realidade ia e vinha. *Você não pode voltar para casa,* Thomas Wolfe escrevera, e ela rezava para ele estar errado. Esperava algum mal-estar; dez anos e vidas muito diferentes depois, ela e Nicole não podiam simplesmente recomeçar de onde tinham parado. Mais ainda se Nicole soubesse da sua traição, aí sim tudo estaria perdido.

Inclinando-se sobre a grade lateral, respirou fundo. Lá *estava*...

Na verdade, não estava, era só uma miragem do oceano logo engolida pelo nevoeiro.

Depois de passar por bancos vazios, agarrou-se com força na grade da frente. A ansiedade começara na saída de Nova York, tinha se acelerado aos pulos depois de New Haven, depois Boston. Quando passou por Portland, a impaciência a fez lamentar a decisão de dirigir, o que mudou quando ultrapassou o elevado em Brunswick e atingiu a costa. Bath, Wiscasset, Damariscotta — adorava aqueles nomes assim como a vista dos barcos, das casas à beira-mar e dos quiosques da estrada. MEXILHÕES GRAÚDOS, dizia um anúncio, mas resistiu. Os mexilhões servidos em Quinnipeague eram colhidos poucas horas antes de serem cozidos, e a massa, extremamente leve, tinha pedacinhos de salsa e tomilho. Nenhum outro mexilhão empanado era comparável.

O *ferry* passou por uma ondulação, mas continuou flutuando. Embora o ar fosse frio e o vento trouxesse respingos, ela não conseguia entrar. Vestira um suéter quando se afastou de Rockland e, mesmo tendo prendido o cabelo atrás, mechas soltas balançavam livres, chicoteando-a, mas ela mantinha os olhos fixos no mar. As águas do Atlântico Norte eram consideradas frias e proibidas, mas havia visto piores. Cinzentas, cor de esmeralda ou turquesa — as que mais a comoviam eram as cinza--azuladas. Dezessete verões ali as tinham tornado viscerais.

A câmera. Precisava registrar isso.

Mas não. Não queria nada que se interpusesse entre seus olhos e aquela primeira visão.

Como repassava dezenas de vezes nas semanas anteriores, achou que estava preparada, mas a emoção quando a ilha finalmente emergiu era algo à parte. Uma a uma, à medida que a névoa se dissipava, as imagens das quais lembrava se aguçavam: rochas salientes e pontiagudas, um buquê de árvores e a Chowder House se empoleirando no granito flanqueadas por estradas emparelhadas que ondulavam amplamente numa suave descida da cidade para o píer, assim como escadas simétricas de uma elegante mansão.

Dito isso, não havia nada de elegante na ilha, com seus caminhos esburacados e as velhas docas. Mas Quinnipeague não precisava ser elegante; precisava ser autêntica. Venezianas eram coisas práticas de se manter fechadas quando os ventos estavam ferozes, e, quando abertas, ficavam quase sempre tortas. A madeira era cinzenta, e montes de boias penduradas ao lado de uma casinhola brilhavam apesar da pintura desbotada; gaivotas sobrevoavam o poleiro de altos pilares e sempre deixavam sua sujeira.

Veleiros se distinguiram dos barcos mais potentes quando o *ferry* se aproximou. Havia menos barcos de lagostas do que Charlotte lembrava, menos pescadores também, havia lido, embora os remanescentes saíssem na terça-feira para puxar armadilhas agora amarradas apenas em botes.

Seu pulso acelerou quando viu uma figura correndo pelo píer e, naquele instante, o que havia de ruim no passado foi embora para o mar. Acenou freneticamente.

— *Nicki, estou aqui, aqui, Nicki!*

Como se houvesse mais alguém no *ferry*. Como se fosse possível Nicki não a enxergar. Como se conseguisse ouvi-la no meio daquela bateção do barco e com o barulho das ondas nos pilares. Charlotte, entretanto, não se aguentava. Era criança de novo, tendo viajado sozinha desde a Virginia, com o coração na boca, aliviada por finalmente chegar ao lugar certo. Era uma adolescente, uma viajante experiente vinda do Texas, eletrizada pela visão da melhor amiga. Era uma universitária que tomara o ônibus em New Haven para passar o verão com uma família que queria saber dos seus cursos, seus amigos e dos seus sonhos.

Em todos os lugares que estivera naqueles dez anos depois daquele casamento no verão, ninguém esperara por ela.

Naquele momento, ao ver Nicole explodindo de alegria no píer, seu próprio alívio foi tão grande que lhe perdoou a timidez, a docilidade e a simples amabilidade que haviam feito dela uma presa tão fácil da traição — traços que Charlotte observara ao longo dos anos a fim de perdoar o próprio comportamento.

Este, entretanto, era um novo dia. A névoa envolvente não podia ofuscar os vermelhos e os azuis dos barcos. Nem o cheiro da maresia podia se sobrepor ao de fritura da Chowder House. Sacudindo-se, levou as mãos à boca para se conter enquanto o *ferry*, com uma precisão enervante e o ranger das engrenagens, diminuiu a velocidade e começou a girar. Moveu-se acompanhando o movimento para não perder de vista o centro do píer.

A bela Nicole. Isso não tinha mudado. Sempre miúda, olhava com a máxima atenção parada ali no píer. Sempre com estilo, mais ainda agora; muito esbelta em seu jeans e uma jaqueta de couro. O vento balançava sua echarpe, que devia ser mais cara do que todo o guarda-roupa de verão de Charlotte — sendo uma coleção vintage da L.L. Bean, com ênfase em *vintage*, tendo viajado com ela por anos. Estilo nunca fizera parte do seu vocabulário. O mais perto que conseguira chegar disso foram as sapatilhas, compradas três anos antes em um mercado ao ar livre em Paris.

Gemido a gemido, o *ferry* encostou a popa imponente no fim da doca. No instante em que o capitão soltou as correntes e baixou a rampa, Charlotte correu. Envolvendo Nicole em seus braços, gritou:

— Você é a melhor coisa do mundo para se olhar. Está fantástica!

— Você também! — gritou Nicole de volta, apertando-a com força. Seu corpo estremeceu. Estava chorando.

Charlotte quase chorou também, sua garganta estava apertada. Dez anos e vidas tão diferentes, mas Nicole se mostrava tão entusiasmada quanto ela. Evocando tudo que fora tão bom nos verões que viveram juntas. Continuaram assim mais alguns segundos, até que Nicole riu entre as lágrimas e se afastou. Limpando os olhos com os dedos, explorou o rosto da amiga.

— Você não mudou nada — declarou com uma voz que Charlotte conhecia: aguda, não propriamente infantil, mas quase. — Continuo amando seu cabelo.

— Continua a mesma bagunça, mas adoro o seu. Você *cortou.*

— Foi só agora, no mês passado, finalmente. Ainda posso aparentar ter 10 anos, mas queria ao menos *parecer* uma adulta. — Louro e liso, seu cabelo sempre tinha caído até o meio das costas. Agora, cortado em estilo chanel, emoldurava perfeitamente seu rosto de modo a destacar a cor verde dos seus olhos ansiosos que as lágrimas tornavam luminosos. — E a viagem?

— Foi ótima.

— Mas foi longa e você não está acostumada a dirigir...

— Justamente por isso foi bom, bom mesmo... e, fique sabendo, Nicki, você sempre foi linda, mas esse corte está muito, muito legal.

Comparada a ela, Charlotte poderia se sentir pouco sofisticada se não soubesse que mulheres pagam muito dinheiro por um cabelo como aquele e que sua própria voz, nem aguda nem distinta, era a que lhe bastava.

Nicole estava olhando para os sapatos dela.

— *Adoro* esses. Paris?

— É óbvio!

— E o suéter? Não é de Paris, mas é fabuloso. Tão *autêntico.* — Houve urgência em sua voz. — Onde você comprou? Preciso de um desses.

— Sinto muito, queridinha. Foi feito à mão por uma mulher na Irlanda.

— É *tão* perfeito para este lugar. Foi um triste e nublado mês de junho. Deveria ter avisado você, mas tive medo de que não viesse.

— Já sobrevivi a tristes dias nublados. — E olhou para a colina.

— A ilha parece a mesma de sempre. — Para além da Chowder House, os prédios baixos e longos do mercado, à esquerda, e o dos correios, à direita, continuavam se defendendo dos ventos. — Como se nada tivesse mudado.

— Muito pouco. Mas temos Wi-Fi em casa. Foi instalado na semana passada.

— Só para nós duas? — perguntou para ter certeza. Nicole havia contado a ela que Julian, que passara com ela a semana anterior, planejara viajar antes da chegada de Charlotte. Se tivesse decidido permanecer, isso modificaria o teor da sua visita e iria expor a fragilidade da relação das duas.

Mas Nicole estava confiante e calma.

— Merecemos isso. Além do mais, se não continuo postando, as pessoas vão perder o interesse e parar de me seguir e sobrarão poucas para me ouvir quando eu lançar o nosso livro, que considero mil vezes melhor agora que você concordou em colaborar. Obrigada, Charlotte — disse honestamente ela. — Sei que você tem coisas mais importantes para fazer.

Charlotte pensou em afirmar que esse era um projeto tão importante quanto os que vinha realizando, mas foi rudemente interrompida.

— Aloooô! — O capitão do *ferry* bateu com o polegar no seu jipe. — Vai tirar ele daqui?

— Ah — ela riu. — Desculpe. — Soltando Nicole, correu de volta para o *ferry* e se esgueirou atrás do volante. Na hora que foi ligar o carro, Nicole, sentada no lugar do carona, passava a mão pelo painel.

— Vou te pagar por isso.

Charlotte lhe dirigiu um olhar assustado e se inclinou para a frente.

— Por este carro? Não vai, não.

— Você não o teria comprado se não fosse por meu livro, pelo qual você já não quer nenhum dinheiro.

— Porque é o *seu* livro. Só vim pelo passeio. — E riu do que acabara de dizer. — Acredita que este é o primeiro carro que tenho? — Ela o acomodou na doca. — É real ou não?

— *Completamente* real — disse Nicole, embora momentaneamente incerta. — É seguro na estrada?

— Me trouxe até aqui. — Charlotte acenou para o capitão. — Obrigada. — E, dirigindo lentamente, saiu do píer com cuidado. Já em terra firme, parou, ajeitou-se no banco e abordou o primeiro fantasma.

— Sinto muito pelo seu pai, Nicki. Queria ter vindo. Eu não consegui.

Parecendo de repente mais velha, Nicole sorriu com tristeza.

— Acho que foi melhor assim. Havia gente por toda parte. Nem tive tempo para pensar.

— Foi infarto?

— Fulminante.

— E não tinha histórico familiar?

— Nenhum.

— Isso é assustador. Como está Angie? — A mãe de Nicole. Charlotte havia telefonado para ela, e, embora Angie tivesse dito todas as palavras adequadas, "*Sim, uma tragédia, ele amava você, foi muito bom você ter ligado*", parecia distraída.

— Péssima — confirmou Nicole. — Eles eram tão apaixonados. Ele adorava aqui. Os pais compraram a casa quando ele ainda pequeno. Na verdade, meu pai pediu mamãe em casamento lá. Sempre disseram que, se eu fosse um menino, me chamariam de Quinn. Ela não aguenta vir aqui agora. Por isso que vai vender. Este lugar era muito ele.

— Olá, olá! — ouviram grito que instantaneamente levantou os ânimos. — Vejam quem está aqui! — Uma mulher robusta, cujo avental cobria uma camiseta e shorts, descia a escada do deck mais baixo da Chowder House. Dorey Jewett, que, durante os verões de Charlotte, tomara conta do lugar que tinha sido do seu pai e o transformara num restaurante à altura dos melhores das grandes cidades. Ela exibia a pele brilhante de alguém que trabalha perto do vapor, mas as rugas, tanto de rir como de franzir os olhos para ver o porto, davam a impressão de que tinha uns 60 anos. — Esta senhorita aqui disse que você viria, mas veja só! Crescida agora.

No Maine a vida inteira, a mulher falava como os da região. Charlotte gostava disso e riu.

— Eu tinha 24 anos na última vez que estive aqui, não era mais criança.

— Mas *olhe só!* É um suéter e tanto. — O sincero entusiasmo da mulher fez Charlotte rir de novo. — E a senhorita? Bem, tenho a visto nesses últimos anos, mas vou lhe dizer, as duas juntas põem todas as outras no chinelo. — Ergueu as sobrancelhas. — Estão com fome? A comida da Chowder House está quente.

Chowdah, pensou Charlotte alegremente. Era fim de tarde, e ela estava faminta. Mas Nicole gostava de cozinhar e estava dando as ordens.

Inclinando-se por cima da alavanca da marcha, Nicole disse a Dorey:

— Vamos levar, por favor, o pão de milho e os brotos de samambaia.

— Vocês vão levar os últimos — confidenciou Dorey. — Tive um vendedor que tentou me convencer a congelá-los, mas não é a mesma coisa. Só os tenho agora porque vieram do Norte — pronunciou *noót* — e a estação em que crescem chegou tarde este ano. Teriam ido embora há uma semana se os negócios não estivessem tão lentos, mas com o preço da gasolina tão alto ninguém faz a travessia quando o vento está tão forte. Acham que vão aguentar o frio? — Ela mesma parecia insensível a ele, com braços e pernas descobertos.

Charlotte, entretanto, ainda estava preocupada com a fome.

— Quem sabe alguns mexilhões também?

— Isso eu tenho. Suba com o carro. Vou buscá-los.

Capítulo 2

A ilha era comprida e estreita, ondulando na beira do oceano como uma cobra ardilosa. Sua larga cabeça, que mirava o continente, erguera-se para sustentar o centro da cidade. Antes vila de pescadores, as ruas estreitas permaneciam habitadas por uma porção de vendedores de lagostas e de mexilhões, embora a maioria das propriedades pertencesse agora aos moradores locais que as alugavam para novos residentes. Estes, cujas casas ficavam numa ladeira, eram artistas, negociantes e programadores de computador, todos atraídos pela paz da ilha.

Para além das ruas estreitas localizava-se o centro de Quinnipeague, cujo único acesso era através de uma estrada sinuosa que deslizava por lodaçais, praias abrigadas e formações das rochas. Os terrenos que levavam às casas de verão eram marcados por caixas de correio que rosas selvagens e gerânios escondiam no mês de julho.

A casa de Nicole era a penúltima, uns bons dez quilômetros do píer e mais ou menos dois da ponta extrema. Embora menos imponente do que algumas que tinham sido construídas desde a última visita de Charlotte, era uma grande casa branca de dois andares com um caminho solitário, persianas pretas, varandas amplas e extensões da construção em ambos os lados. Tais peças serviam como quartos de hóspedes nos quais, em ocasiões especiais, como no casamento de Nicole, puderam dormir vinte pessoas.

A casa principal era para a família. Nesta, os quartos ficavam no segundo andar para aproveitar a vista, e o primeiro andar, originalmente dividido por portas e paredes, fora reformado e se transformara em duas grandes salas: uma, de jantar, e a outra, de estar. Ambas se abriam para um largo pátio que levava ao oceano.

Enquanto a vida na cozinha circulava em torno de uma mesa de carvalho, o salão era mobiliado em função da lareira que fora construída, do chão ao teto, com pedras nativas. Era ali que Nicole e Charlotte comiam, sentadas lado a lado diante de uma grande mesa quadrada para o café. Nicole insistira em colocar lindos pratos, arranjando a comida de modo a ser fotografada antes de começarem a comer; em seguida a câmera fora posta de lado e os guardanapos, desdobrados.

Os guardanapos combinavam com as cores dos sofás, das almofadas e dos tapetes — tudo em tons vibrantes de azul e verde, um luxuriante contraste com a névoa do lado de fora. O fogo pegara na lenha da lareira; e, à medida que o calor lentamente aumentava, a sopa as amolecia. A jaqueta de Nicole estava longe, e a echarpe caía solta sobre a blusa de seda. Charlotte também tinha posto o suéter de lado.

A conversa não engrenava, porque Charlotte se limitava a gemer, deliciada diante da comida. A certa altura, depois de engolir o mexilhão mais graúdo e suculento que já provara, riu.

— Como algo pode ser assim tão saboroso?

Tendo dispensado a colher, sua elegante amiga tomava o resto da sopa direto do pote. Terminou, colocou-o de lado e limpou a boca.

— Dorey diz que o segredo é deixar os ingredientes repousando no pote durante um dia inteiro antes de servi-los, o que é contraditório, pois os mexilhões fritos são melhores quando feitos logo depois de colhidos. Pessoalmente, acho que é a cebolete na sopa. — Ficou pensativa, olhando o fundo do pote. — Ou o bacon. Ou a salsa. — Olhou para cima. — Talvez seja simplesmente a manteiga. Como a sopa da Dorey é no estilo do Maine, mais leitosa do que cremosa, sobressai a manteiga.

Charlotte fez uma simples observação:

— Talvez seja só porque faz muito tempo que não tomávamos a sopa da Dorey.

Nicole sacudiu a cabeça.

— Tomei há duas noites. Costumo tomar durante todo o verão, e é tão boa em agosto quanto em junho.

— Então você ainda costuma vir para o verão inteiro? — perguntou Charlotte, surpresa. Ela sempre recebia um ou dois e-mails de Quinnipeague, pequenas saudações nos feriados ou recados carinhosos, mas imaginara que as visitas de Nicole haviam se espaçado depois do casamento. Julian com certeza não podia se afastar do hospital por três meses.

— Venho, sim. Comecei a vir com as crianças — Havia duas do primeiro casamento de Julian —, porque o que mais pré-adolescentes podiam fazer na Filadélfia? E este lugar era perfeito para eles. Tornou-se um hábito. Quando cresceram e tiveram afazeres em casa, continuei vindo sozinha. Julian vem nos fins de semana e às vezes fica uma semana inteira. O mesmo acontece com Kaylin e John. Mamãe e papai gostam da companhia. — Ela estremeceu. — Gostavam. — Olhando ao redor, disse tristemente: — Vai ser difícil não ter isto aqui.

Charlotte apertou seu braço. A casa era apenas uma parte, ela sabia. O resto era Bob. Havia fotos do lugar por toda parte e muitas delas retratavam Bob em vários estágios da sua vida. Era mais uma celebração do que um relicário, embora soubesse que Nicole continuava de luto.

Ficaram em silêncio por um momento, comendo mais devagar agora. Depois de terminarem a sopa e os mexilhões, Charlotte comeu os últimos brotos de samambaia. Em alguns verões, chegara tarde demais para colhê-los antes de desabrocharem, mas, uma vez degustados, jamais eram esquecidos.

Limpando os dedos em um guardanapo verde-musgo, ela envolveu a taça de vinho e descansou encostada no sofá.

— Sinto seu pai aqui. Ele era um homem maravilhoso. Não sei se eu teria ido para a faculdade sem o empurrão dele. Não sei se teria tido uma carreira. Não fazia ideia do que "ética do trabalho" queria dizer. — Bob Lilly fora um advogado e, embora fizesse questão de passar os verões em Quinnipeague, levantava-se de madrugada todos os dias para examinar os pacotes entregues pelo barco de carga do dia anterior. Nos últimos anos de Charlotte ali, havia um fax, um computador, internet e, sempre, o telefone. Bob insistia em satisfazer seus clientes antes de qualquer saída para velejar. Charlotte se lembrava das vezes em que tinham esperado que ele terminasse o trabalho. Em cada circunstância, quando finalmente chegava, partilhava com elas as últimas providências para que entendessem a urgência de cada caso.

— Ele foi um exemplo para mim como jamais tive outro.

Nicole de repente ficou de joelhos, alcançando por cima da mesa uma grossa vela que queria endireitar num castiçal mais grosso ainda. Quando conseguiu, jogou-se de novo no tapete.

— Seus pais morreram jovens demais.

Charlotte tinha soltado o cabelo quando entraram; agora juntou aquela massa com uma mão e a afastou do rosto, precisando de claridade no emaranhado das lembranças de seus pais. A vida deles fora uma contínua orgia de autodestruição e excessos. Ela era caloura em Yale quando eles morreram em um acidente de carro, ao qual poderiam ter sobrevivido se ao menos um deles não estivesse drogado.

Tomou um gole de vinho, pensando ligeiramente em como seria se eles tivessem vivido mais. A reflexão era pouco otimista, ela era realista.

— Eles nunca foram bons modelos, Nicki. Às vezes tento romantizá-los, você sabe, por eles terem ido embora e tudo o mais, mas sempre volto para a bagunça que era a vida deles. Casaram três vezes, incluindo duas entre si, e no intervalo houve casos e divórcios e falências. Eles representavam um papel, como a de inquilinos respeitáveis da casa ao lado da sua em Baltimore, mas era superficial. Estava pensando nisso ao dirigir para cá hoje. Quando meus pais conheceram os seus, tinham acabado de ser expulsos do apartamento na Virginia, o que na época não chegou ao conhecimento da corretora de imóveis porque não havia um meio rápido de verificar os antecedentes e ela tinha uma casa luxuosa que precisava alugar por curto prazo e, *voilà*, meus pais se enfiaram lá. Seus pais perceberam a jogada, mas mantiveram a farsa. Por que fizeram isso?

— Por você.

— Estou falando sério.

— Eu também. Eles adoravam nos ver juntas. Adoravam que você os respeitasse e reconheciam o seu potencial. Além disso, seus pais faziam um churrasco ótimo. Lembro-me daquelas costelas.

— Que pareciam surrupiadas da seção gourmet do supermercado — murmurou Charlotte, que tinha dificuldade em fazer elogios. Isso iluminou a culpa que ela se esforçava tanto em suprimir.

— Você é dura demais.

Sacudindo o cabelo, deixou para lá o turbilhão da vida dos pais.

— Suponho que sim. E, mesmo que eles tivessem roubado as costelas, eu conheci você, então não foi de todo ruim.

Ela e Nicole tinham se dado bem desde o início, tornando-se inseparáveis no ano em que foram vizinhas. Depois que Charlotte se mudara, passavam noites em claro, quase sempre na casa de Nicole e, é claro, houvera os verões em Quinnipeague.

— Meus pais teriam ficado num aperto se precisassem encontrar um lugar para mim. Os seus pais foram a salvação quando o problema se apresentou.

— Mas serviu para ambos os lados. Meus pais encontraram uma irmã para mim numa época em que minha mãe sofria abortos espontâneos. Acho que o fato de você estar aqui a ajudou a aceitar que eu não teria um irmão. Além disso, eles confiavam mais em você do que em algumas garotas da ilha. — Com os olhos arregalados, tampou a boca para esconder um sorriso que mesmo assim escapou.

— Você se lembra da Crystal? E da *Brandy?*

— A bizarra Brandy — riu Charlotte. — Até hoje nunca vi tantos piercings. Que fim levou ela?

— É cabeleireira no continente. Crystal ainda está aqui. Se casou com Aaron Deegan, que vende lagostas com o pai. Eles têm cinco filhos.

— Cinco? Puxa! E Beth Malcolm? Era inteligente. Sempre tive medo de que vocês se tornassem amigas e então você não precisasse de mim.

— Está brincando? Eu era tímida demais para me aproximar dela. Não me misturava com os locais até você aparecer. Você era mais ousada do que eu. E me conquistou. Meus pais adoraram.

— Beth gostava de ler também — lembrou Charlotte e perguntou: — O que é que você está lendo agora?

— *Sal.* É sobre...

— O Maine! — Charlotte interrompeu deliciada. — Eu também! Estava em promoção no JFK quando fui para a Austrália, e, ao ver a ilha na capa, como é que ia deixar de comprar?

— Não é a nossa ilha...

— Não, mas você pode senti-la, você pode cheirá-la, quase se sente o gosto. Está amando?

— Adorando — respondeu Nicole sorrindo. — A paisagem, os personagens, a magia.

Charlotte concordou com tudo, o que, aliás, não era de se estranhar. Ela e Nicole sempre tinham gostado dos mesmos livros. Costumavam passar horas na praia repassando-os de trás para a frente enquanto as ondas batiam na areia.

Por outro lado, dez anos já haviam passado. Enquanto Charlotte construíra casas em San Salvador depois do terremoto, Nicole decorava uma casa elegante na Filadélfia. Charlotte estivera em cidades remotas escrevendo sobre médicos, fazendeiros e artistas, enquanto Nicole permanecera numa cidade grande postando sobre comida. Era verdade que *Sal* estava na lista dos best-sellers, mas o fato de estarem lendo o mesmo livro agora evidenciava o quanto continuavam as mesmas.

— No princípio pensei que se tratasse de uma autora — disse Nicole. — Chris Mauldin podia ser homem ou mulher. Não tem foto e a biografia é vaga.

Charlotte pensara a mesma coisa. O sexo era poderoso, porém requintado e terno. Ela não conhecia homens que faziam amor daquela maneira — o que provavelmente consistia no principal apelo do livro. Chris Mauldin oferecia matéria de sonhos para um público que ansiava por isso. Ao menos era o caso de Charlotte. Não tinha certeza sobre Nicole e nem pensava em perguntar.

— Bom, se quis ocultar que era homem, não conseguiu. Joguei no Google e um "ele" apareceu logo. Alguém conhece a verdadeira identidade do sujeito?

— Que eu saiba, não. Garanto que isso faz parte do fenômeno. Pense bem. Ele se autopublica...

— Só em e-book — Charlotte observou, lambendo farelos de pão de milho de um dedo. — Meu exemplar tem um logotipo enorme.

— Certo, mas *Sal* foi um best-seller na internet por muitas semanas antes de ele vender os direitos para impresso. Você imagina o gênio do marketing que ele é? O homem sabe como trabalhar na internet e o faz de qualquer lugar anonimamente.

— O anonimato é em parte o que faz do sucesso do livro esse fenômeno. É a grande provocação. Eis aí esse fulano misterioso que alimenta os nossos sonhos e não sabemos quem ele é, onde mora ou que cara tem.

— E importa quem seja? — perguntou Nicole. — Ele me agarrou desde a primeira página, quero dizer, que primeira grandiosa linha: *Todo homem quer amor se puder vencer o medo de se expor.* Gostamos dele porque é honesto. Ao menos eu acho. — Arrastou-se e se esticou para acrescentar uma lenha à lareira.

— Gosto dele porque ele quer se expor e ser vulnerável e talvez se machucar. Preciso dizer que *eu* nunca machucaria esse homem. Vou comprar tudo que ele escreve, apesar de ainda estar no meio de *Sal*.

— Ele está escrevendo um segundo livro? — Charlotte nem chegara tão longe.

— Assim espero, mas tem sido vago em relação a isso também. Uma coisa é certa: fiquei impressionada. Adoraria fazer isso com um livro. — Levantou-se num pulo.

— Fique aí. Vou buscar a sobremesa. — E saiu.

— E onde vou *botar* a sobremesa? — gritou Charlotte para ela. Nicole não tinha terminado os brotos de samambaia nem os mexilhões, mas limpava os restos do pouco que comera.

— Você vai achar lugar. — Foi a voz que veio da cozinha, junto com o abrir e fechar da porta da geladeira. — Não posso ter alguém hospedada aqui sem acrescentar alguma coisa minha à refeição. — Voltou trazendo taças com morangos selvagens pequenos. — Os primeiros da estação. Colhi esta manhã.

— Na estrada? — perguntou Charlotte, divertida com dezenas de lembranças. Nicole sempre soubera descobrir os melhores sinais, seus olhos podiam ver um brilho vermelho minúsculo a cem metros de distância. Ela era famosa por gritar *Pare o carro!* quando menos se esperava para voltar ou com uma sacola ou com as mãos cheias.

— Não. Uma das famílias da cidade tem vastas campinas abertas coalhadas de frutas. Inauguraram há pouco tempo um sistema de "colha-você-mesmo" com morangos, a vez dos mirtilos chega em breve. Eles cultivam orgânicos, sem usar qualquer herbicida. Vou lá sempre que posso.

— Estes são tão pequenos — maravilhou-se Charlotte, sabendo que concentrariam mais o sabor. — Leva um tempão para colher uma caixinha.

— Essa é a parte boa — disse Nicole com um sorriso, parecendo mais relaxada só de pensar a respeito.

Charlotte também. E, de fato, conseguiu arranjar lugar. Ao colocar um morango na boca, saboreou bem antes de voltar à conversa.

— Talvez você consiga.

— Consiga o quê?

— Impressionar os outros. Leio o seu blog, Nicki. Você recebe centenas de comentários, em cada post. E no Facebook, quantas curtidas?

— Setenta mil — disse com tranquilo orgulho, recolheu os potes de sopa e perguntou: — Um cappuccino?

— Não, obrigada. Você é incrível, Nicki.

— É a máquina que faz, não eu.

— Me refiro ao blog. — Nicole tomara um rumo mais tradicional, estudando jornalismo em Yale, seguido de uma pós-graduação em Columbia. Tudo muito seguro; e justamente por isso, por precisar quebrar o padrão, engajara-se como correspondente no Afeganistão, onde o perigo era constante. O contrato foi por seis meses. De volta nos Estados Unidos, dedicou-se ao trabalho voluntário enquanto os pesadelos aumentavam. Escrever era a sua terapia. Com seus textos sobre Appalachia — ou sobre o papel das comunidades na reconstrução de suas casas depois de um furacão ou de um incêndio — e com o que escrevera no Afeganistão, chamou a atenção de editores de revistas, que contratavam as pautas que ela vendia.

Era a trajetória de uma carreira feita por montes de jornalistas antes dela. Mas Nicole — a quieta e introvertida Nicole — estava desbravando novos caminhos.

— Como foi que você fez? Como ficou tão conhecida? — indagou.

Depois de um silêncio na cozinha, ouviu-se uma resposta seca.

— Deus age de maneiras misteriosas.

— Quero saber como *aconteceu* — insistiu Charlotte. — Nicole, você quer vir para cá e se sentar?

Ela reapareceu com uma pequena leiteira de cerâmica da qual derramou algo que parecia mais espesso do que creme sobre as frutas de ambas as taças.

— Zabaione, feito com o vinho Riesling predileto do papai — sua voz aguda anunciou. — Esqueci o tanto de vinho que ele tinha armazenado aqui.

— Huuuum! — Esquecendo os morangos, Charlotte experimentou o creme. — *Hummm!* — É claro que uma colherada das frutas *com* o creme seria ainda melhor. Já estava pronta para se voltar para a taça quando Nicole disse um forte "Espera!" e, em pé outra vez, agarrou a câmera, ajeitou as taças um pouquinho e tirou várias fotos antes de guardá-la novamente. Estavam sentadas no sofá, o fogo crepitando ao redor de uma nova lenha. Ela não comeu, apenas sorveu seu cappuccino com os olhos encarando a lareira.

Charlotte percebeu certa melancolia.

— Pensando em Bob? — Comer o creme feito com o vinho favorito dele poderia ter provocado isso.

— E em Jules. — Nicole ficou com os olhos marejados. — Ele me deu a máquina de cappuccino alguns verões atrás. Temos uma igual em casa. Ele costumava fazer cappuccino todas as manhãs e trazer para mim na cama. — E, olhando Charlotte de soslaio, acrescentou rápido: — Ele anda muito ocupado agora.

Charlotte sentiu uma pontinha de inveja. Não se tratava de Julian, tratava-se de amar e ser amada.

— Você sente falta dele.

— Sim. — Ela se recompôs. — Daí meu blog.

— Continue — Charlotte pediu gentilmente.

Sentando-se ereta, Nicole umedeceu os lábios.

— Você sabe, gosto de cozinhar. E de receber convidados.

— *Martha Stewart Living.*

Sempre esteve pela casa. Mesmo agora, devia haver dúzias de revistas empilhadas na mesa do café. E com certeza uma segunda pilha de *New England Home*, *Summer Cottage* e *Cooking Light*, mas a de Martha Stewart era a pilha mais alta.

— A minha Bíblia — admitiu Nicole. — Ainda me inspira, mas, considerando que nunca tenho exatamente os mesmos ingredientes que ela recomenda, digamos, para um pato assado ou uma bouillabaisse, ou o mesmo material para um prato principal, os meus saem um pouco diferentes. Julian e eu servíamos jantares para muita gente; médicos, administradores do hospital, amigos que traziam amigos; eles pediam as receitas ou sugestões para menus ou ideias de como fazer um arranjo de flores silvestres num vaso; às vezes perguntavam onde comprar carne de boi alimentado no pasto. Depois de algum tempo, pensei que seria legal ter um lugar para postar as informações a fim de que todos pudessem acessá-las com facilidade. De repente, pessoas que eu não conhecia estavam mandando e-mails. Queriam produtos orgânicos ou regionais ou caseiros.

— É um tema na moda.

— Eu não estava pensando nisso quando comecei o blog, mas, quando o site ficou pronto, muitas das minhas postagens tinham a ver com produtos orgânicos, com dar apoio a produtores e mercados locais, ou com descobrir restaurantes que faziam a mesma coisa, porque era do interesse das pessoas. Comecei a viajar com Julian, então já não ia só para a Filadélfia, mas para Seattle, Denver e Chicago. E tinha Quinnipeague. As pessoas aqui não davam um nome para isso, mas já praticavam da-horta-à-mesa antes do hábito se tornar um movimento. Ainda não chamavam de orgânicos os seus produtos, mas faziam questão de dizer que não usavam agrotóxicos nem fertilizantes, e você via o resultado: tudo saudável e delicioso. Os orgânicos ficaram arraigados em mim. Foi uma consequência natural que se tornassem majoritários nos estudos do meio ambiente em Middlebury, mas juro que não me dei conta até começar as postagens sobre Quinnipeague. É incrível, Charlotte. Esses são os que têm mais respostas. As pessoas adoram ler sobre produtores locais e comida caseira e galinhas criadas soltas e tudo isso é da-horta-à-mesa.

— Daí surgiu o Nickiamesa.com. — Charlotte ainda estava perplexa. — Quantas pessoas leem você agora? Digamos, em uma única postagem.

— No fim de algum tempo, talvez trinta mil.

— E no Twitter?

— O mesmo número.

Charlotte se sentou novamente.

— É *impressionante*, Nicki. E em quanto tempo?

— Seis anos. Mas principalmente os últimos quatro. — Levantando-se outra vez, lá ia ela para a cozinha. — Tenho biscoitos.

— Estou *entupida* — exclamou Charlotte, mas os protestos caíram por terra quando Nicole voltou com um prato de biscoitos de chocolate e amêndoas.

— São para o café. — E, atirando-se no sofá, recuperou o cappuccino. Charlotte pegou um biscoito, mas não comeu.

— Seu pai sabia do livro?

— Sabia que eu estava conversando com uma editora. Teria adorado isso. — Franziu a sobrancelha, olhando para sua xícara, e falou serenamente. — Penso em seus pais, que não estavam aqui para você. Então penso em papai. Ser tão próxima de um pai... tive muita sorte.

— Ainda tem. Você tem Julian e os filhos dele. Tem Angie. Eles a mantêm ancorada. Invejo você.

— Não, não inveja — zombou Nicole com um pequeno sorriso. — Você ama a liberdade. Adora a *aventura*. Sou eu que preciso de apoio. — Levantou-se e se interrompeu para apanhar uma fruta. — Está mesmo satisfeita?

— Por enquanto. — Mas, antes que pudesse dizer a Nicole que sentasse e relaxasse, ela já recolhia os utensílios e os pratos.

— Terminou a história sobre a Austrália?

— Terminei. — Juntando os copos de vinho e os guardanapos, Charlotte a seguiu até a cozinha. — Falando sério: você tem uma vida maravilhosa. A liberdade tem seu lado sombrio. Há épocas em que eu daria qualquer coisa para ter um lar de verdade. Você... você tem estabilidade. Mal posso acreditar que já vão fazer dez anos juntos, você e Julian. Vai fazer algo especial para comemorar?

— Talvez. O que você decidiu sobre a França?

— Adiei. Vou no outono. Mas você tem que fazer alguma coisa no décimo aniversário.

— Estivemos em Paris há dois anos — disse Nicole ao encher o lava-louça. — Julian apresentou um trabalho lá.

Julian Carlysle estava na vanguarda no que dizia respeito à cirurgia cardíaca pré-natal. Cirurgião brilhante, fora uma estrela ascendente na época do casamento com Nicole. Charlotte supôs que Paris não fosse o único local de sucesso.

— Vocês viajam com frequência?

— A cada dois ou três meses. — Seus olhos se iluminaram. — Quer dar uma caminhada?

— Onde?

— Onde você quiser.

Como havia dirigido o dia todo e depois comido muito, Charlotte gostou da ideia.

— Na praia — decidiu.

Vestiram os casacos, escorregaram para fora do sofá, atravessaram o pátio de pedra e desceram dois largos degraus de granito. A praia, típica do Atlântico Norte, era rochosa. A grama que brotava entre os pedregulhos era o único toque suave. Até a areia perto da água era dura e coberta de pedras. Mas o fato de ser irregular não diminuía seu atrativo. Era a natureza em sua beleza crua. A maré vazante trouxera pedaços de algas. Atraídas pelo cheiro de peixe, gaivotas gritavam ao bicar a vida marinha.

Como ainda era dia, caminharam na direção da ponta da ilha. Areia e ressaca eram ásperas nessa ponta, mas revigorantes. A brisa constante soprava seus cabelos, suas echarpes e a grama. Quando Nicole enfiou o braço no de Charlotte, caminharam como faziam quando mais novas — e, por um momento, na sua fantasia pessoal, Charlotte voltou a ser criança.

Depois passaram pelo lugar onde estivera com Julian, e a fantasia se tornou sombria. Ela nunca lembrava bem os detalhes daquela hora. Houve vinho demais, muito cansaço e muita neblina naquela noite. Havia também uma bagagem subconsciente, ao menos por parte dela, coisa que durante semanas não pôde admitir. Na época, tudo que viu foi um erro gigantesco. Na manhã seguinte, Julian lhe pedira para jurar silêncio sobre o assunto, e ela concordara.

A vida dele não mudou. Casou-se com Nicole um mês depois e foi em frente com sua carreira. Que ela soubesse, ele conseguira convencer a si mesmo de que nada tinha acontecido.

Charlotte tentara fazer a mesma coisa. Não houvera envolvimento amoroso, nenhuma premeditação. Tinha sido um erro, uma falha de caráter, e, embora quisesse culpar os pais pelo exemplo que lhe deram, só podia culpar a si mesma. Julian tinha começado, mas ela se deixara levar.

Sentindo o peso de dez anos de culpa, retirou o braço com o pretexto de explorar algumas rochas. Quando voltou para Nicole, andou ao lado dela.

— Então, como vai o bom doutor?

— Bem — disse alegremente Nicole. — Ocupadíssimo.

— Ainda trabalhando horas a fio?

— Ahã...

— Isso incomoda você?

— Ele adora o trabalho. E você? Quem está namorando?

— Ninguém em especial. Mas você não respondeu à minha pergunta. Os horários dele incomodam você?

— Como poderiam? Ele está no auge da carreira. Faz conferências, participa de painéis e sempre aparece na TV, o que faz com o pé nas costas porque é bonito e articulado. É chamado sempre que programam qualquer coisa sobre cirurgia de fetos. É o especialista número um deles.

— Então ele está requisitado — disse Charlotte e, sem poder resistir, acrescentou: — Fico feliz. Estava preocupada pensando que ele poderia ter ficado por aqui mais tempo se eu não tivesse vindo. — Assim, de modo sutil, os testes continuaram. A ausência dele podia ser totalmente inocente; qualquer homem teria problemas em passar tanto tempo sozinho com duas mulheres que estivessem escrevendo um livro de cozinha. Se Nicole sabia do sexo, nada deixara transparecer nas conversas anteriores. Na verdade, ela parecia estarrecida agora.

— Ah, não. Ele teria adorado ver você, mas queria estar em Duke uma semana antes dos outros médicos chegarem e precisa arrumar tudo na Filadélfia antes.

— Estou espantada por ele poder interromper seu próprio trabalho por um mês inteiro.

— É para lecionar — respondeu, sacudindo uma das mãos. — O que posso afirmar com toda a honestidade que *realmente* é o forte dele. Espere um pouco. — Tendo aparentemente sentido uma vibração, ela puxou o telefone do bolso, olhou a tela e atendeu a chamada com um sorriso. — Oi! Sim, ela chegou, chegou muito bem. O quê? — Cobriu o ouvido livre. — Sinto muito, o oceano está muito barulhento. Ah, que bacana, isso é ótimo! Beijing? Você *deve*. Ah, querido, só estamos caminhando pela praia. Posso ligar quando voltarmos? — Escutou por um minuto, curvando a cabeça no fim. E, caminhando mais rápido, gemeu: — Ah! — e disse alguma coisa que Charlotte pensou ser *merda*, embora Nicole não tivesse o hábito de xingar. — Tá bem. Vou telefonar. Amo você.

Terminado o telefonema, ela socou o telefone de volta no bolso e, com a cabeça ainda baixa, seguiu em frente.

As pernas de Charlotte eram mais longas, mas teve que se apressar para acompanhar.

— Está tudo bem? — Nicole ergueu a cabeça com o olhar vago por um segundo antes de fixá-lo de novo.

— Ele foi convidado para ir à China. E pode haver um conflito. Tudo vai dar certo. — Não parecia nada segura, mas, antes que Charlotte fizesse alguma pergunta, olhou para o céu. — Está ficando escuro.

— Nuvens de chuva?

— Ou o crepúsculo. — Iluminou-se. — Você lembra quando caminhávamos aqui fora no pôr do sol?

— Lembro. — Charlotte sorriu. — Nós nos arriscávamos indo um pouco mais longe, mais longe e cada vez mais perto da terra de

Cole. — Ela franziu os olhos tentando penetrar a névoa e visualizar o lugar. — Cecily Cole está no topo da minha lista. Estou ansiosa para falar com ela.

As ervas de Cecily cresciam no jardim da sua casa na periferia de Quinnipeague, mas chamá-la de herborista seria subestimar seu papel na ilha. Suas ervas eram puras no sabor e poderosas no uso — e ela sabia como usá-las, tanto na gastronomia quanto na medicina. Tinha um jeito de aparecer com remédios quando eram necessários; esse era o lado claro de Cecily Cole. Mas havia um lado escuro, assim diziam os homens. Eles juravam que, quando tinham azia, era por causa de uma das ervas de Cecily, que os punia por traírem as esposas. Uma mulher miudinha com cabelos prateados que protegia as costas com um xale leve, Cecily era alternadamente amada e temida.

— Ah, Deus! — Nicole a estava alcançando. — Você não sabe, Cecily morreu há cinco anos.

Charlotte parou de andar.

— Morreu? Mas ela é a peça-chave da comida daqui. Como é que vamos fazer o livro sem ela?

— Os temperos dela ainda estão por aí. A sopa e os mexilhões não estavam bons como sempre?

— Sim. Mas você não pode falar da comida da ilha sem falar de Cecily.

— Ainda podemos falar sobre ela. Só não podemos falar *com* ela. Além disso, nunca teríamos conseguido.

Charlotte continuou abismada. A lendária Cecily era e sempre fora um mistério. Chegara à ilha com 20 anos — ou 18 ou 22, dependendo da versão da história —, depois de um malfadado romance com um influente homem do continente. Também dependendo da versão, ela ou escolhera deixar o continente ou fora mandada embora, apesar de quase todos concordarem sobre o fato de ela ter comprado a casa como uma espécie de indenização pelo acontecido. Trouxera as plantas, junto com as sementes da lenda, e tinha vivido sossegada no seu canto da ilha. Suas relações com os outros se limitavam às idas ao armazém para comprar suprimentos, e presenteando com ervas cada vez mais os que precisavam. Normalmente desconfiada, não gostava de receber visitas. Havia rumores de que ela amaldiçoaria quem entrasse em sua terra.

Isso, entretanto, eram rumores, e, em virtude do livro, Charlotte teria o pretexto perfeito para se aproximar.

— Acho que devemos voltar — disse Nicole.

Charlotte havia escrito histórias sobre algumas personalidades altamente intimidantes, nada menos do que nativo-americanos de Martha's Vineyard, que alegavam ser descendentes dos curandeiros Wampanoag e cujas famosas curas milagrosas o comprovavam.

Cecily Cole? Teria sido um desafio épico, com um potencial de informações igualmente extenso.

A verdade era uma.

— Ela morreu — falou Charlotte. — Não se pode fazer nada. Acho que deveríamos ver se aquelas ervas continuam crescendo.

— Eu não faria isso — avisou Nicole. — O filho dela vive lá agora.

— Pensei que estivesse na cadeia.

— Não mais. Venha. Vou ajudá-la a voltar. — E virou-se para o lado da casa.

— Ele arrancou as ervas ou elas ainda estão lá?

— Não sei.

— Alguém tem que saber.

— Bom, não tenho perguntado — disse Nicole. — O que menos preciso agora é de más vibrações.

Charlotte estudou o seu rosto. O céu estava de fato escurecendo, para emoldurar o quadro, mas ela podia ver tensão. Parecia fora de lugar naquele rosto inocente. O mesmo acontecia com o jeito esquisito de Nicole mover a mão.

— Você entende o que quero dizer. O fato de papai ter morrido e de estarmos vendendo a casa.

— Ele se encantaria com você escrevendo esse livro.

— Eu poderia ter aproveitado a força que ele ia me dar.

Charlotte passou o braço pela sua cintura.

— Você tem a mim. Ficarei aqui até o livro ficar pronto.

Nicole sorriu. Podia haver lágrimas em seus olhos, ou talvez fosse o reflexo do oceano na penumbra.

— Amo você, você sabe.

Charlotte a abraçou. Um momento depois, feliz por ser o objeto de algo tão profundo, desafiou Nicole com o olhar. Saíram correndo pela praia como se enfrentassem obstáculos na areia. Quando chegaram na casa, estavam rindo e sem fôlego.

O movimento delas nos degraus da praia acendeu a luz dos holofotes até a porta da cozinha. Nicole parou e cheirou.

— Que estranho! — disse, e começou a caminhar em direção ao outro lado do jardim, onde uma profusão de vermelhos e rosa manchavam a ponta de uma viga. — Estive aqui hoje de manhã e em nenhum lugar a lavanda estava florescendo. Tem feito frio demais. Mas como foi que não senti este cheiro?

Charlotte também não o sentira antes, mas era impossível não o sentir agora. A lavanda estava em plena floração, com seus espigões altos, agrupados com flores purpúreas que pareciam muito frágeis diante daquele vento, mas que na realidade não eram, pois não se deformavam.

— Minha cabeça devia estar em outro lugar — disse Nicole. — Mas isso está *perfeito*. — Minutos depois, pegou uma tesoura de poda e entregou pequenos ramos a Charlotte, que absorveu o cheiro até ficar tonta. Finalmente, Nicole parou, fechou os olhos e inalou. — Ahhh! Incrível. — Pegou delicadamente o que Charlotte segurava e falou cantarolando docemente: — Esses são para a sua fronha e estes, para a minha.

— Não temos que secá-los antes?

— E evaporar seu perfume? A lavanda tem propriedades calmantes. Pego assim como estão, muito obrigada.

Charlotte não precisava de calmantes — ou melhor, não os queria. O que queria era aproveitar o brilho da esperança. Recebia uma segunda chance para provar que podia ser uma amiga leal, o que era mais do que teria desejado antes de deixar dez anos e um grande segredo para trás. Temera embaraço, desconfiança, reticência — *alguma coisa*. Mas a chegada em Quinnipeague havia sido sereníssima, tudo que o oceano não era.

Além disso, depois sair de Nova York de madrugada e de dirigir durante horas, sentia-se exausta. Não fazia ideia se os ramos de lavanda tinham um papel no fato de ela sorrir. Minutos antes de sua cabeça cair no travesseiro, mergulhou num sono tão profundo que não escutou mais nada da conversa de Nicole que vinha do hall.

Capítulo 3

Nicole estava uma pilha de nervos. Queria ter ligado para Julian mais cedo — diabos, queria ter falado com ele lá da praia, mas não dava com Charlotte por perto. Mesmo depois que voltaram para casa, o que ela podia fazer? Esconder-se no banheiro para falar sobre vida e morte e depois voltar para perto de Charlotte como se não houvesse nada errado?

— Oi! — falou na hora que ele atendeu. — Desculpe. Pensei que ela nunca fosse para a cama. Conte-me de novo o que aconteceu.

— Minha perna esquerda ficou paralisada — respondeu ele com calma. — Estava me levantando para sair de uma reunião.

Uma reunião no hospital, sendo observado por médicos e enfermeiras que o conheciam muito bem. *Pesadelo.*

— Sentei de novo e peguei meu celular, fingindo ter recebido uma ligação, enquanto todos iam embora. A sensação passou depois de alguns minutos, mas nunca senti isso nas pernas.

— Talvez simplesmente tenha ficado muito tempo na mesma posição — disse Nicole com esperança. — Isso acontece todo o tempo comigo, e se passou...

— Estava paralisada, Nicki, não dormente. Nem tremendo. Completamente paralisada. Quer dizer que o remédio não está funcionando.

— Talvez só precise de mais tempo — ensaiou ela.

— Faz três meses. Ou funciona ou não funciona.

— Quem sabe a paralisia é um efeito colateral do próprio remédio. Você tem isso com frequência.

— Paralisia não é um efeito colateral, é um sintoma.

— Mas vai passar. — Ela tinha que acreditar naquilo. Ele consultara o melhor médico e tomara os melhores remédios.

— Novos sintomas são mau sinal.

— Já ligou para Peter? — Peter Keppler era neurologista. Seu consultório ficava em Nova York, aonde podiam ir sem que o mundo de Julian tomasse conhecimento.

— Ele diz que pode ser um episódio isolado, mas, caramba, isso está ficando assustador.

Julian tinha esclerose múltipla. O diagnóstico tinha sido feito quatro anos antes, e, apesar de sentir um quase constante cansaço, seus sintomas, principalmente a visão turva e os tremores, continuavam intermitentes e suaves. Mesmo assim, o diagnóstico era devastador para um cirurgião que não apenas estava no ápice da sua carreira, mas em cuja especialidade o mínimo erro do bisturi poderia prejudicar um feto.

Com a tinta ainda fresca na folha do diagnóstico, ele decidira se afastar do trabalho que amava. Agora, quando se aproximava das salas de operações, era para transmitir a outros a técnica que o tornara famoso. Algo completamente aceito como consequência natural da carreira brilhante. Nicole sabia disso, mas não se consolava ao perceber o quanto Julian sentia falta de fazer ele mesmo o trabalho. Salvar a vida de nascituros era inebriante.

Mas não havia escolha. Se continuasse a operar sabendo que estava debilitado, arriscaria não só a vida dos seus pacientes, mas também sua reputação e amor-próprio.

O principal era controlar a doença e, para isso, havia recorrido aos mais avançados tratamentos. Entretanto nenhum deles fora capaz de desacelerar a frequência dos sintomas. E, para piorar a agonia de Nicole, ele insistia em manter segredo. Como ninguém no hospital sabia, ela estava proibida de dizer aos seus amigos, ao seu médico pessoal, e até mesmo à sua mãe.

— Peter é o melhor, Jules — disse ela então. — Sempre há mais alguma coisa para experimentar.

Mas ele se sentia desanimado, o que ela detectava no seu murmúrio.

— Estamos esgotando as opções. — Ele sabia o que estava dizendo. Acadêmico estudioso, tinha lido todas as teorias, todos os estudos e todos os artigos que encontrou sobre a doença.

Nicole se casara com um homem positivo. Não sabia o que fazer com esse de agora.

— Vou voar para casa amanhã.

— Não, você precisa ficar aí.

— Preciso ficar com você.

— E eu preciso ficar sozinho. — Tinha dito isso antes, mas, por mais que tentasse suavizar, doía nela. — Amo você, querida, mas às vezes fico tão preocupado com você que não consigo pensar sobre o que *eu* preciso fazer. Neste exato momento, preciso que fique aí escrevendo o seu livro. — Houve uma pausa significativa. — Você não disse a ela, disse?

— Você me fez prometer que não diria. — E, de modo enviesado, Nicole revelou sua frustração. — Você imagina como é difícil para mim? Quero dizer, não falar o que é importante. Em inúmeras ocasiões compartilhar isso teria sido totalmente apropriado, como quando me dei conta de que não tinha contado que Cecily Cole havia morrido, o que impacta diretamente o livro, mas devo ter ficado tão preocupada cada vez que conversamos que não disse nada. Quero dizer, para quem ela vai contar, Jules? Ela não conhece nenhum dos seus conhecidos. Ela sabe guardar segredo. O mesmo acontece com as crianças. O seu filho tem 18 anos, sua filha, 21. Já se passaram quatro anos e os vemos com frequência. Não acha que ficarão magoados quando finalmente descobrirem?

— Então eu deveria contar agora e aterrorizá-los dizendo que vou morrer ou alarmá-los com a possibilidade *de eles* terem a mesma doença algum dia? Não há teste que possam fazer. O que vão fazer então?

— Dar apoio a você. E a *mim*.

Ele não respondeu, apenas disse, desanimado:

— Bom, só queria que você soubesse sobre a perna.

— Quero ajudar, Julian. O que posso fazer?

— Pouca coisa.

— Você é a minha rocha — falou ela, meio brincando. A firmeza dele fora uma das primeiras coisas que a fizeram amá-lo. Ele sabia o que queria e fazia acontecer.

— Rochas não têm tremores. Não ficam paralisadas numa sala cheia de colegas.

— Ser uma rocha é um estado de espírito. Você é quase sempre otimista.

— Então talvez eu seja humano — retrucou ele, mas se acalmou e continuou. — Ah, querida, não quero discutir. Detesto ficar assim. É que não entendo o meu corpo. Não sei por que reajo negativamente aos melhores remédios. Falta de ar, pressão alta, rigidez; então a gente troca o remédio, ou aumenta a dosagem, tira o sal, faz mais alongamento, acrescenta yoga. Não posso operar. A menos que haja uma cura milagrosa, nunca mais vou operar. O que resta? Minha autoimagem. Ao menos quero ser *visto* como saudável. Mas, quanto mais isso se prolongar, maiores são as chances de ser publicamente exposto e, quando isso acontecer...

— Você sempre poderá ensinar — disse Nicole, embora seus olhos estivessem cheios de lágrimas. — Pode fazer pesquisas e escrever artigos. Sua mente é brilhante. Isso não vai se perder.

Ela deve ter dito algo certo, porque ele pareceu se recompor.

— Eu sei, só fico cansado às vezes. — Respirou. — Não era esse o futuro que você esperava, hein?

Não. Não era. Ela tentou não fazê-lo, mas era difícil resistir — difícil não pesquisar esclerose múltipla no Google e ler sobre a sua progressão; impossível não pensar em Julian chegando lá em pouco tempo. Esclerose múltipla não mata. Debilita. Algumas vezes de forma terrível. E, como sua mulher, sentia-se totalmente impotente.

— Deixe-me voltar para casa — pediu outra vez. — Você está lidando sozinho com isso. Ao menos eu *sei*.

— Não quero piedade.

— Nunca tive *pena* de você — retrucou ela. — É muito injusto dizer isso. Mas eu poderia cozinhar, pagar contas, resolver coisas...

— Pagar contas é tarefa *minha*. Minha renda pode estar baixa, mas ainda sou eu quem ganha dinheiro aqui. Não me empurre para uma cadeira de rodas, Nicole. Ainda não estou inválido.

— Eu não disse...

— Trate dos seus assuntos, vou tratar dos meus.

— Não é assim que um casamento deve funcionar.

Ele ficou em silêncio algum tempo, depois suspirou.

— Deus, não pedi isso. Só estou tentando me adaptar.

— Eu também. Amo você.

— O amor não cura tremores. Deixa eu me concentrar no que cura, tudo bem? Falamos mais tarde. Tchau.

"Mais tarde" foram vinte minutos. Tempo que Nicole passara na cama, balançando-se para a frente e para trás, de um lado para o outro, tentando acalmar a agitação interna para decidir o que iria fazer. Quando o celular tocou, deu um pulo.

— Sinto muito — disse ele calmamente. — Não devia descontar em você.

Os olhos dela se encheram de lágrimas outra vez.

— Só estou tentando ajudar.

— Eu sei. Esta é a pior coisa que já enfrentei. Cresci querendo me tornar cirurgião. Nunca quis ser outra coisa. — Eles já tinham falado sobre isso. Sempre que ele começava, ela o deixava falar. — Meu pai ainda está operando e tem 66 anos. Eu sei, eu sei que ele é ortopedista. Não se trata de fetos. Mas também requer uma mão firme. Quanto a mim, eu deveria continuar por mais uns vinte anos. Estava destinado a descobrir novas formas de intervenção intrauterina. Isso era para ser só o começo. — Silenciou e depois perguntou: — Está aí?

— Sim.

— Está muito quieta.

Nicole poderia ter dito que ele já deixara sua marca com uma técnica inovadora, o que era muito mais do que a maioria dos cirurgiões já tinha feito, e no tocante ao seu pai, *ele* saberia que ter esclerose múltipla não era culpa de Julian, mas Julian se negava a contar para ele também e, com isso, perdia outro apoio.

— Nicole?

— Não sei o que você quer que eu diga.

— Imagino que não haja nada que possa dizer.

Ultimamente, aquele era o seu casamento, o que, para Nicole, perturbava tanto quanto a esclerose múltipla.

— Meus pacientes poderiam me ensinar a lidar com a doença — ele murmurou. — Com a frustração, com o medo. É humilhante.

Nicole conhecia a humilhação e o medo. Durante quatro anos, seu mantra tinha sido *Está tudo bem, alguma coisa tem que dar certo, surgem novos tratamentos o tempo todo.* Mas ele começava a cair no vazio. Entendia o que o futuro podia trazer, e não era a doença o que mais a aterrorizava. Era capaz de lidar com ela. Só não tinha certeza se Julian seria.

— Beijing vai ser ótimo. — Ela se esforçava em encorajá-lo. O convite para falar lá era formidável.

De repente ele hesitou.

— Eu deveria estar tão longe? E se alguma coisa der errado? — A insegurança era uma novidade. Não era um bom sinal.

— Você vai falar num hospital. Peter pode conseguir o nome de algum especialista em esclerose múltipla de lá.

Julian estava quieto. Depois disse:

— Então, foi bacana rever Charlotte? — Nicole duvidou que ele estivesse interessado, mas acolheu a distração.

— Foi, sim. Continua a mesma. Ainda nos damos muito bem, realmente. Até estamos lendo o mesmo livro.

— Você fez o jantar para ela?

— Ia fazer, mas encontramos com Dorey, que começou a falar em sopa e não resistimos. Trouxemos para casa e comemos em frente à lareira. Você comeu fora?

— Não. Comprei galinha no mercado orgânico. Ainda está frio?

— Com certeza. E aí?

— Quente e úmido.

— Gostaria que você viesse — disse Nicole. Em outros tempos, ele teria jantado em restaurantes, com colegas, enquanto ela estava longe, sentindo sua falta o suficiente para não querer comer sozinho em casa. Agora, ele se escondia; não que ela ousasse dizer isso.

— Preciso me preparar para a Carolina do Norte.

— Você podia fazer isso aqui, depois tomar um avião para a Carolina do Norte. Charlotte ia adorar ver você.

— Não. Tenho muito que arrumar por aqui. Quero ver se a paralisia vai ocorrer novamente.

— Vai me avisar?

— Não vai telefonar para conferir?

Ela percebeu que ele estava brincando, mas não achou a pergunta engraçada.

— Se eu ligar, você vai pular em cima de mim, então não vou *me arriscar*, o que não quer dizer que não vou pensar em você o tempo todo.

— Achei que a razão para estar com Charlotte aí era pensar em outra coisa.

— E é. Mas você é o meu marido e tudo em mim diz que eu deveria estar na Filadélfia, *não* em Quinnipeague. Só que você não deixa, então ao menos faça isso para mim.

— E se Charlotte estiver por perto?

— Digo que não posso falar.

Ele esperou um pouquinho.

— Está bem, querida, eu telefono — disse finalmente.

Nicole desligou o telefone e chorou. Fazia muito isso quando Julian não estava perto: rios de lágrimas silenciosas, desesperadas e assustadas. Sempre se acalmavam aos poucos, como agora. Assoou o nariz e secou os olhos. Depois, espalhou a lavanda no travesseiro. Levou os ramos ao nariz e respirou uma vez, depois outra.

Não bastariam, é claro, e quanto mais conscientemente ela quisesse relaxar, mais se preocuparia. Saiu da cama, vestiu um robe e calçou chinelos felpudos, abriu a porta com cuidado para que não rangesse e acordasse Charlotte e desceu suavemente as escadas. Na cozinha, fez chá de flor de maracujá, virando a jarra de folhas soltas na mão, e colocou uma colher cheia delas na caneca. O chá era da região, feito de uma erva que raramente crescia na Nova Inglaterra, mas em Quinnipeague sim. Calmante natural, a flor de maracujá era outra das joias de Cecily.

O chá ainda macerava quando Nicole se deu conta de que sentia fome. Num impulso, pegou um pote de geleia de morango do armário. Essa também era da região, feita no último outono por uma das mulheres da ilha. Depois de abrir a tampa, retirou a camada de cera de cima e, pegando uma colher, degustou-a direto do pote. Fechou os olhos e se concentrou no gosto para fruí-lo ao máximo. Morangos... e baunilha? Entreabriu e apertou os olhos para espiar o vidro até que encontrou a fava entre os morangos. Uma única fava. Até aí, nenhuma novidade. Favas de baunilha vinham de uma variedade de orquídea que não deveria crescer ali, mas crescia. E não só o amarelo da flor era mais vívido lá do que em qualquer outro lugar, como a fava era mais forte.

Depois de tirar uma porção de geleia e espalhar em biscoitos, colocou o prato sobre a larga mesa de carvalho, mas não se sentou logo. Distraída, passou a mão sobre a madeira com veios. Adorava aquela mesa. Se ela e Julian tivessem um grande espaço e ela pudesse levar uma peça do mobiliário, seria aquela. Lembranças felizes enchiam as cadeiras, povoadas pelas esperanças de ter filhos, talvez quatro. Por ser filha única, sempre desejara uma família grande, e Julian a apoiara nisso. Mas Nicole tinha apenas 24 anos quando se casaram e Kaylin e John, que viviam com eles parte do tempo, eram pré-adolescentes. Havia muito a fazer antes que seus próprios bebês chegassem, e, quando finalmente começaram a tentar, veio o diagnóstico de Julian.

O pai dela desejava muito ter netos. Em seus últimos anos, especialmente, costumava pedir. *Então, boneca, nenhuma novidade? Sua mãe e eu queremos ser babás.*

Bob também não soube a respeito de Julian.

Sentiu a garganta apertar. Determinada a não chorar outra vez, afundou na cadeira, abriu o notebook e se conectou no Nickiamesa.com. Escrever era a sua fuga. Ocorrera-lhe mais de uma vez que, se Julian não recebesse aquele diagnóstico, ela não teria o site, nem seus correspondentes, nem o contrato para o livro — e seria completamente feliz. Agora, era uma bênção. O que mais ela podia fazer quando acordava no meio da noite e perdia o sono? Falar sobre o que entendia era dez vezes melhor do que imaginar o que não podia compreender. E ela realmente entendia de restaurantes e mercados de produtores locais, de arranjos de flores e planejamento de cardápios. Eram coisas seguras. Coisas *felizes.*

Havia perguntas de leitores para responder e outras de uma mulher chamada Sparrow, que desenvolvera o site e agora cuidava de todo tipo de solicitação, da avaliação de uma fazenda colaborativa à aceitação de blogs visitantes. Então a doce e pequena Nicole, que jamais tivera a intenção de trabalhar, tinha uma equipe. E o negócio de fato a pagava para postar anúncios. Inicialmente, eram apenas locais da Filadélfia, mas cada vez mais atingiam o país inteiro. Ela produzia o suficiente para lucrar. Não era o mesmo que um livro poderia gerar, mas permitia que o blog se autossustentasse, como os produtos agrícolas que ela promovia.

Esta noite, as perguntas dos leitores eram fáceis — que salada diferente servir com lasanha, como conservar limões, sugestões para a distribuição de cartões para uma festa de aniversário. E sugeriu, na ordem, uma salada de beterraba, o refrigerador, e bombons Hershey com os nomes em tiras pendurados nos laços. "Sim", respondeu para Sparrow, gostaria de anunciar carne on-line e "não, obrigada" para a empresa que vendia hors d'oeuvres congelados. Ela conhecia e não gostava da marca. Dinheiro é dinheiro, mas ela tinha princípios.

Pagar as contas é tarefa minha, dissera Julian. *Minha renda pode estar baixa, mas ainda sou eu quem ganha dinheiro aqui.* E se isso mudasse? Estremeceu só de pensar. Essa, entretanto, era uma das razões para fazer o livro. Queria estar pronta para ajudar.

Pensando nisso, suas mãos tremeram mesmo sem esclerose múltipla; não era uma ironia?

Para esvaziar a cabeça, digitou rápido, mas levou ainda um minuto para deixar de bater nas teclas erradas e encontrar o caminho da narrativa: "Charlotte chegou hoje, mas nem sequer mencionamos o livro de culinária. Temos tempo de sobra para isso. Por enquanto, só falamos de nós. Contei a você sobre Charlotte — Charlotte Evans?" Acrescentou um link para o artigo mais recente. "É ela quem vai colaborar comigo. Nos conhecemos desde os 8 anos, o que torna tão especial trabalharmos juntas. Ela é uma dessas amigas que você deixa de ver durante muito tempo, mas, quando a reencontra, a conversa é retomada no ponto em que havia parado. Nossas vidas são radicalmente diferentes — sou casada, ela não é; sou caseira, ela está sempre viajando —, mas, depois que chegou aqui, não parou de falar. Estamos inclusive lendo o mesmo livro, *Sal.* Alguma de vocês já leu?"

Descreveu a chegada de Charlotte e falou um pouco sobre Dorey; era oportuno despertar o interesse no livro. Escrevera sobre Quinnipeague muitas vezes no passado, mais pelo prazer do que por ambição... não que esta fosse fazer mal agora. "Trouxemos a comida do jantar do píer, mas eu não podia simplesmente a servir na mesa do café perto da lareira. Vocês conhecem meu mantra. A apresentação é o principal, o que fica fácil se os materiais estiverem à mão. Nós os temos aqui porque minha mãe adora coisas bonitas, e deve ser daí que vem o meu jeito. Usei tecidos de um azul que lembra as urzes. Já os pratos são de um azul mais escuro, assim como os guardanapos — que não são de papel, é claro. Gosto de pano. Linho, para dizer a verdade. Sei que vocês todas detestam passar a ferro, mas, se você compra uma pilha e junta os usados numa cesta para lavar todos de uma vez, então a tábua de passar não é tão ruim."

Releu as palavras, fez uma pausa e deixou cair as mãos sobre os joelhos. Julian gostava de guardanapos de pano. Gostava de velas acesas e flores frescas. Sua primeira esposa era do tipo mulher de negócios, por isso passava muitas noites da semana fora e, mesmo quando não saía, não gostava de cozinhar. Na segunda experiência, ele escolhera uma dona de casa. Antiquado? Talvez. Mas Nicole adorava cuidar da casa. Adorava dar apoio a ele. Fora o que sua mãe fizera. Fora tudo o que ela sempre vira, o que sempre desejara.

As palavras na tela ficaram borradas. Sua mente pulou para um futuro em que Julian seria incapaz de trabalhar e de viajar e estaria infeliz.

Piscou, tomou fôlego com dificuldade e dirigiu os pensamentos de volta para Charlotte, o jantar e a apresentação.

Digitou: "Que mais? Temos pequenas pilhas de livros sobre a mesa, junto com algumas lamparinas e velas votivas. Não as acendi. Seria um exagero, com o fogo da lareira e o dia ainda claro. Mas, mesmo assim, ficaram bonitas onde estavam. Vejam." Levantando-se, retomou a câmera, conectou-a ao laptop e inseriu as fotos que fizera da mesa com os livros, as velas e a louça. Para não se distrair outra vez, recomeçou rapidamente. "As pessoas costumam servir vinho branco para acompanhar peixe, mas, como é verão e nossa comida era principalmente frutos do mar, as regras afrouxam. Encontrei um fabuloso Pinot Noir na adega."

Escreveu ainda um pouco sobre isso, antes de postar várias outras fotos, estas de comida e vinho, e compartilhou a receita do zabaione, logo abaixo do Riesling. Depois, isolando uma foto de Charlotte, enquadrou a cabeça e se sentou. Longos, espessos e ondulantes cachos castanhos, uma boca séria demais que sempre tinha sido assim — a amiga estava bonita. Sim, parecia mais velha, mas uma mais velha *bonita*. Sua pele não era muito oleosa ou maquiada. Nunca se dera a essas coisas, jamais pudera gastar dinheiro com isso e, agora que Nicole supunha que ela pudesse, aparentemente não se importava. Talvez tivesse razão. Não parecia precisar.

Nicole sim. Ultimamente seus olhos estavam cansados, e seu cabelo, maltratado. Havia ocasiões em que, de tanto se preocupar com Julian, sentia-se envelhecida. Fez luzes, comprou uma nova maquiagem, fez massagem no rosto e foi à manicure — tudo para dar uma levantada.

Charlotte tinha sorte. Não se importava se o nariz ficava queimado pelo sol, ou se o vento lhe rachava os lábios. E, por não se preocupar, nada disso acontecia. Nicole invejava sua indiferença, embora fosse fácil ser indiferente quando se tinha tão pouco a perder. Ela tinha muito a perder — um lar, o marido, um estilo de vida. Charlotte jamais tivera nada disso.

Seria mais doloroso sonhar com o que não se tem do que viver com medo de perder o que se tem?

Não sabia a resposta, mas pressentiu autopiedade. Pensou: é isso que *Julian* sente?

Com remorso, focalizou a tela. Não, Charlotte não tinha marido nem filhos, não dispunha de tempo para eles, e isso nada tinha a ver com procurar histórias pelo mundo afora. Em comparação, Quinnipeague era insípido. Nicole era sortuda por Charlotte ter concordado em vir. Queria que fosse uma temporada agradável, apesar da Esclerose Múltipla do marido.

O que a fez pensar no café da manhã. Rabanada ou frittata? Definitivamente uma frittata. Afastando-se da mesa, transferiu um pequeno pacote do freezer para o refrigerador. Era salmão, defumado em casa, na ilha, e mais delicioso do que qualquer um que pudesse encontrar em outros lugares. Salmão defumado não era obra de Cecily Cole, mas o manjericão seco e o tomilho que apanhara na prateleira de temperos eram. Pegando um pacote selado a vácuo de tomates secos, deixou-o sobre o balcão ao lado das ervas. Frittata, pãozinho quente e salada de frutas. Com mimosas. E café. Parecia bom. Comido ao ar livre, no deque talvez?

Não, não no deque, a não ser que os ventos de repente se tornassem quentes.

Elas comeriam aqui, na cozinha, com as flores que a manhã fornecesse. Certamente mais lavandas. Uma mulher nunca tinha lavandas suficientes — ou lírios ou astilbes, embora nenhuma delas florescesse tão cedo, mas ambas duraram mais do que as lavandas, até a manhã do dia anterior, por isso, nunca se podia prever.

Voltando ao computador, terminou o post do blog. Finalmente, digitando "Tudo depende da arrumação" como título, assinou e publicou. Navegou um pouco depois disso, procurando, como sempre, novidades nos sites de comida caseira, mas havia pouca coisa além do que já vira no dia anterior. Pegando o exemplar de *Sal* do balcão, acomodou-se no salão com seu chá e, na madrugada, começou a ler.

Capítulo 4

Charlotte acordou com o barulho das ondas, o cheiro dos biscoitos doces e uma sensação de paz. Parte daquela paz vinha da lavanda na fronha do travesseiro, seu perfume ainda no ar, mas estava convencida de que o que sentia ia além disso. Assim como quando criança, vir para cá ainda era fundamental.

Redenção fazia parte disso. Podia ajudar a tornar esse livro de culinária especial.

Mas ainda havia algo mais. Este verão seria um ponto de renovação na sua vida. De que outra maneira explicar o sentimento que experimentava?

É verdade que podia ser apenas ilusão. Ela sentira essa certeza naquele fevereiro no Rio, quando tinha sido mandada para fazer uma matéria sobre samba e acabara ensinando garotas a escrever nas favelas — e de novo naquele outro verão na Suécia, com um homem que pensou que fosse o certo. Ambas viagens haviam sido ótimas, mas voltara para casa sozinha, exatamente a mesma.

No entanto, tinha certeza de que, neste momento, estava exatamente onde deveria estar.

Saiu da cama, foi até a janela. A vista do seu quarto era a da ponta mais árida do nordeste da praia, onde haviam caminhado na noite anterior. Assim que a névoa da manhã se dissipou, o quebra-mar apareceu, assim como um barco de pesca ao longe. Ao menos foi o que pensou porque o barco não estivera visível tempo suficiente para lhe dar certeza de que era mesmo de pesca. Fixando mais o olhar, vislumbrou velas. Então descobriu que não era pesqueiro. No instante seguinte, porém, elas também desapareceram.

Um navio fantasma. Esse era um pensamento instigante. Poderia tecer uma série inteira de histórias imaginativas sobre um navio fantasma. Pressionando a palma da mão na vidraça fria, sorriu. Gostava de inventar histórias, costumava fazer isso o tempo todo. A imaginação fora a sua válvula de escape quando criança.

Aqui, a realidade é que era o escape. Escolhendo pãozinho quente em vez de navios fantasmas, enfiou um suéter por cima da camiseta e da calça do pijama, colocou meia de lã e saiu atrás do cheiro.

Uma hora depois, sentia-se entupida. Frittata, pãozinho, fatias de kiwi e uvas, duas mimosas e um café interminável — Nicole continuava a lhe oferecer mais, recusando-se a deixá-la se mover ou limpar alguma coisa. Sentia-se mimada, mas afinal, tinha sido sempre assim quando vinha aqui. Nicole a tratava como uma mãe, do mesmo modo que Angie costumava fazer. Para trás e para a frente, entre o fogão, a pia, o refrigerador e a máquina de café — não parou de se agitar.

Nem parou de falar. Mencionou o blog, no qual acabara de postar, e o esboço para a capa do livro que sua editora enviara, todos apenas pretextos para discutir o trabalho da própria Charlotte. Dava a impressão de ter lido tudo — o que foi humilhante para Charlotte, que passara o mesmo número de anos ignorando a vida da amiga e queria tirar o atraso, mas Nicole não deixava.

Finalmente, quando esta se dirigiu outra vez à pia, Charlotte pegou sua mão.

— Você está me deixando tonta, Nicki. *Sente.* — Nicole logo se desculpou.

— Sinto muito, mas é que adoro fazer isso.

— Os pratos podem esperar. Quero conversar.

— Estamos conversando.

— Não sobre o que eu quero. — Suavizou as palavras ao sacudir a mão da amiga. — Quero saber da sua vida.

Nicole pareceu atormentada.

— Minha vida? Minha vida está ótima.

— A minha também. Fim de papo. — E a desafiou com o olhar.

Nicole sustentou o olhar e depois riu.

— Você não mudou nada. A mesma Charlotte direta. — E continuou olhando para a amiga até que, finalmente, jogou-se para trás na cadeira. — O que você quer saber?

— Comece por Kaylin e John — disse Charlotte. — Vocês se dão bem?

O sorriso de Nicole expressou afeto.

— Muito bem. Julian e eu compartilhamos a guarda com Monica... Bom, compartilhávamos, porque ambos já têm mais de 18. No próximo outono, Kaylin vai se tornar veterana na Penn, e John vai para o segundo ano em Haverford, mas, durante todo o ensino médio, eles viviam na nossa casa. Ou melhor, apartamento. Sempre pensávamos em comprar uma casa, mas Kaylin adorava brincar de morar num arranha-céu, e Johnny se divertia subindo e descendo os corredores; e ficávamos só a dez minutos de Monica, que tinha uma casa com jardim. Porém, como disse, os verões eram passados aqui. Mamãe e Papai gostavam demais. E as crianças os adoravam. Sofreram muito com a morte de papai.

Charlotte acreditou. Bob era uma das pessoas mais carinhosas do mundo. Desde o início, considerara os filhos de Julian como seus próprios netos. Aqueles dois, entretanto, deveriam ter sido o anúncio de outros. Muito havia se falado do assunto durante o verão do casamento.

— Então — sim, *a Charlotte direta* perguntou —, por que não tiveram mais filhos?

— Porque já tínhamos dois para criar.

— Você sempre disse que queria um seu.

— Não há pressa. Eu sei — fez um gesto distraído — que estou com 34 anos, mas isso não faz diferença. Todo esse papo de relógio biológico... Às vezes acho que é balela. As mulheres agora têm filhos aos 40. *Muitas* mulheres. Conheço três que estão nisso agora.

Sua resposta pareceu enfática demais para Charlotte.

— Estão passando por algum problema?

— Como de fertilidade? Não. Vamos ter filhos, só estamos dando um tempo.

— Se Kaylin e John já estão na faculdade, e Julian está com 46, o que vocês estão esperando?

— Charlotte, você é chata como a minha mãe!

Mas Charlotte não estava convencida. Precisava se certificar de que o casamento de Nicole ia bem.

— Ele não mudou de ideia sobre ter mais filhos, mudou?

— Ah, não — insistiu Nicole. — Quer tanto quanto eu.

Olhou para a janela e sorriu.

— O sol está saindo. Vamos tomar café no pátio. — E, antes que Charlotte pudesse responder, ela já estava indo para o vestíbulo. Voltou carregando duas jaquetas impermeáveis e, embora seus passos continuassem leves, os olhos estavam anuviados.

— Eram de papai e de mamãe. Pensei em doá-las para a igreja. Eles vão saber quem pode usá-las. Pegue a de mamãe. — Era vermelha.

— Sou mais alta do que você, me dê a de Bob...

Mas o braço de Nicole segurava firme a azul e maior.

— Preciso da dele — disse rápido, com o fôlego curto.

Charlotte pegou a vermelha. Ajudando com o café, carregou as canecas e Nicole, os biscoitos. Minutos depois estavam ao ar livre. O pátio era um patchwork de lajes de granito extraídas do Maine e colocadas de maneira que formassem um arco que, por sua vez, refletia a costa. Duas pesadas cadeiras de madeira se localizavam à direita dos degraus da praia, diante do mar. Mais perto da casa e mais protegida estava a mesa onde almoçaram tantas vezes antes — vidro em cima e ferro embaixo — recentemente limpa e cercada de cadeiras.

No outro lado, um trio de espreguiçadeiras. Puxaram duas dessas para perto da casa, sob uma pérgula cujas trepadeiras estariam cobertas de rosas pêssego no próximo mês.

Juntando as mãos ao redor da caneca para se aquecer, Charlotte encolheu as pernas debaixo da jaqueta e observou Nicole de lado.

— Você é feliz? — Os olhos de Nicole brilharam acima de sua caneca.

— Feliz?

— Com Julian. No casamento.

— Claro!

— Ele é bom para você?

— Ele é um anjo. Por que pergunta?

Charlotte queria acreditar que Julian a amava, que não havia nenhum tipo de infidelidade e que nada a respeito daquela horrível noite se repetira.

— Só estou curiosa. Você sempre teve muita energia, mas sinto você nervosa agora.

— Já disse, muita coisa na cabeça... Papai, a casa, o livro.

— Desde que não seja por causa de Julian, tudo bem. Quero saber que você está feliz.

Nicole deu um pulo e, perdida dentro da jaqueta de Bob, cruzou o pátio.

— *Ficaria* feliz se o jardineiro tivesse feito o trabalho dele, mas veja a bagunça aqui. — Ajoelhou-se perto do maltratado cipreste junto da pedra e começou a retirar pontas marrons das folhas de baixo. — Pensam que a gente não vai ver isso, mas não é só pela aparência, é por causa da saúde da planta. Se a gente quer que cresça, o que está seco tem que ser arrancado.

— George Mayes ainda trabalha para você? — Charlotte se lembrava dele como um personagem, que podia aparecer tanto bêbado quanto sóbrio, mas sempre disposto a falar das plantas e dos arbustos nos momentos mais difíceis.

— Tenta — respondeu Nicole ao procurar mais alguma parte morta que passara despercebida. — Mas ele já está com mais de 80 anos, então seu filho Liam é quem trabalha mais. — Guardando no bolso o que recolhera, voltou para o salão. — Ele não é tão bom, mas eles precisam do dinheiro, e não existem tantos jardineiros assim por aqui, e também há Rose. Mulher de George, mãe de Liam, Cheryl e Kate, com muitos netos e até bisnetos. A salada de repolho dela ainda é a melhor. — Nicole olhou rápido em volta. — Onde está o meu café? — Localizando-o perto do cipreste, levantou-se outra vez e disse, ao voltar: — Não tenho certeza se é por causa da semente de aipo ou do molho, mas Rose definitivamente está incluída na nossa lista. A salada de repolho é o acompanhamento perfeito.

Charlotte fechou mais sua jaqueta. A lembrança a fez sorrir.

— A melhor. Ela fazia para a cidade inteira. Sempre a imaginei com os netos em fila, cortando o repolho no balcão como os pequenos elfos do Papai Noel.

Nicole riu. Era um som de boas-vindas.

— As netas. Os meninos se encarregavam do trabalho pesado. Uma família tradicional. Nem todos são assim em Quinnipeague. Espere até conhecer alguns dos novos. — Em pé de novo, deu uma volta na direção do jardim ao lado da casa.

— Que é que você está *fazendo?* — Charlotte gritou, perplexa com a agitação da amiga.

— Olhando as flores — gritou Nicole de volta. — Mamãe vai querer saber se a cravina está florindo. É esta rosa. O lisianto está pronto para florir. Vai ser num púrpura mais escuro do que o da lavanda. Preciso contar *isso* a ela. — Voltou ao salão. — A propósito, acho que o que aquele molho leva é semente de mostarda.

— É uma erva?

— Não, é uma especiaria.

— Qual é a diferença?

— Uma erva vem das folhas de uma planta; a especiaria, das sementes — explicou Nicole. — Algumas plantas produzem ambas, como o coentro. O sal é um mineral. Nós o chamamos de tempero, mas não é.

— A pimenta é o quê?

— Uma especiaria. A pimenta é a semente de uma pimenteira.

— Cecily Cole cultivava plantas de mostarda?

— Com certeza.

Charlotte sorriu.

— Q.E.D.*

Nicole riu de novo.

— Isso não prova nada. Não temos certeza sobre as ervas que Rose usa no molho.

— Vamos perguntar. O que realmente precisamos fazer é explorar as hortas da Cecily; você sabe, tirar fotos e tudo o mais — decidiu Charlotte. — Ela é a matriarca da culinária da ilha.

— Diga isso ao filho dela.

— Vou dizer.

— Ele tem uma arma. Atira em gaivotas por esporte.

Charlotte estremeceu.

— O que ele tem contra as gaivotas?

— Não sei, mas não estou curiosa para descobrir. As plantas da Cecily estão por toda a ilha. Podemos conseguir o que precisarmos com qualquer outra pessoa.

— Mas a horta dela é a fonte — argumentou Charlotte enquanto Nicole se levantava mais uma vez. — Aonde você vai agora?

---

* Expressão latina que significa "como se queria demonstrar". (*N. do T.*)

— Estou com frio — respondeu em voz de menina. — Quero trocar de roupa.

— Traga cobertor lá de dentro. Está maravilhoso aqui. — Respirou fundo. — Este ar é incrível. Suave.

— Charlotte, é ar marinho. E não tem sol. — Nicole fulminou as nuvens com um olhar raivoso. — Honestamente pensei que ele ia sair, ou não teria sugerido isto. O sol é alegre. E é isso que quero — falou por cima do ombro, entrando na casa.

— Acho que deveríamos ir à cidade. Seria ótimo mostrar a todo mundo que estamos aqui.

Nicole tinha dificuldade em ficar quieta, sentada. Charlotte não podia afastar o sentimento de que ela fugia de alguma coisa e de que essa coisa era *ela*. Havia momentos em que Nicole não a olhava nos olhos, o que podia significar que sabia sobre Julian e ela e tentava disfarçar.

Mais calma, Charlotte trocou de roupa. Ofereceu-se para dirigir, mas Nicole insistiu em usar o velho SUV que seus pais deixavam na garagem, o que a entristecia.

— Papai nunca se preocupou com o fato de eu dirigir aqui — relembrou. — Só existe uma estrada, portanto a gente não se perde, e não é possível correr porque é toda esburacada.

— Nunca teve manutenção? — perguntou Charlotte, dando-se conta de que não teria um volante para se segurar.

— Não com frequência. Não é prioridade aqui. Somos os abandonados. Estava pensando em dar este carro para Eleanor Bailey, como forma de agradecimento. Ela sempre trazia bolinho de caranguejo. Você se lembra daqueles minúsculos? Ela sabia que papai os adorava.

— Também adoro. Essa é outra receita que vamos precisar.

Nicole estava quieta, examinando o para-brisa com as duas mãos no volante, o que não teria importância se as pontas dos dedos não tivessem brancas.

Charlotte lhe tocou o braço.

— Você está bem?

Ela assentiu, limpou a garganta e se recompôs.

— Só estou pensando em papai.

— Desde que não seja algo mais.

Nicole olhou-a rápido.

— O que mais poderia ser?

— Eu — ousou dizer Charlotte. — Tem certeza de que me quer aqui?

Nicole pareceu desolada.

— Você não queria estar aqui. Tem algo melhor...

— Melhor do que isto? — cortou Charlotte. — *Nada* é melhor do que estar aqui. Ajudar você com o livro? Estou *honrada.*

— Então não diga mais nada — falou Nicole gentilmente. — Temos todos os ingredientes para um time incrível. E, por favor, nem sequer *pense* em ir embora — acrescentou ferozmente e soltando o freio de mão.

Fazendo penitência, foi o primeiro pensamento que ocorreu a Charlotte. O segundo foi mais pungente:

— Talvez eu te traga lembranças demais.

— Você acha que não viriam de qualquer jeito? Ao menos você está aqui e tenho um ombro onde chorar.

— Promete que vai usar?

— Sim, mas estou bem. Verdade, estou bem.

E, no início, ela estava. Pararam ostensivamente no correio, para que o chefe da agência soubesse que Charlotte poderia receber correspondência, e, uma vez que ele fazia lagostas cozidas como ninguém e era a principal fonte de notícias da ilha, cumprimentá-lo era um bom negócio.

Depois, foi a vez da biblioteca, que ficava próxima da loja de ferragens, cujos donos eram o bibliotecário e sua mulher, que fazia um excelente macarrão com mexilhões e queijo; desse modo, havia um duplo interesse ali também.

Nenhuma visita foi curta. Charlotte se esquecera como o tempo da ilha era diferente do tempo do resto do mundo. As pessoas não se satisfaziam com apenas um "Oi, que bom ver você de novo". Não importava o que estivessem fazendo, paravam para alimentar o fogão a lenha e depois ficavam ali, no calor; era simplesmente impossível ir embora diante da acolhida bem-humorada deles. Queriam falar sobre Bob, é claro, e Nicole graciosamente aceitava suas condolências. Era verdade que a tinham visto ao longo dos anos, mas agora Charlotte era a novidade. Perguntaram onde ela morava e por quanto tempo vivera lá, se tinha marido e filhos. Quando Nicole contou sobre o fato de Charlotte escrever, quiseram saber como havia decidido fazer isso, se viajar de avião a aborrecia e como era Paris ou Belize ou Bali.

Algumas vezes era constrangedor, como no salão de beleza. Pararam lá porque a dona era conhecida pelas quiches que fornecia para o café da manhã da cidade. Quando chegaram, a mulher estava no meio de uma névoa de spray perfumado, terminando o penteado de uma cliente para começar o de outra, e as perguntas surgiram rápidas e frenéticas. As três queriam saber *tudo*.

Charlotte começava a ficar cansada quando as mulheres se voltaram para Nicole.

— Você está muito magra. Vamos engordar você neste verão. Não vi seu marido na semana passada. Continua curando os doentes do mundo, não é?

— Continua — respondeu Nicole enfiando o braço no de Charlotte e acrescentando, numa voz cantante: — Temos que ir. Voltaremos outro dia. Tchauzinho.

As duas mal tinham ultrapassado a porta quando, com o cotovelo apertado, Nicole murmurou:

— *Continua curando os doentes do mundo?* Isso lá tem alguma graça? É uma falta de respeito, isso é que é. Por que é que as pessoas não conseguem ficar caladas, já que não têm nada agradável a dizer?

Charlotte se assustara.

— Ela pensou que era. — Quando Nicole não respondeu, tentou amenizar as coisas. — Mas, olhe, estou contente de termos saído de lá. Em geral, sou eu que faço as perguntas. É difícil ficar do outro lado. Preciso fazer um lanche. O Café ainda tem bolinhos?

Nicole precisou de mais um minuto, então falou:

— Você vai nessa?

— Sem dúvida.

O Café Quinnie continuava encantador como Charlotte se lembrava. Relíquias do tempo das baleias estavam penduradas nas paredes com painéis escuros, embora as principais atrações fossem as janelas que davam para o mar. Quando o tempo permitia, eram abertas sob os toldos. Esta manhã, porém, tudo se concentrava no fogão a lenha cujo cheiro seco pairava sobre as poltronas, as cinco mesas redondas com cadeiras de bétula resistente e um balcão com banquinhos. As mesas pareciam novas, assim como as lâmpadas penduradas que caiam sobre cada uma delas, mas a maior diferença, desde que Charlotte estivera ali pela última vez, era a profusão de tomadas. Naquela hora, duas mesas estavam ocupadas por pessoas com notebooks, novos frequentadores de Quinnie, que Nicole lhe apresentou. Um escritor e editor do *Times* e um programador.

Como o Café ficava no final da loja da ilha, escondido atrás de estantes de revistas velhas, quebra-cabeças e brinquedos, os que tomavam café não podiam ser vistos pelos que iam comprar comida, isso se Bev Simone, que dirigia a loja, não desse com a língua nos dentes, o que ela fez — mas só depois de acompanhar as duas e de atualizar Charlotte no que dizia respeito aos dez anos passados, com suas mortes, nascimentos e casamentos.

— Mas o casamento de Nicole e Julian foi o melhor — concluiu. — Ainda falamos nele. — E apertou o ombro de Nicole. — Seu pai, que Deus o tenha, sabia como dar uma festança. E vocês fazem um casal muito bacana, você e o doutor. Quando é que ele volta?

— Não tenho certeza — respondeu Nicole sem piscar. — A agenda dele está cheia. Talvez possa vir em agosto, como deseja.

— Desejar não basta — retrucou Bev. O sorriso de Nicole não se alterou.

— É o melhor que ele pode fazer.

— Ele é muito ocupado — disse Charlotte para Bev, que parecia enternecida com aquilo e, escutando um tilintar distante, voltou à loja. Mas não estava satisfeita. Uma vez que considerava Nicole e Charlotte celebridades, *escrevendo um livro sobre nós*, mandou um morador depois do outro lhes cumprimentar.

Assim, também houve montes de perguntas no Café, dirigidas especialmente para Charlotte, que não viam há mais tempo. Parecendo contente por ser deixada de fora, Nicole se ocupou com os bolinhos, o cappuccino, as colheres para o cappuccino, as facas para espalhar geleia nos bolinhos e os guardanapos.

Depois chegou Beth Malcolm, que tanto preocupara Charlotte vários anos antes. Ela lecionava na escola da ilha, que já havia encerrado o ano letivo, e estava no café ao meio-dia, no meio de uma semana, carregando, ao encontrá-las, o livro *Sal*.

— Devo ser a última pessoa a ler este livro em Quinnipeague — observou quando Nicole e Charlotte se entreolharam. — Vocês já leram?

— Estamos lendo, tempo presente — disse Charlotte.

— E estão gostando?

— Estamos.

— Não é incrível? — perguntou, então, parecendo espantada, voltou--se abruptamente para Nicole. — Vi Julian na TV. Foi *tão* esquisito. Não o reconheci a princípio. Estava de terno e parecia tão sério, mas *sério no bom sentido,* como se a gente entendesse que ele sabia do que falava, e depois, na semana seguinte estava aqui, usando shorts e uma camisa. A mulher do eletricista, você conhece, o que fez a fiação da sua casa, teve um bebê em abril, e, pouco tempo antes, pensaram que havia um problema de coração nele, então todos falaram em Julian e nos milagres que ele faz com prematuros.

— Fetos.

— Adoramos quando ele está aqui. Quando é que vai voltar?

Nicole voltou os olhos para Charlotte de um jeito que poderia passar por indulgente se Charlotte não a conhecesse tão bem. Era súplica.

— Todo mundo está perguntando isso — respondeu Charlotte a Beth —, e ele espera poder vir no fim do verão, mas está atolado de trabalho...

— Além disso — acrescentou Nicole, numa voz aguda —, se ele voltasse, estaria de férias. Não iria querer gente atrás dele. Ia querer privacidade.

— O que é a especialidade da ilha — Charlotte se apressou em dizer, porque aquela voz fina soou irritada. — Quantas crianças a escola da ilha tem agora?

Distraída, Beth falou sobre aquilo, depois sobre seus dois filhos e sobre o marido, que havia conhecido na faculdade e trazido para a ilha. Ele era um escultor que criava obras-primas de metal e lutava para ser reconhecido, embora, depois de afirmar isso, Beth tenha dito contritamente:

— Prometi a ele um pão recheado. Tenho de ir. Ei, temos um grupo de leitura. Querem vir?

— Vocês estão discutindo *Sal?* — perguntou Charlotte, interessada.

— Ah! Não! Lemos esse por curiosidade, estamos trabalhando sobre *Caleb's Crossing.* É também sobre uma ilha.

Charlotte tinha lido.

— Talvez a gente vá — disse e deu adeus a Bethe, que saía. Também teria perguntado à Nicole se lera o livro se esta não estivesse olhando alarmada para o seu bolinho. — O quê?

— Groselhas — gritou Nicole. — Nesses bolinhos! *Não* são daqui.

Charlotte ficou perturbada com o que lhe pareceu pânico. E as groselhas não podiam ser a causa disso. Além do mais, a Nicole que ela conhecia era calma. Ou ela mudara ou algo estava acontecendo, e não tinha relação alguma com Bob. Se estivesse pensando nele, Nicole estaria triste, não em pânico.

Terminaram de comer sem muita conversa. Bev mandou outra cliente, mas a mulher era insossa e lacônica. Assim que ela foi embora, as duas se mandaram também.

Foi aí que esbarraram no editor do semanário da ilha. Seu rosto se iluminou ao vê-las, embora tenha logo se fixado em Nicole.

— Soube das suas boas notícias. Um livro, hein?

— De culinária — explicou Nicole, com um sorriso amarelo. *Acuada* foi a palavra que veio à mente de Charlotte, que já pensara nisso no dia anterior também.

— Que bom para você — disse o homem — embora não me surpreenda. Você sempre teve algo especial, a ponto de ter trazido aquele seu marido para cá. Saiba que eu gostaria muito de me sentar para conversar com vocês sobre o livro, o livro de culinária, e sobre o trabalho dele. Quando é a próxima vinda do Julian? Eu escreveria uma matéria para o jornal. Seria coisa para a primeira página. E, ei, sinto muito pelo Bob. Fará muita falta.

Nicole assentiu com a cabeça. Nem piscou nem parou de sorrir.

O jornalista continuou:

— Ele teria adorado o perfil que eu faria do doutor e de você, sabe, com uma foto estampada na página e tudo. Você acha que Julian concordaria com isso? Ah! Bem que gostaria, eu acho. O jornal é só para nós, de Quinnie, e ele gosta disso aqui. — Chegou até a porta. — Minha mulher está precisando de macarrão. Ela me prometeu lagosta com macarrão e queijo gratinado e *disso* não vou abrir mão. Se vocês estão procurando as melhores receitas da ilha, precisam dessa. Vou dizer a ela. Ela ficará feliz de aparecer num livro. Então, vai me dizer quais são os planos do doutor? Vou à sua casa. Vale a pena fazer um perfil de cada vez, mas agora temos as duas estrelas. Livro, TV, vocês formam o casal poderoso. Ca-sal po-de-ro-so — repetiu acompanhando cada sílaba com o punho fechado, antes de entrar na loja.

Charlotte pensou que era verdade, mas Nicole arregalou os olhos para ela.

— Eu *me lembro* da lagosta com macarrão e queijo que ela faz — exclamou. — E se ela quiser que o seu prato apareça no meu livro, vai ter de acrescentar alguma coisa para torná-lo diferente de todas as outras receitas de lagosta com macarrão e queijo que existem por aqui.

Charlotte quis desviá-la da loja, mas Nicole esbravejou:

— Casal poderoso? Casal *poderoso?* Ele não sabe o que está *falando.* — Parecia frenética. — Existem trilhões de livros de culinária, sou uma das milhares que escrevem sobre isso, e Julian passa mais tempo lecionando do que operando. Casal *poderoso?* Isso é um monte de *merda.*

A linguagem, o tom, o olhar — tudo era totalmente inesperado para Charlotte deixar passar. Antes de perguntar, porém, Nicole soltou o cinto e saiu, indo para longe do SUV e pela rua abaixo.

— Aonde você vai? — chamou Charlotte.

Nicole parou e olhou em volta. Virando para a direita, dirigiu-se a umas rochas em frente ao píer. No verão, as rochas recebiam turistas que vinham ali comer o almoço, mas, num dia frio como este, estavam desertas. A única coisa que Charlotte imaginava que Nicole podia fazer de lá era pular.

Correu e agarrou o braço de Nicole bem junto das rochas.

— O que há de *errado?* — gritou ela, agora também frenética.

Os olhos de Nicole estavam grandes, o rosto tão pálido quanto os cabelos.

— Nada! Está tudo bem!

Charlotte a sacudiu.

— O que é que *há,* Nicki?

Nicole levou as mãos à cabeça e apertou com os olhos subitamente confusos.

— Por favor, me diga — falou Charlotte docemente.

— Não posso. — Um suspiro apenas. — Não posso.

— Estou aqui para ajudar. Eu quero. Não pode ser tão ruim.

Nicole explodiu:

— *Esclerose múltipla* não é tão ruim?!

Charlotte engasgou.

— Você?

— *Julian!*

As palavras ressoaram. Nicole olhou em volta como se alguém tivesse dito aquilo porque, se fosse ela, seria a pior espécie de traição.

A única pessoa por perto, entretanto, era Charlotte, que não poderia saber disso, e, de qualquer modo, não teria gritado para ela. O rosto da amiga estava lívido.

Nicole sentiu que afundava por dentro.

— Ele tem o quê? — murmurou Charlotte abraçando seus ombros.

Não podia dizer de novo. Julian não queria que dissesse para ninguém, menos ainda para Charlotte. Não havia pedido especificamente aquilo na noite passada? Agora já estava feito. Ela não planejara, mas não importava mais.

Ele ficaria ferido, decepcionado, *zangado*. A relação deles tinha sido instável nos últimos tempos. Isso não ajudaria.

Ao pensar que apenas não contaria para ele, o que significava ter mais um segredo para guardar, foi invadida por uma onda de desespero e, caindo de joelhos, desatou a chorar.

Capítulo 5

Charlotte estava atônita. Entre todas as possíveis explicações para o que estava acontecendo, não passara nem perto de imaginar doença. O Julian que ela lembrava era ativo demais, saudável demais. Era dedicado demais, *famoso* demais — o que, é claro, era uma coisa absurda de se pensar. Pessoas famosas adoeciam o tempo todo. Pessoas famosas *morriam* o tempo todo.

Não que Julian fosse morrer. Esclerose múltipla era controlável. Charlotte tinha certeza disso. Mas era crônica, e doenças crônicas alteram vidas.

Ajoelhando, envolveu Nicole com os braços, mas a amiga não permitiu o abraço por muito tempo. Afastando-se, disse numa voz entrecortada, mas com ênfase e com os olhos verdes assustados:

— Você não pode contar para ninguém, Charlotte. Prometa que não vai contar.

— Não vou.

— Para ninguém, ninguém. Se Julian descobrir que contei a você, vai se divorciar de mim.

— Não vai. Ele ama você.

Ela tirou um lenço do bolso.

— Costumava ter tanta certeza disso, mas ele mudou. — Apertou o lenço no nariz. — Ele costumava se abrir. Era calmo e confiante, e é assim com todo mundo, menos comigo. Comigo, todo o problema aflora. Sou a única que sabe, além de você agora.

Charlotte não compreendeu.

— Você não pode ser a única. O pai dele é médico. — Ela se lembrava de ter encontrado o doutor Carlysle pai no casamento. Embora não fosse um acadêmico, como Julian, merecia respeito.

— Nem o pai, nem a mãe — disse Nicole. — Ninguém a não ser seus médicos, que nem são da Filadélfia. Entendo perfeitamente que o futuro dele depende das pessoas *não* ficarem sabendo, mas pode imaginar o quanto isso é difícil para mim?

Charlotte tentava entender. Ela era autossuficiente. E Nicole? Nicole era mais dependente, mais *social*. Sentir-se amordaçada entre os amigos?

— Há quanto tempo você sabe?

Ela enxugou as lágrimas.

— Quatro anos.

— *Anos?* Ah, meu Deus! E com o que aconteceu com Bob? Angie deve estar desesperada.

— Charlotte, ouça! Mamãe *não sabe.*

— Mas ela é a sua mãe.

Nicole a olhou fixamente.

— Ele não deixou você contar nem para a sua mãe? — perguntou Charlotte, desolada, e levantou a mão. — Sinto muito. Não posso criticá-lo. Não estou na pele dele. — E tentou ir adiante. — Eu pensei... pensei que vocês talvez estivessem se estranhando, como se ele tivesse um caso ou algo assim.

— Julian? Julian não. Ele é totalmente leal a mim. Mas e eu? Não consegui passar *um dia* sem dar com a língua nos dentes.

— Você não devia ter esperado nem todo esse tempo — Charlotte a repreendeu. — Tinha que ter me contado no minuto em que cheguei aqui. — Estava intrigada. — Quatro anos e ninguém *percebeu nada?*

— Aí que está. Você não percebe o cansaço dele e é o que ele sente quase o tempo todo; os outros sintomas vêm e vão. Ninguém que o olhe se dá conta. — Sua voz ficou mais aguda. — Mas EM é progressiva. Ele não está reagindo aos medicamentos, então sabemos o que virá pela frente. Às vezes penso que sou totalmente egoísta porque fico contente com o fato dos sintomas ainda serem suaves, mas pense no que ele faz. É cirurgião, trabalha com criaturas pequenininhas, e, se suas mãos começarem a tremer na hora errada, será um desastre. Ele parou de operar e só está ensinando, mas, por dentro, está morrendo, e ninguém sabe, assim como não se sabe a razão disso. É como se ele estivesse vivendo duas vidas: uma em público, onde tudo está normal, e a outra, escondida, na qual vive preocupado e com raiva. — Parou, os olhos mais uma vez marejados. — Eu não devia ter contado para você, mas você e eu sempre falamos sobre tudo e agora aqui estamos, com todo o mundo perguntando quando ele volta. — Respirou fundo. — Ele me fez prometer que não contaria para você. Isso não é deslealdade?

Lá estava de novo aquela palavra. Charlotte poderia ter feito um ou outro comentário sobre Julian e deslealdade, se aquela não fosse a última coisa que Nicole precisava ouvir. Ela queria ajudar, *precisava* ajudar.

Então disse, suavemente:

— Não é deslealdade, Nicki, é sobrevivência. Você é humana. Tem sentimentos e necessidades. E é uma santa por ter mantido isso só com você por tanto tempo. — Puxando-a para baixo até que tivessem sentadas com as costas numa pedra, falou: — Conte-me tudo.

Depois que começou, Nicole não parou mais. A comporta se abriu e anos de agonia começaram a jorrar. Contando, reviveu: a cena do apartamento deles, quando Julian pela primeira vez falou nos resultados dos exames; quando estava com ele em Nova York e o médico prescreveu uma série de tratamentos; e novamente, todas as vezes que um tratamento era abandonado e outro começava, vivendo na montanha-russa da esperança e do desapontamento, esperança e desespero — e, durante aquilo tudo, as longas noites no computador, lendo tudo que podia sobre EM.

Barcos rangiam nas suas atracações ao longe onde ondas lavavam o píer e a pesca era distribuída na praia. Embora a pedra as protegesse das rajadas do vento, o ar marinho ainda circulava misturado às fumaças das chaminés de todas as casas por perto. Aquilo era apaziguante. Mais calmante ainda foi o desabafo. Julian ficaria furioso. Mas ela *era* humana. Submetera-se às necessidades dele por muito tempo, mas esta era a necessidade *dela*.

Charlotte não tinha respostas. Apenas ouvia. Não disse que Nicole era mimada e autocentrada quando gritou que não era justo, que Julian tinha um futuro tão promissor e *por que isso foi acontecer conosco*. Nem tentou amenizar as coisas, como a mãe de Nicole teria feito. Suas perguntas eram curtas e objetivas. E depois? Charlotte dirigiu de volta para casa — apenas tomou o comando da situação e aquilo lhe deu uma sensação maravilhosa — enquanto Nicole recapitulava tudo.

— É um malabarismo. Precisamos encontrar um tratamento que retarde o progresso da doença, mas que não lhe provoque uma parada cardíaca no processo.

— Isso já aconteceu?

— Ainda não, mas só porque está sendo observado de perto. Com um dos remédios, ele teve que permanecer sentado durante seis horas após a primeira dose, e seu coração ficou tão lento que desistiram de lhe dar a segunda. Assim tem sido a história. Alguns dos tratamentos mais promissores provocam reações tão adversas que foi preciso interromper. Isso reduz as opções. Se nada funcionar, *nunca*, a única coisa... Ah, meu Deus, tão horrível. Quando penso no estágio em que poderemos estar em apenas alguns anos entro num pânico tão atroz, o horror que será para Julian... Tento não pensar, mas não consigo, entende? Ele chega em casa e cai em depressão. Seu pensamento é o de que é só uma questão de tempo para que a coisa errada aconteça na hora errada. O que quero dizer é que ele se afastou do quadro dos cirurgiões e ninguém entende o motivo, uma vez que ainda é chamado. E existe *outra* coisa — Ela se apressou em dizer. — Ele gosta de aparecer na TV ou nos simpósios diante de centenas de médicos. Gosta de ser convidado para ir a Londres e Paris e Beijing. Quem não gostaria? É muito gratificante. Mas, se descobrirem que ele está doente, vão imaginar que perdeu o jeito e não vão mais convidá-lo.

— As crises são muito ruins?

— Não são terríveis. Duram um dia ou dois, então ele cancela os compromissos na Filadélfia e pegamos o trem para ver o médico em Nova York.

— Corticosteroides? — perguntou Charlotte.

Nicole se espantou.

— Como você sabia disso?

— Escrevi uma matéria certa vez sobre uma pequena clínica no interior da Inglaterra...

— Eu li. Era sobre câncer.

— Sim, mas, por algum tempo depois, namorei um dos médicos de lá. A especialidade dele até então era EM. Foi um relacionamento ruim, mas aprendi um monte de coisas. Corticosteroides são utilizados para tratar crises.

— Ajudam — confirmou Nicole. — Mas não podem ser tomados de forma contínua. Julian precisa, antes de tudo, encontrar alguma coisa que previna as crises. O problema com EM é que o que é bom para uma pessoa nem sempre serve para outra. Ouvimos falar do sucesso de alguma medicação nova, então ou ele tem uma reação adversa ou os seus sintomas continuam inalterados.

Já estavam em casa, no pátio e compartilhando uma única espreguiçadeira, como faziam quando tinham 8 anos, sorvendo chá quente sob um sol finalmente cálido quando Charlotte perguntou:

— Que tal yoga?

Nicole olhou para ela aliviada — *tão* aliviada — de poder compartilhar tudo aquilo com alguém que conhecia o assunto.

— Seu médico deve ter falado muito.

— Principalmente sobre ele mesmo — replicou Charlotte, não muito divertida. — Ao menos a parte sobre EM era interessante. Ele mencionou yoga como tratamento alternativo.

— Não é alternativo para nós. É complementar, *com* os medicamentos, não sem eles. Julian não se arrisca. O mesmo com a dieta. Há tão poucos estudos sobre o efeito da macrobiótica, mas ele é cuidadoso com a alimentação. E faz exercícios. Corre e trabalha o corpo. — Ela entendeu o olhar de surpresa de Charlotte. — É claro que ele cai. Culpa então os tênis ou a esteira ou o *meio-fio*. Isso me aterroriza. — Sentia pavor até para contar, embora menos agora. O isolamento aumentava a proporção das coisas, mas Charlotte sabia agora. Compreendia. — Quando sai para uma corrida, fico imaginando que a polícia vai aparecer na porta para me dizer que ele caiu e foi atingido por um carro.

— Não pode fazer isso a si mesma.

— Por que não? Sei que é egoísmo da minha parte quando somos privilegiados em relação...

— Pare, Nicki. Não diga mais isso. — Charlotte se virou para encará-la. — Dor é dor. Você tem direito de sentir. Você não pediu isso.

— Mas não estou lidando bem. Não sei o que *fazer*. Diga-me, Charlotte. Quero ajudá-lo, mas não sei como. Ele diz que o cerco, mas faço isso porque quero ajudar. Depois, digo coisas erradas... *faço* coisas erradas. Realmente sou só uma pessoa.

Charlotte pareceu honestamente espantada.

— Está brincando? Qualquer outra pessoa ficaria paralisada, mas você não ficou. Veja o que fez nos últimos quatro anos; ajudou Angie, cuidou de Kaylin e John, blogou tão bem que conseguiu um contrato para um livro. Dê crédito a si mesma, Nicole.

Ela, entretanto, tinha dificuldade em reconhecer isso. Tentava se controlar quando estava com Julian, mas, quando não estava, preocupava-se com tudo.

— O blog tira minha mente da doença. Talvez ele tenha razão em dizer que preciso ficar longe. E por isso está me empurrando para esse livro. Ele dá total apoio. — E então foi enfática. — Preciso que seja um sucesso, Charlotte. Não para mim; não quero ser famosa, mas, se o livro vender, podem vir outros. — Ela desenhou esperançosas manchetes no ar. "Quinnipeague é Nickitotal" e "Nickitotal está em Chicago ou em São Francisco, ou em New Orleans". — É para... Não é pela reputação, nem pela distração. — E a palavra finalmente saiu: — É pela segurança — precisou admitir. — Sou mimada. Pensei contar sempre com o trabalho de Julian.

— Ele vai ter trabalho.

— Mas não vai ganhar o que costumava ganhar — respondeu, sofrendo o impacto das próprias palavras. — Não posso falar sobre isso com ele. Fica maluco quando tento. Mas, se nada funcionar e ele piorar... Preciso uma fonte de renda, Charlotte. Quero dizer, sei que se trata apenas de um livro de culinária, e livros de culinária não vendem milhões de exemplares, mas preciso que venda bem. — Sentiu náusea. — Estou me preparando para o fracasso?

Charlote sorriu.

— O que é mesmo que seu pai sempre dizia?

— Sonhe alto, mire alto. — Nicole desanimou. — Mas veja o que aconteceu com Julian.

— Certo. Ele visou uma grande especialidade e conseguiu. Quis uma família perto, e conseguiu. Eu diria que se saiu muito bem.

— Está bem. Ele realizou seus sonhos — concordou Nicole. — Mas e os *meus?* Eu também tinha sonhos.

Ela percebeu o momento exato em que Charlotte entendeu, um leve tique nos olhos castanhos normalmente serenos.

— Foi por isso que não tiveram um bebê? — Ela parecia abalada. — Ele não pode transar?

Uma semana antes, Nicole teria se incomodado com a franqueza, agora não mais. Com tudo posto às claras, sentia-se tão aliviada que Charlotte agora podia dizer *qualquer coisa,* ela não se importaria.

— Ah, pode, sim, não se trata disso. A coisa maluca é que deliberadamente desistimos de ter filhos. Kaylin e John precisavam de atenção e eu podia dar, e eles me recompensaram enormemente. Agora, o problema é o Julian. Ele acha que não será capaz de pagar pelas roupas e pela educação, acha que fisicamente não será capaz de *segurar* uma criança, e eu continuo dizendo que está tudo bem, que vamos encontrar um jeito de fazer tudo funcionar, que pessoas com EM estão tendo filhos sem problema, mas ele não quer nem escutar.

— EM é hereditário? — Charlotte perguntou.

— Não há certeza. Quero dizer, há *tantas coisas* que ainda não sabem, como por que as mulheres são mais suscetíveis do que os homens... ou se existe uma relação entre EM e mononucleose... ou por que EM incide mais no norte dos Estados Unidos do que no sul. Julian fez todos os testes, como manda o figurino, e não chegaram à conclusão alguma sobre o seu caso. Ele não vai contar para os amigos nem para os pais. Não vai contar nem para Kaylin nem para John. Diz que não há nada que possam fazer. Talvez tenha razão. — Estava pensando assim, tentando encarar a realidade, mas alguma coisa ainda a irritava. — O casal poderoso? Nem tanto. Podemos parecer felizes e poderosos e bem-sucedidos para o mundo, mas, na verdade, não somos. Julian está doente, e eu sou uma fraude.

— Você não é uma fraude.

— Escrevendo um livro de culinária para preencher um buraco na minha vida? Poupe-me!

— É assim que metade do mundo funciona, Nicole. Você sempre foi apaixonada por alimentos orgânicos, e o movimento da-horta-à-mesa é bem a sua praia. O que você está fazendo se chama sublimação e isso pode produzir *os melhores* resultados.

Nicole deixou que as palavras flutuassem ao redor dela, desejando desesperadamente acreditar. Foi por isso que quis trazer Charlotte para cá. Sentindo uma onda de gratidão, observou a amiga pousar a taça de chá e se voltar para o mar. Charlotte parecia triste, e Nicole não questionava o motivo depois de tudo que jogara em cima dela. Era muita coisa de uma vez só.

Por sua vez, porém, Nicole se sentiu leve como não se sentia havia meses. Num impulso, abraçou Charlotte.

— Tenho sorte de você estar aqui. Sua vinda salvou a minha vida.

— Isso é muito dramático.

— Estou falando sério. Estou contente. Me sinto *tão* melhor. É como se... se... como se a sombra do mar tivesse mudado. — E sentiu a presença de seu pai. — Papai falava isso também. Lembra? Exatamente embaixo das nuvens, as manchas negras na água onde é mais escuro e gelado? Bom, acabo de me afastar. Ainda posso ver a sombra, mas está mais quente e mais claro onde estou agora. Obrigada, Charlotte, você é a melhor.

Capítulo 6

Você é a melhor, dissera Nicole. Mas Charlotte não pensava assim. Enquanto viajara ao redor do mundo, escolhendo e assumindo tarefas numa espécie de farra despreocupada e autoindulgente, a amiga ficara em casa, enfrentando o inferno. Se ela tivesse sabido, viria correndo? Significaria encontrar Julian, e tinha certeza que ele desejava tão pouco isso quanto ela.

Agora, porém, após o desabafo de Nicole, tinha partilhado o peso do fardo. Querendo saber tudo sobre EM — em parte para recordar, em parte para se atualizar —, passou a tarde no pátio com seu notebook. Não havia nevoeiro agora, e poucas nuvens. O sol aquecia seus braços e pernas, o que a deixou mais à vontade, mesmo que o calor não chegasse a aquecê-la por inteiro. Os avanços desde que rompera com Graham, o médico britânico, consistiam em novos remédios, novas teorias e novos experimentos. A cada postagem que anunciava uma recuperação miraculosa, havia uma denúncia de farsa, e efeitos colaterais eram tema recorrente.

Depois apareceram os transplantes de células-tronco, que ressoaram no fundo da sua mente. Graham os mencionara como um tratamento promissor, e, de acordo com o que estava lendo agora, tomavam força. O processo consistia em retirar células-tronco da medula óssea, tecidos ou órgãos de adultos e introduzi-los no corpo, substituindo as células doentes pelas sadias. No caso de EM, uma disfunção do sistema imunológico causava dano aos revestimentos dos nervos, afetando o envio de sinais elétricos através do cérebro e da medula espinhal. Essa falha é a causa dos sintomas. A finalidade do transplante seria a de conferir ao corpo células novas e saudáveis, capazes de gerar revestimento saudável nos nervos.

A recomendação usual era a de se fazer o transplante autólogo, que usava as próprias células do paciente na esperança de minimizar o risco da rejeição. Além disso, as células-tronco de embrião prometiam ainda mais, embora a utilização dessas desencadeasse uma série de questões políticas. Não tanto as das células dos cordões umbilicais, mas, de acordo com o que Charlotte lera, o uso delas continuava experimental.

A coisa toda era apavorante. Precisou de grande esforço para esconder sua preocupação durante o jantar. Mas Nicole, envolvida agora com o livro de culinária, recriou tortas individuais de frutos do mar a partir de uma receita da Chowder House. Arrumou os lugares na mesa de cavalete — jogo americano laranja-claro sobre o tampo de carvalho, guardanapos em anéis de conchas, e um Vouvray envelhecido em taças impecáveis — e de novo insistiu em fotografar o conjunto antes de permitir que Charlotte comesse.

— O que você acha? — finalmente perguntou depois de um tempo de pensativa mastigação. O ar absorto do seu rosto indicava que se referia a elementos de textura e gosto, comparando um ingrediente com outro, avaliando sua proporção em relação ao todo.

Essa era a Nicole que Charlotte conhecia — a pessoa detalhista, que recordava cada trama secundária de qualquer livro que lera e podia citar uma razão para isso funcionar no conjunto da obra. Charlotte, que em geral nem olhava para trás, tinha adorado e odiado a amiga alternadamente por causa disso.

Não se tratava de amor ou ódio agora, mas de admiração. Nicole não seguia em frente. Simplesmente colocava uma coisa de lado para focalizar outra. Inspirada, Charlotte prestou muita atenção nos méritos do prato.

— Gosto da lagosta. Gosto do caranguejo. O camarão parece...

— Cozido demais — sugeriu Nicole.

— Mas estava congelado, não? — De jeito algum diria que o camarão estava malfeito, nem mesmo queria dar a *impressão* de fazer crítica quando Nicole se distraía. *EM? Escape da mente.*

Nicole saboreou outra porção.

— Sim, congelado. Os camarões aqui aparecem de dezembro a abril. Na verdade, a temporada acabou mais cedo este ano porque a captura foi grande demais. — Pegou mais um pequeno camarão e mastigou. — Duro, definitivamente. E já temos o crocante da erva--doce, portanto não preciso de algo tão duro. O que acha de usar bacalhau em vez de camarão?

— Acho que funciona — disse Charlotte pensativamente. — Mas gosto da salada com isso. E do pão.

O plano era incluir sugestões de cardápios com cada receita — que acompanhamento ficaria bem com tal entrada, qual entrada estaria de acordo com tal acompanhamento, que couvert ou sobremesa complementaria cada escolha. Nickiamesa.com era famoso por isso. Também por sua apresentação, daí Nicole se dar tanto trabalho para artisticamente decorar e fotografar cada refeição. Adorava fazer isso.

Deixando-se influenciar pela amiga, Charlotte, então, afastou-se, a fim de olhar melhor o conjunto — uma caçarola com um com um bolo pela metade descansando sobre o que sobrara de um molho cremoso e robusto com frutos do mar. Os ilhéus não diluem os pratos de frutos do mar com dúzias de acompanhamentos, daí a simplicidade da salada e do pão. Mas havia um elemento de Cecily Cole no molho cremoso.

— A salsa acrescenta o verde necessário.

— E as caçarolas adicionam um marrom-acastanhado — acrescentou Nicole. — Eu comprei na loja da ilha há alguns anos, e não foram caros. A propósito, estou fazendo uma lista de referências para colocar no fim do livro. Nem todo mundo tem acesso aos nossos ingredientes, e não estamos em condições de lhes fornecer ervas frescas, mas a loja da ilha envia caçarolas de navio, e considerando que são de fabricação local...

— Por Oliver Weeks? — Charlotte interrompeu com um sorriso entusiasmado. — Ainda existe? Que personagem! Com ele pode sair uma grande entrevista.

— O livro tem que focar nos cozinheiros.

— Ele dá implementos aos cozinheiros.

— Não sei se minha editora vai aceitar Oliver Weeks.

— Então vou entrevistá-lo por minha conta — Charlotte anunciou. — Posso vender um perfil dele num estalar de dedos. Ainda por aqui? Oba! E solteiro?

— Está namorando Alicia Dean.

Charlotte ficou estarrecida.

— Alicia Dean? Que tédio!

— Você só diz isso porque pensava que ele ainda era um gato.

— Ele *era*. — Mais cautelosa, perguntou: — Como é que ele está agora?

— Enrugado.

— Mesmo? Não é velhíssimo.

— A mesma idade de Julian. Quarenta e poucos.

Dez anos a mais do que elas, razão pela qual Charlotte nunca fizera questão de flertar com Oliver. Não que tivesse flertado com Julian. Nem que tivesse pensado que Julian era um gato. Nem que se importasse se Julian estava enrugado ou grisalho — a não ser que isso significasse alguma coisa em relação à sua saúde. Até então ela não conseguira interpretar o que acontecera entre eles como algo remotamente relacionado à atração física. Solidão? Talvez. Ela havia rompido com outro namorado que pensou ser o cara certo, então podia acrescentar coração partido à lista de desculpas. Mais o vinho e o cansaço, e o resultado foi desastroso.

— Alicia passou alguns anos no continente — disse Nicole —, por isso tem um pouco mais de vida agora. Trabalha como Relações Públicas na Câmara do Comércio.

— A Câmara do Comércio — sibilou Charlotte. — Deve ser uma organização mais ativa, especialmente porque Quinnie odeia turistas.

Nicole tentou não rir.

— Visitantes de um dia são bem-vindos. Dorey gosta deles. — E apontou para a torta. — Ela vai me dar outras receitas da Chowder House, mas acho que esta merece ser incluída. Torta é uma marca da ilha.

E Charlotte sabia que tortas de Quinnipeague não eram todas de peixe. Lembrava algumas que continham galinha, porco ou bife, embora a última fosse em geral moída.

— Torta de carne. — Suspirou, numa súbita euforia. — Coberta com batata amassada e enfeitada com raiz-forte tirada de uma planta do jardim de Cecily Cole. Acha que o filho dela ainda a cultiva?

Nicole levantou as duas mãos e, numa voz muito aguda, disse:

— Não vá lá, Charlotte. Você *conhece* o problema que tenho na minha vida.

— EM não é problema, é preocupação.

Em seguida, Nicole cobriu as orelhas com as mãos.

— Não quero ouvir. Temos que falar sobre o livro. — Saiu da mesa para pegar um caderno no balcão e, ao voltar, arrancou duas folhas de papel. Empurrando a primeira para Charlotte, falou: — Esses são títulos de capítulos, começando com *Brunch* e terminando com *Doces*. Minha editora pensou em capítulos para *Entradas* e *Saladas*. Eu criei o de *Entradas*, podem compor uma refeição completa se a porção for grande, mas as saladas estão nos cardápios, então vão aparecer em capítulos diferentes. Além disso, dez capítulos parece um bom número. Viu? Já incluí *Tortas Individuais*.

Charlotte também viu *Sopas*, *Peixes*, *Aves* e *Filés*, mais *Acompanhamentos* e *Petiscos*. O que ela também viu foi Nicole na cozinha, vivendo e respirando comida para o blog e o livro. Charlotte não era grande cozinheira, mas sabia comer quando estava em casa. Quando se sentia chateada ou tensa, comia. E lá estava Nicole — em casa e certamente chateada e tensa, definitivamente tensa — chafurdando em comida, mas magra como sempre. Nervosismo com certeza era tão eficaz quanto uma cirurgia bariátrica.

— Pessoas interessantes — disse Nicole, colocando a segunda página em cima. — Minha editora não conhece Quinnipeague, então fiz esta lista por minha conta. Todos desempenham importantes papéis aqui.

Charlotte olhou os nomes, de repente chocada com a irrelevância daquelas pessoas — com a irrelevância de todo o *projeto* — em comparação com temas como doença e infidelidade. E amizade. Definitivamente, a amizade é que era importante.

Não entendendo a expressão da amiga, Nicole se apressou em dizer:

— Você não tem que fazer isso exatamente assim, se não quiser. Fui mais ou menos esboçando os itens dos capítulos, listei algumas das pessoas que podem me dar receitas, e depois escolhi algumas daquela lista que achei que poderiam ser interessantes, mas, se não forem interessantes para você, não vão interessar aos meus leitores, só isso já serve como teste da lista. O que quero dizer é que são apenas sugestões.

— O livro é seu — falou Charlotte, sentindo-se a *pior* das amigas.

— Mas a escritora é você.

— É o *seu livro* — repetiu, agora mais controlada. Se Nicole tivesse sido mais exigente com Julian, ele nunca seguiria Charlotte até a praia. Fim da história. — Você conhece o seu público, foi você quem assinou o contrato. Não sei o que a sua editora quer e faz mais de dez anos que não venho aqui, então não sou a indicada para tomar decisões executivas. Diga-me quem devo entrevistar, e eu faço a entrevista.

Nicole havia recuado.

Só então Charlotte se deu conta da rispidez de seu tom — e de como era antiga e unilateral a sua raiva — e se arrependeu imediatamente.

— Desculpe. Devo estar cansada.

— É por causa de tudo que contei a você esta manhã — lamentou Nicole.

— Não. É um acúmulo de coisas. Os últimos meses... — E deixou no ar a sugestão. *Estava claro* que tinha a ver com o que Nicole lhe contara. — Mas quero mesmo que você me oriente nisso, Nicki. Você sabe o que está fazendo.

Nicole não se mostrou totalmente convencida, mas não argumentou contra. Quando terminaram de comer, voltou à sua lista, ganhando confiança à medida que explicava por que escolhera cada morador.

Charlotte deu um jeito de expressar entusiasmo, embora não tivesse a menor ideia do que levava Nicole a imergir tão completamente naquilo. Lembrou que a EM de Julian não era novidade para ela. Estava acostumada a sorrir quando as coisas ficavam difíceis. Charlotte sempre pensara que era a mais forte das duas. Não mais.

Depois de terminarem o jantar e limparem tudo, Charlotte continuava pensando na EM. Sentiu que tinha um monte de informação, mas não sabia como aplicá-la. Gostaria de saber mais sobre os tratamentos que Julian experimentara. Quatro anos não era tempo suficiente para esgotar as opções. Alguns dos posts que leu nos blogs diziam respeito a pacientes que passaram de um tratamento para outro ao longo de vinte anos.

Nicole, entretanto, não abordou o assunto. Simplesmente acendeu a lareira quando o dia se pôs, pegou *Sal* e se enroscou no sofá. Como estava mais adiantada do que Charlotte no livro, não quis comentá-lo e estragar a surpresa; quanto mais perguntas Charlotte fazia, mais firme ela se mantinha em sua recusa.

Charlotte pegou seu próprio exemplar, mas nem mesmo *Sal* pôde impedir sua mente de voltar aos temas dos quais queria se livrar. A cada três páginas lidas, precisava reler duas. Deixando o livro de lado, foi para o quarto e retomou seu tricô — apesar de não saber por que o trouxera.

As mulheres de Inishmaan a tinham iniciado no que consideravam o mais simples de seus suéteres, e ela havia terminado as costas desde então. Era fácil? Não! Pensando que uma parte menor pudesse ser mais manejável, começou por uma manga. Sabia o que estava fazendo? Não! Estudou o desenho, tricotou a metade de uma fileira, desmanchou os pontos e tentou de novo.

Mais tarde, desistiu, sentou-se no chão perto da estante de livros e folheou alguns álbuns de fotografias. A certa altura, levantou-se para mostrar a Nicole uma foto das duas, desengonçadas e mal-ajambradas aos 13 anos, mas Nicole ergueu uma mão e fez um *não* com a cabeça sem tirar os olhos da página que estava lendo.

Pondo o álbum no lugar, Charlotte voltou para o sofá. *Sal* era a história de um pescador, seu cão e uma mulher que irrompeu inesperadamente, mas por quem ele se apaixonara. Cada uma das personagens tinha uma vulnerabilidade que lhe apertava o coração, mas até mesmo o amor parecia irrelevante naquele momento. Então se concentrou no estilo da escrita, que era claro e enxuto, mas musical, num fluxo e refluxo como as ondas do mar.

Pensar no oceano a fez desejar o ar livre. Marcando a página com a orelha da capa, deixou o livro de lado e se levantou.

— Preciso me mexer. Quer dar uma volta?

Havia lágrimas nos olhos de Nicole quando olhou para cima.

— Não posso sair agora. Estou num ponto realmente bom. — E engoliu. — Quero telefonar para Julian. Vá você. Vou deixar a porta aberta.

Ajeitando-se no seu humilhantemente perfeito suéter de pescador e numa echarpe, Charlotte saiu pela porta da cozinha, mas não se dirigiu à praia. Não queria passar pelo lugar fatídico que a faria pensar em Julian. Não queria pensar *em nada*.

Então seguiu pela estrada, onde poderia caminhar mais depressa, e foi para oeste, na direção da cidade. Um minuto mais tarde, deu meia-volta. A cidade era segura, e, se quisesse distração, o melhor era se arriscar.

Andou um pouco mais rápido, passou pela caixa do correio de uma mulher chamada Lilly, foi adiante, e apressou o passo quando seus músculos aqueceram. Ansiedade? Ah, sim! Ela precisava expelir tudo aquilo — precisava *exaurir-se* para conseguir dormir aquela noite. E constatou que "aquela noite" era apenas a segunda que passava ali.

Vá embora, uma vozinha dentro dela implorava. Julian estava doente. Nicole, carente, e Charlotte sentia a responsabilidade — esse era o tipo de tensão da qual ela sempre fugira. Poderia facilmente alegar um problema que exigia a presença dela em Nova York ou, melhor ainda, num dos locais das suas histórias anteriores. Podia tomar o primeiro *ferry* que partisse, na hora que fosse.

Entretanto, continuou andando. Não podia partir. Independente do fato de Nicole estar contando com ela, era uma questão de auto respeito. E, acima de tudo, desejara tanto passar aquele último verão em Quinnipeague... De fato amava aquele lugar.

Apesar de ter pouca coisa para olhar agora, pensou, estremecendo ao ajeitar os cabelos desalinhados, enfiando-os na echarpe. A escuridão era densa longe da cidade. Não havia carros, postes de luz nem casas acolhedoras, muito menos qualquer brilho que pudesse vir da casa de Nicole. Árvores se erguiam em ambos os lados, partilhando a terra estreita, flanqueando a estrada com trechos de campina e, mais além, a praia rochosa agora oculta pelo nevoeiro.

Mas havia esperança. Ao continuar, percebeu a presença da lua por trás das nuvens, gravando-lhes as bordas de prateado. Tais feixes de prata atingiriam o oceano em faixas pálidas, o que, de onde estava, ela apenas podia imaginar. Mas ouvia, sim, as ondas quebrando nas rochas.

Quando o asfalto dos lados da estrada se tornaram mais rachados, passou a caminhar no centro. Este final da estrada sempre fora negligenciado, o que indicava que Cecily não costumava convidar ilhéus para tomar um chá. E o fato de nenhum outro reparo ter sido feito mostrava que o filho era igual.

Volte, dizia-lhe uma vozinha. Nicole estava certa, elas podiam conseguir muita coisa sobre Cecily sem precisar vir aqui. Mas ver novamente os jardins, desta vez com um propósito? Quem resistiria?

Passou por uma carreira de bétulas com um brilho fantasmagórico, mas, ao ouvir o som da brisa nas folhas, sempre acompanhado pelas ondas, sentiu-se serena. As gaivotas já haviam se recolhido, daí a ausência dos seus guinchos, e, se os barcos balançavam em suas amarrações, o porto estava longe demais para ouvir.

Só se ouvia o rítmico bater dos seus tênis no asfalto rachado — e então, outra batida. Pela hora, não devia ser um pica-pau. Talvez uma criatura noturna procurando comida, provavelmente mais assustada do que Charlotte se sentia. Havia cervos na ilha. E guaxinins. E marmotas, gambás e toupeiras.

Eram três seguidas, depois quatro, com pausas. Em certo ponto, parou, pensando que poderiam ser estalos dos seus tênis. Quando aconteceu de novo, porém, voltou a caminhar. Quanto mais se aproximava da casa Cole, mais forte o som se tornava.

Estalar de ossos? Esqueletos dançando? Era o que as crianças da ilha diziam, e, naquele tempo, ela e Nicole acreditaram, o que, entretanto, não as inibia. Angie e Bob as tinham proibido de ir lá, e por isso mesmo o faziam. Com certeza era Charlotte que instigava, mas Nicole não ficava atrás.

Sentindo-se gelada, puxou os punhos do suéter sobre as mãos quando a curva se aproximou. Aquela curva marcava o caminho, era uma espécie de ponte. Depois de ultrapassá-la, você via a casa, e, tendo visto a casa, sentia medo de Cecily. Tão especial quanto suas ervas e tão poderosa quanto suas poções curativas, ela também podia castigar. Ou esse era o folclore.

Porém, o que é um folclore senão esforços da imaginação para nos entreter? Cecily estava morta, e Charlotte era curiosa. Uma olhada não faria mal.

Diminuindo um pouco o passo, deu a volta na curva. Os batimentos do coração estavam nos conformes. Estava viva, numa aventura, e quebrava uma regra porque era irreverente. O ar marinho mudava um pouco aqui. Não sabia se por causa dos pinheiros próximos ou da adrenalina.

Foi aí que a casa de Cecily surgiu, uma aparição no fim do caminho. Era a mesma construção de dois andares, quadrada e lisa, com uma cúpula em cima que abrigava morcegos, ou era o que crianças afirmavam. Mas não havia morcegos à vista agora, nem sons fantasmagóricos, nada remotamente assustador. Um projetor fora colocado nas janelas superiores, espalhando uma luz impiedosa sobre uma diva envelhecida. O som que ela escutara? Apenas o do martelo empunhado por um homem em cima de uma escada. Ele consertava uma persiana, atividade absolutamente normal exceto pelo horário.

Refletindo sobre aquilo, Charlotte começou a descer o longo caminho. Andar se tornara mais fácil ali, e a sujeira era mais desculpável do que o asfalto rachado. Convidativa afinal? Imaginou que sim. A casa parecia triste. Precisava de um visitante, pensou vendo as árvores que abriam caminho para os jardins da esquerda e da direita, onde Cecily plantava suas ervas. No escuro, não conseguia ver o que crescia agora ali, se as plantas rasteiras eram ervas ou flores, ou ervas daninhas. Sentia certo cheiro, mas a mistura era tão complexa que seu nariz não treinado não foi capaz de definir. Cachos desordenados roçaram sua face; desejando uma visão clara, jogou-os para trás.

O jardim de Cecily. Havia pujança ali. Podia senti-la. Mas um homem numa escada àquela hora da noite? Era arriscado.

Seus tênis fizeram pouco barulho no chão quando ela apressou o passo, no mesmo ritmo do martelo. Quando ele fez uma pausa para mexer com o que parecia uma dobradiça, Charlotte ouviu um sussurro no jardim ao lado dela, certamente criaturas da forragem alertadas pelo seu movimento.

Atento, por sua vez, àquele sussurro, o homem parou de bater e olhou para trás. Provavelmente tinha olhos noturnos, pois não havia luz onde ela estava. Sem mover um músculo, porém, ele observou sua aproximação.

Leo Cole. Chegou perto o bastante para o ver; lembrava-se com agudeza dos olhos escuros, as maçãs salientes e o queixo quadrado. Lembrava os cabelos longos e desgrenhados, embora um boné os escondesse agora. Ele usava camiseta e uma calça jeans salpicada de tinta. Alto e desengonçado antes, alto e corpulento agora. Uma boca fina de desdém tanto antes quanto agora.

— Você está invadindo — disse ele, numa voz baixa e áspera, com pouco sotaque do Maine para suavizá-la.

— O que está fazendo? — perguntou sem se acovardar. Havia encontrado pessoas muito mais intimidadoras em lugares bem mais inóspitos.

Os olhos dele se desviaram lentamente até a janela e voltaram.

— O que parece?

— Que está consertando sua casa no escuro. — E pôs as mãos debaixo dos braços. — Então, não vai cuidar daquela vidraça quebrada lá, ou gosta de ser desleixado?

Ele a encarou por mais um minuto. Depois, guardando o martelo no próprio jeans, desceu a escada, subiu uma persiana, e, desajeitado por conta do peso, subiu mais um pouco. A persiana era larga, mais funcional do que decorativa. Embora ele a carregasse com uma mão só, parou duas vezes na subida para ajeitá-la. No alto, apertou-a de encontro à esquadria, enquanto liberava suas mãos para alinhar as dobradiças com os pregos.

Já tinha uma dobradiça presa, mas enfrentava dificuldade com a segunda. Ela entendia desse assunto. Já trabalhara com persianas. Não era coisa fácil.

Encostando a persiana na esquadria outra vez, ele puxou o martelo do cós da calça e ajustou a dobradiça com alguns golpes certeiros. Depois experimentou mais uma vez a persiana. Observando seu esforço, Charlotte recordou o Leo Cole de outros tempos. Não muito inteligente, diziam. Perturbado. Teimoso. Ela jamais o conhecera pessoalmente; só vinha para os verões, e o grupo dele era outro. Na verdade, corrigiu-se mentalmente, ele não pertencia a grupo algum. Um lobo solitário; os estragos que fez foram por conta própria, e não foi coisa pequena. Havia histórias de carros roubados, cheques forjados e o defloramento de jovens inocentes.

Nos últimos verões dela em Quinnipeague, ele estava na prisão, cumprindo pena por vender maconha. Havia rumores de que Cecily a cultivava, o que os ilhéus sempre negaram, é claro. Não queriam que a polícia federal ameaçasse as suas curas.

Leo tinha sido preso por vender erva no continente. Será que ainda a cultivava? Ela não sentia aquele cheiro que conhecia bem.

Como havia colocado a persiana no esquadro, agora reajustava a dobradiça.

— Quer uma ajuda? — perguntou ela. E isso não era se arriscar?

Ele bufou.

— Quatro mãos e você termina isso logo — insistiu.

— Duas mãos bastam.

Charlotte olhou por cima dele para a cúpula. Não viu morcegos nem sentiu a presença de fantasmas. Se o espírito de Cecily estivesse rondando por ali, não jogara um feitiço para ela ficar. Se ficou foi porque era teimosa.

Ele a olhou com insistência.

— Fiz isso antes — disse ela.

— Ah!

— É verdade. Construí casas.

— É mesmo? — Não acreditou.

— Meia dúzia em El Salvador, depois do grande terremoto, e mais ou menos o mesmo número quando os tornados atingiram Maryland. Sei como persianas de tempestades funcionam.

Ele continuou a encarando.

— Tudo o que você precisa — disse, arrumando novamente o cabelo que se soltara — é de alguém que segure firme enquanto você põe os pregos nas dobradiças.

— Não me diga. Não sabia disso.

— Está bem. Agora sabe. Já podia tê-la pendurado e descido há cinco minutos. Não está com frio? — Ela aproveitava cada pedaço grosso do suéter enquanto o homem estava com os braços nus e expostos.

— Sou homem.

Ela esperou por algo mais. Não vindo nada, perguntou:

— E o que isso tem a ver?

— Os homens são quentes.

— Não me diga. — Recusando-se a desistir, cruzou os braços e se deslocou para um lugar mais confortável, sorriu. — Ótimo! Vou ver você pendurar essa persiana. Talvez aprenda como fazer isso sozinha.

Dando-se conta de que fora desafiado, ele resmungou.

— Tudo bem. Considerando que você sabe tudo, eis a sua chance de provar. — Desceu, colocou a persiana no chão, junto da sua perna, e fez sinal para ela subir a escada.

— Não vou arrastar essa coisa — avisou ela.

— Não, mas, se você subir nessa escada de merda, posso segurar a persiana enquanto você a ajusta. Supondo que você enxergue. Seu cabelo está um horror.

— Obrigada — respondeu animadamente, agarrando o trilho. Seria melhor com duas escadas, não se sentia segura de subir aquela ali com ele atrás. Ficaria à sua mercê. Mas fazia questão de provar o que dissera.

Começou a subir, olhando sempre para trás a fim de ver onde ele estava. Quando chegou ao topo, sentiu o ombro dele contra as suas coxas. Se fosse menos esperta, teria pensado que ele a estava amparando para que não caísse.

Era, entretanto, esperta. Leo Cole não perdia tempo com mulheres. Se chegara tão perto era porque estava brincando com ela.

E não gostava de ser um brinquedo — sim, os cabelos lhe cobriam os olhos, mas não ia lhe dar a satisfação de puxá-los para trás. Felizmente, sabia bastante sobre pendurar persianas para fazê-lo mesmo assim. Com ele sustentando o peso da madeira, ela facilmente alinhou as dobradiças e os pregos e logo tudo ficou pronto.

Rapidamente desceu a escada. Quando chegou no chão, o martelo já estava guardado numa caixa de ferramentas. No instante em que saiu do último degrau, Cole pegou a escada.

— De nada — disse Charlotte.

Ele lhe dirigiu um olhar sarcástico.

— Sou Charlotte Evans.

— Eu sei. — Olhou para cima a fim de dobrar o topo da escada, que rangeu e estalou. — Você está escrevendo um livro de culinária e quer as receitas da minha mãe. Esqueça.

Ele não se parecia com Cecily, observou. Era muito alto e muito moreno. De acordo com o que contavam, os cabelos de Cecily já estavam prateados quando ela pôs os pés pela primeira vez em Quinnipeague. Charlotte se lembrava que eram longos e flutuantes, e a mulher, pequenininha, quase um duende.

— Sinto muito pela sua perda.

— Os jardins dela não são públicos.

— Como foi que ela morreu?

Com a escada totalmente fechada, ele a levou para o outro lado da esquina. Seu tilintar esmoreceu no barulho das ondas, ou entrou em uma garagem ou em um galpão, embora ela não tivesse escutado nenhum ruído de porta. Voltou de mãos vazias, passou por ela para recolher umas ferramentas que estavam no chão, perto de onde a escada estivera.

Charlotte pensou que o homem havia se esquecido dela quando ajoelhou perto da caixa de ferramentas, perto de seus pés, e disse:

— Ela ficou doente. — Falava de Cecily.

— O que ela teve? — E, quando ele não respondeu, Charlotte complementou: — Ela era uma curandeira. Ficar doente não devia ser problema.

Chegando para o lado, ele mexeu no fundo de um bolso.

— Ela morreu em casa? Foi enterrada aqui?

Depois de despejar um punhado de pregos na caixa, levantou-se, andou em direção ao poste que sustentava o holofote e o desligou.

A escuridão foi chocante. Mas a lua estava visível agora. Quando seus olhos se adaptaram, conseguiu ver os jardins. Ah, sim! Alguma coisa crescia ali, e não era a colheita do ano passado. Era plantação nova, robusta e fresca. Algumas das plantas mais altas até tinham sido amparadas com estacas.

Com um sussurro, uma criatura pequena e gorda apareceu num dos canteiros da direita. Charlotte teria perguntado o que era se de repente não se deparasse com uma corça. Olhava para eles da borda das árvores, com o pelo amarelado brilhando ao luar.

Ela respirou fundo.

— Que linda!

— Você precisava ver o filhote.

— Onde?

Ele esticou o queixo na direção das plantas com estacas.

— Ela o deixa quando vai procurar comida.

— Por que ir a qualquer outro lugar se há uma festa bem aqui?

— Ah, ela não come nada daqui. Sabe que são minhas.

Charlotte olhou para ele, mas, se havia brincadeira em seus olhos, a noite escondia.

— Sério?

Ele não sorriu.

— Você precisa ir embora. Tenho trabalho a fazer.

— Diria que sim — ousou. — Sua janela quebrou, seus tubos de drenagem cederam, e, no seu telhado, as telhas estão se levantando. As persianas, embora muito boas, não vão impedir que a chuva entre pelo teto.

Ele esticou um braço e apontou para a estrada.

— Mas agora é que estava ficando divertido.

Ele a fitou.

— Vou te dizer uma coisa. *Sonhe alto, mire alto* — tentou ela. — Só diga que posso voltar outro dia para ver os jardins. Um dia só. E é isso aí. Depois desapareço e você nunca mais vai me ver.

— Roubando fotos com o seu iPhone, para que o mundo saiba o que tem aqui? Não mesmo. — Esticou o queixo na direção da estrada. — Você está me irritando. Urso não gosta disso.

— Urso?

— Meu cachorro.

— Se você tivesse um cachorro, ele já teria corrido atrás daquela corça, do filhote e do que quer que seja aquele bicho gordo.

Ele estalou os dedos. De trás de um arbusto, emergiu um bicho grande, preto e bem pesado. Arrastou-se com as enormes patas e parou a alguns metros de Charlotte, que ficou encarando com o que ela só poderia chamar de olhos ferozes.

Não tinha medo de cachorros, mas não gostava deles. E esse? Nada amistoso.

— Está bem — disse com leveza e foi saindo. — Estava apenas sendo uma boa vizinha.

O cachorro a acompanhava com o olhar. Suas orelhas estavam em alerta, e as bochechas molhadas o suficiente para refletir um raio da lua.

Depois de se afastar mais alguns passos, deixando clara a intenção de colocar uma distância entre ela e Urso, seguiu em frente, com o queixo para cima, descendo pela estrada. Escutou um baque de patas e o tilintar de uma coleira, mas, se o cão a seguiu, foi em silêncio.

Não olhou para trás até chegar no lado seguro da curva Cole, e depois só viu um relance por sobre o ombro. Não ficou surpresa com a estrada deserta. Leo Cole não a queria por perto, mas ela não percebeu uma raiva descontrolada. Nem se sentira em perigo, apesar do cachorro. Leo só queria ficar sozinho.

Ela podia fazer isso. Não tinha interesse no homem.

Mas naqueles jardins... os jardins dominaram seus pensamentos durante toda a caminhada. A promessa deles era uma espécie de droga, e Charlotte não costumava pensar em narcóticos. E aquele cheiro que não sabia analisar? Fertilidade, cura e esperança, tudo ao mesmo tempo. Tinha que voltar lá. E sem iPhone. Queria usar sua Nikon, ideal para closes com uma lente de longo alcance; usaria o zoom de longe e às escondidas, se necessário. Podia reviver aqueles jardins na impressão. Ela conseguiria captar aquele perfume. Os leitores de Nicole adorariam.

Assim como Nicole. Era o mínimo que Charlotte poderia fazer.

Capítulo 7

Charlotte não contou a Nicole que estivera na casa de Cole simplesmente porque outras coisas tomaram a dianteira — em particular, a chegada do verão. Soube da sua chegada no instante em que se levantou da cama na quinta-feira; podia vê-lo na grama da praia, que estava alta, e ouvi--lo no grito das gaivotas. Quando abriu a janela, sentiu o calor especial de Quinnie. Não era o calor pesado da cidade, mas uma brisa suave e fresca. Fugaz também, algo que ela temia por ter passado tantos verões ali e por saber quão rápido o frio podia voltar. Aproveitar o momento era o segredo.

Por causa disso, ao terminarem o café da manhã, no pátio, sentindo o verdadeiro calor daquele sol, Charlotte sugeriu a praia. Nicole olhou para ela, para o oceano, sorriu em cumplicidade e se levantou.

Uma hora mais tarde, sem menção alguma ao livro de culinária, encontravam-se no Wrangler, foram em direção à cidade apenas para chegar a Okers Beach. Dois outros carros já estavam estacionados no arenoso acostamento do caminho; se fosse fim de semana, haveria mais. Casas como a de Nicole tinham suas próprias praias, mas ficavam ao norte. Okers, no sul e localizada numa reentrância, oferecia ondas mais calmas e areia mais macia. Havia também os vendedores da Chowder House, com sanduíches, batatas fritas e refrescos, embora, quando Charlotte e Nicole chegaram, a hora do lanche ainda estivesse longe.

Largando as bolsas, armaram cadeiras baixas de praia, aplicaram protetor solar e apanharam os exemplares de *Sal*.

— Você vai terminar hoje — disse Charlotte, olhando as poucas páginas que faltavam para Nicole.

— Eu sei, estou tentando ler devagar. Não quero que acabe — respondeu, com uma careta.

Charlotte, que só alcançara a metade do livro, também não se apressava em terminar, mas não por falta de interesse. Se estivesse entediada, não terminaria; gostava de livros que a entusiasmassem, e, se isso não acontecia, deixava de lado. *Sal* proporcionava satisfação não apenas ao ser saboreado lentamente, mas também com a antecipação do que viria pela frente.

— O que há nesse livro? — perguntou. — Não é que a trama seja especial. O homem e o cachorro estão sozinhos. Uma mulher perfeita vem para o verão. Tentam aproveitar isso.

— Assim parece banal.

— Mas do jeito que ele escreve não é. Isso é o que quero dizer. O que acontece aqui para nos fazer prender a respiração?

Nicole espalmou a mão sobre a página aberta.

— Adoramos a personagem. Ele é vulnerável e realmente precisa dela. Quero dizer, é capaz de viver sozinho, fez isso por muitos anos, mas sua vida é vazia. — Fez uma pausa antes de acrescentar. — Precisamos disso, todas as mulheres querem ser necessárias.

Mesmo com o som das ondas diluindo aquilo, Charlotte percebeu tristeza.

— Julian precisa de você.

— Será? Se não quer saber de mim agora... o que isso significa?

— Significa que não está encontrando um meio de administrar a coisa tão bem quanto você. Quer dizer que ele não sabe o que fazer.

Nicole fechou o livro.

— É isso que gostamos em *Sal.* Esse fulano sabe o que quer. Está fora o dia todo no seu barco de lagostas, mas sabe que quer voltar para casa e para a sua mulher. — Com voz mais doce, acrescentou: — Ela é o seu sonho realizado. Isso não é lindo?

— Eles não vão acabar juntos — avisou Charlotte.

— Como você sabe? — Decepção, depois acusação. — Charlotte Evans, sua vaca, você leu o final!

— Não li — protestou Charlotte, rindo.

— Você costumava fazer isso, e é tão ruim agora como era antes, porque eu *quero* que eles fiquem juntos. — Ela bateu no braço de Charlotte. — Sua estraga-prazeres!

Ainda rindo, Charlotte se desviou de outro tapa.

— Não li, eu juro. Acontece que entendo essa mulher. Ela vive em Dallas, está acostumada com o brilho dos restaurantes e das compras. Como é que vai trocar isso pela vida numa ilha?

— Facilmente, se ela o ama bastante.

— Você é tão romântica!

— E você não é?

— Claro que sou — admitiu Charlotte. — Também adoro este livro. — E teve um pensamento esperançoso. — Me fala se tem alguma reviravolta que a faça ficar.

— Não vou dizer. — Nicole abaixou seus óculos de sol e recomeçou a ler.

Quinta-feira foi tipo de dia com o qual Charlotte sonhara ao concordar em vir para Quinnipeague. Elas leram, caminharam pela praia e nadaram quando a água fria do oceano permitia. Quando a van da Chowder House chegou, a praia estava mais cheia. Nicole reconhecia a maioria das pessoas como visitantes de verão e, embora os cumprimentos fossem calorosos, cada um permaneceu na sua.

O pessoal era assim. Muitos estavam escapando da vida de trabalho e acolhiam o silêncio. Já os locais eram os falantes.

Hoje, só havia o cheiro de protetor solar e das ondas, nem perceberam o tempo passar e, quando o sol estava no ponto mais alto e mais quente, comeram bolinhos de caranguejo, cobertos com o molho tártaro especial de Dorey.

— Você sabia — perguntou Nicole limpando a boca com um guardanapo — que os franceses foram os primeiros a popularizar o molho tártaro, que tem esse nome por causa dos tártaros da Rússia e da Ucrânia, e que as primeiras versões levavam vinho branco, vinagre e alcaparras?

Charlotte olhou o molho.

— Não estou vendo alcaparras.

— Não. Dorey usa picles doces, salsa e cebolinha.

O efeito Cecily Cole, pensou Charlotte, mas não falou em voz alta. Em vez disso, continuaram a comer, de volta a uma serenidade embalada pelo ritmo das ondas, sem serem perturbadas por conversas sobre o livro ou sobre Julian. As únicas lágrimas foram as de Nicole, quando terminou a leitura de *Sal*. E foram abundantes, pontuadas por múltiplos *aimeudeus* e uma mão apertando o peito numa tentativa de acalmar o coração.

Mesmo assim, recusou-se a contar o fim da história para Charlotte. Depois do jantar de bacalhau com crosta de noz-pecã — um teste, pois se tratava de um dos pratos assinados pela Chowder House, e Nicole queria ter certeza de que a receita estava correta —, deixou Charlotte arrumar a cozinha enquanto mergulhava em outro livro. Charlotte, que gostava de curtir os personagens depois de terminar um livro, ficou decepcionada com a rapidez com que Nicole deixou de lado a emoção, mas esta declarou que precisava se jogar em outra narrativa para compensar a perda. Era o mais descarado escapismo — fuga de *Sal* e da esclerose múltipla. Coerente com sua declaração, logo se deixou absorver.

Então Charlotte saiu para uma caminhada. Não houve ida em direção à cidade dessa vez. Assim que saiu, foi na outra direção. A noite estava agradável e, seu andar, ritmado. Racionalizou, dizendo a si mesma que tinha sido uma lesma o dia inteiro — ficando sentada, lendo, comendo —, o que era verdade. Mas também estava curiosa sobre o que acontecia na casa Cole.

Desta vez, caminhou à luz da lua, aproveitando o ar suave e os cheiros adocicados das flores em botão. Um dia de calor e os arbustos ladeando a estrada acrescentavam o perfume das rosas àquele do sal marinho ao longo de todo o caminho para a curva, onde o cheiro da seiva dos pinheiros prevalecia.

Diminuiu o passo. Não ouviu nada nessa noite. E, quando continuou, notou que tudo estava escuro. Caminhou até se aproximar dos jardins, que, por sua vez, também exalavam mais perfumes do que antes. Havia flores ali, não apenas ervas. Poderia apostar seu nariz de iniciante.

Detendo-se, sentou-se ali mesmo, no meio do caminho. Muito além das árvores, das pedras e da casa, as ondas continuavam a bater, mas o seu som era silenciado o bastante pelos pequenos animais em movimento. Um esquilo cruzou o caminho em disparada, com seu rabo em pé. Um sapo pulou, coaxou, pulou de novo e desapareceu nas plantas com um coaxar um pouco mais baixo.

Focando-se nos bosques, adaptou os olhos ao escuro, separando uma árvore da outra e — ahhh! Ali estava a corça, esguia e quieta, que a observava. Ela podia até se passar por uma árvore se Charlotte não se atentasse ao olhar. Prendeu a respiração e se perguntou se a sua intenção de não fazer mal seria entendida — e se perguntou, na verdade, se agora a corça se permitiria comer as plantas de Leo, considerando que ele não estava por perto. Não comeu. Logo, sem nenhum som, simplesmente se virou e entrou graciosamente por entre os pinheiros.

Charlotte estava pensando que o que realmente queria era ver o filhote, mas ele talvez trouxesse de volta a corça, e essa terra não era dela para perturbar, quando um cachorro latiu. O som era abafado; Urso estava na casa. Ansioso para sair e expulsar qualquer invasor?

Sentada na terra sem se mover, esperou que a porta da frente abrisse. Alternadamente, seu olhar se desviava para o lado da casa, de onde esperava que surgisse um bruto e pesado cão preto. O que faria se isso de fato acontecesse?

Correr. Depressa.

Não houve sinal de Urso, nem naquele nem nos próximos vinte minutos, o tempo que permaneceu sentada enchendo os pulmões com o ar de Cole. Seu intrincado perfume de flores e ervas, agora quente e intenso, era hipnotizante. Ela meio que imaginava que suas pernas não se moveriam se decidisse ir embora.

Porém, não tropeçou quando se levantou. As pernas estavam descansadas e cheias de energia — na realidade, levaram-na de volta para a casa de Nicole numa velocidade que a espantaria se estivesse observando de fora. Sua mente, no entanto, estava repleta de pensamentos pouco louváveis. Pensava em voltar outra noite para caminhar por aquele jardim. Perguntava-se se a luz da lua lhe permitiria fotografar as ervas de lá. E também *se perguntava* se, não sendo vista, poderia pegar algumas como *empréstimo*.

Poderia ter comunicado o plano a Nicole se ela estivesse na cozinha quando voltou, mas a amiga já dormia, e, quando Charlotte desceu as escadas na sexta-feira de manhã, a urgência havia passado.

Já era tarde quando Nicole se juntou a ela. Carregando o notebook, parecia que estivera trabalhando até a madrugada sem dormir nada. Depois de ler uma dica em um dos seus informativos prediletos, pesquisara e postara sobre uma nova forma de cultivar uma alcachofra capaz de produzir um coração tão macio que se tornava possível comê-lo sem cozinhar. Era o tipo de notícia inovadora que ela gostava de passar aos seus leitores, e disse que, como o fizera exaustivamente, conquistara o direito de relaxar.

Então, passaram outro dia na praia. Havia mais corpos estendidos sobre toalhas dessa vez; turistas para o fim de semana haviam chegado, trazidos pelo *ferry* com um barulho gutural que podia ser ouvido do píer e a praia era o destino principal. Embora sem barulheira, havia iPods e muitos fones de ouvido. Muita conversa, também, e com Nicole no meio. Muitos dos recém-chegados eram pessoas que ela conhecia fazia anos, mas que não via desde o outono.

Observando-a, Charlotte achou que parecia estar melhor. Com pessoas, estava em sua essência, e, apesar das perguntas sobre Bob e Julian, administrava tudo muito bem. Chegou a aceitar um convite, feito por amigos dos seus pais, para jantar. Outros ainda estavam para chegar.

— Querem que você também vá — informou Nicole ao voltar para as toalhas delas, esticando-se outra vez, mas Charlotte negou com a cabeça.

— Por que não?

— Não sou uma pessoa chegada a jantares.

— Está brincando? Você seria a mais interessante na festa.

— Detesto conversa fiada.

— Você pode participar.

— Sim, posso. Só não quero.

Nicole deve ter percebido que ela falava sério porque disse:

— Então deixamos para outra ocasião. Você é minha hóspede e não posso deixá-la sozinha em casa.

— É claro que pode — retrucou Charlotte. — Você adora os McKenzie. Além do mais, isso pode quebrar o gelo. É melhor encontrar algumas pessoas agora do que todo mundo junto domingo de manhã no brunch. — O brunch de Bailey era um acontecimento anual, ostensivamente para celebrar o solstício de verão, mas, na realidade, funcionava mais como forma de dar as boas-vindas aos habitantes sazonais de Quinnie. Realizado na igreja, seria a primeira reunião do verão, portanto, uma ocasião importante a ser aproveitada por Nicole e Charlotte. — Além disso, Nicole, é a sua gente, não a minha. — Fez uma pausa e disse num tom mais alegre: — Está vendo as cabeças na ribanceira?

Nicole olhou para cima, para as rochas ao longe, no fim da praia. As cabeças pertenciam aos corpos de adolescentes locais, para os quais as horas nos fins de semana naquela ribanceira constituíam um rito de passagem.

— Continuam nisso.

— Obviamente, uma turma nova.

— Com certeza, mas eles adoram isso. Corpos quentes.

— Corpos quentes *femininos.*

— E você usando um maiô. Onde foram parar aqueles biquínis que você adorava?

— Na Riviera francesa — comentou Charlotte. Quando Nicole franziu as sobrancelhas com curiosidade, explicou: — Biquínis estão em toda parte, parecendo ótimos em alguns corpos, horríveis em outros, e o maiô é bem melhor.

— Mas você tem corpo para um biquíni.

Charlotte não poderia comentar mais.

— Não como o seu. Você está fantástica, Nicki. Você tem que ir aos McKenzie hoje à noite, sem dúvida. Vai iluminar a festa.

Nicole se inclinou mais perto para escutar por sobre os risos e as ondas. Seus olhos estavam num tom claro e cristalino de verde.

— Você sabe o quanto estou contente com você aqui? Venha! Por favor?

Mas Charlotte sacudiu a cabeça e sorriu.

— Depois de um dia aqui com toda essa gente? Minha socialização se acaba. Você vai. Eu vou dormir.

Não dormiu, claro. Planejou fazê-lo, mas não estava cansada e o que queria mesmo era fotografar ervas. Com a Nikon a tiracolo, desceu a estrada, já bastante familiarizada com o terreno para conseguir se mover em direção ao centro antes mesmo do asfalto ficar pior. Procurou pelo som de um martelo ou de latidos, mas só ouviu a reverberação das ondas, e, quando entrou na curva, só havia o luar e uma casa escura.

O flash seria um problema. Não somente alteraria a verdadeira cor das plantas, mas um pequeno cintilar, por menor que fosse, poderia alertar Leo Cole. Então seria sem flash, só à luz da lua, que dava um brilho prateado realmente encantador. Além de uma mão firme, ela também tinha experiência suficiente em fotografar na natureza para saber como posicionar seu corpo a fim de estabilizá-lo.

No momento em que pensou isso, porém, os odores se tornaram mais fortes e diluíram seus planos. Estranhamente despreocupada, foi para o mesmo lugar da outra vez e se sentou. *Fazer fotos*, ordenava-lhe a vozinha dentro da sua cabeça, mas não estava disposta. *Pegue emprestado*, disse a voz. Mas também não queria fazer aquilo.

Sentiu-se letárgica.

Não. Não letárgica.

Relaxada. Feliz. *Seduzida.*

As pernas se dobraram, as mãos repousaram sobre as coxas e jogou a cabeça para trás. Fechou os olhos e inalou lentamente. Manjericão? Coentro? Havia traços de ambos — e também de outros muito além da sua capacidade de definir. A terra fértil. A suave brisa marinha. Foi um momento rico.

Depois veio a respiração. Endireitou a cabeça e abriu os olhos. O caminho para a casa estava vazio, mas, quando olhou para baixo, à esquerda, para o corredor de plantas com estacas, viu o cachorro.

Ele veio em sua direção com patas tão grandes que ela vetou a ideia de correr. Não iria longe, e o estrago do ataque daquelas mandíbulas seria bem pior. Então, prendeu a respiração quando o animal se aproximou e cheirou seu rosto, seu pescoço e sua câmera. O focinho estava molhado. Charlotte queria recuar, mas não tinha coragem de se mover.

— Capturada — uma voz grave surgiu de trás. Ela não conseguia tirar os olhos de Urso.

— Chame seu cachorro — disse entre dentes, os lábios mal se movendo.

— Ele também não gosta de invasores.

— Só estou sentada.

— No meu terreno.

— Chame o seu cachorro e eu vou embora.

Ele estalou os dedos — uma vez, suavemente —, e o cachorro saiu se arrastando. Só então, com cuidado, Charlotte se virou. Leo Cole estava descalço, com a cabeça descoberta, pernas e braços nus. De short e regata, apenas isso. Seu rosto, com linhas fortes acentuadas pela sombra, e o cachorro, ao seu lado, olhavam-na desconfiados.

— Câmera sofisticada — disse ele, em voz baixa.

— Faz parte do meu braço.

— Que você se arrisca a perder se a erguer.

— Não vou. Está muito escuro. Chame o cachorro.

— Se está muito escuro, por que a trouxe?

— Havia flores lindas ao luar, lá atrás na estrada.

— E eu sou um duende.

Ela poderia ter rido. Ele era alto demais e tinha uma voz grave demais para ser qualquer tipo de criatura mágica, e com um cão ameaçador, espumando pela boca ao lado dele? Bom, talvez sem espumar, mas bastante assustador mesmo assim... Tentando se manter calma, respirou fundo.

— Estava meditando? — perguntou ele.

— Não. — Com movimentos cuidadosos para não alarmar o cachorro, levantou-se. — Estava... sendo. Há alguma coisa neste ar. É como uma droga.

— Está com a polícia?

— Não. Com a dama do livro de culinária.

Isso era quase tão ruim quanto, a julgar por seus lábios apertados.

— Sim! Procurando fotos. E receitas da região. Que não vai conseguir, você sabe.

— Por que não?

— Porque vou dizer por aí que não quero.

— E por que os ilhéus dariam ouvidos a você?

— Porque sou eu quem cultiva as ervas.

— Achei que o pessoal daqui cultivasse as próprias.

— Eu controlo as plantas-mães e as plantas-mães controlam as deles.

Charlotte não conseguiu fazer a conexão.

— Quer dizer que as suas plantas decidem se as plantas deles vão crescer? Que coisa imaginativa.

Ele deu de ombros, evidentemente se lixando para o que ela pensava.

— E que importância tem para você, afinal, o nosso livro?

— Publicidade fede. — Afastou-se e, num comando silencioso do polegar, fez um sinal minúsculo que queria dizer *caia fora*, para o caso de ela não ter entendido a mensagem.

Charlotte gostaria de ter perguntado mais — sobre Cecily, sobre as ervas, sobre o que é que ele fazia naquele confim da ilha além de consertar a casa no escuro — se não fosse pelo cachorro, e mesmo se, pensando bem agora, não enxergasse maior maldade ali do que da última vez, preferiu não se arriscar. Leo não a queria por perto. E Leo controlava o cachorro.

Dito isso, ela não sabia bem como passar por eles. Entre ele, o cachorro e um caminho estreito, não havia muito espaço. Se fosse pela esquerda, passaria muito perto do animal. Se fosse pela direita, passaria perto demais de Leo.

Estava tentando decidir qual a saída mais segura quando, ligeiramente divertido, ele perguntou:

— Está com medo de Urso?

— Fui mordida por um cachorro. — Não tinha como negar. No que lhe tocava, cautela era uma boa coisa se não se conhecia a fera. — E aquele até parecia amistoso. O seu, nem um pouco.

Ele tocou a cabeça do cachorro com as pontas dos dedos; era, aparentemente, outro sinal porque o cachorro, com um ar aborrecido, olhou para longe.

Charlotte não acreditou que ele não pudesse voltar e atacar. Optando pela direita, passou lentamente por Leo e seguiu pela estrada.

— Você fez o quê? — perguntou Nicole, incrédula. Estavam na cozinha, arrematando o café da manhã com mais café. Nicole acabara de fazer o relato do jantar na casa dos McKenzie: boa companhia, um lombo de porco de uma criação local temperado com alecrim e grelhado, e que estava surpreendentemente bom, embora porco não fosse sua carne favorita, além de um arranjo de flores silvestres magnífico numa cabaça oca sobre a qual ela acabara de postar; e queria saber o que Charlotte tinha feito.

— Estive no terreno do Cole.

— O que você quer dizer com *no* terreno do Cole? Tipo caminhando por perto? Tocando a *campainha*?

— Acho que não tem campainha — disse Charlotte. Estava com os joelhos para cima, os pés descalços na borda da cadeira e as mãos em volta da caneca. — A casa está velha e caindo aos pedaços. Leo estava consertando uma persiana. Dei uma mão.

— Você o quê?

— Dei uma ajuda.

— Leo *viu* você? Charlotte, você não deve ir lá. Se há uma coisa que se sabe em Quinnie é isso. Leo é perigoso.

Charlotte se lembrou de estar naquela escada na noite de quarta-feira. Ele poderia tê-la expulsado ou ter tocado nela de forma inadequada, mas não fez nada disso. Apenas a segurara até o trabalho ficar pronto, depois saiu. Com certeza tinha ficado mais aborrecido ontem à noite, mas, em retrospecto, surgia uma visão mais suave daquilo também.

— Não acho que seja perigoso. Estive lá três vezes...

— Três? Quando?

Charlotte se sentiu um pouco culpada.

— Nas últimas três noites. Realmente, não tem nada de mais, Nicki. É só para aquele lado que eu caminho. A distância daqui até lá, nada mais.

— Ele é o menino mau da ilha.

— Não mais um menino.

— O que torna isso pior. Três noites e você não me disse? Que mais você não me contou?

Charlotte sentiu uma pontada grave de culpa. Como responder a isso?

— Ele tem um cachorro.

— Ele tem um cachorro — repetiu Nicole, assentindo com a cabeça. — Você detesta cachorros.

— Só porque aquele dálmata me mordeu, mas meu pai o chutou antes, então ele pensou que estava sendo atacado e atacou a coisa mais fraca que encontrou, ou seja, eu. Já encontrei cachorros simpáticos.

— Se for o de Cole, não há como ser simpático.

— Você não entende — Charlotte advertiu. — Quando ele veio até mim, fiquei apavorada. Mas não me atacou. — Fez uma pausa. — Já viu Leo de perto?

— Não. No dia em que cheguei aqui, ele estava marchando para o centro da cidade. Descendo a rua, e, se o olhar matasse, eu estaria morta.

Charlotte não sentira nada assassino.

— Não pareceu tão mau para mim.

— Se pareceu com o quê?

Ela evocou a imagem, observando agora o que não havia registrado.

— Um homem.

— Obviamente.

— Em forma.

— Musculoso?

— Não. Só... em forma. *Limpo* — disse, sem saber por que aquela palavra lhe ocorrera. Talvez em virtude de ele ter sido tudo, menos limpo, em outra época; esperara o oposto? As mãos estavam manchadas por limpar o telhado. Mas não diria que era sujo.

— Você deve tê-lo visto melhor do que eu — reconheceu Nicole. — Claro, você o viu. Esteve perto. Lembra-se dos cabelos longos?

— Estão curtos agora — disse Charlotte. — Castanhos, talvez com algumas mechas grisalhas, embora talvez tenha sido a luz da lua. Quantos anos ele tem?

— É quatro ou cinco anos mais velho do que nós.

— Trinta e muitos, então. É o que parece.

— Como estava vestido? Quando o vi na semana passada, estava de preto.

— O mesmo ontem à noite, pareceu, mas também pode ter sido azul-marinho. Estava de short.

— Ah, meu Deus! — Nicole falava mais lentamente. — Mostrando o cofrinho, imagino.

— Na verdade, não. Era de nylon, comprido, como short de basquete, e estava no lugar certo.

— Na cintura.

— Nos quadris. — O short fora colocado de qualquer jeito. — Quadris estreitos. Braços fortes. O que ele faz, Nicki? Quero dizer, ele precisa de comida e, para isso, precisa de dinheiro. Não posso imaginar que Cecily tenha deixado muito para ele, então, como que ele faz?

— Foi um faz-tudo por um tempo — disse Nicole —, mas nunca o chamamos. Cheirava mal.

— Quem disse isso? — E Charlotte riu.

— Todo mundo.

— Bom, agora não. Ao menos, não senti nada.

— Nem o cachorro?

— Não. Não tinha cheiro. O pelo é curto.

— Um *pit bull*.

— Ah-hã! Muito grande. Urso foi o nome que lhe deu.

— Faz sentido. Ele pode criar problema, Charlotte — avisou ela. — Pode acusar você de ter invadido. Pode entrar na justiça e nos impedir de mencionar Cecily no livro. E pode processar a editora tentando ter participação nos lucros.

— Ele não vai fazer isso.

— E, se você realmente o irritar — continuou Nicole —, ele pode conseguir, sei lá, um tipo de *liminar* para proibir a impressão de qualquer receita que utilize as ervas dela, o que significa a morte do livro. Prometa que vai ficar longe dele, Charlotte.

— Mas existe outro lado nisso tudo — argumentou Charlotte, pensando na câmera que ainda não mencionara. — E se eu conseguir entrar nos jardins dele?

Nicole alcançou e agarrou a mão dela por cima da mesa.

— Não há nada naqueles jardins que não possamos encontrar em qualquer outro lugar.

— Sim, existe. — Existe... *a foto*... poderia ter dito, mas Nicole a interrompeu.

— Ervas? Existem ervas por toda a ilha. Não precisamos de nenhuma de Leo Cole. Promete que vai ficar longe?

— Existem raízes.

— O quê? Como chirivia, nabo, beterraba?

— Não — respondeu Charlotte, mas parou. A questão das plantas de Leo serem plantas-mães que controlavam suas crias era ridícula, coisa que não podia esperar que Nicole aceitasse. No mínimo, aquilo a deixaria nervosa. Além disso, Charlotte não tinha certeza se era isso que queria dizer com raízes. Não sabia por que dissera. A palavra apenas surgiu. Do mesmo jeito que limpo.

— Promete, Charlotte? — Nicole implorou. — Por mim?

Charlotte assentiu. Não foi exatamente um juramente com a mão na Bíblia, o que ela teria dificuldade em fazer. Mas, de qualquer maneira, não podia ir ao terreno de Cole naquele dia. Quinnipeague oferecia outras opções para os fins de semana. Muitas se relacionavam com comida, outras com esporte, vendas de quintal, ou entretenimento. Como este fim de semana era o pontapé inicial do verão — e Nicole estava comprometida, pelo bem do livro, a ser vista pelo maior número de habitantes de Quinnie possível —, o dia estava tomado.

Começaram por uma venda de livros numa livraria, para a qual levaram sacolas de livros recolhidos das estantes da casa. Era a primeira limpeza que Nicole precisava fazer, mas as duas, trabalhando juntas, foram de tal eficiência e rapidez que o impacto emocional foi mínimo.

De lá, partiram para um churrasco no píer — na verdade, um churrasco no barco de festa de Susan Murray. Susan era a diretora executiva de uma companhia de software em Portland, o que significava que não era uma residente permanente de Quinnipeague, mas vivia perto o suficiente para visitá-la durante o ano todo. Embora fosse uma empresária inata e muito festeira, não tinha um pingo de pretensão. Seu barco era um velho flutuador, e o menu — no padrão de Susan — era composto por hambúrguer, cachorros-quentes, batatas fritas e montes dos seus costumeiros biscoitos. Os biscoitos seriam um *must* para o livro, assim como Susan.

Depois do almoço, foi a vez do softball no campo da escola. A escola em si era pequena: ia do pré até o quinto ano, com grades mais altas que davam para o continente, mas com um campo considerado o mais amplo e aberto da ilha. Dois jogos eram realizados simultaneamente, com Nicole em um e Charlotte no outro, e a promessa de bebidas geladas em seguida.

Voltando suadas para casa, nadaram na piscina e se sentaram no pátio, embrulhadas em toalhas até o entardecer; então, retornaram à cidade, pegaram saladas no The Island Grill, com seis visitantes sazonais, que apareceram na mesma hora que elas para jantar, seguido pela sessão noturna de cinema na igreja. O filme da semana era *Titanic*, que todo mundo já tinha visto, mas o ambiente da ilha — o cheiro da pipoca ensacada pelo pastor e sua mulher tão rápido quanto sua pequena máquina podia produzi-las, o zum-zum dos ventiladores no teto da catedral e o rangido das velhas cadeiras de madeira — acrescentava um sabor especial.

A igreja constituía o local oficial de todas as grandes reuniões. Sábado à noite era o cinema; domingo de manhã, o culto; e, em seguida, numa transformação que nunca deixava de divertir Charlotte por causa da rapidez, vinha o brunch de Bailey.

O lugar estava apinhado de ilhéus, desde um nonagenário a um recém-nascido, os frequentadores regulares de fins de semana, os habituais dos veraneios e hóspedes eventuais. Charlotte e Nicole se separaram ali também, fazendo contato com a multidão tanto pelo livro quanto pela diversão. Charlotte sempre se sentira atraída pelos residentes menos convencionais e, embora poucos fossem ligados à comida ou possíveis personagens para o livro, ela se lembrava de muitos e gostou de reencontrá-los.

E, é claro, também havia comida, servida em longas mesas para as quais, uma hora antes, os paroquianos providenciaram cadeiras. A apresentação não merecia que se escrevesse a respeito, pois contava com pratos de papel e talheres de plástico empilhados. Porém, ainda assim, em todas as suas viagens, Charlotte nunca tinha visto algo tão convidativo. Havia quiches de todos os tipos, rabanadas assadas, mistura de peixe, e um peixe ao curry que ela adorava, mais mousse de atum, tortas de salmão e fritadas de caranguejo. Havia sopas — nenhum evento da ilha podia dispensá-las; bolos cruelmente deliciosos e pegajosos, bolinhos de cranberry, e muffins de atum. Fora a compota de fruta que ela adorava, e bombons de chocolate, cada um com uma amêndoa dentro, embalados separadamente e enchendo uma cumbuca. Sabia que esses últimos ingredientes, sem mencionar os grãos de café utilizados na rica bebida que estava em sua xícara, vinham de outra parte do mundo. Todo o resto, porém, tinha sido colhido ou criado na região.

Charlotte confraternizou e reencontrou pessoas que não via já fazia dez anos. Marcou entrevistas, muitas vezes acompanhada por Nicole, que observou cada prato e realizou a correspondente avaliação, fazendo sutilmente sim ou não com a cabeça para indicar aqueles que lhes interessavam.

Ficaram até depois que a multidão se dispersou, divertindo-se, o que foi muito bom. A alegria acabou de repente quando o telefone de Nicole tocou na volta para casa. Era Julian, aparentemente depois de procurá-la por horas seguidas, uma vez que ela não podia ouvir qualquer chamado por causa das vozes na igreja.

Estava com falta de ar. Era um dos mais raros efeitos colaterais do remédio que tomava e geralmente passava logo. Mas não desta vez. Seu médico queria vê-lo na segunda-feira de manhã. Então, em vez de voar para o sul, ele pegaria o trem para Nova York. Sugeriu que Nicole o encontrasse lá.

Charlotte levou-a até o píer, onde um barco a esperava para levá-la até Rockland. De lá, tomaria um táxi para Portland e então voaria para Nova York. Embora Nicole não lhe tivesse dito mais do que o essencial, Charlotte sentiu o peso da preocupação.

— Vai me ligar para me manter informada? — perguntou ao tirar a mala de Nicole do jipe.

— Vai ser difícil. Para todos os efeitos, você não sabe de nada.

— Mas eu sei e vou pensar em você o tempo todo. Escreva. Ou desça até o hall e telefone.

— Vou tentar — disse Nicole e a abraçou.

De volta à casa, Charlotte começou a perambular. Tentou impedir que sua imaginação fizesse o mesmo, mas era difícil não pensar no "e se...". O que ajudou foi *Sal;* o herói estava reconstruindo um barco de um jeito que Charlotte achou intrigante. Mas ler significava focar nas palavras e ela se sentia impaciente demais para fazer aquilo por muito tempo.

Então, tricotou um pouco. Aqueles incríveis chocolates recheados com amêndoas tinham sido feitos por um novato em Quinnipeague, que adquirira um armarinho na cidade, o qual Charlotte desejava visitar. Aquilo significou fazer progresso em sua manga, então não se atrapalhou *totalmente.* Entretanto, depois de terminar o punho com as nervuras, seguia o desenho do padrão Aran quando errou. Desmanchou duas fileiras, tricotou-as de novo, e percebeu que perdera um ponto situado três fileiras acima.

Frustrada, deixou o tricô de lado e saiu. Caminhou pela praia. Varreu o pátio. Ao abrir o laptop, conferiu as páginas do Facebook dos seus amigos e olhou o Twitter pela primeira vez em dias.

Aguardou o pôr do sol. Mas, assim que ele começou, saiu.

Capítulo 8

Leo Cole estava fazendo algo diferente. O som que Charlotte ouviu ao se aproximar era um intermitente tinido, como se arremessasse alguma coisa contra um metal. Ela não entendeu o que era até percorrer a curva e ver a encosta iluminada do teto da casa. Havia duas escadas perto do topo, com uma placa esticada entre elas. Em pé sobre a placa, Leo erguia telhas e jogava uma a uma na lixeira abaixo.

Procurou o cachorro e, como não o viu, seguiu devagar. Quando chegou suficientemente perto, juntou as mãos nas costas e ficou observando por algum tempo. Ah, sim, dissera a ele que suas telhas estavam levantando. Ao observá-lo, porém, imaginou que ele já sabia. O jeito de desempenhar a tarefa demonstrava experiência. Seus movimentos eram metódicos e seguros. De vez em quando, o esforço de remover uma peça mais teimosa o fazia gemer, mas quase sempre parecia impassível.

Depois de um tempo, parou, levando o antebraço até a testa, pendurou a tenaz na próxima telha e alcançou uma garrafa de água. Foi quando viu Charlotte, embora ela só tenha se dado conta porque estava olhando de perto. Ele não se sobressaltou, nem sequer se virou, simplesmente olhou para o lado enquanto bebia. Quando acabou, limpou a boca com as costas da mão.

— Por que será que não estou surpreso? — murmurou suficientemente alto para que ela ouvisse, depois pegou a tenaz e voltou ao trabalho.

Ela percebeu deboche. Mas raiva? Na verdade, não.

— Você sabia do problema do teto.

— É. Encomendei as telhas há um mês.

— Por que só faz isso à noite?

Ele ficou em silêncio.

— Por que quer saber?

— Interesse humano. — Ela deu de ombros. — Tédio.

Ele arrancou várias telhas e as jogou no lixo antes de dizer:

— O sol se pôs. O vento acalmou.

— Quando você dorme?

Outra telha caiu.

— Quando estou cansado.

— Pesquisas mostram que, quanto menos você dorme, maiores as chances de enfartar.

— As pesquisas calculam mal — respondeu. — A insônia é causada pelo estresse, que causa pressão alta, que causa infarto. Não estou estressado.

Ela poderia ter respondido só pelo prazer de argumentar, se o que ele disse não fizesse total sentido. Talvez ele trabalhasse a noite toda e dormisse o dia todo.

— Você não tem um trabalho em tempo integral?

Ele continuou trabalhando. Finalmente respondeu:

— Não.

— Como é que você paga pelas telhas?

Ele olhou para baixo, parecendo aborrecido.

— O que você tem a ver com isso?

— Nada, só sou curiosa. — Olhando em volta, viu a caixa de ferramentas. — Se você tivesse outro cortador, eu poderia ajudar.

Ele bufou.

— Vestida assim?

— Não estou nada diferente de você. Uma camiseta e short. — A camiseta dele estava enfiada de qualquer jeito na cintura, o short tão escuro e amassado como da outra vez.

— Está sem botas.

Sim, mas os tênis dela eram feitos para trilha. Charlotte mostrou a sola de um deles. Quando Cole pegou outra telha, ela disse:

— Sério. Posso ajudar.

— Já fez isso também?

— Já.

Ele continuou mais um pouco.

— Não. Tenho só um cortador. — Moveu-se para chegar a outro ponto, mais à direita, e disse: — Quer ser útil? Apanhe as telhas que não caíram na lixeira.

Com o holofote dirigido para o teto, o chão estava escuro. Apenas quando seus olhos se adaptaram foi que pôde ver o que ele quis mostrar.

Todavia, não se mexeu. Subir uma escada era uma coisa, rastejar no chão com seus braços e pernas expostos era outra.

— Onde está o cachorro? — perguntou.

— Nos arbustos.

— Ele pode atacar?

— Não se você apanhar as telhas e for embora.

Confiando no controle dele sobre o cachorro, apanhou um punhado de telhas e as jogou na lixeira. Depois de um segundo, um terceiro punhado e acabou. Limpando as mãos, perguntou:

— O que mais posso fazer?

— Saia de perto da lixeira. Se ficar aí, será atingida.

— Você não iria mirar em mim.

A risada dele mais pareceu um latido.

— Se a minha pontaria fosse perfeita, você não teria nada para recolher agora.

Ele tinha razão. Afastando-se da lixeira, ela cruzou os braços sobre o peito e o observou trabalhar. Ele deve ter se esforçado mais porque cada telha foi direto para a lixeira, então não havia nada a fazer. Depois de um tempo, ela se sentou.

— Você disse que ia embora — cobrou ele.

— Você quem disse, não eu. — A curiosidade dela estava longe de ser satisfeita, e o cão não tinha aparecido. — Como é que é estar na prisão?

Ele a fulminou com o olhar, nas não chamou o cachorro.

— Essa é uma pergunta idiota. É uma *merda*. — Arrancou várias outras telhas, jogando-as para baixo com força. Uma bateu no chão, mas ele pareceu não perceber. — Como soube que estive na prisão?

— O pessoal comentou, na época — respondeu ela, levantando-se e esperando. Assim que ele jogou a telha seguinte, ela se agachou para agarrar a que estava no chão e a jogou na lixeira.

— Já tinha vindo pra cá?

— Bom, agora você feriu meus sentimentos. Passei dezessete verões aqui. Não causei nenhuma impressão?

Ele se esticou para alcançar as telhas mais altas.

— Não lembro muita coisa.

— Dopado com as ervas de Cecily?

Apoiando a ferramenta contra o teto, ele franziu a testa.

— Uma das razões para eu trabalhar de noite é por causa do silêncio. Se for ficar, vai ter que calar a boca.

Ao menos não insistia na saída dela. Era um progresso.

— Posso calar a boca.

— Faça-o, por favor. — Moveu-se para a direita a fim de trabalhar na última fileira de telhas. — E você está errada. Não estava dopado o tempo todo. Estava com raiva.

— Sério? — refletiu Charlotte. Daquela carranca ela lembrava bem, mas não percebeu raiva. — Do que Cecily morreu?

Ele trabalhou mais um pouco. Ela imaginou que a ignorava, mas já havia entrevistado pessoas relutantes antes. Formulava uma pergunta mais fácil quando ele respondeu:

— Pneumonia.

Pneumonia. Isso surpreendeu Charlotte. Cecily saberia tratar uma pneumonia.

— Para mim, só podia ter sido câncer.

— E foi. Ela foi para o hospital por causa disso. Pegou pneumonia lá.

Charlotte ouvira histórias semelhantes, mas isso, de repente, tornava Leo mais humano.

— Isso é horrível. Sinto muito.

— Não tanto quanto eu — disse, fazendo uma careta para uma telha teimosa. — Fui eu que a levei para o hospital.

Como Quinnipeague não tinha hospital, devia ter sido no continente, e o que Charlotte ouviu ultrapassava arrependimento, era culpa. Perguntou gentilmente:

— É por isso que você fica por aqui, tomando conta da casa e dos jardins?

— Entre outras razões.

— Quais, por exemplo?

Ele olhou para baixo, incomodado outra vez.

— Você não tem que estar em nenhum lugar?

— Na verdade, não. — Embora sentisse frio ao ficar sentada e quieta, de modo que desamarrou o casaco da cintura. — Nicole está em Nova York. Só eu estou na casa. — Colocou o casaco sobre os ombros.

— Deveria me dizer isso?

— Por que não?

— Sou perigoso.

— É o que dizem — ela comentou. Afinal, ainda estava viva mesmo depois de, vejamos, quatro visitas?

— Você pensa diferente?

Ela sorriu.

— Luto caratê.

O movimento das bochechas dele podia indicar um sorriso ou desdém, embora já tivesse desaparecido quando ela olhou para cima. No minuto seguinte, ele se esticou e tomou outro gole de água. Depois, desceu a escada.

Desconfiada, Charlotte se levantou.

— Mais alguns minutos e você termina — disse, olhando para a pequena carreira de telhas que sobraram. — O que vem depois?

Esticou um braço, parecendo mais alto do que na noite anterior, quando ela passou por seu caminho.

— Se já fez um teto, você sabe — avisou. O menor movimento da sua coxa farfalhava nos arbustos.

Forrar vinha depois. Mas o cachorro estava ao seu lado agora, então pôs um sorriso no rosto, virou-se e caiu fora.

Caratê poderia protegê-la do homem, mas e do cachorro? Não sabia qual era mais perigoso — ou se ambos sequer eram, o que, sem dúvida, era uma possibilidade.

Uma coisa, no entanto, não deixava dúvida. Ambos não eram nada diante da esclerose múltipla do marido de Nicole, pensamento que lhe ocorreu à medida que se aproximava da casa.

Nicole estava angustiada. Depois de aterrissar em La Guardia, pegou um táxi para o pequeno hotel onde sempre se hospedavam. Do hospital para lá era uma pequena caminhada, mas, naquela noite, mesmo isso parecia longe demais. Falta de ar? Peito apertado? Ambos efeitos colaterais bem documentados dos remédios que Julian tomava, mas também eram sintomas de ataque cardíaco. Ela suspeitava que Peter Keller tivesse sugerido uma ida direta para a Emergência na Filadélfia e que ele se negara a ir.

Por mais que pensasse que, por ser médico, Julian sabia distinguir os sintomas, sentia-se aterrorizada com o que encontraria.

Como já dera entrada, ele havia mandado uma mensagem indicando o número do quarto, então ela empurrou logo sua mala de rodinhas para o elevador. Oito andares ansiosos acima, atravessou o corredor e bateu de leve. Rezando para Jules ainda estar vivo, procurou escutar algum som. Mas ele não era um homem pesado e estava descalço. O alívio que sentiu quando a fechadura se moveu e a porta se abriu foi intenso.

Parecia pálido, mas não azulado e, embora visivelmente cansado, ficou ereto. Esgueirando-se para dentro, Nicole fechou a porta e apertou os braços em torno do pescoço do marido, apaziguada por poder beber tudo que era o Julian forte. Quando ele correspondeu ao abraço, ela imaginou um elemento de entrega nele. Julian precisava de Nicole, e isso era gratificante.

Finalmente se desvencilhando, estudou seu rosto.

— Como está?

— Melhor.

— Mesmo assim, o que foi que incomodou mais, a pressão ou a falta de ar?

— Ambas, mas agora estou melhor. O que você disse para Charlotte? — perguntou, e ela teve vontade de gritar que Charlotte não era importante, *ele* sim.

Mas como Julian era neurótico em relação ao segredo, estava preocupado com o quanto Charlotte sabia, e precisava acalmá-lo ao menos sobre isso.

— Disse a ela que um de seus colegas havia morrido e que queria estar ao seu lado no funeral. Me tornei uma boa mentirosa. — Não estava agindo certo, então? Ah, sim, tornara-se boa naquilo. Se suspeitasse que ela não estava dizendo a verdade, teria a pressionado.

Simplesmente perguntou:

— O voo foi bom?

— Acho que sim. Não prestei muita atenção. Fiquei pensando em vir para cá e...

— Não diga, querida.

— Eu sei, eu sei, eu sei — murmurou ela, mais arrependida do que qualquer outra coisa. — Estava dormindo? — Embora ele ainda estivesse vestido, seu cabelo se encontrava desalinhado e os olhos, pesados.

Ele sacudiu a cabeça, fez a cara que significava não ter feito nada, o que lhe dizia que apenas permanecera estirado sobre a cama, olhando para o teto, preocupado com as mesmas coisas que ela, e depois cochilara.

— Obrigado por ter vindo — disse.

E, sem mais nem menos, de repente ela ficou lívida. Filha única de pais que a adoravam, sentira-se sempre, e em todos os níveis, privilegiada. Não precisara filtrar seus pensamentos naquela época, e, embora a experiência lhe tivesse ensinado uma ou outra coisa sobre autocontrole, quando estava perturbada — realmente perturbada — perdia-o.

Foi o que aconteceu. Após um longo dia de viagem, horas de preocupação e meses de tensão, aquele *Obrigado por ter vindo* pegou mal.

— Onde mais eu *estaria?* — gritou. — Você é o meu marido. Eu deveria estar na Filadélfia, com você. Você cuida de mim, Julian. Seria tão horrível eu cuidar de você de vez em quando?

— Não há nada a fazer — disse ele, afastando-se.

— *Há!* — falou ela, pensando consigo mesma que não era a hora certa, por causa daquele aperto no peito dele; só que essa *era* a hora. — Você se afastou de todos que significam alguma coisa para você.

— Não é verdade. Falei com meus pais ontem. Falo com meus amigos o tempo todo.

— Mas não sobre a verdade, então é só encenação. E agora isso? Sou a sua cobertura, Jules. Ambos sabemos que, se estivermos no hospital amanhã e você encontrar algum colega, a ideia é dizer que a paciente sou eu. Tudo bem se isso faz você se sentir melhor, porque sou sua esposa, mas você está se fechando comigo também. Sou só isso, uma cobertura?

Ele a olhou espantado. *Acalme-se, você está piorando as coisas; não reclame, não resmungue.* Ela ouviu tudo.

Virando-se, ele começou a desabotoar a camisa. Depois disso, foram as calças e as meias. Normalmente, o que viria depois seriam as cuecas e, quando ele se voltasse para ela, seu desejo ficaria claro. EM afetava a libido de alguns pacientes, mas não a de Julian. Ele continuava perfeitamente capaz — *extraordinariamente* capaz. Mas há semanas não se permitia sentir desejo.

Era evidente que não deviam fazer amor com aquele aperto no peito, independente da tentativa dele de minimizar o problema.

Entretanto, vendo-o sem roupa, ela não podia deixar de lembrar os dias em que o sexo era constante, quando tudo que ele precisava fazer era chamá-la de *meu amor* e a atração flamejava.

Sentiu saudade.

Sem tirar as cuecas, porém, nessa noite, ele se enfiou na cama, apagou a luz ao seu lado e fechou os olhos.

Peter Keppler foi direto. Nicole sempre gostara disso nele. Significava horas de espera para realizar os exames, mas, no final do dia, ele tinha informações suficientes para tomar uma decisão. Eles estavam no seu consultório do hospital, que nada mais era do que uma embelezada sala de exames, mas ela não se queixava. Julian parecia melhor, pensou. Era sempre assim quando estavam com Peter, como se finalmente pudessem deixar alguém tomar as decisões. Dormiram bem, entregando-se assim que seus corpos se tocaram. Não tinha certeza se isso era consciente, mas apreciou assim mesmo.

Estavam em cadeiras separadas agora, Nicole procurando continuar calma enquanto Peter revisava os exames. A boa notícia, declarou, era que o coração de Julian ficaria bem; a ruim era que o prontuário que ele atualizava diariamente em casa confirmava que não houvera progresso em relação aos sintomas.

— Vamos trocar o coquetel — decidiu Peter. — É um ajuste mínimo, mas não gosto desses efeitos colaterais.

— Esqueça os efeitos colaterais — disse Julian com seu jeito profissional. — Estou preocupado com a eficácia dessas drogas. Depois de três meses, alguma melhora deveria ocorrer. Esses medicamentos são os mais recentes e os melhores. Se não funcionam, estou em apuros.

O neurologista emitiu um som entre um grunhido e uma risada.

— Os médicos são os piores pacientes. Sempre estão um passo à frente.

— Pode apostar — disse Julian. — Minhas mãos estão tremendo como sempre. E a paralisia? Sentado numa cadeira quando ataca já é ruim, mas o que acontece se estiver caminhando pelo corredor com algum colega?

Peter o olhou com atenção.

— Eu gostaria de poder operar e corrigir o problema com um bisturi como você faz, mas EM não é assim. Você está estável. Um novo sintoma não é muito se considerarmos o quadro geral.

Nicole concordou. Três meses não era muito. A pesquisa que fizera sugeria que, em geral, a doença precisava de mais tempo para receber a mensagem do medicamento.

Julian, entretanto, não estava naquela página.

— Um sintoma novo já é demais — disse. — Estou piorando. Esta é a minha vida e está tomando a direção errada.

— Você tem esclerose múltipla — Peter lembrou. — Que se saiba, seus sintomas seriam piores sem os medicamentos que está tomando. — *Exatamente*, pensou Nicole, e o médico prosseguiu: — Trabalhei com alguns pacientes por dez anos antes de encontrar um caminho para a remissão. Você e eu estamos nessa só há quatro.

— A direção errada — repetiu um Julian ameaçador.

Charlotte passou a manhã fazendo a triagem de uma desorganizada coleção de taças com cores e desenhos diferentes, pratos desaparelhados, guardanapos, toalhas para piquenique e talheres de plástico. Nicole os guardara na despensa desordenadamente; ela preferia de longe as coisas de verdade às de papel ou de plástico, e havia sugerido uma venda total do estoque. Pensou em ajudar ao menos fazendo isso.

Depois de encher duas sacolas grandes, levou tudo para a igreja. Apesar de manter o telefone no bolso, Nicole não ligou.

Colocou a câmera no banco traseiro do carro e seguiu caminho para a fazenda onde Anna McDowell Cabot criava as galinhas que produziam os ovos usados em tantas especialidades da ilha. Anna era uma mulher forte que gingava e cacarejava como suas galinhas, mas seu cacarejo era informativo. Moradora de Quinnie havia longos anos, sabia tanto quanto qualquer outro. Podia falar durante horas sobre as mudanças que a ilha sofrera e, com a frequente intervenção de Charlotte, sobre como aquelas mudanças afetaram a comida.

Como se beneficiara com os remédios de ervas para refluxo ácido, considerava Cecily Cole uma santa. Mas, quando Charlotte mencionou Leo, a mulher ficou cautelosa.

— Ele é muito fechado.

— Um mau menino.

— Mau? — Com um suave cacarejo, ela observou. — Não tanto quanto mal compreendido.

— Por quem?

— Por todo mundo, durante muito tempo. Foi uma criança infeliz. Agora, apenas fica na dele.

— O que ele faz para ganhar a vida?

— Ah! — Um suspiro malicioso. — Um pouco disso, um pouco daquilo.

O que não a esclareceu em nada.

— Ele ainda cultiva as ervas de Cecily — arriscou.

— Leo não faz isso. — E, desta vez, um sorriso esperto. — Aquelas ervas crescem sozinhas.

— Ele as vende?

— Nunca soube disso.

— Doa para quem precisa, como Cecily fazia?

— Suponho que sim.

— Troca por comida?

Anna franziu a testa.

— Por que a pergunta?

Charlotte não admitiria que havia razões pessoais quando era suficiente a razão profissional.

— Cecily morreu há cinco anos, mas as suas ervas continuam fortes. Estamos fazendo um livro de culinária. Não posso deixar de perguntar sobre elas.

— Você sabe o que dizem sobre a curiosidade e o gato — cacarejou a criadora de galinhas.

Charlotte certamente sabia. A curiosidade o matou. Bob Lilly costumava alertá-la sobre isso, embora adorasse as suas perguntas e nunca tivesse se recusado a respondê-las. Sem dúvida contava com o complemento ao ditado — *e a satisfação o trouxe de volta* — mas deixou isso passar. Como tirara fotografias enquanto conversavam e caminhavam, sentia-se mais do que satisfeita com a entrevista. Enquanto outros da lista podiam falar sobre coisas específicas, Anna fornecia uma visão geral básica para o livro.

Charlotte deixou a fazenda Cabot com renovado entusiasmo. Por querer compartilhá-lo com Nicole, mandou-lhe uma rápida mensagem. Quando não obteve resposta, ficou inquieta e tentou telefonar. Nicole, entretanto, não atendeu.

Foi só no fim da tarde, quando voltaram ao hotel para fazer as malas, que Nicole teve a chance de ligar para Charlotte. Mensagem não resolveria. Precisava de uma voz confortadora. Julian tomava uma ducha — querendo limpar o paciente do seu corpo, disse. Ela ficou no canto afastado do quarto, inclinada sobre o telefone e com os olhos pregados na porta do banheiro.

— Sou eu — disse num sussurro. — Não posso falar muito. Se o chuveiro for fechado, estou ferrada. Estamos a caminho de La Guardia para voar para Chicago.

— Chicago? — perguntou Charlotte, alarmada. — O que aconteceu com Raleigh-Durham?

Contente por poder compartilhar sua frustração, Nicole murmurou.

— Adiado por alguns dias. Também não estou feliz com Chicago. Quero dizer, tudo correu bem hoje. Não foi um ataque cardíaco, só um problema com os remédios. O médico quer alterar a dosagem e dar mais tempo, mas meu marido é impaciente. Vamos a Chicago para uma consulta.

— Não há outros especialistas em Nova York?

— Sim, mas Julian conhece quem faz o que e onde. Além disso, esse está experimentando novas terapias.

— Que tipo de novas terapias? — perguntou Charlotte com o que soou como um alarme maior; mesmo aquilo servia de conforto para Nicole, pois validava sua própria preocupação.

— Esse médico em especial faz transplante de células-tronco. — As palavras deram uma reviravolta na sua barriga, a qual apertou com a mão. — Julian quer tentar algo experimental, que tenha chance de funcionar. Estou morta de medo, Charlotte, mas ele está se desesperando. A ducha acabou. — Endireitando-se, falou casualmente: — Então, com Anna foi legal?

— Desesperado a ponto de fazer algo radical? — veio a voz do outro extremo, mas, antes que pudesse responder, Julian abriu a porta do banheiro. Jogando a toalha longe, entrou no quarto com uma pergunta nos olhos.

— Só estou avisando a Charlotte que não vou esta noite — explicou.

Charlotte exalou audivelmente.

— Okay. Anna é uma grande fonte.

— Ela te deu a receita dos ovos em camadas? — perguntou Nicole com leveza. — A propósito, não sei por que ela chama de ovos em camadas se usa presunto, abobrinha e cogumelos, além daqueles temperos incríveis. Fez uma lista deles para você?

— Fez.

— Ótimo. Vou testar assim que voltar. — Ela saboreou o pensamento que nada tinha a ver com comida. Mergulhar naquele pedacinho de trabalho representava uma pausa no restante. — Você e Melissa Parker já marcaram uma entrevista? — Melissa fornecia pães e doces para a Chowder House, para o The Island Grill e para o Café Quinnie. Não só era um perfil importante: Nicole dera a Charlotte uma lista das receitas de Melissa a serem incluídas.

— Amanhã — disse Charlotte. — Quer dizer que vocês viajam hoje à noite?

— Viajamos. — Retornou ao álibi. — Está bem difícil para a família. Vou cozinhar e levar algumas receitas.

— Quanto tempo vai ficar em Chicago?

Agora que estava longe da medicação prejudicial e sabia que viveria, Julian não desejava demorar mais do que um dia. Queria chegar a Duke antes que alguém suspeitasse de alguma coisa. Além disso, a consulta era estritamente informativa. Ele até se oferecera para ir sozinho, mas Nicole sabia que exigiria um resumo da conversa e que se preocuparia para sempre com o que perdesse.

Tinha participação naquilo, queria ouvir exatamente o que era dito.

— Pego o avião na quarta-feira — contou para Charlotte. — Vai se virar sem mim até lá?

Capítulo 9

Charlotte manteve o telefone encostado na barriga por muito tempo depois que a ligação acabou. Nicole não era a única assustada. No que dizia respeito a tratamentos experimentais para esclerose múltipla, o transplante de células-tronco prometia muito. Mas havia células-tronco — e as células--tronco do *cordão umbilical*. Essas vêm do sangue que permanece no cordão umbilical de um bebê depois que este foi cortado; ele é drenado e armazenado em um banco de sangue, onde permanece congelado e estocado para uso futuro. As questões éticas em torno das células-tronco de um embrião não se aplicavam ao caso. Era sangue. Sem ovo e sem fertilização. Um bebê não poderia resultar daquilo. E, cada vez mais, em laboratórios de pesquisa e hospitais mundo afora, eram encontradas nelas propriedades curativas e regenerativas em humanos com diferentes doenças.

Esses eram os fatos. Nicole com certeza os conhecia.

Mas Charlotte sabia de uma coisa que Nicole não sabia. Sabia algo que *Julian* não sabia. Se tivesse que contar, o dano seria catastrófico.

Temendo aquilo, sentou-se na praia por um momento. O ar marinho estava quente, soprando-lhe os cabelos e roçando a pele. Observou uma gaivota que mergulhou nas ondas rasas para pescar, depois um casal de borrelhos virando pedras à procura de caranguejos. O mar era eterno, disse a si mesma. A vida continuava. Traumas iam e vinham.

Era um pequeno consolo.

Precisando de uma dose de conforto, dirigiu até a Chowder House para comprar um sanduíche de lagosta e fritas, voltou para casa e então retornou à praia, onde se dedicou a devorar até a última migalha.

Sentiu-se melhor? Não. O que aconteceu foi que se sentiu pior, como uma terrível amiga *gorda*.

Precisava caminhar, e não na direção da casa de Leo. Precisava *realmente* caminhar. Dirigindo-se à cidade, moveu-se tão rápido quanto o estômago permitia, mais rápido conforme os mariscos se acomodavam, até que finalmente deu a volta e correu para casa. Não era corredora. Sempre quisera ser, mas seus joelhos não ajudavam. Sem dúvida estariam gritando na manhã seguinte.

A jacuzzi no quarto de Angie e Bob ajudaria. Nicole teria insistido, assim como Angie, e era por isso que não podia fazê-lo. Era uma traidora da pior espécie — tinha traído Nicole, traído Angie e Bob, e até Julian.

Era uma pessoa má. Se Leo fosse também, eles se mereciam; assim seguiu seu pensamento enquanto apertava o cabelo rebelde em um coque e seguia para o extremo da ilha. Estava tão absorta na própria culpa que não ouviu nada — nem o marulho das ondas, nem o grito de uma coruja, nem as batidas dos próprios pés — até chegar à curva de Cole e registrar o som do martelo.

Estava pregando o impermeabilizante no telhado em que estivera mexendo na noite anterior. Soube disso antes mesmo de avistá-lo. Movendo-se constantemente ao longo de um andaime improvisado, ele desenrolou o forro da esquerda para a direita, e bateu os pregos em intervalos regulares para prendê-lo.

Ela olhou durante algum tempo sem ser vista. Para um homem mau, ele tinha lindas pernas. Também tinha uma bunda firme, embora o short fosse frouxo o suficiente para que a forma nem sempre aparecesse.

— Sabe usar o martelo? — falou ele finalmente.

Nem um pouco sem ser vista.

— Se eu sei usar o martelo — murmurou ela, com ironia.

Ele fez um gesto em direção à segunda escada. Quando Charlotte chegou ao topo, Leo agarrou um novo rolo de forro, ancorou-o e lhe passou um martelo, junto a uma lata de pregos e a deixou se virar. Impermeabilizantes vinham com pesos diferentes. Esse era de uma variedade das mais pesadas, o que fazia sentido para aquele clima. Custou um pouco até conseguir desenrolar e garantir uma amostra razoável, mas não se queixou.

— Canivete? — pediu, quando alcançou a borda do telhado.

Ele o entregou. Quente por causa do cinto de ferramentas, resolveu o problema. Charlotte se voltou na outra direção, cortando de novo quando alcançou o forro que havia colocado. Ele lhe tocou o braço uma vez, a fim de que chegasse para o lado, permitindo que trabalhassem as bordas ao mesmo tempo; ela logo continuou sozinha. Quando terminaram um rolo, subiram mais um pouco e começaram o seguinte, depois o seguinte. Enfim chegaram à cumeeira, que era mais difícil e mais estreita. Seus braços se tocaram algumas vezes, assim como as pernas, e nada disso foi desagradável.

O ar estava parado. Ele tinha razão a respeito da calmaria do vento à noite. Ou talvez fosse só nessa noite especial, completando outro longo dia de verão. Mesmo com o cabelo preso, estava pesado e quente. Não era só ela. O holofote evidenciava manchas de suor no rosto e no pescoço de Leo, fazendo-o parar várias vezes para secá-lo com o braço.

— É isso aí — disse, por fim, ao olhar demoradamente para o que tinham feito antes de recolher suas coisas e descer a escada. Logo que Charlotte chegou ao solo, ele baixou as escadas e as levou embora. Voltou com duas garrafas de água, deu uma a ela e bebeu o conteúdo da outra numa série ininterrupta de goles.

Charlotte se sentia melhor por ter realizado alguma coisa, o que a fazia se sentir, de um jeito estranho, merecedora. Olhou para o telhado. Ainda iluminado pelo holofote, parecia escuro e liso.

— É forro de boa qualidade — comentou.

— De que adianta o esforço se não se faz a coisa direito?

Ela sorriu.

— Acabei de ler isso em um livro. O fulano está construindo um barco e quer usar os melhores materiais, que levam muito tempo para chegar, mas ele faz questão de esperar.

Leo ficou a observando.

Intrigada, fixou-o de volta.

— O quê?

— Você leu aquela porcaria?

— Que porcaria?

— *Sal*.

Ela achou graça.

— O que você sabe sobre *Sal?*

— Todo mundo anda falando sobre isso.

— Você lê?

Ele franziu a testa.

— Às vezes.

— Mas não *Sal*. Porque é uma porcaria. Para constar — observou Charlotte, sentindo-se protetora do livro. — Não acho uma porcaria. Acho bem escrito e conta uma bela história.

Leo ficou olhando mais um minuto, depois disse:

— *Moby Dick* também. Há montes de exemplares na biblioteca da prisão.

— Então deixam ler. Não é tão ruim.

Ele fez um muxoxo.

— Também aprendi a abrir fechaduras e fazer ligação direta em carros.

— Vou tomar cuidado com o jipe. Diziam que você roubava dinheiro da caixa da igreja.

— Nunca me pegaram fazendo isso — retorquiu ele, sem responder de verdade.

Ela dirigiu um olhar intrigado para a casa.

— Então, como você paga os consertos?

— Roubo.

Charlotte não acreditou nem por um minuto.

— Já forçou alguma mulher a transar?

— Nunca precisei. Elas queriam.

— Engravidou alguma?

— Não sou tão burro — murmurou ele e, parecendo já ter aguentado o bastante, caminhou em direção à casa para desligar o holofote. Depois, em longas passadas, passou pelos canteiros de ervas. Ao caminhar, puxou a camisa por cima da cabeça.

— Aonde você vai? — gritou ela, vendo aquelas costas à luz da lua.

— Nadar. Vá embora. — Entrou no bosque e desapareceu.

Charlotte não estava com vontade de ir para casa. Queria ver onde Leo nadava. Se seus cálculos estavam corretos, o caminho levaria a um estreito onde o litoral era rochoso e proibitivo. Nicole e ela jamais tinham ido tão longe. Como o pavimento rachado da estrada, a mensagem era NÃO ULTRAPASSE.

Agora, porém, podia se aproximar de outra maneira. Se Leo havia cortado pelo bosque, ela também conseguiria.

Estava a ponto de fazer isso quando um farfalhar veio dos arbustos perto da casa. Quando o cão apareceu, prendeu a respiração. Um brutamontes preto ao luar que olhou primeiro para ela e, depois, na direção que Leo tomara. Não fazia ideia de em que ele pensava; sabia apenas que, depois do que pareceu uma eternidade, ele saiu em busca de Leo. Caminhava lenta e pesadamente pelo bosque. A palavra *cautelosamente* surgiu na mente de Charlotte. Ao olhá-lo, não imaginou que era perigoso. Pensou que era velho.

Ele não fora atrás da corça ou do filhote. Não ameaçara atacá-la. Nunca o vira fazer mais do que transitar por ali. Velho. Ela não podia expulsá-lo.

Não que quisesse se arriscar. Esperou até que estivesse distante, e só então o seguiu, silenciosamente. Alguma coisa doce foi exalada pelo jardim, mas sua meta estava além. Era possível notar o caminho. Cascalhos da floresta estalavam sob seus tênis, mas o som das ondas se tornava cada vez mais forte. Então apareceu, refletindo a lua como uma luz no fim do túnel. Grandes pedregulhos, pequenas rochas e pedrinhas achatadas abriam um caminho de areia molhada. Na maré cheia, nada da areia apareceria. Mesmo agora, via-se bastante encoberta. As roupas de Leo estavam ali, ao lado das botas jogadas de qualquer jeito.

Escondida, Charlotte procurou a água. A luz da lua batia nas ondas que rolavam gentilmente, mas ela precisou de um minuto para distinguir o movimento de braços pálidos ao luar, numa cadência regular, afastando-se da praia. Era arriscado? Imaginou que sim. Mas ele devia saber o que fazia — provavelmente o fizera em centenas de outras noites. Nadava com calma, subindo e descendo com as ondas, parecendo tão à vontade na água quanto no seu telhado.

Fascinada pelo ritmo daqueles braços, o movimento da cabeça para respirar e pela eventual batida que quebrava a superfície atrás dele, ela quase não respirava, até alguma coisa molhada tocar a sua perna. Assustada, virou-se. Era o cachorro, olhando-a de forma maligna.

— Está bem — murmurou, trêmula. — Está bem, Urso bonzinho. Sem problema.

Maligno? Ou apenas triste? Pelos raios da lua que ondulavam através das árvores, viu sulcos em sua testa e manchas marrons perto dos olhos e do focinho.

Com o coração batendo forte, esticou uma mão. O cachorro cheirou por um minuto. Não rosnou, não mostrou os dentes nem se afastou — realmente parecia querer algo mais. Ela passou os dedos por sua cabeça, bem como Leo fizera na primeira noite. O pelo era curto e grosseiro na parte lisa entre as orelhas, mas elas pareciam de seda. Curiosa, tocou-as.

O cachorro se sentou.

O coração de Charlotte continuou a bater forte, mas não mais por medo. Agora era pela influência da lua, e, antes disso, pelo cheiro da tentação no jardim. Estava animada.

— Vou nadar — sussurrou para o cachorro. — Ok?

Urso não se moveu e Charlotte olhou outra vez para o mar. Embora distantes, os braços de Leo haviam mudado de direção. Estava voltando. Se quisesse ir ao seu encontro, teria que ser naquele minuto.

— Fique — disse suavemente e, com apenas um rápido relance para ter certeza de que o cão não a seguiria, correu para a praia. A lua brilhava, contrastando com o mar, meia-noite prateada, claridade e escuridão, bem e mal. Assim era sua vida. Ela não deveria estar ali. Estava brincando com fogo.

Mas aquilo não a impediu de ficar só com a roupa de baixo e mergulhar nas ondas. A água fria lhe cortou o fôlego por alguns instantes, mas continuou. Quando boiou na superfície, furou uma onda que se aproximava e nela mergulhou. Emergindo pouco além, engasgou com o frio. Depois, parando apenas para localizar Leo, começou a nadar. Seu corpo se erguia com cada onda, esforçando-se para subir, e o esforço a aqueceu. Bracejou firmemente até que uma respiração malfeita bateu na arrebentação da onda. Não querendo engolir água, cuspiu e, endireitando-se, procurou Leo. Não precisou olhar longe. Ele havia parado de nadar e olhava para ela. Cabelo escuro, olhos escuros, rosto branco, molhado; ele tinha tantos contrastes quanto o resto do mundo.

Enfrentando a água, lembrou-se das advertências em relação a Leo. Só que agora nada mais importava. Se Leo fizera coisas erradas, ela também. E o perigo? Havia pulado de uma encosta para mergulhar, em Acapulco. Não foi legal, e não pretendia fazê-lo de novo, mas sobreviveu e se lembrou do sufoco. Estar nestas águas com Leo não podia ser pior.

A onda o trouxe para mais perto. Não soube se ele ajudou com as mãos, pois estavam submersas, assim como as dela. O cabelo se soltara e escorria pelas suas costas. Só a cabeça e os ombros rompiam a superfície enquanto ela se agitava para não afundar.

Leo parou a um braço de distância, fixando-a com olhos sombrios. Logo exalou um curto suspiro. Cansaço de nadar? Aparentemente não. Podia ser uma pergunta: *O que devo esperar?* Ou um aviso: *Você está me provocando.* Parecia mais uma afirmação: *Estamos encrencados.*

E não era isso que ela queria? Se havia um preço a pagar, que importava este ser mais um? Não se tratava apenas dela. *Nós,* a expressão dele dizia. Não era unilateral.

A perna dele se entrelaçou com a dela. Na mesma hora, agarrou-a pelos cabelos e a trouxe para a sua boca. A falta de ar então foi real.

Metade lua, metade oceano, o beijo dele era diferente de tudo que ela já experimentara. Era dominante, mas não agressivo — completo, do jeito que ela precisava. Quando acabou, os braços de Charlotte estavam ao redor do pescoço dele, e as pernas, ao redor da cintura. A água fria poderia diminuir o desejo dele, mas não era o caso. A próxima onda provocou um balançar.

Ele respirava forte. Foram para a praia. Estavam na beirada, as pernas ainda banhadas pelas ondas, quando ele a colocou na areia e a ergueu apenas o suficiente para puxar sua calcinha. Ela ajudou, só conseguindo desvencilhar uma perna. Segurando a restante, ele a olhou, dando-lhe uma última chance.

— *Quer ou não?*

— Quero — sussurrou ela. Ele também. Com a cabeça para trás e os olhos fechados, segurou-se no que pareceu uma eternidade antes de olhá-la de novo. Parecia surpreso. Ela também. Seu desejo por Leo não fora consciente, não tinha se perturbado com o corpo dele quando trabalharam juntos ou mesmo tido fantasias a respeito. Porém, o modo dele se ajustar dentro dela, naquele momento, satisfazia algo muito profundo.

Querendo outro beijo, ela abaixou o rosto dele, e a fome foi feroz de ambos os lados. Precisou de ar, e ficou ofegante pela força do que sentiu. As investidas dele superaram o ritmo das ondas e criaram sensações tão poderosas que ela teve que gritar.

Ele parou.

— Machuquei?

Ela riu, gemendo; negou com a cabeça e, cruzando os tornozelos, puxou-o mais fundo. O movimento se repetiu sem parar, tanto o fazer amor quanto os espasmos no final. O corpo dela ou o dele? Estava envolvida demais para querer saber ou se importar.

Quando Leo finalmente escorregou para o lado, Charlotte deitou-se plácida e sem fôlego. Com os olhos fechados, não queria ver nada ao redor. Ele permaneceu perto, com a cintura encostando no quadril dela e uma perna sobre a dela. Embora a sensação de alívio fosse grande o bastante para isso, Charlotte não adormeceu. Apenas ficou ali, pelo tempo necessário, totalmente exaurida.

Foi então que sentiu uma coisa. Era a mão dele se movendo sobre sua barriga, de um jeito lento e cuidadoso que não tinha relação alguma com sexo — e, num flash, a realidade voltou. Sentou-se depressa, afastando-se e abraçando as pernas. Quando o olhou, ele estava apoiado em um cotovelo, franzindo a testa.

— Você tem um filho — afirmou ele.

Ela engoliu e negou com a cabeça.

— São estrias — disse ele.

Sempre tivera o cuidado de escondê-las. Maiôs serviam para isso. Camisetas de seda também. Mas jamais se entregara assim ao sexo como com Leo, e era noite. O escuro deveria ter guardado os seus segredos.

Não que tivesse pensado nada disso antecipadamente. Viera ao encontro dele para ser punida. Pelo sexo? *Punida?* Ele não foi um amante bruto, de modo algum. Poderoso sim. Mas longe de ser cruel, o que era igualmente perturbador. A transa com Leo tinha sido... incrível. Não deveria ser assim.

Amedrontada, olhou em volta procurando as roupas e se vestiu rapidamente. Sentado, Leo a observou, mas não falou nada; mesmo quando ela enfiou os pés molhados nos tênis e pegou o caminho de volta. Não passou pelo cachorro, mal escutou o estalar do chão da floresta ou sentiu a areia emaranhada nos cabelos molhados. Quando saiu no jardim, apressou-se por entre as fileiras, acionou o carro e seguiu pela estrada.

Não olhou para trás, *não podia* olhar para trás. E, quando chegou na casa de Nicole, fechou a porta e se atirou no chão.

Tinha fugido para o terreno de Leo a fim de escapar de uma encrenca, mas criou outra.

Só havia uma coisa a fazer. Depois de lavar na ducha todos os sinais da noite, embrulhou-se num cobertor de lã sobre o sofá e, pegando *Sal*, escapou para um mundo onde o amor vence as dificuldades.

Ao menos, foi o que pensou. Uma hora mais tarde, porém, estava preocupada. Os amantes eram perfeitos um para o outro, mas se encontravam enraizados em mundos tão diferentes que apenas uma mudança radical em um deles poderia mantê-los juntos. Não vislumbrava esse acontecimento. O autor pintara ambos com riqueza de detalhes; ela os conhecia bem.

Haviam superado o silêncio e os segredos, e tinham mudado nas formas mais profundas possíveis — mas suas diferenças continuavam imensas. Simplesmente não podiam mudar mais sem perder o caráter.

Incapaz de suportar o suspense, pulou para as últimas páginas, as que haviam provocado os soluços de Nicole. Minutos depois, fechou o livro, enterrou-o embaixo de uma almofada no canto do sofá e, com o coração pesado, foi para a cama.

Capítulo 10

A consulta de terça-feira em Chicago foi difícil desde o início. Enquanto Peter Keppler era de fácil convívio, Mark Hammon era acadêmico. Magro, de óculos, sem muita conversa, estudou demoradamente os exames de Julian, passando de página para outra. Franziu a testa, voltou atrás, tirou os óculos e esfregou o dorso do nariz, olhou para Julian, recolocou os óculos, voltou aos exames. Quando finalmente falou, fez várias restrições ao transplante de células-tronco para o caso de Julian.

O pequeno alívio de Nicole foi desfeito pela frustração de Julian, cuja cara se fechou diante daquilo.

— Você está considerando que eu só tenho quatro anos nisso — argumentou —, mas, de acordo com minhas leituras, o tratamento com células-tronco é mais promissor quando realizado no primeiro estágio da doença. Sou o candidato perfeito.

Hammon não pareceu convencido, embora tenha refletido um instante antes de dizer:

— Você tende a sofrer sérios efeitos colaterais. Há coisas menos arriscadas que podemos tentar antes.

— O que tentamos não funcionou. — Quando Hammon mencionou dois medicamentos que Julian não tinha experimentado, ele só abanou uma mão desdenhosa. — Os efeitos colaterais de cada um podem ser piores do que a doença, e a perspectiva de resultado não é tão grande quanto a das células-tronco.

— Dada a sua fisiologia e seu histórico de reações, um transplante autólogo seria melhor.

— Usando minhas próprias células? Com qualquer outro paciente eu poderia concordar. Mas já tomei tantos remédios que duvido que minhas células sirvam para alguma coisa, e testá-las seria pura perda de tempo. E a questão é o tempo, Mark. Se existe chance de salvar a minha carreira, preciso agir agora. Quero dar um passo que seja realmente promissor. Conheço os riscos.

Franzindo a testa, Hammon ajeitou os óculos.

— Você os conhece? Eu os presenciei. Em alguns casos, após termos introduzido as células, não conseguimos controlar seu crescimento, então tumores apareceram. Em outros casos, as drogas que utilizamos para estimular o sistema imunológico e prevenir a rejeição das células transplantadas se tornaram tóxicas. Um dos meus primeiros pacientes morreu por causa da própria quimioterapia.

— Que tal encontrarmos um bom doador de células?

— Mesmo assim. — O médico olhou os exames. — Aqui não são mencionados membros da família com células compatíveis.

Julian ficou em silêncio.

— Pais? Filhos? — perguntou, incluindo Nicole na conversa.

— Não foram testados — ela disse, dirigindo um olhar nervoso para Julian, cujos olhos comandaram que não dissesse mais nada.

Hammon assentiu com a cabeça; testar familiares seria o primeiro passo.

— E as células-tronco de cordões umbilicais? — perguntou Julian. — Meus filhos nasceram antes de ter surgido a opção de congelar o sangue, mas, mesmo se fossem testados agora, a maior esperança é a atribuída àqueles que não requerem compatibilidade absoluta e contêm células T capazes de reparar os danos e até reverter a doença. Isso está nas suas próprias pesquisas.

— É verdade. Mas a utilização das células do sangue dos cordões é mais experimental. No seu caso, existe ainda o risco enorme de rejeição. Injetar essas células no seu organismo poderia ser fatal.

— Posso ir para o México — disse Julian, com ousadia.

Hammon não piscou.

— Você é inteligente demais para fazer isso.

— É *claro* — falou Nicole para Julian, horrorizada com a ideia. Desesperada por uma alternativa, virou-se para o médico. — E se ele tentar outro tratamento padrão que também não funcione? Se a doença começasse a progredir mais rápido... você consideraria utilizar um doador de células-tronco? — Ela não queria nada experimental, ponto final, mas, se Julian estava determinado, deixar para mais tarde seria melhor.

— Pode ser, mas o risco seria o mesmo. — Ele estava olhando para Julian. — Derrame, infecção generalizada, paralisia, qualquer dessas coisas deixaria você muito pior do que está. Sua mente é ótima. Você tem anos de produtividade pela frente, quer esteja na sala de operações ou não. Além disso, não sou o único pesquisador. É um campo emergente. Em seis meses, ou um ano, vamos saber mais.

— Ele tem razão, Jules — implorou Nicole. — Seis meses não vão pesar.

Julian virou-se para ela.

— Seis meses podem ser *para sempre* para mim. Qual parte desse quadro você não enxerga? — Rejeitando-a com um olhar, encarou Hammon de novo, mas Nicole ouviu pouco do que diziam. Sequer falou mais. Tinha sido silenciada como se levasse um tapa.

Ficaram ali por aproximadamente mais trinta minutos. Ela conseguiu apertar a mão do médico quando se despediram, mas sentia um nó estômago. Medo? Preocupação? Raiva também. Tentou se convencer de que não tinha direito de sentir aquilo, que Julian apenas tentava sobreviver e que ela o aborrecera ainda mais, porém esses argumentos eram vazios. Havia todo outro aspecto que *ele* não enxergava. Não conseguia esquecer isso.

Ele tocou seu cotovelo quando entraram e saíram do elevador e, assim que chegaram na rua, desviou-a do fluxo de pedestres para junto da protegida privacidade da parede de granito.

— O que afinal foi *aquilo*? — perguntou num tom emocional que não o caracterizava. — Precisava me constranger diante de um colega?

Ela poderia observar que ele também a constrangera, se não continuasse tão sentida.

— Tudo que fiz foi dizer que ele tinha razão.

— Você ficou do lado dele. Não era o que eu estava precisando lá.

— Você iria para o México receber um tratamento em uma clínica qualquer? Jules, não se trata apenas de *você*.

Ele pareceu não ter ouvido.

— Que diabo, Nicole, você não *percebe*? Tratamentos experimentais são feitos quando o paciente insiste, e não podem ser postos em dúvida como você fez. Faço parte disso, querida, sei como funciona. Um médico acredita na sua técnica, mas, até repetir algumas vezes, não pode ter certeza de que vai funcionar e, mesmo que funcione, depende do tipo de paciente. Os primeiros são sempre os que solicitam o procedimento e querem correr os riscos. Você ficou do lado dele. Foi contraproducente.

— Estou assustada — disse, numa tentativa de amenizar a situação; assim como fizera no consultório do médico, mas agora também não conseguiu.

— *Você* está assustada? — retorquiu Julian. — E eu? Não se trata de um passeio no parque. Conheço os riscos, mas a alternativa é pior. Não é você que pode perder tudo!

Virando-se de repente, ele partiu para o hotel num passo acelerado. Ela teve que correr para acompanhá-lo; ele estava tão perdido na própria agitação que não se deu conta das falhas ocasionais em seu andar nem que ela estava ali.

Com uma consciência aguda de tudo, Nicole sentiu um aperto no peito, mas também ficou irritada. A saúde dele não era a única coisa em risco. Parecia que o casamento deles estava entrando pelo cano. *E não era culpa dela.* Tentava entender o que ele sentia, tentava facilitar as coisas, mas não acertava nunca. Ele precisava jogar a culpa em alguém — e esse alguém era ela — como se *ela* o tivesse contagiado.

Ele queria se livrar daquilo. Ora, maldição! Ela também. Mas não ia acontecer, e, quanto mais ele negasse, mais infeliz se sentiria. A vida nem sempre acontece como planejamos. Há maneiras mais agradáveis de lidar com as coisas difíceis. O que ele fazia só piorava tudo.

De volta ao hotel, arrumaram as malas, pagaram a conta e depois tomaram um táxi para o aeroporto. Não falaram mais, a não ser para orientar o taxista sobre os voos das respectivas companhias aéreas; o de Julian, para Filadélfia, e o de Nicole, para Portland. Não se ofereceu para ir com ele para casa, mas não apenas pelo medo de ser rejeitada. Naquele exato momento, precisava mais de Charlotte do que de Julian, mais de terapia do que de outra briga.

Chegaram primeiro ao terminal dela. Quando o táxi encostou no meio-fio, Julian pegou sua mão e a apertou. Tentou sorrir, mas não conseguiu. Ah, sim, temia por seu casamento. Mas a raiva prevalecia e, sendo essa uma nova emoção, não soube controlá-la. Desceu de cara fechada, pegou sua mala e a colocou sobre o meio-fio. Depois deu meia-volta.

— Saiba de uma coisa — falou para Julian com voz trêmula —, você está redondamente enganado. Amo você, você é o meu marido, a minha *vida*. Se eu perder você, *perco tudo*, sim. — Com medo de se debulhar em lágrimas, bateu a porta, agarrou a alça da mala e a fez rolar, indo embora.

Charlotte sentiu cada fibra do seu corpo naquele dia, mas se recusou a pensar em Leo. Era mais fácil a cada hora que passava e sem telefonemas de Nicole. Aquilo lhe dava bastante com que se preocupar. Sempre soubera administrar sua vida — quando criança porque seus pais eram emocionalmente omissos; com 18 anos, ao ir para a faculdade com bolsa integral; quando grávida aos 24 anos, com um segredo que ninguém no mundo inteiro sabia.

Agora, seu futuro parecia depender de forças que não podia controlar. Então, refugiou-se com aquelas que estavam à mão. Naquela manhã, passou horas entrevistando Anna McDowell Cabot, completando o que escrevera na noite anterior. Depois de ter ido à fazenda para fazer perguntas complementares — ainda sem notícias de Nicole —, encontrou-se com Melissa Parker. Anna tinha pouco mais de 70 anos, Melissa havia se casado na ilha aos 30 e agora, com 40, era chef da confeitaria. Por ter estudado em Nova York antes de conhecer o marido, ela e Charlotte tiveram uma conexão imediata. Melissa trabalhava fora de casa, que exibia uma reluzentemente nova cozinha industrial. Foi onde se encontraram.

Embora os habitantes de Quinnie com menos de 30 anos procurassem muito os brownies com noz de macadâmia de Melissa, sua especialidade era um brioche com ervas, do qual uma fornada quente estava sobre o balcão quando Charlotte chegou. Naturalmente, provou um, mas não parou por aí. Quando Melissa elogiou a sálvia da ilha, Charlotte experimentou um croissant de sálvia, depois um pão com alecrim e manjericão, depois um bolinho enriquecido com tomilho. Melissa sentia que sua habilidade se desenvolvera ali, e que as ervas de Cecily aperfeiçoaram a sua cozinha de um jeito que ela não podia explicar.

— Você a encontrou alguma vez? — perguntou Charlotte, imaginando que, por não ser nascida em Quinnipeague, ela poderia ter uma impressão diferente.

— Muitas vezes. Era doce. Reservada.

— Como assim reservada? Tipo se escondendo.

Melissa ficou pensando.

— Mais para discreta. Não creio que tivesse amigos no sentido convencional. Não pude cultivar as ervas dela. Tentei, mas não vingaram. É muito sombrio aqui. O meu solo não absorve bem.

— Você deve ter feito alguma coisa que aborreceu Cecily — disse Charlotte, meio de brincadeira. — Ou Leo. — Não resistiu. — Você o conhece?

— Não. Ele está feliz em ficar naquela casa.

— Ela parece muito isolada. Ele deve vir à cidade de vez em quando. Aqueles materiais do telhado não podem ter saído do mar.

— Tenho certeza de que compra comida na loja.

— Ele tem amigos?

Melissa encolheu os ombros.

— *Viaja?*

— Viajar. — Ela gargalhou. — Sequer vai ao continente.

Charlotte ficou espantada.

— *Nunca?* — perguntou, imaginando que tipo de homem poderia suportar aquela solidão. Até os moradores habituais, que só se misturavam com outros ilhéus, visitavam regularmente o continente. — Ele trabalha para o pessoal daqui?

— Costumava fazer isso. Acho que ainda faz. É habilidoso com as mãos.

Charlotte não ia entrar *naquele* terreno.

— O que ele faz com as ervas da Cecily? — perguntou, afinal, o jardim era um tesouro e nada nele indicava que fosse capaz de cozinhar.

— Essa é uma pergunta interessante — respondeu Melissa, visivelmente intrigada. — Realmente não sei. Talvez venda, só não para mim. Compro as minhas de Shari Bowen; o solo dela absorve bem e ela precisa de dinheiro. Acho que foi isso que Cecily planejou.

Percebendo que não podia avançar mais sobre Leo sem levantar suspeitas, Charlotte simplesmente concordou com a cabeça. Quando o assunto voltou-se para misticismo e Cecily, Melissa pareceu fazer uma pregação.

Seu telefone continuou silencioso. Quando deixou Melissa, verificou se havia chamadas ou mensagens; sacudiu, esperou e observou. Nada.

Frustrada, voltou para o Wrangler. Passava pela cidade a caminho do estreito quando avistou, numa cor púrpura escura, um toldo caindo sobre a varanda de uma pequena casa de madeira. NOVELOS DA SKANE, estava escrito, em laranja, no toldo.

Pensando que um bombom de chocolate recheado com amêndoa a reanimaria, Charlotte estacionou atrás de vários outros carros. A loja era a sala da casa, repleta, do chão ao teto, de escaninhos que continham mais novelos do que ela jamais imaginaria que uma ilha solitária pudesse fornecer. Dito isso, os novelos eram tão prazerosos quanto o chocolate que Charlotte conhecia.

Contendo-se em relação ao último, circulou enquanto outros fregueses eram atendidos, e depois se apresentou à dona. Mulher em forma de pera, com bochechas lustrosas e vermelhas como o cabelo, Isabel Skane tinha uma voz doce e calma. Esta também caracterizava a loja: cores do arco-íris, serenidade, textura, música suave de spa — era relaxante. Charlotte circulou entre os novelos, entre catálogos de modelos, tomou nota dos favoritos e disse que voltaria. Depois, servindo-se de um bombom de uma cumbuca perto do caixa, colocou-o na boca, pegou mais um para a viagem e voltou ao Wrangler.

Estava em casa, digitando um rascunho do material quando Nicole finalmente telefonou.

Sua voz estava fraca.

— *Ai, meu Deus!*

O pulso de Charlotte disparou.

— O que aconteceu?

— Ah, Charlotte. Derrota.

Charlotte pensou que Julian acabara sofrendo um ataque do coração, e que estava hospitalizado, na UTI — quando ouviu sons de anúncios, como os que conhecia muito bem.

— Está no aeroporto?

— Sim — disse Nicole com a mesma voz fraca. — Ele está no portão dele e eu estou no meu. Não é romântico? — E gemeu baixinho. — Que pesadelo!

— Conta.

— Amanhã. Agora não estou com forças para isso. — Vindo de uma mulher que costumava falar pelos cotovelos, aquele desabafo era muito intrigante. — Você acredita? O voo está atrasado. O tempo está ruim no leste próximo daqui, então nada está aterrissando. — Os alto-falantes a interromperam. Ficou quieta, depois disse, cansada: — Finalmente! Meu avião está na pista. Eis o problema, Charlotte, não vou chegar a Portland antes das dez da noite, o que quer dizer que não vou chegar a Rockland antes da meia-noite, então não tem como ir para a ilha até amanhã de manhã.

— Tem onde ficar em Rockland?

— Há algumas hospedarias simpáticas, vou ficar numa delas.

— Tem certeza?

— Não tenho muita escolha, não é?

Charlotte teria ido buscá-la se tivesse um jeito de fazê-lo, mas os barcos que realizavam o transporte de Quinnie para o continente sempre o faziam durante o dia. Um cruzeiro ocasional zarpava ao entardecer, mas, quando caía a noite, o píer estava cheio.

Ela queria detalhes sobre o encontro com o médico. Esperar era uma agonia, mas tinha a impressão de que Nicole havia enfrentado algo muito pior. O que fazer para melhorar as coisas?

Se fosse confeiteira, teria feito uma fornada daqueles brownies com noz de macadâmia para aguardar. Mas, como não era — e uma vez que os brownies com noz de macadâmia não seriam novidade para alguém como Nicole —, escreveu a entrevista de Melissa e, depois de revisar a de Anna, imprimiu ambas. A amiga ficaria contente.

Colocando as páginas sobre a mesa da cozinha ao lado de um vaso, que encheria de flores frescas na manhã seguinte, respirou fundo, pôs as mãos nos quadris e olhou para fora. Negar as coisas funciona enquanto se tem algo para fazer, mas Charlotte já esgotara tudo. Ainda não escurecera completamente, entretanto não podia esperar mais nenhum minuto. Precisava falar com Leo.

Capítulo 11

Dominada pela pressa e ansiedade, ela saiu. A brisa que atravessava a estrada estava mais forte do que nas noites anteriores, fazendo farfalhar as folhas das árvores, arrepiando suas pernas e braços. Inquieta, olhou para o céu. As nuvens se juntavam no oeste, talvez fosse a mesma formação de tempestade que atrasara o voo de Nicole. Já era possível sentir a umidade e, com isso, seu cabelo se avolumou. Então veio o denso cheiro do mar.

Repensou o plano da caminhada. Voltou para casa a fim de vestir os jeans e pegar o jipe. Minutos mais tarde, estacionou um pouco além da curva.

Se ele estivesse trabalhando no telhado, era provável que estivesse arrumando a madeira compensada. Mas não era noite ainda. E com a ameaça de uma tempestade? Faria mesmo alguma coisa?

Fazendo a curva, viu a casa à luz do dia. A veneziana que Leo pregara estava reta, as outras não, e, embora o telhado forrado formasse uma extensão ininterrupta, o corpo da ripa precisava de uma boa mão de tinta. A coitada se encontrava em farrapos.

A folhagem ao redor era outro assunto. Até em um dia nublado dava para ver as manchas de verde, cada uma mais vibrante do que a outra.

Quando perguntara a Leo onde Cecily estava enterrada, ele não respondeu. Permitiu-se suspeitar que as cinzas tivessem sido jogadas nestes canteiros, como um fertilizante perpétuo para aumentar a mística.

Ao começar a descer o caminho, procurou sinais de vida nas janelas da frente. Onde achava se lembrar de ter visto cortinas na época de Cecily, agora havia persianas, e, embora estivessem com as ripas abertas, não conseguiu ver muita coisa. No entanto, sentiu o cheiro dos jardins, e parou quando certa doçura a atingiu. Isso a remetia à noite anterior, quando cortara caminho para chegar à praia. Seguindo a trilha através do olfato, parou no fim, perto do bosque, onde os arbustos eram quase da altura dela. Não havia ervas ali — só pequenas flores brancas em botão com pétalas em forma de estrela, macias ao toque e com um perfume forte. Ao levar os dedos ao nariz e inalar, suas entranhas estremeceram.

Assustada, limpou as mãos no jeans. Não sabia qual era a mensagem de Cecily, mas se sentia menos dona da situação. Tinha vindo com um propósito, e não era sexo.

Afastou-se das flores e continuou a descer o caminho. Ao se aproximar da casa, as moitas se mexeram, e Urso apareceu. Um enraizado medo sussurrou, mas se esvaiu quando ele esfregou a cabeça nela, os olhos pedintes. Apenas um velho pacato, nada a temer.

O homem era outra coisa. Não sabia o que esperar.

A casa não tinha alpendre, apenas três degraus e um patamar. Uma aldraba manchada esperava. Precisando de tempo para se preparar, talvez para tomar a coragem do perfume das ervas, que sobrepujavam o das florezinhas brancas, acomodou-se no segundo degrau com os pés no chão. Urso se aproximou e se sentou perto dela. Com os cotovelos nos joelhos, Charlotte tocou o pelo grosseiro entre as orelhas e acariciou os sulcos da sua testa. Ele fechou os olhos, em êxtase.

Aquilo acabou subitamente quando um assobio surgiu do fundo da casa. Com as orelhas em pé e os olhos preocupados, o cão olhou na direção do som e depois para Charlotte.

— Ele está comigo — gritou ela para Leo. E não olhou ao redor até que as botas se aproximaram; então hesitou. Estrias causaram isso. E sexo também.

Eram fatos. Não podia modificá-los. Estoica, ergueu o olhar.

Para um suposto bandido, ele usava roupas limpas. O cabelo curto também ajudava. Igualmente, a sombra da barba feita. Atraente? As mesmas maçãs salientes e o queixo firme que significavam *afronta* quando mais moço agora sugeriam masculinidade. O mesmo com seu corpo de adulto, que explicava o lado físico do que acontecera entre eles. O outro lado é que a deixava nervosa.

Ele pareceu inseguro, apesar da expressão no rosto não o trair. Tudo estava nos olhos. Vendo-os pela primeira vez à luz do dia, percebeu que não eram negros, mas de um azul muito escuro — e, cautelosos, iam dela para o cachorro.

— Conquistou-o, hein?

Charlotte bateu na cabeça de Urso.

— Quantos anos ele tem?

— Não sei. Eu o apanhei num abrigo quando saí da prisão. O veterinário calculou uns três anos.

O que teria sido dez anos antes, de modo que Urso tinha treze.

— Qual é a média de vida de um cachorro destes?

— De 9 a 12. Ele é meio Rottweiler, meio vira-lata. Vira-latas vivem mais, conto com isso. — Parado a uns dois metros de distância, ele olhava para ela sem piscar. — Já sabe o meu segredo. Qual é o seu?

Tudo que ela quis fazer foi desviar o olhar, mas devia isso a ele. Disse, calmamente:

— Tive um filho, sim. Mas dei para adoção.

— Por quê?

— Eu não era casada. O pai era. — Dizer aquilo em voz alta a fez se sentir podre até o caroço, imprudente e degradada; a filha digna dos seus pais, tudo que jamais quisera ser. Essa era uma entre tantas outras coisas que a haviam atormentado nos últimos dez anos.

— Por que você estava com um homem casado?

— Ele não estava casado na ocasião. Estava noivo. — E engoliu. — Da minha melhor amiga.

Esperou algum julgamento, mas Leo continuou impassível.

— Você o amava?

— Por Deus, não. Por isso foi tão *estúpido.* Foi só uma vez e não significou coisa alguma. Tínhamos bebido demais.

Fixou os olhos nela.

— Não bebemos ontem.

— Pois é. — Ela então desviou o olhar — E isso é outra coisa que me assusta.

— Ficou assustada por que eu vi as estrias?

Algo a espantou.

— Como sabia o que eram? — perguntou. Ele parecia tão seguro a respeito daquilo. E, no entanto, não se socializava. Não era casado, não era pai. Ao menos, em Quinnipeague, não tinha mulher nem filhos. Talvez em outro lugar?

— Costumava passar os fins de semana na ribanceira. Observando Okers Beach. Com binóculos.

Com binóculos!

— *Isso* é mau — disse Charlotte. — Ainda fazem isso, você sabe. Nós os vimos no último fim de semana. E, é claro, algumas mulheres não se importam de mostrar as suas estrias.

— Mas você, sim — disse ele, trazendo-a de volta ao assunto. Ela achou bom, embora difícil em última análise.

— Não as deixo à mostra — admitiu. — Não falo sobre isso com ninguém.

— Falou para mim.

— Tive de falar, depois do que houve.

— Foi só sexo.

Aquilo a feriu.

— Foi *sincero*. Se você não entendeu assim, então perdi meu tempo me preocupando toda a noite. Sexo é sexo, mas aquilo foi algo mais. Não me pergunte o motivo, porque estou tentando entender e essa é a única palavra que me ocorre agora. Sincero.

Então, a expressão dele mudou, espelhando a raiva dela. A voz foi grave e dura.

— Está bem. Vamos falar com sinceridade. Por que está aqui?

Aquele tom a fez recuar.

— Hoje? Agora?

— Não. Toda noite, desde quarta-feira.

— Não vim sábado — disse mansamente.

— Por que vem, afinal? — lançou ele, de volta. — Você aí, perfeita para mim. Sabe consertar o telhado, é como se tivesse sido recrutada para me seduzir. É pelo livro de culinária? Pelas ervas?

Ela se sentou ereta.

— *Seduzir* você? Não *planejei* o que aconteceu. Você não captou o ponto principal do que eu disse antes? No último verão em que estive aqui, cometi um erro enorme. Por que iria querer cometer outro? — Ela se deu conta de que falara demais, mas as palavras já tinham saído. Sincera? Ah, sim. Olhou fixo para ele por mais um minuto, depois se levantou, sacudiu a cabeça e pressionou a testa. — Isso não está dando certo. Está ficando escuro. Vou embora.

— Não vá — disse ele rápido, de um jeito que realmente soou como vulnerabilidade. Quando ela ousou olhar, estava contido. — Eu só precisava saber.

— Se estou usando você? — perguntou. — Se isso fosse verdade, estaria tão obcecada sobre o que fizemos como estou? — Reconsiderou. — Talvez "obcecada" seja forte demais. Perturbada é mais realista. Não faço isso, Leo. Não viajo ao redor do mundo tendo casos, e, se você ficou preocupado em ter me engravidado, não precisa. Eu me protejo. Já vi o lado negro do descuido.

A voz dele se tornou mais grave do que nunca.

— Uma criança não é o lado negro.

Os olhos dela, para seu próprio espanto, encheram-se de lágrimas, e não conseguia parar nem as lágrimas nem as palavras.

— É, sim, se cresce por nove meses na sua barriga e você a sente se mover, depois a vê nascer e a toma nos braços e a ama mesmo coberta de sangue e, justamente quando está pensando que não pode entregá-la, chega uma enfermeira e a leva embora. Quando percebe que nunca mais a verá. — Interrompeu-se bruscamente. Então, envolveu e apertou o próprio ventre com os braços, e se acalmou.

Por muito tempo ele não falou.

— Sente-se — disse finalmente, e acrescentou baixinho: — Por favor.

Ela se sentou principalmente porque suas pernas não a teriam levado longe. Estavam moles, como se tivessem sido puxadas com força, esticadas, e, de repente, largadas. O corpo todo se sentia assim, sem dúvida por causa da corrida que dera antes, embora o elemento emocional também ajudasse. Ela não costumava falar sobre o bebê. *Nunca* falava sobre o bebê. E, verdade seja dita, não pensava muito nele. A menina estava com pais bons. Se beneficiava de um tipo de vida que Charlotte não poderia sequer tentar proporcionar a ela. No fim das contas, tomara a decisão certa.

Leo se sentou no outro extremo do degrau, deixando a distância de um corpo entre eles. Inclinado para a frente, estava com os cotovelos sobre os joelhos. As mãos, entrelaçadas e os olhos, no caminho.

— Esse foi um argumento eloquente.

Charlotte olhou para Urso. Ele estava estranhamente calmo.

— Não pretendi ser eloquente. Em geral, preciso elaborar isso.

— Você se refere ao que escreve. Pesquisei você no Google. Faz um tempo que faz isso. Sempre quis ser escritora?

Estava quase respondendo quando parou.

— Você me pesquisou no Google? — Olhou-o com espanto. — Você tem internet aqui?

— Você não?

— Sim, mas não vivo como um ermitão numa casa no fim da estrada.

— Não sou... inteiramente um ermitão. — Ele pareceu pouco à vontade. — Navego, sei o que anda acontecendo. — Esticou-se para trás, apoiando os cotovelos no degrau de cima, não propriamente indiferente, mas o mais parecido com isso aos olhos dela. — Os artigos que você escreve, por quanto tempo trabalha neles?

— Até ficarem bons.

— Como é que sabe quando está bom?

— Simplesmente sei. Acho que faz parte da habilidade. Não sou a melhor escritora do mundo, mas sou uma leitora exigente. Quando releio um artigo e percebo que meu assunto está vivo, considero pronto.

Ele ficou pensando. Depois, sua testa se franziu como a de Urso.

— Você passa um longo tempo num artigo que pode acabar jogando fora?

— Sim.

— Por que um editor disse que estava ruim?

— Porque eu achei que estava ruim.

— E se um editor pedir para você escrever sobre algo que considere errado?

— Errado?

— Algo que a comprometesse como escritora. Já aconteceu?

Charlotte não precisou pensar muito.

— Você quer dizer como quando um editor me pede para inventar uma história?

— Já fez isso?

Ela o olhou por cima do ombro.

— Não. Ele nunca mais vai me contratar. Mas tudo bem. Há outras publicações.

Quando Leo olhou para a estrada outra vez, ela estudou seu perfil. Embora o escuro os suavizasse, seus traços eram surpreendentemente inteligentes para alguém que se supunha fora dos eixos. E para um homem cujo comportamento social era considerado primitivo? Tudo bem. Então ele usava internet. Aquilo não fazia da sua uma conversa fiada. Estivera com incontáveis pessoas sofisticadas e nenhuma delas fora capaz de lhe perguntar algo mais do que quantos artigos escrevia por ano.

Leo Cole era uma surpresa. Percebera isso na noite anterior, na praia, quando ele tinha se preocupado em não a machucar. Charlotte não tinha ideia de quem ele era.

Parecendo se recompor, ele a olhou.

— E agora?

— Agora o quê?

— Quer voltar para a praia e trepar? — O canto de sua boca se levantara como que esboçando um sorriso. Senso de humor, também?

— Não — disse ela, sem aspereza.

— Por que não?

— Primeiro, porque não gosto dessa palavra. Segundo, porque ambos precisamos saber que não sou fácil. E terceiro, porque vai chover.

— Não, não vai. Não até o amanhecer.

— Como é que você sabe?

— Tenho uma estação meteorológica lá dentro que me dá a previsão de hora em hora. Não erra nunca.

Ela havia imaginado algo orgânico, como se ele entendesse a aproximação da tempestade a partir do ângulo das plantas.

— Uma estação meteorológica! E um computador. Olhando para a sua casa, não é possível pensar que tenha qualquer coisa que não seja do século passado. Diga se tem também uma TV de 62 polegadas.

Ele negou com a cabeça, depois olhou para o telhado.

— Está ficando escuro. Quer ajudar pregando a madeira compensada no forro?

Charlotte não recusaria. Leo pedira ajuda pela primeira vez. Por astúcia? Ah, sim. Placas de oito por quatro de madeira compensada eram quase tão pesadas quanto a persiana tinha sido. Uma tarefa perfeita para dois.

Pegando as escadas, eles as fixaram nos andaimes e levaram para cima a primeira das placas. Uma vez lá, Leo a posicionou e, depois, Charlotte a segurou firme para que ele fizesse o *pop-pop-pop* da pistola de pregos. Entre eles, posicionaram uma segunda e uma terceira placa para não se sabia quando. Ela teria gostado de usar a pistola, a fim de sentir um pouco aquele poder. Mas só havia uma e ele não quis compartilhar. Ela aceitou o machismo como forma de agradecimento por ele ter tornado menos dolorosa uma discussão que poderia ser um pesadelo.

Não conversaram. Charlotte ficou bem com isso. Seu dia tinha sido repleto de conversação interna, e, embora as questões continuassem a preocupá-la, o trabalho com Leo era uma pausa.

Estavam quase no topo do telhado quando o telefone dela vibrou. Era Nicole, com uma mensagem para avisar que chegara a Portland. Ao terminar de ler, Charlotte percebeu que Leo a observava.

— Quem? — perguntou.

— Nicole. — Guardou o telefone no bolso.

— Ainda em Nova York?

— A caminho daqui. — Charlotte olhou para cima e deu com Leo encarando sua boca. Ele logo voltou a trabalhar, mas a mente dela entrou em devaneio. Mesmo após reconhecer as marcas de estrias, ele era um amante talentoso. Perguntou-se onde normalmente ele se satisfazia.

— Você tem uma namorada? — perguntou.

— Não. — *Pop, pop, pop.* — Você tem um namorado?

— Não.

— Por que não?

— Viajo muito.

— Onde é a sua casa?

— Tenho um apartamento em Nova York.

— Nicole ficou lá?

— Não. Estava com o marido. Meu apartamento é no Brooklyn e mal dá para uma pessoa. Eles podem pagar uma suíte de hotel em Manhattan. — Para isso valia a pena ter dinheiro, pensou, mas ele certamente não compra a felicidade. Ainda podia ouvir a tristeza na voz de Nicole.

Colocaram mais duas placas antes de Charlotte pensar em outra coisa. O herói de *Sal* atravessava o oceano de noite para encontrar sua amiga. Leo não constituía exatamente um herói, mas vivia numa ilha. Era fisicamente perfeito, um nadador heroico, devia saber alguma coisa de pilotagem.

— Você dirige barcos?

Ele bufou.

Charlotte tomou isso como um sim.

— Preciso de sua ajuda, Leo. Ela vai ter de ficar em Rockland se não formos buscá-la.

Ele pareceu divertido.

— Nós?

— Não posso ir sozinha. E você está em dívida comigo.

— Em relação a quê?

— Ajudei você com o telhado. Você tem um barco, ou sabe de algum que podemos usar? Ah! — ela lembrou. — Você não vai ao continente.

— Quem disse isso? — ele pareceu ofendido.

Charlotte não ia ser responsável por provocar a maldição Cole sobre Melissa.

— Não importa.

— É claro que importa! — Deixando a pistola de pregos pendurada, olhou para ela. Foi só olho no olho, sem boca dessa vez, mas ela sentiu aqueles olhos azuis-escuros, e o que viu neles foi orgulho. — Sei como ir para o continente. Se não vou não é porque não posso, é porque não quero. Posso levar você lá.

Ela queria acreditar. Ir buscar Nicole nessa noite seria a resposta para uma oração.

— Como?

— Tapete mágico — disse ele com um riso no canto da boca. — Quando que ela chega em Rockland?

— À meia-noite.

— Que horas são agora? — A única coisa no punho dele era a falha nos pelos onde um relógio poderia ter estado.

— 22h15. — Ela viu no próprio.

— Me ajude a terminar, depois pegue o carro e me apanhe na curva.

Depois de emitir a ordem, encostou a pistola de pregos na placa e recomeçou a pregar.

Charlotte imaginou que ele teria o próprio carro, pensou se seria velho e de que tipo, ou se ele teria vergonha de usá-lo. Não que isso importasse. Ela não precisava ir em casa para buscar o jipe, este se encontrava na estrada pouco além da curva.

Contente por fazer isso para Nicole, mandou um texto com a notícia e ajudou Leo a terminar.

Depois que as escadas foram guardadas, Leo retornou para a casa sem explicação ou convite e voltou em seguida, usando um gorro e jeans, que, embora velho, ficava bem nele. Ela viu uma protuberância no bolso de trás, uma carteira, mas não viu chaves. Assim que entrou no jipe, ele puxou o banco para trás a fim de acomodar as pernas.

Ar frio batia nos cabelos dela ao dirigir. Poderia ter se preocupado com a chuva se não confiasse em Leo de um modo estranho. Ele conhecia o tempo dali como qualquer outro, e, além disso, tinha Cecily ao seu lado.

Sem mencionar o fato de os braços dele estarem nus. *Os homens são quentes,* ele havia dito; no entanto, ela queria saber como seria quando estivessem sobre a água. Ela já não sentia muito calor em terra. Assim que estacionou perto do píer, agarrou o suéter de pescador do banco de trás e o vestiu.

O porto estava deserto. Fora as poucas pessoas encarregadas da limpeza, tudo dormia.

— Encontro você nas docas — disse Leo, avançando para os fundos da Chowder House. Com uma pancada na porta, entrou. Voltou em seguida, com uma sacola e chaves. — Jantar — explicou e, sem comentário sobre as chaves, levou-a para uma descida num corredor ao lado da doca.

Ela não tinha ideia de quem era o dono do barco que usariam, mas ele era relativamente novo e resistente. Com um mínimo de esforço, Leo desatou as cordas, saiu do deslize e guiou para fora do píer antes de ligar o motor e projetá-los na noite sem lua. Com Quinnipeague se afastando, ela sentiu enjoo. O farol do barco ricocheteou um pouco no nevoeiro, mas depois se manteve como um peso morto sobre as ondas.

Parada ao lado dele, tentou enxergar o horizonte.

— Como é que você sabe para onde *ir*? — perguntou finalmente em meio ao vento, agarrando-se numa barra de mão enquanto o barco seguia em frente.

— Já fiz outras vezes — retrucou. — Nervosa?

— Sim, estou. Não consigo enxergar nada.

Ele pressionou um botão e o GPS se acendeu.

— Estamos aqui — apontou. — Sua amiga está ali.

Charlotte estudou a tela. Se era precisa, estavam na direção certa.

— Onde está a sacola? — perguntou ele.

Ela a puxou de debaixo do banco e abriu. Mesmo com o vento, o cheiro que exalou de dentro era inconfundível.

— Petiscos? — perguntou animada. Petiscos era uma das joias de Dorey Jewett; carne das garras de lagostas salteadas na manteiga. Não havia temperos acrescentados, apenas o suficiente de farinha de rosca para absorver a manteiga e facilitar a gustação.

— Quer um pouco?

Charlotte ficou tentadíssima.

— Ah, não, eu jantei.

— Há bastante para dois — disse ele e, tirando uma porção da sacola, colocou um após o outro na boca. Não revirou os olhos em êxtase, mas pareceu muito contente.

Ela olhou, salivou, finalmente suspirou e colocou a mão na sacola. Ele estava certo: havia bastante para os dois. Imaginando que aquela era a ideia de Leo de um encontro para jantar, saboreou cada bocado. Quando acabaram, Charlotte amassou a sacola, colocou-a num lugar de onde não voaria e voltou para o lado dele.

Não falaram nada. Pareceria um esforço inútil com o ronco do motor e as batidas do barco de encontro às ondas, mas havia algo de emocionante em estar ao lado de Leo Cole, com seus cabelos ao vento. Uma coisa era certa. Ele parecia tão seguro ao leme do barco quanto no telhado da sua casa. Não demonstrava preocupação com o vento, nem com a escuridão, talvez por conhecer o caminho ou por confiar na tela do painel.

Numa rapidez surpreendente, as luzes de Rockland apareceram. Habilmente, Leo desacelerou, deu a volta e deixou que as ondas conduzissem o barco nos últimos poucos pés que os separavam da doca onde Nicole estava parada; uma figura solitária e frágil com sua bagagem ao lado e toda a tristeza do mundo sobre os ombros.

Pulando para fora, Charlotte envolveu-a nos braços e Nicole começou a chorar. Não falou, apenas soluçou suavemente, por um tempo enorme. Por fim, afastou-se, secou os olhos com as costas das mãos e procurou com o olhar a mala de rodinhas.

— Ele a colocou no barco — disse Charlotte gentilmente, e nesse momento Nicole olhou mais de perto para saber quem era "ele".

Seus olhos molhados se arregalaram.

— Leo Cole? — murmurou para Charlotte, e, com ar de susto, cochichou: — Você *prometeu.*

Mas Charlotte já a levava para o barco.

— Falaremos sobre isso amanhã. Agora, você precisa ir para casa.

Capítulo 12

Charlotte passou grande parte da noite na sala, imaginando ansiosamente todos os desdobramentos possíveis. Queria ler, mas não conseguia se concentrar; quis escrever, mas não conseguiu criar nada. Finalmente, pegou o tricô e retomou o trabalho da manga só para se dar conta, três centímetros mais adiante, que os pontos estavam errados. Estudou o desenho, estudou os pontos, estudou o desenho de novo — e jogou tudo para o lado, chateada.

Ao longo de tudo isso, escutava Nicole, mas o único som que ouviu foi o da chuva com vento que chegou de madrugada. Batia nas lajes do pátio, curvava a grama da praia, e agitava as ondas. Seria uma manhã boa para conversar, pensou, mas, quando Nicole finalmente desceu as escadas, não parecia nada propensa a isso. Seu rosto estava pálido, o cabelo sem pentear e dirigiu-se ao café como se nada além disso a interessasse.

— Você dormiu? — perguntou Charlotte quando ambas pegaram as canecas fumegantes.

Nicole estava estranhamente quieta.

— Quase nada.

— Posso oferecer alguma coisa para você comer?

Sorrindo tristemente, sacudiu a cabeça e bebeu o café.

A chuva batia nas janelas, o cheiro de terra se misturava com o de cerveja escura, o que seria calmante se Charlotte não estivesse tão alerta.

— Foi tão ruim assim?

Outro aceno e outro gole.

— Como? — insistiu Charlotte.

Com os olhos na caneca, Nicole a largou de novo. Dessa vez, após largá-la, afundou na cadeira e finalmente olhou para cima.

— O que há entre você e Leo Cole?

Charlotte preferia falar sobre o estado de Julian, mas Nicole visivelmente precisava de distração.

— Tenho ajudado ele, então ele me ajudou. Não sei de quem é o barco, mas ele sabia dirigi-lo.

— É de Hayden Perry. Papai e ele costumavam falar de barcos sempre. Gostaria de saber se Hayden soube que ele o pegou.

— Deve ter sabido. Leo apanhou as chaves com Dorey, que não as entregaria a qualquer um. Além disso, após 22 milhas com o tanque cheio num barco como aquele, a gasolina diminui.

Nicole pareceu levar aquilo em consideração. Franzindo a testa, puxou as entrevistas de Charlotte para perto, folheou as primeiras páginas mas não leu. Levantou os olhos.

— Isso quer dizer que você deve alguma coisa a Leo?

— Não, é o contrário. Ele me devia por eu tê-lo ajudado no telhado.

— Ele vai abrir os jardins de Cecily para você?

— Estou trabalhando nisso — Charlotte garantiu. Era a sua principal meta. — A ideia é ficar amiga dele. Acho que ele não tem muitos amigos. — E de novo pensou que não entendia como um ilhéu importante emprestaria um barco caro para Leo Cole. — É estranho — pensou em voz alta. — Há momentos em que me sinto como diante de um enigma. Ele se expressa tão bem quanto você ou eu.

Nicole suspirou.

— Expressar-me bem não me levou longe ontem. — Os olhos se encheram de lágrimas. — Acho que meu casamento está em crise. E não sou a única a pensar desse jeito. Kaylin me telefonou assim que cheguei em Portland, ontem à noite. Tinha falado com Julian e percebeu que algo estava errado. Disse que ele estava distante, essa foi a palavra que usou: *distante*. Me perguntou se ele havia cometido algum erro em alguma das suas operações e se estava sendo processado, ou se o hospital ia ser vendido e o departamento dele tinha mudado para outro lugar. Quando respondi que nada disso estava acontecendo, perguntou se íamos nos divorciar. — A expressão era de mágoa. — Ela perguntou isso.

— Só estava expressando seus temores, Nicki. Não quer dizer que acredite em nada disso.

— Por que não? Na realidade, ele já se divorciou da mãe dela, portanto poderia se divorciar de mim. É mais fácil quando você já fez uma vez.

— Você não tem nada a ver com Monica. Você preenche um vazio na vida de Julian. Ele *ama* você.

— Depois do que aconteceu ontem, não tenho tanta certeza — disse Nicole. E o fato de sua voz estar tão baixa, tão *inexpressiva*, indicava alguma coisa importante. — É como se ele estivesse me afastando também.

— Talvez queira se proteger.

— De *mim*?

— Quem sabe ele está construindo uma couraça para o caso de você abandoná-lo.

— Por que eu o abandonaria?

— Porque você é jovem e saudável e deseja um filho.

Nicole se endireitou na cadeira.

— Isso é tão equivocado, Charlotte. Jamais o deixaria. Teria ido para a Carolina do Norte num piscar de olhos. Teria feito o livro em outra ocasião, e, se minha editora desistisse, arranjaria outro. Ele sabe disso. Disse a ele mais de uma vez.

Charlotte, entretanto, estava querendo entender o lado psicológico de Julian.

— Monica o abandonou. Preferiu os negócios a ele. Talvez pense que, por estar doente, você vai encontrar alguém mais jovem. Talvez — refletia ela — tenha medo de que o seu livro seja sucesso tamanho que você não precise mais dele para nada.

— Eu *jamais* o deixaria por causa de uma carreira — Nicole declarou —, e *exatamente* por ele estar doente é que nunca o abandonaria. Não é assim que o casamento funciona, ao menos não na minha vida, e, se você pensa que funciona assim, bem, talvez seja porque você não é casada! — Caiu um silêncio. Segundos depois, veio o remorso. — Sinto muito, Charlotte. — Agarrou a mão da amiga e a apertou. — Não devia ter dito isso. Foi maldade.

Charlotte entendeu que ela estava perturbada. Na verdade, sentiu-se grata por ver reação e raiva, não apenas tristeza. E Nicole tocara um ponto chave.

— Não estou casada porque não consigo encontrar o homem perfeito — disse calmamente.

— Nenhum homem é perfeito.

— Não. Mas, se você não acredita nisso ao menos no início, você afunda. Esqueça a experiência com os meus pais. Metade das pessoas que encontro estão divorciadas.

— E isso aterroriza você?

— O que me aterroriza — disse Charlotte com cuidado, falando do fundo do coração como não podia fazer com ninguém mais — é cair de cabeça, me machucar, e depois ter que juntar os pedaços outra vez. — A verdade era que Charlotte tinha um gosto péssimo para homens: namorando os que acabavam por se revelar playboys eternos, ou profundamente carentes ou casados. Talvez, no fim das contas, ela se aproximasse dos maus para evitar se apaixonar de verdade.

Já pensara sobre isso. Fizera uma profunda análise. Quando se vive sozinha, viaja-se sozinha, vive-se exclusivamente na periferia das vidas das outras pessoas, a gente acaba por indagar por que o que mais se deseja é inalcançável. E, então, chega-se à conclusão de que, no fundo, não se queria nada daquilo, assim como não é possível se ter certeza absoluta de alguma coisa.

Suspirou.

— Isso não deve ser uma preocupação para você, Nicki. Além disso, estou esperando ansiosa. Diga-me o que aconteceu ontem — pediu, num tom de súplica.

A digressão fizera efeito. Depois de outro gole de café, Nicole se encostou na cadeira.

— Ele concordou em experimentar um medicamento diferente.

Charlotte suspirou aliviada.

— Ah! E isso é bom, não é?

— Não sei. — Ficou examinando o café. — Há um novo remédio que supostamente trabalha no sistema imunológico, impedindo-o de erodir a mielina que cobre os nervos, porque, quando ela é erodida, os nervos não se comunicam com o cérebro, que é o que acontece na esclerose múltipla.

As palavras estavam gastas; com certeza ela havia lido centenas de vezes a mesma descrição de EM desde que Julian fora diagnosticado. Charlotte também sabia que tipo de doença era, mas deixou Nicole tomar o tempo que precisava.

— O novo tratamento implica injeções diárias — terminou, erguendo os olhos. — Nenhum problema até aí, pois Julian é médico.

— Qual é o efeito colateral?

— Danos no fígado. Vai precisar de constante monitoramento, mas quer se arriscar. Está convencido de que, caso contrário, só estará assistindo à própria degradação. — Ela esticou um braço bem acima da cabeça, expressando resignação. — Ele sempre esteve na vanguarda da medicina, então considera o risco inevitável. E já tomou a decisão. Quer tentar um transplante de células-tronco e só aceitou tomar esse medicamento para provar ao médico que não vai funcionar. Eu apostaria que, neste exato momento, enquanto conversamos aqui sentadas, ele está procurando um médico que aceite o desafio. Parece não se preocupar com o risco de que a rejeição seja pior no caso dele, e ainda se recusa a falar com os pais ou com os filhos, que seriam os doadores indicados.

— Ele está falando então de células de adultos?

— Na realidade, não. — Nicole respirou com dificuldade. — Quer usar células de cordão umbilical.

Charlotte ficou horrorizada.

— *Agora?*

— Está cansado de passar de um remédio para outro. Acha que está perdendo tempo. Fim da linha? Ele quer tudo: parar os sintomas e reverter a doença. Células-tronco de cordões umbilicais podem fazer isso.

— Não há certeza sobre isso.

— Nem me diga. — Nicole suspirou. — Quando falo no risco, ele diz que a vida é *dele;* só que não se trata apenas dele. — Chegou para a frente, com ardor. — É a minha vida também. Acho que ele não entende isso. Recusa-se a antever o que a pior hipótese significaria para mim. Eu posso perdê-lo. Um transplante desses é capaz de deixá-lo em estado vegetativo.

Charlotte esperou um segundo antes de dizer suavemente.

— Ou curá-lo. — Tinha um interesse pessoal no que acontecia e preferiria que Julian não quisesse usar células-tronco de cordões umbilicais, mas havia lido bastante a respeito para saber das probabilidades. Não podia mentir para Nicole.

— Sim — disse Nicole, cedendo de vez.

— Ele está muito impaciente?

— Muito. Só vai parar de procurar quando encontrar alguém que queira tentar.

Charlotte sentiu que afundava por dentro. Se Julian levasse aquilo adiante, teria a obrigação moral de contar a ele sobre a criança. Um doador adequado poderia lhe salvar a vida. Mas Nicole ficaria sabendo da verdade.

Podia exigir que Julian prometesse não contar. Ele diria simplesmente que um médico encontrou a compatibilidade perfeita num banco de sangue de cordões umbilicais. Mas isso seria mentira, além de quase tão errado quanto o que tinham feito em primeiro lugar.

— Você falou com ele hoje?

— Não. Mandamos torpedos. Escrevi *Você está bem?* E ele respondeu *Tudo bem*. Foi isso. *Tudo bem*. Ele está se afastando de mim também. Quem vai sobrar?

Não eu, pensou Charlotte. Ela não queria nada de Julian Carlysle, a não ser salvá-lo para a sua melhor amiga, que, então, deixaria de ser a sua melhor amiga. Mas, por enquanto, ainda o era. Desesperada por preservar aquilo, pegou a mão fria de Nicole.

— Está bem. O plano é o seguinte: você vai mandar mensagens para ele com frequência, mas seja breve, só uma ou duas linhas para ele saber que você o ama. Não o *deixe* se afastar. Mantenha-o sempre com montes de mensagens do tipo "pensando-em-você".

— E se ele não responder? — perguntou Nicole, numa voz aflita.

Charlotte se lembrava daquela voz. Fora remetida à Nicole da sua infância, que se escondia dos holofotes e era socialmente insegura. Aquela Nicole desaparecera há muito tempo, substituída pela que os pais haviam treinado para ser segura e apta. Tudo que conquistara nos últimos quatro anos, tudo agora coberto por uma nuvem ameaçadora, provava isso.

Ocasionalmente, tinha o direito de regredir. Mas o saldo era positivo. Charlotte nem precisava dizer, bastava olhar para o notebook de Nicole, o fogão e suas próprias publicações.

Nicole ansiava pelos doces. Sua lista incluía torta de pêssego, torta de ruibarbo e torta de abóbora, tudo que estaria pronto na próxima semana, para o churrasco de Quatro de Julho no promontório, pois ela sabia que as cozinheiras de Quinnie deixariam os cartões de receitas por perto. Somadas às tortas, queria receitas do bolo com recheio de frutas silvestres, dos crocantes de maçã, do pudim indiano de melaço, do bombom de amêndoas e chocolate de Isobel Skane e, com certeza, dos brownies de macadâmia de Melissa Parker.

Como o livro era o seu filhote e ela era a cozinheira, sua tarefa consistia em colecionar e experimentar receitas. Algumas teriam que ser adaptadas, mas ela sabia fazer isso. Outras, se confiasse na autora ou se já tivesse conferido o resultado, nem passariam por essa fase. Nicole precisava de termos de autorização assinados para cada receita, o que implicava retribuir visitas uma vez que tivesse testado as receitas ou caso precisasse discutir alguma discrepância; portanto, tinha razões de sobra para começar hoje mesmo.

Dedicando-se a isso, passou a manhã na cidade. Ah! Sim... os ilhéus conversavam, embora, felizmente, agora sobre eles mesmos e as receitas, e não sobre ela — e Nicole apreciava o que diziam. Percebendo que poderia acrescentar comentários com dicas sobre aqueles cujos perfis não constassem, tomou notas, e, embora tivesse voltado para casa ao meio-dia com menos cartões do que desejara, um deles vinha acompanhado de blueberries frescas com as quais, seguindo a receita da autora, fez um bolo fofo.

Coberto com iogurte, seria o almoço.

Passou a tarde escrevendo notas, respondendo a perguntas de leitores e blogando sobre uma novo fornecedor on-line para canela orgânica e noz-moscada; qualquer uma poderia ter sido utilizada no teste da receita do pudim indiano daquela tarde. Ambas especiarias eram produzidas a partir de folhas perenes tropicais que, mesmo com os milagres extraordinários de Cecily, não cresciam em Quinnipeague, mas, como o pudim indiano fazia parte das sobremesas elogiadas da região, Nicole não podia deixá-lo de fora. Tipicamente, o Pudim Indiano de Quinnie pedia melaço de cidra feito com as maçãs da ilha. A receita que lhe haviam dado incluía melaço engarrafado, o que admitira como recomendável dada a sua ampla disponibilidade, embora o gosto não fosse exatamente o mesmo. Nicole fez uma anotação mental que devia perguntar a Bev Simone sobre seu suprimento do produto autêntico.

Enquanto isso, Charlotte entrevistou Susan Murray, que estava em Quinnipeague para o Quatro de Julho, e representava um bom exemplo de visitante em tempo parcial que vinha por causa da comida e da diversão. Ela se sentiu lisonjeada por lhe terem pedido a receita dos biscoitos decorados que Nicole fez e que, junto com o pudim indiano, foram apresentados naquela noite.

Acordando na manhã de quinta-feira para mais um dia tristonho e com a sensação de estarem fisicamente estufadas, focalizaram o assunto PEIXE. Enquanto Charlotte entrevistava o funcionário dos Correios sobre a origem, as técnicas e ingredientes dos seus bolos de lagosta — considerados os melhores do Maine —, Nicole foi à luta para recolher receitas de salmão com mel, hadoque cozido com molho de pesto e bacalhau com crosta de manjerona, uma das especialidades de Quinnipeague, e sálvia.

Cozinhou o bacalhau com a crosta de manjerona para o jantar usando ervas frescas da loja da ilha e, do píer, bacalhau em filetes, daquela manhã. Em vez de adaptar a quantidade de temperos para compensar a falta de produtos de fora da ilha, Nicole decidiu que a receita era perfeita e a postou, assim como estava, antes de ir para a cama.

Também contou tudo aquilo para Julian. Desde que havia chegado à Carolina do Norte, ele começara a telefonar para ela todas as noites antes de dormir, o que ela interpretou como resposta aos seus torpedos. Embora ele parecesse cansado, conversaram sobre trabalho, e não sobre EM. Ele estava satisfeito com o que fazia, e ela também. O mês de intervalo ao menos seria produtivo.

O trabalho era uma distração para Charlotte também. Mesmo quando a manhã de sexta-feira trouxe o sol, ela não ficou tentada a se divertir. Totalmente distanciada de Leo, Julian, Nicole e células-tronco de cordões umbilicais, a quantidade de trabalho a fazer era assustadora. Quanto mais ela e Nicole conversavam, mais o projeto se estendia; coletar material bruto era só o começo. Cada perfil precisava ser redigido, editado e revisto, com fotos ilustrativas cortadas e tratadas. Nicole planejaria o cardápio, uma vez que Charlotte não entendia nada daquilo, mas, sendo a escritora profissional, daria o toque final. Era muito para se fazer em um curto período de tempo, que tinha chances de ser ainda mais encurtado se Nicole fosse chamada de repente para estar com Julian outra vez.

Como estavam no começo de um longo fim de semana, dedicaram-se ao BRUNCH. Os visitantes do fim de semana deveriam chegar por volta de meio-dia, mas os ilhéus geralmente levantavam com o sol, o que tornava sete da manhã a hora boa. Ao menos, esse fora o plano da noite anterior, alterado, porém, quando Nicole foi se deitar tarde depois de trabalhar noite adentro.

Mesmo assim, mais ou menos às 8 horas estavam a caminho da cidade. Nicole saiu em busca de receitas para peixe misturado, fritadas de mexilhões e quiche de salmão, e Charlotte se acomodou na Chowder House com Dorey Jewett, que, muito além das variedades de sopas que sempre trazia para o brunch do Bailey, figuraria no livro com a mesma importância das outras.

Do mesmo modo que Anna Cabot era importante para a história geral da ilha, Dorey tinha um histórico de restaurantes em Quinnipeague, desde o primeiro estande de peixe no píer, passando por um rústico quiosque de hambúrgueres no promontório, por um restaurante de curta duração na rua principal, até o atual Grill e Café. Naturalmente, ela se estendeu bastante sobre a evolução da Chowder House, cujo sucesso creditava ao pai, apesar do homem já ter morrido há quase vinte anos. Todos sabiam que fora Dorey quem havia tornado o local digno do século XXI, mas a sua lealdade familiar era proverbial. E isso se tornou particularmente evidente quando Charlotte lhe perguntou sobre a influência de Cecily na sua cozinha.

Parando com o facão levantado, Dorey subitamente se exaltou.

— Os Jewett já estavam cozinhando aqui muito antes de Cecily ter nascido. Sempre nos demos muito bem, muito obrigada, com nossos próprios temperos. — O facão veio abaixo com um *tchum!*

Charlotte modificou a pergunta.

— Então, na cozinha do resto da ilha, em geral, você não pode negar que as ervas dela desempenharam um papel.

— Não, isso não posso negar — concedeu Dorey, embora seu ritmo para cortar as cebolas dali em diante tenha deixado claro o seu aborrecimento. — Alguns dos seus chamados cozinheiros não são os que considero como tais. Suas receitas, relíquias de família, não valeriam nada sem aquelas ervas.

— Então você também usa as ervas de Cecily?

— Ora, não sou burra. Se você precisa de manjericão fresco ou tomilho nesta ilha, só há uma fonte, e não me refiro ao jardim dela. Tenho ervas Cole na minha própria horta. Você não vai encontrar melhores em outro lugar. Não digo que poderia. — Raspou as cebolas para dentro de uma cumbuca com a borda do facão, depois passou o antebraço pelos olhos marejados. — Só quero dizer que as receitas Jewett vão além dos temperos.

Charlotte estava pensando que a competitividade era um aspecto de Dorey que ela não conhecia, quando se esbarrou em outro.

— O que Leo Cole significa para você? — perguntou a mulher, sem mais nem menos.

— Como?

— Você estava com ele na outra noite, no barco de Hayden Perry.

Charlotte devia ter desconfiado que Dorey tomava conta do porto mesmo de noite. Mas havia uma explicação perfeitamente plausível para o que Dorey vira.

— Pedi a ele que me levasse a Rockland. Nicole é minha amiga. Fomos apanhá-la.

Dorey a examinou. Seu tom se suavizou embora os olhos continuassem sérios.

— Leo não teve uma vida fácil. Cecily não foi uma boa mãe. Ele finalmente está num bom lugar. Tenho medo que você estrague isso.

— Eu?

— Ele estava diferente quando veio aqui naquela noite. Gosta de você.

— Também gosto dele.

— Por quê?

Charlotte abriu a boca, depois fechou e atentou para seus sentimentos, tentando compreendê-los.

— Não tenho ideia — falou, finalmente intrigada.

— Precisa ter — disse Dorey. — Não se brinca com ele.

— Por que ele é perigoso? Isso é o que todos dizem, mas não acredito nisso. Quem *é* ele?

— O que você quer dizer?

— Ele é um faz-tudo? Carpinteiro? *Jardineiro?*

— Você não sabe?

— Não. Não falamos muito sobre coisas pessoais. É uma espécie de silêncio que funciona conosco, tanto para ele quanto para mim, eu acho.

Com um suspiro, Dorey se iluminou.

— Bem, eu não saberia sobre o silêncio. Minha vida é cheia de barulho. Se eu não gostasse, estaria fazendo outra coisa em vez de dirigir este zoológico. Preciso voltar ao trabalho. Mais alguma pergunta?

— Na verdade, sim. Houve alguma vez um pai nessa história?

— Quis dizer perguntas sobre o restaurante. Qualquer coisa sobre Leo, você tem que perguntar a ele. Sei que você já andou perguntando para outras pessoas, mas vou lhe dizer uma coisa, senhorita. — E acrescentou espetando o ar com a ponta de sua faca: — Não importa o que ele seja, Leo nasceu e cresceu em Quinnie, e nós protegemos os nossos.

Com as mãos para cima, Charlotte se afastou.

— Entendido.

— Ótimo! Ninguém aqui quer que ele se machuque.

Charlotte entendeu mesmo. Ela era do verão; Leo era de sempre. Ele podia ser o pior dos piores, mas Quinnipeague era o seu lar. Os ilhéus eram solidários. Ovelha negra ou não, ficariam do lado dele.

Pensando em como isso era simpático, saiu da Chowder House para o sol. Eram 10h30. Caminhonetes enchiam o lado de fora do Café, o que indicava que os ilhéus estavam aproveitando as últimas horas tranquilas antes dos visitantes do fim de semana chegarem. Olhou para a fila de veículos, mas não avistou a SUV de Nicole. Imaginando que poderia ter estacionado em outro lugar, olhou a rua em ambas as direções. Foi quando viu Leo. Estava encostado numa caminhonete azul-escura, estacionada de frente, numa rua estreita ao lado da biblioteca.

A pulsação dela disparou. Com as mãos nos bolsos do jeans, de botas e com os pés cruzados, ele daria a impressão a quem quer que o visse de que estava fazendo hora — exceto pela expressão dos olhos escuros, os de sempre. Nesses, não havia ociosidade. Estavam fixos nela.

Charlotte caminhou na direção do homem, forçando-se a parecer despreocupada, evitando chamar atenção mesmo que não houvesse ninguém por perto. Ele havia estacionado em um lugar discreto. A relação deles — ou o que quer que aquilo fosse — era secreta.

Ela sorriu e disse um suave "Oi" quando chegou perto. Ele não respondeu, simplesmente a empurrou contra a caminhonete e, com as mãos espalmadas no vidro ao lado da cabeça dela, beijou-a. Era a primeira vez depois de segunda à noite, mas ela já estava de novo na praia, nua ao luar, excitada com aquela boca fina se movendo faminta sobre a dela. Seus braços se encontravam ao redor do pescoço de Leo, segurando-se para não cair, apesar do corpo dele impedir que isso acontecesse. O corpo que a mantinha presa contra o carro e escondida do mundo. Estava sem fôlego quando, depois de um último longo beijo, ele levantou a cabeça.

Os olhos estavam bem abertos e de um azul de meia-noite. Ela não conseguia desviar os seus.

— O que foi isso? — perguntou.

— Queria saber se era a minha imaginação — respondeu, numa voz entrecortada e grave.

Imaginando o fogo. Não precisou terminar para Charlotte saber. Nem ela precisou perguntar se o fogo era real. Podia ouvi-lo na própria respiração sôfrega, podia sentir na parte de baixo do corpo que não se descolara dela tão rápido.

O azul da meia-noite passeou pelo rosto dela.

— Você não apareceu na minha casa.

— Tenho estado com Nicole. Ela precisa de mim.

— Para o livro?

— Também existem questões pessoais. Além disso, choveu. Você não pode colocar telhas com chuva, e agora tem que esperar nem que seja um dia para que seque o compensado.

— Então não vem esta noite?

— Depende de Nicole. Se ela for jantar com amigos, posso sair.

— Sou o plano B.

— Você é o plano Z, se perguntar a Nicole. Ela tem medo de que você sabote o projeto.

Ele não respondeu a provocação.

— O que você disse a ela sobre nós?

— Que não sabia que diabo era isso, e não sei mesmo. Você sabe?

— Não. Só que quero mais.

Charlotte também queria mais. Tomando o rosto dele com as mãos, começou o beijo desta vez. Ele a deixou conduzir por um instante, e depois tomou conta; ela não protestou. Alguma coisa acontecia quando estava com ele, como se *isso* fosse o que tinha de ser. Quando Leo levantou a cabeça outra vez, ela poderia estar desejando mais. Mas se sentiu apaziguada, como se estivesse em casa. Com um suspiro satisfeito, fechou os olhos e descansou a testa no queixo dele.

— Para que foi isso? — questionou ele, num rouco eco ao que ela perguntara antes e um minuto antes de Charlotte querer se afastar.

Então, respirando fundo para se acalmar, ela respondeu:

— Queria ter certeza.

Os olhos dele estavam inescrutáveis.

— Qual é o número do seu celular? — perguntou finalmente.

Ela lhe deu e, escorregando de debaixo dele, chegou para trás a fim de olhar a caminhonete.

— É sua?

Ele assentiu.

— Bacana.

Estava empoeirada, mas era um último modelo, o que provocava mais perguntas, das quais Charlotte estava se cansando. Então havia uma fonte de renda. Qual a importância disso? Se a ilha estava do lado dele, não poderia ser vergonhoso *demais*.

Sorrindo, olhou para a frente e começou a caminhar. Seu sorriso morreu, porém, quando viu Nicole na Chowder House. Vindo aparentemente do extremo oposto da rua, ela havia parado na porta da frente, deixou os faróis intermitentes e se preparava para entrar, mas avistou Charlotte. Parada ao lado do capô, estava olhando para a caminhonete azul-escuro.

Franzindo a testas, só esperou que Charlotte chegasse perto.

— Estava beijando ele?

Charlotte deu de ombros.

— Acho que sim.

— Beijando ele — repetiu Nicole, como se não tivesse certeza de ter ouvido bem. Quando Charlotte confirmou, perguntou: — Está acontecendo alguma coisa? Tipo mais do que ajudando com o telhado?

Boa pergunta. Lembrou-se de Leo dizendo *Você aí, perfeita para mim* e do comentário de Dorey, *Ele estava diferente quando entrou aqui na outra noite. Gosta de você.* Charlotte podia ter se culpado por fazer amor na praia sem pensar, mas havia os beijos de agora. Aquilo a colocara em órbita.

Sua válvula de escape. Não uma encrenca de verão como temera a princípio. Sua válvula de escape pessoal para a ansiedade em relação às células-tronco ou aos prazos de entrega.

Não que ela pudesse falar essas coisas com Nicole. Precisando de um minuto, abriu a porta e pulou para o banco do carona. Nicole ficou olhando antes de dar a volta com o carro e seguir, mas não deixou passar. Assim que deu a partida, perguntou:

— Existe?

— Sim.

— O quê?

— Existe uma atração física.

— É real? Ou por causa do livro?

— É real — disse Charlotte. — Apenas para que saiba, ele não mencionou o livro. Acho que não se importa.

— Porque gosta de você?

— Talvez ou porque ele sabe que eu não vou roubar as ervas de Cecily. Ainda quero fazer fotos. Aqueles jardins são algo à parte. — Pensava nas florezinhas brancas com o incrível perfume que exalavam. Imaginava de que tipo seriam.

— Dormiu com ele?

Admitindo que isso a tornaria vulgar, optou por omitir.

— Não. — O que não era exatamente uma mentira. Não houvera sono naquela noite.

— Acha que vai?

— Por que isso é importante?

— Porque me preocupo com você. Ele é um ex-presidiário.

— Uau! Meu pai também era — Charlotte exclamou num segundo de exasperação.

— Não era.

— Era, sim. Foi condenado por violência doméstica e passou dez dias na cadeia.

— Violência doméstica?

— Contra a mulher número dois, que também não era lá essas coisas, mas que precisaria de mais bebida para ser convencida a retirar a queixa. Ele não gostava que retrucassem.

Nicole parecia horrorizada.

— Você nunca me contou isso.

— Não me orgulho disso.

— Alguma vez ele bateu em você?

— Ameaçou.

— Ele batia em sua mãe?

— Não. Ela sabia dar um jeito quando ele entrava em parafuso.

— Eu não tinha ideia — disse Nicole debilmente e continuou quieta enquanto elas passavam pela estrada de Okers Beach. Já estavam quase chegando quando se voltou para falar: — Ainda assim, dez dias não são quatro anos.

Charlotte não queria discutir o assunto.

— Talvez meu pai tenha tido um advogado melhor do que o de Leo. O que quero dizer, Nicole, é que há muitas razões para que as pessoas sejam mandadas embora. Nós não deveríamos julgar o Leo até sabermos quais foram as dele.

Nicole olhou rápido.

— Você quer descobrir.

— Sim, quero. Ele é interessante. Tantas coisas a respeito dele não estão claras. Quero saber quem ele realmente é.

— E depois vem o quê?

Charlotte respirou lentamente.

— Depois, vou tirar fotos maravilhosas dos jardins dele para o seu livro, e volto para Nova York, então sigo para Paris e para onde o trabalho me mandar. Essa é a lição de *Sal*, não é?

Os olhos de Nicole se iluminaram.

— Você terminou?

— Não. Cheguei no ponto de me importar muito e senti que as coisas podiam acabar mal então li o final.

— Charlotte!

— Não deu — declarou Charlotte, sem remorso. — Me recusei a terminar. Esse é o meu protesto.

— Mas você acabou de dizer que faria a mesma coisa!

— Certo. Essa é a realidade. Mas ficção é ficção. Chris Mauldin pegou o meu coração e o partiu. Isso é pura manipulação.

— É brilhante, se você quer saber o que eu acho. — Nicole ficou pensando e entrou em casa.

Charlotte não discutiu. Só não queria levar adiante a discussão sobre *Sal*, que poderia levá-la de volta para a relação com Leo, como agora estavam em casa e outras coisas precisavam ser feitas. Por ter adorado as entrevistas com Anna e Melissa, Nicole quis que escrevesse a de Dorey o mais rápido possível, para impressionar sua editora com o progresso delas.

Ao mesmo tempo, Nicole começou a ler as mais novas receitas de sua pilha e encontrou um problema.

Capítulo 13

Charlotte estava na mesa da cozinha quando ouviu um suave *Que estranho*. Parou de digitar e olhou para cima.

Nicole estava perto do balcão, franzindo as sobrancelhas ao folhear um monte de cartões de receitas.

— Nenhum tomilho na receita de peixe misturado da Rebecca? Sempre leva tomilho. Essa é uma das razões porque gosto da mistura. E quiche de salmão sem salsinha? Sem *endro?* A quiche de Marie leva ambos. Queijo de cabra ficaria sem gosto sem endro, e, além do gosto, a salsinha acrescenta cor. — E, estudando outro cartão, pareceu perplexa. — Extrato de hortelã-pimenta em *blondies*? *Extrato?* Não há nada orgânico nisso. O que aconteceu com a hortelã fresca? — Olhou ansiosamente para Charlotte. — Quinnipeague é conhecida por seus temperos. Pressupõe-se que sejam a parte mais importante do livro. Tirá-los é omitir o que há de único aqui. Esses cartões devem estar errados.

Sentindo um arrepio, Charlotte se afastou da mesa.

— Todos eles? — Havia muitas dúzias numa pilha.

— Não todos. Alguns são bons. Mas esses outros? E *estes?* — Ela separou uma porção de cartões que estavam marcados como recebidos. — Estes chegaram no início da semana. É a mesma coisa, ou usam um produto comercial ou omitem algo importante. Dois ou três poderiam ser enganos bobos. Mas oito? Nove? O que está acontecendo?

Charlotte pegou os cartões e deu uma olhada. O material dos cartões com receitas originais deveria ter manchas e pontas dobradas, mas aqueles estavam limpos.

— São cópias novas. Podem ter erros bobos.

Nicole sacudiu a cabeça.

— Conheço essa gente. Eles não são descuidados. Isso foi de propósito.

— Para sabotar suas próprias receitas?

— Para se proteger. Alguém falou para eles que não deviam revelar os segredos da ilha. — A insinuação era clara; seus olhos verdes, diretos.

— Você acha que foi Leo — disse Charlotte.

— Quem mais poderia ser?

— Dorey, ou Anna, ou Melissa. — Ela havia interrogado cada uma sobre Leo. — Elas o protegem.

— Contra o quê? — perguntou Nicole, visivelmente cética.

Charlotte procurou uma resposta, mas sua mente estava tocando um ponto desconfortável. Estava envolvida naquilo. Como ser objetiva?

— Eles não protegem a mim também? — perguntou Nicole, magoada. — Passei todos os verões da minha vida aqui. Eles amam a minha família, você viu como foram efusivos na semana passada. Além disso, essas pessoas não são tímidas. Se não quisessem que escrevesse o livro, teriam dito. — Seus olhos se tornaram sombrios. — Deve ser o Leo que os está assustando. Desde o início não queria que fizéssemos isso. Peça a ele para parar, Charlotte. Por favor. Há momentos em que me sinto por um fio. O que menos preciso é de uma complicação, logo agora que tínhamos engrenado.

Haviam progredido mesmo, apesar da tristeza. Nicole sentia falta de Julian — não havia dúvida — e, julgando pelos recados frequentes, ele também sentia. *Cansado, mas bem* era o que respondia às perguntas dela. Ou *Acabei de sair de uma grande sessão com um monte de bambambãs.* Ou *Gravei uma entrevista para o noticiário local. Veja o anexo.* Charlotte imaginou que os telefonemas fossem mais pessoais porque a raiva de Nicole havia amainado.

O medo, nem tanto, pois reaparecia em seu olhar em momentos inesperados. Agora, entretanto, ela já não falava muito no assunto. *Cansativo* era a palavra que usava quando Charlotte indagava. E era verdade, já que se mostrava mais otimista e sorridente quando iam à cidade. Trabalhar no livro fez Nicole focar em outra coisa. E tinha razão: o que menos precisavam era de um boicote.

Charlotte vislumbrou uma solução.

— Você mesma não pode corrigir os temperos?

— Se altero as receitas, podem impedir a publicação. Por favor, Charlotte, peça a ele que pare.

— Não acho que tenha sido Leo — respondeu, apesar de insegura. Ele não ameaçara impedir que elas conseguissem receitas? *Vou espalhar que não quero que vocês façam,* dissera.

Mas tinha sido antes de eles serem... o que quer que fossem. Agora parecia impossível que ele fizesse isso. Fora tão carinhoso na praia na segunda à noite, tão compreensivo na noite seguinte, no alpendre. E o beijo desta manhã? Bem real.

— Então como você explica isso? — perguntou Nicole, levantando os cartões. — Não percebi culpa quando coletei esses cartões. Se omitir informações foi deliberado, estavam muito à vontade com isso. Acharam que eu não ia *notar?* — E se tornou suplicante. — Liga para o Leo?

— Não tenho o número.

— Alguém deve ter. Talvez Dorey.

— Ah-hã! Como se fosse dar para mim. Ela deixou claro que eu não devia me meter com Leo Cole.

— E tinha razão — disse Nicole menos tensa. — E você acha que *ela* não viu vocês esta manhã? Vão se encontrar na casa dele neste fim de semana?

— Não sei.

— Sabe que não precisa ser minha babá.

— Não sou babá, *escolho* estar com você. — Ao falar isso, os pensamentos de Charlotte voaram. Se quisesse conhecer Leo, precisavam passar mais tempo juntos do que uma hora de vez em quando. Ao mesmo tempo, não queria deixar Nicole sozinha. — Julian tem planos para o Quatro de Julho?

Calmamente, Nicole respondeu:

— Ele não pode vir. Sente que se os médicos com os quais está trabalhando não vão sair da cidade, então ele também não deve e, além disso, é uma viagem muito longa para um dia só. Em especial para Julian. Ele está certo. De Raleigh-Durham para Quinnipeague é um bom pedaço. — Olhou para os cartões de receitas com redobrado desespero. — O que vamos fazer com isso?

A resposta, é claro, era ir de porta em porta pedindo correções, o que implicaria em expor as pessoas antes de mexer no problema subjacente. Se as mulheres da ilha estavam sob pressão, esta se manteria até que encontrassem a fonte.

Leo era a primeira opção lógica. Charlotte poderia ter caminhado até a casa dele na sexta-feira à noite, mas alguma coisa a segurou. Talvez o peixe misturado que Nicole preparou com linguado fresco, os ingredientes restantes de Rebeca Wilde e o que ela intuitivamente sabia ser a quantia certa de tomilho. Só comeram tarde e, depois de liquidar uma garrafa de Borgonha da adega de Bob, ficaram pesadas e só tiveram forças para assistir a uma versão restaurada de *E o vento levou*.

Podia ser, porém, que certo medo a tivesse afastado de Leo naquela noite. Se ele cumprisse suas ameaças, elas não tinham futuro.

Ou talvez fosse um simples adiamento. Melhor deixar para o dia seguinte.

O sábado amanheceu nublado. Nicole se exercitou na cozinha boa parte da manhã, testando primeiro as rabanadas assadas, depois os famosos ovos em camadas de Anna Cabot. Felizmente, essas receitas não tinham erro. Estavam perfeitas, o que declarou em uma mensagem entusiasmada para Julian, seguida de uma sessão de prova com Charlotte.

Nenhuma resposta sobre a outra?, escreveu ele de volta.

Ainda não. Talvez mais tarde. Charlotte lhe garantira que Leo entraria em contato e Nicole pensou que seria ridículo coletar mais receitas antes de convencê-lo a parar.

Em certo nível, ela se sentia frustrada. Em outro, liberada. Quando o nevoeiro foi embora, interpretou aquilo como um convite para se sentar no pátio e ler.

No meio da tarde, Leo mandou um torpedo para Charlotte. *Vou consertar telhas esta noite. Quer ajudar?*

Para aproveitar a noite clara e quente, Charlotte caminhou. Um crepúsculo marinho apenas começava quando ela entrou na curva de Cole e o viu posicionando as escadas. Usava seu preto habitual, mas o cinto de ferramentas ainda estava no chão. Montes de telhas jaziam empilhados sobre um palete próximo.

No meio do caminho, parou para esperar. Sentia o cheiro das ervas e daquelas flores brancas, localizadas próximas ao bosque à sua esquerda. Resistindo ao charme de tudo isso, pensou nos cartões de receitas e não saiu do lugar.

Leo terminou de colocar as escadas e estava prestes a abrir o primeiro pacote quando a viu. Esperou. Charlotte não se moveu, então ele fez sinal para que se aproximasse. Quando ela não tomou a iniciativa, ele repousou o abridor de caixas e foi na sua direção.

— Alguma coisa errada? — perguntou.

Ela assentiu.

— Começamos a colher os cartões de receitas. As ervas estavam erradas em um monte delas.

— Erradas?

— Recomendadas secas em vez de frescas. Ou completamente esquecidas. Como se as pessoas estivessem com medo de mencioná-las. Como se alguém tivesse pedido por isso.

Ele pareceu se divertir.

— É mesmo?

— Foi você?

O divertimento acabou.

— Não!

— Você ameaçou.

— Sim. E Urso era malvado.

Tudo conversa, então? Ela queria acreditar.

— Bom, não foi Cecily.

Ele bufou.

— Tem certeza disso?

— Tenha paciência, Leo. Pessoas mortas não saem falando pela cidade.

— Não na forma tradicional.

— E isso quer dizer o quê?

— A lenda continua viva.

Charlotte ficou intrigada.

— Que *significa...?*

— As pessoas acreditavam em muita coisa a respeito de Cecily. A maior parte sem razão, mas diga isso aos crentes. Se acreditam que ela pode sair do túmulo, talvez estejam tentando não aborrecê-la.

— Revelando receitas que usavam as ervas dela? Por que isso iria aborrecê-la?

Ele deu de ombros.

— Pergunte. Ela não foi sempre uma ótima pessoa.

— Os de Quinnie, em sua maioria, a reverenciam.

— Não eram o filho dela — disse ele, o olhar parado daqueles olhos de meia-noite.

Charlotte prendeu a respiração.

— O que ela fez?

Ele olhou para ela por mais um minuto antes de desviar o olhar.

— Não vou criticar. Não fui fácil de criar.

— O que ela fez? — repetiu Charlotte, dessa vez para as costas dele, que vagava no meio das ervas. No meio da fileira, abaixou-se para arrancar ramos de pequeninos botões vermelhos de uma planta folhuda. Guardando-os no bolso, pegou mais um pouco. — O que é isso? — perguntou.

— Azedinha. — Olhou-a rápido. — Conhece?

— Não.

— Quase ninguém conhece. Não é glamorosa — falou, com sotaque —, mas tem um gosto cítrico realmente agradável. Dá para fazer uma sopa cremosa com essas folhas. Azedinha também é boa para escalfar peixe.

— O que você faz com esses botões? — perguntou Charlotte quando ele guardou mais alguns nos bolsos.

— Jogo fora. Azedinha cresce fácil, contanto que você o mantenha aparado. São as folhas novas que têm o melhor gosto. Botões como estes — arrancou mais um — retardam o novo crescimento. — Ele se endireitou e, com olhos resignados, resolveu falar mais dele mesmo do que do Maine. — Sei tudo isso porque trabalhei nesses jardins para ela. Se não o fizesse, não ganhava comida.

Perguntando-se por que aquilo soava ameaçador, arriscou:

— Uma boa ética de trabalho.

— Para um garoto de 4 anos? 5? 6? Ela me ensinou em casa para me manter por perto. Eu costumava fugir; pulava na traseira de uma picape e me mandava para a cidade e, quando chegava lá, roubava uma coisa aqui e outra ali. A cidade era um mundo novo. Balas? Batatas fritas? Revistinhas? Eles me pegavam, me traziam de volta para casa, e ela me fazia dormir no lado de fora, com as plantas. Ótimo no verão, não no inverno.

Charlotte tentou imaginar.

— Ela prendia você aqui?

— Não completamente. Costumava escapar em barcos de pesca que saíam do porto de madrugada. Devia pensar que a companhia masculina ajudaria porque não movia uma palha. Quando fiquei um pouquinho maior, ela me mandava para a cidade, na bicicleta, para entregar pacotes. De fato ajudava as pessoas. Isso não posso negar.

— Mas o que você está contando é abuso infantil. Ninguém sabia disso?

— Como saberiam? Ninguém vinha aqui, e ela não contaria. Nem eu. Era a minha mãe.

Caminhou até o fim da fileira tocando, sem se dar conta, as flores brancas ao passar. Charlotte o seguiu.

— Como você acabou indo para a escola da ilha, afinal? — perguntou. Ele não respondeu. Ela imaginou se teria havido alguma força externa. — Eles não tinham medo de enfrentá-la?

— Os ilhéus, sim. As autoridades do continente, não.

— O Serviço Social?

Ele hesitou, depois disse:

— Algo parecido. Ela realmente me amou. Tinha medo de me perder. — Mastigando alguma coisa num canto da boca, parou com as mãos nas costas, as pontas dos dedos no cós do short e os olhos no bosque. Como o sol fora embora e a lua não aparecera ainda, as árvores formavam uma massa verde musgo que transformava o bosque em um lugar onde alguém pode facilmente se perder.

Não que Leo estivesse perdido. Perfeitamente focalizado, deu vários passos dentro da escuridão e apanhou do chão um ramo. Examinou atentamente, virando-o devagar antes de jogá-lo com cuidado na direção do jardim.

— Para que serve? — perguntou Charlotte.

— Para talhar. O pinho é macio, mas os nós podem ser duros. — Revirando o ramo, mostrou-o a ela. — Não há muitos nós aqui. Este é dos bons.

— O que você talha?

— Nada especial. Não sou bom nisso. É mais pelo processo.

Como o tricô para ela, mas esse pensamento era um desvio.

— Continue — pediu gentilmente. — Como foi se tornar adulto. Gostaria de ouvir. — Então ele olhou para ela. Com tão pouca luz, ela percebeu, ou sentiu, a vulnerabilidade. — Amigos contam essas coisas para os amigos — estimulou.

— É isso que somos? — perguntou ele, desencorajado.

— Sim.

— Então é a primeira vez para mim. Não tenho amigos. Nunca aprendi como fazer.

Ela achou difícil acreditar, já que ele era bastante simpático.

Pareceu ter entendido a dúvida dela porque sua mão apertou o galho.

— Estava com 10 anos quando comecei a frequentar a escola na cidade. Nunca tinha estado com outros garotos. Não sabia como deveria agir naquele inferno. Obviamente, fiz tudo errado. Cecily viu aquilo como uma validação do que ela dizia: que as plantas eram os únicos amigos de que eu precisava, e, se as amasse, elas me amariam de volta e prosperariam. E prosperaram. Ainda é assim. Mas não deveriam. — Olhou por sobre as fileiras. — O clima aqui é completamente errado para a maioria dessas plantas. Então talvez ela tivesse razão. No que diz respeito ao amor, ao menos. — Agachando-se, deixou cair o galho e passou a mão pela grama. — Como uma coisa que cresce na sombra pode ser verde assim?

Parecia mesmo verde, Charlotte percebeu, mesmo à noite. Outra coisa, entretanto, espantou-a. Tinha relação com o modo como ele tocara aquelas flores brancas e, agora, sua carícia na grama.

— Você ama essas plantas!

Ele se sentou.

— Amo, sim. Gosto de cuidar delas. — Seus joelhos estavam dobrados, as botas mergulhavam naquela grama surpreendentemente verde.

— Para ela?

— Para mim. Tentei matá-las uma vez — confessou, soando mais arrependido do que orgulhoso. — Era o certo depois que ela morreu. Estava com raiva porque ela havia esbravejado comigo naquele hospital, como se quisesse me mostrar o quanto eu estava enganado, então vim aqui e arrebentei tudo. Foi no outono, quase tudo já tinha fenecido por causa da estação, mas desenterrei tudo, até as raízes. Na primavera seguinte, tudo voltou. Maior, mais forte.

— Foram as cinzas dela que fizeram isso? — Charlotte perguntou.

Ele se encolheu, olhando para ela com desgosto.

— Que diabo! Não. Não a cremei. Ela está enterrada na cidade, atrás da igreja. Imagino que o povo a visita lá. — Sua boca se contorceu. — Faz parte da lenda, não sabe? Ela ajudou aquele povo. Eu era só o traficante de drogas.

— O mau exemplo.

— Opa! Ela dava de graça. Eu vendia. Nunca soube, não até eu ser preso.

— Ela não percebia que sua maconha estava desaparecendo? — perguntou Charlotte, aspirando o jardim. — Não sinto o cheiro, por falar nisso.

A expressão dele foi de ironia.

— Foi a única coisa que não voltou a crescer. Minha mãe não queria que eu fosse tentado.

— Então você acredita que os mortos voltam?

— Não. Que diabo, não sei. Mas há algo de poético no fato da erva ter morrido.

— Teria se sentido tentado?

— Não, mesmo. Nem para usar, nem para vender.

Charlotte não se surpreendeu. Nada nele indicava o contrário. Tudo que ela pôde pensar durante o silêncio que se seguiu, no entanto, foi no modo como Cecily o usara. *Não foi a melhor das mães,* Dorey dissera. Naquele momento, Charlotte não entendera, mas agora, sim. Seus próprios pais nunca haviam sido tão maus, o maior crime deles fora a negligência. Ela sentiu uma nova afinidade com Leo. Ter que lutar com um parente em casa, depois enfrentar o resto do mundo... não imaginava que pudesse ter sido mais fácil para ele do que para ela.

Abaixando-se para se sentar com as pernas cruzadas entre as botas dele, ela se inclinou sobre as coxas.

— Você tem pai?

Ele riu.

— Cecily era forte, mas não tanto. Gravidez Imaculada estava além do seu poder.

— Sabe quem ele é?

— Ah, sim.

— Você o vê muito?

— Não. Ele não vem aqui, e eu não vou lá.

— Onde é lá?

— Rockland.

No continente, tão perto.

— Mas vocês conversam.

— Não se eu puder evitar. Ele tratou mal a minha mãe. Simplesmente a deixou sozinha para me criar. Desconfio de que ela era bipolar, já que as oscilações eram dramáticas. Era difícil. Dinheiro. Eu. Aquilo.

Difícil para Leo. Charlotte entendeu assim, embora ele pintasse um quadro mais amplo. Quis confortá-lo, fazê-lo entender que não estava sozinho naquele momento, e colocou uma mão em torno da sua panturrilha.

— Você é bom por ficar do lado dela — disse, mas ele estava olhando para a sua mão.

— Isso é piedade?

— Não.

— O que, então?

— Eu querendo tocar em você.

— Se é piedade, pode tirar.

Ela deixou a mão onde estava — na verdade, fez um leve movimento. Não havia nada fofo ali, só uma pele quente coberta por uma penugem de pelos escuros.

Ele lentamente se acalmou.

— Sobre o que você disse antes, tenho meu próprio lado. Só tento entender o dela. Cecily ajudou muita gente. Era a sua vocação.

— Então você conserva a casa e as ervas dela.

— O que mais eu tenho?

Foi uma frase solta, mas Charlotte a ouviu com o coração. Podia ter preenchido algumas lacunas sobre o menino, mas havia outras na história do homem. Era ex-presidiário; isso era um fato. Mas outras coisas batiam — como sua linguagem de alguém formado em psicologia.

— Você me diz. O que você tem? — perguntou, dando um apertão na perna dele.

Os olhos percorreram o terreno na noite.

— Isso é a minha casa.

— Você nunca teve vontade de ir para outro lugar?

— Estive em outro lugar. Era pior.

— Onde?

Com os olhos vidrados, de repente, ele se tornou distante e raivoso.

— Quando saí da prisão, me mandaram trabalhar em uma construção no continente. Meu chefe era uma mulher que não gostou do fato de eu não querer transar com ela. Quando me acusou de estar vendendo drogas no local, me prenderam outra vez, mais rápido do que dizer *conspiração.*

— Você vendia?

— Vender? Claro que não! O promotor imaginou aquilo. Foi aí que decidi voltar para cá. — Acalmou-se. — Morava num barracão velho perto do píer e vivia de biscates. Quando Cecily ficou doente e não quis se tratar, chamei o médico da prisão. Ele me protegeu, levava livros e outras coisas para mim. Ele disse que, se eu a levasse para o continente, nos encontraria no hospital. Nunca apareceu.

— Uma traição! — Charlotte murmurou.

— Pode-se dizer.

Percebeu que ele tinha outras palavras para definir aquilo, e as teria revelado se ela insistisse. Era inteligente e intuitivo de modo inesperado, pensou ela outra vez.

O silêncio, entretanto, estava agradável.

Finalmente, ele se aproximou, pegou sua mão e entrelaçou os dedos nos dela.

— De qualquer forma, não fui eu quem pediu às pessoas para não ajudar vocês. Não gosto da ideia do livro, mas não o boicotaria.

Podia ler isso no olhar dele, que, naquele momento, mostrava-se desarmado e sincero.

— Sabe quem fez isso?

— Não.

— Então, como nós vamos lutar?

— Nós?

Quis dizer Nicole e ela. Mas ele tinha razão.

— Você espalharia a notícia de que Cecily estava de acordo com o livro?

— Não sei se adiantaria. Não me comunico com ela, Charlotte. Nem sequer vou ao cemitério. Os ilhéus sabem disso. Cecily e eu definitivamente tivemos uma relação de amor e ódio.

— Veja só! — exclamou Charlotte, endireitando-se e retirando a mão. — Isso é o que eu não entendo. Como é que você sabe que foi uma relação de amor e ódio?

Ele franziu a testa.

— Porque foi.

— Mas como você conhece esses termos? Fez terapia?

— Não.

— É esquisito. Você descreve uma infância que deveria ter deixado uma marca, mas me parece totalmente equilibrado. Vive sozinho aqui, mas não parece um ermitão. Nem tem muito sotaque do Maine. Algumas vezes, sim, mas é como se você esquecesse. Palavras, entonação, ritmo... não parece que você largou o ensino médio. Diz que não tem amigos, mas conversa como se tivesse conversado com amigos a vida inteira. Seu diálogo é simplesmente impecável.

— Eu leio — disse ele, com calma.

— Nós todos lemos.

— Eu leio — repetiu, sem piscar os olhos.

— Pensei que tinha começado na prisão.

Ele pareceu se descontrair, dirigindo-lhe um sorriso curioso.

— Por quê?

— Porque soube que você foi um mau aluno.

— Para dizer o mínimo, mas isso não teve relação com cérebro. Eu não gostava de disciplina, nem dos livros deles.

Ela ficou pensativa. Isso completava o retrato que começava a surgir.

— Então você já lia antes?

— Preciso agradecer à Cecily por isso. Além das plantas, o que ela mais gostava era de ler. Eu brigava com ela, também não gostava muito dos seus livros. Ela dizia que eram o seu tapete mágico, só que o tapete dela não *me* carregava para longe. O meu próprio não levantou voo até eu roubar, aos 5 anos, aquela história em quadrinhos. Daí fui para os livros de bolso. Então cheguei ao grande momento.

— Grande momento?

— A biblioteca. Adorava roubar livros de lá. Eles sabiam o que eu fazia. Faziam vista grossa, talvez por compaixão, ou por medo.

— Mas você devolvia os livros depois de ler...

— Não. Que graça teria?

— *Leo.*

— Não digo que eu roubaria agora. Mas aqueles livros eram o meu salva-vidas. Passava horas lendo. Nunca precisei de muito sono.

Daí o conserto do telhado à noite. Mas a pergunta sobre o que ele fazia durante o dia continuava sem resposta. Não quis perguntar para não estragar a boa atmosfera entre eles.

— O que você lê?

— De tudo um pouco. Ler sempre foi a minha saída.

Observou o rosto dele. Estava sombrio, mas o maxilar e as maçãs eram fortes, e havia uma profundidade naquele olhar que a noite não conseguia esconder. Ou talvez fosse porque sabia do olhar ali. Ou porque ela se emocionara com suas palavras. Ou porque sua mão ainda se lembrava da pele dele. Ou porque lhe permitiu entrar num lugar onde poucos tinham estado, tornando-o ainda mais atraente para ela. Ou simplesmente porque seu coração estava apertado.

Não importava, erguendo-se nos joelhos, pegou o rosto dele nas mãos e lhe deu um longo, lento e saboroso beijo. Aromas doces exalados adicionaram uma sensação de bem-estar.

Quando ela finalmente permitiu que suas bocas se descolassem, ele murmurou, com voz rouca:

— Por que isso?

— Porque gosto de você — murmurou ela, também na falta de uma resposta melhor, embora aquela servisse ao caso.

Puxando-a para que se sentasse no seu colo, Leo devolveu o beijo com crescente desejo, que Charlotte sentiu na barriga quando ele tirou a camiseta dela e desabotoou seu sutiã. O sutiã permanecera todo o tempo quando estiveram na praia, mas a boca dele nos seus seios não era coisa que quisesse perder desta vez. Pegou a cabeça dele e enfiou os dedos nos seus cabelos. Então gemeu alto, querendo mais.

Como fizera na praia, ele parou e perguntou:

— Muito forte?

— Não o bastante — gemeu ela.

Ele a ajudou com o short e ela empurrou o dele o suficiente para deixá-lo entrar. Ficaram quietos, testa contra testa, respirando fundo e tremendo ao sabor da posse e, quando isso não bastou, ele a rolou debaixo dele e afundou mais.

Leo a levou longe — simplesmente para fora de si mesma, para um lugar onde ela só podia ir com ele — e, quando acabaram, não houve nada de assustador no retorno. Ele se sentiu sólido. Enraizado. *Real.*

Ficaram sentados um longo tempo, as costas dele contra uma árvore, com um braço ao redor dela e o queixo dela em seu peito. Aquele peito áspero, ligeiramente musculoso, e com o cheiro de Leo. Sentindo uma grande paz, ela poderia ficar ali para sempre.

Leo, entretanto, queria trabalhar no telhado.

— Já que você está aqui — explicou logo depois que subiram nas escadas. A ideia era trabalhar por seções, da esquerda para a direita e de baixo para cima, cada seção se sobrepondo à próxima. — Dois martelos ou um? — perguntou ele.

— Um — respondeu ela. — Eu seguro, você martela. — Tinham feito isso assim antes e ela achava que era a maneira mais rápida e eficiente. Depois que Leo colocava cada telha, ela segurava e ele pregava. Quando ele batia o último prego, ela já trazia uma nova telha para colocar. Pegaram o ritmo e foram em frente. Ficaram juntos, pernas e braços roçando de vez em quando. Nada sexual, mas muito agradável.

— Definitivamente um anticlímax — observou Charlotte num dado momento, ao que Leo soltou uma gargalhada. Por tê-lo visto rir assim, olhou-o surpresa. Ele também pareceu surpreso. — É um belo som!

— Você acha?

Um calor se espalhou por dentro.

— Acho. — Ela o teria beijado de novo se não estivessem de pé em andaimes presos ao telhado. E aí se ouviu um rumor no jardim. Olhando para trás, ela parou de respirar. — O filhote da corça!

Uma nesga de manchas fora de foco refletindo a lua atacava ora aqui, ora ali.

— O que ele está fazendo?

— Caçando um esquilo. Ou um rato.

— Pensei que a essa hora estaria dormindo.

— Você sempre ia para a cama quando os seus pais mandavam?

Sabidamente, ela sorriu para o filhote e, depois, sentindo a perna de Leo por trás da dela, sorriu curiosa para ele.

— Acha que vou cair?

— Melhor prevenir do que remediar.

Bob Lilly costumava dizer aquilo. O personagem de *Sal* também.

— Estou bem — garantiu, mas segurou-se com uma mão quando ouviu outro rumor no jardim e olhou rápido. O filhote estava pulando e atacando algo nas ervas mais baixas.

Ela observou encantada por um minuto e pensou em voz alta:

— Onde está o Urso?

— Nas moitas. Já passou da hora dele dormir.

— Ele está bem?

— Ah, sim. Só velho.

— Você se preocupa com ele?

— O tempo todo. É o meu melhor amigo.

Melhor amigo *animal,* Charlotte teria corrigido se quisesse entrar naquela discussão, mas não quis. Cada vez que olhava para Leo — cada vez que seus olhos se encontravam —, achava-o envolvente, acalentador. Podia ser pura química. Mas ela conhecera química, e não tinha sido como a de agora.

O sistema deles funcionou. Com a ideia de Leo de recolocar as escadas e as pranchas, não perderam tempo se movendo de seção em seção. Mesmo assim, já era quase meia-noite quando terminaram. Charlotte bocejava quando ele desceu o caminho com ela, mas não estava entorpecida. As ervas dormiam, exceto as florezinhas brancas. Eram criaturas noturnas como Leo, mais forte do que nunca no escuro. A arrancada do dia o elevou ainda mais alto no conceito dela.

— Você tem certeza de que não quer que eu a leve?

— Tenho certeza. — Precisava manter separadas aquelas partes da sua vida. Ele estava aqui, Nicole, lá; a fantasia aqui, lá, a realidade.

Diga boa noite, pensou. *Beije o seu rosto. Dê-lhe um abraço.* Mas o perfume daquelas flores estava em sua cabeça, pedindo mais. Então ela não fez nada; ficou parada em silêncio, olhando para o olhar dele nela.

— Isso está começando a me dar nos nervos — disse ele, calmamente. — Você vai embora no fim do verão, não é?

— Ainda falta muito.

— Mas você vai.

Ela tentou sustentar um tom de leveza.

— O plano é ir em meados de agosto.

— Então devemos ser prudentes.

Ela riu.

— Como se fosse adiantar. Como se pudéssemos simplesmente dizer aos nossos corpos que não vão sentir nada.

Ele observou o chão da estrada, depois ergueu os olhos. Mesmo no escuro, a mensagem era clara. Ela sabia o que ele perguntava, se era possível ela ficar.

Mas Charlotte tinha uma vida. Tinha amigos em lugares distantes. Compromissos a cumprir.

— Não posso — murmurou, embora as palavras a sufocassem.

Ele respirou e concordou.

— Tudo bem. Só queria saber.

Isso é a realidade, pensou. Mas as horas noturnas, a lua, o filhote de corça, aquele perfume maravilhoso — tudo aquilo era fantasia? Ou não? Ele não poderia argumentar, lutar, pedir?

Incomodada com a simples aceitação e por ele parecer não sentir a mesma angústia que ela, olhou o caminho que ficara para trás, onde talvez se encontrasse a explicação.

— Que cheiro é *esse?*

— Em mim?

— Não, das flores brancas. Ali no jardim.

A voz dele continha um sorriso.

— Jasmim.

— Jasmim.

— É um afrodisíaco.

Um afrodisíaco. Ela deixou cair a cabeça, depois se endireitou e suspirou.

— Que idiota que sou. Deveria ter imaginado.

Capítulo 14

Durante a noite de sábado, Nicole ficou na cama aguardando o retorno de Charlotte. Deram dez horas, depois, onze horas; ela começou a se inquietar. Queria saber qual era a explicação de Leo sobre as receitas. Mais ainda, começava a imaginar o que realmente acontecia entre ele e sua amiga. Se isso também fosse prejudicar seu livro, ela era contra. Tinha um prazo a cumprir.

Por volta da meia-noite, caiu no sono. Quando acordou, eram duas da manhã. Checou o hall, viu que a luz tinha sido apagada e que a porta do quarto de Charlotte estava fechada. Ao menos, voltara para casa; Nicole temera que ela passasse a noite com ele. Aquele beijo tinha sido um alerta. A Charlotte de 34 anos bem podia ser muito diferente da de 24. Que Nicole soubesse, ela tinha amantes pelos lugares onde andava.

Casada muito cedo, Nicole tinha pouquíssima experiência. Entretanto outras amigas, não; e não as julgava por isso. Tampouco julgava Charlotte. Queria poder contar com ela numa época em que só havia ela com quem contar.

Sentindo-se só e abandonada ao se deitar numa cama feita para dois, decidiu telefonar para Julian cedo de manhã. Ele soara mais cansado do que habitualmente nessa noite. Tinha medo de que mais alguma coisa estivesse acontecendo.

Não telefonou no domingo, embora tivesse desejado fazê-lo umas cem vezes. Ele havia revelado os planos, que começavam passando a visita no hospital e continuavam com um almoço com os membros da equipe que estava treinando, seguido de uma tarde com seu notebook num recanto tranquilo da biblioteca da universidade, esboçando palestras para a série que fará no outono, na Califórnia. Ele estava ocupado. Não queria perturbá-lo.

Porém, não podia deixar de se perguntar como se sentia. Então, mandou uma mensagem às 7 horas, à qual ele respondeu: *Começo as visitas dentro de cinco minutos*, deixando Nicole na mesma. Queria saber se o novo medicamento estava fazendo bem, se tinha sofrido efeitos colaterais, se continuava pensando sobre as células-tronco. Queria saber como eram as acomodações do seu hotel e se o serviço da lavanderia era decente. E, acima de tudo, queria saber se ele sentia falta dela. Também tinha medo de perguntar isso.

Depois de um telefonema sem graça no domingo à noite, a imaginação de Nicole endoidou. Mandou uma chuva de torpedos na segunda de manhã, mas as respostas foram todas insuficientes. Escolhendo a hora com cuidado, esperou até mais tarde, quando ele estivesse em seu escritório emprestado e de preferência sozinho antes de sair para o almoço.

— Oi! — disse com leveza e pulso agitado, segurando a respiração.

— Oi, querida, como você está?

Ao ouvir o som alegre da voz dele — aquele *oi, querida* tão íntimo —, ela conseguiu respirar de novo.

— Estou ótima — respondeu, aliviada. — Você parece melhor.

— Dormi bem. Tudo bem por aí?

— Sim, o tempo está maravilhoso. — Era um pouco conversa fiada, mas, depois da preocupação da noite anterior, e com ele soando como o antigo Julian, ela podia fingir com alegria que não existia angústia nas vidas deles e usufruir o que havia de bom na relação deles. — As lajes do pátio ficam quentes depois de absorver o sol. E a água do mar está começando a se aquecer. Gostaria que viesse — acrescentou, animada, mas sem exagero.

— Bem que eu gostaria — respondeu Julian, igualmente animado. E acrescentou: — Conseguiu consertar as receitas?

— Conseguimos — disse, sem entrar em detalhes. Nicole gostava que ele estivesse atento ao seu trabalho. — Passamos a manhã na cidade. Leo não se comprometeu em falar com as pessoas, mas aquelas com quem falamos concordaram em fazer mudanças. Imagino que ele tenha falado com uma e essa se encarregou de espalhar a notícia.

— Explicaram por que trocaram os ingredientes?

— Disseram que tinham pensado que nos interessavam receitas que servissem para pessoas do país inteiro, e foi uma espécie de reação em cadeia, entende? Como se alguém tivesse passado a ideia ou como se tivessem combinado entre eles.

— Já não importa; conseguiram corrigir.

— Supondo-se que Leo esteja de acordo. Charlotte ainda afirma que ele não teve nada a ver, mas ela é tendenciosa. Não confio nele. Se a relação deles acabar, ele pode atacar por raiva.

— Nicki. Você costuma ser mais positiva.

Ela suspirou.

— Eu sei. Você tem razão. É que fico amedrontada às vezes.

— Decidiu o que fazer com as roupas do seu pai?

Era outra evasão, essa relacionada ao que ela dissera na semana anterior. Gostava de que ele tivesse lembrado.

— Sim, pensei, mas mamãe tem ideias diferentes. Ligou ontem à noite, depois que nós conversamos. Fez muitas perguntas, algumas que eu podia responder, outras não. Seria tão mais fácil se ela estivesse aqui.

— É uma decisão emocional para ela.

— Para mim também, mas precisa ser feito, e ela tem opiniões sobre tudo. Você sabe o que vai acontecer, Jules. Ela não vai querer vir aqui e vai, abre aspas, deixar as decisões por minha conta para depois não gostar do que eu fiz, fecha aspas. As roupas do papai são um bom exemplo. Pensei em levá-las para a loja de consignação em Rockland; não pelo dinheiro, que pretendia doar para o abrigo de animais, já que é uma causa que papai apoiava. Quando mencionei isso ontem à noite, mamãe logo disse que não queria que eu *tocasse* nas roupas ainda. Em seguida falou que o pastor saberia o que fazer com elas. Mas, honestamente, não posso imaginar alguém aqui, em Quinnipeague, saindo por aí com as roupas do papai. Quem quer que fosse, ficaria ridículo, como um impostor. Livros e móveis e pratos e panelas são uma coisa. Mas coisas íntimas como roupas?

— Não é, realmente, o que a sua mãe quer? — perguntou Julian, com bastante delicadeza.

— Suponho que sim.

— Vai dar certo, Nicki. Então, com as receitas tudo bem, você está se sentindo melhor em relação ao livro de culinária?

— Estou. Os perfis de Charlotte estão ótimos. Quer que eu mande alguns por e-mail?

— Claro — respondeu, mas estava apenas sendo gentil. Nunca se interessara muito pela contribuição de Charlotte; preferia pensar no livro como obra de autoria exclusiva de Nicole, e ela o adorava por isso.

— Alguma novidade? — perguntou amavelmente.

— Falei com Grendjin sobre a viagem a Beijing — comunicou Julian. Antoine Grendjin era o presidente do hospital. Ele e Julian costumavam jogar golfe juntos, embora não o fizessem desde que Julian desenvolvera tendinite de tenista, ou foi com isso que se esquivou de Antoine. Era uma desculpa satisfatória, uma vez que tendinite de tenista ocorria mais comumente em golfistas do que a tendinite provocada pelo golfe, e um tipo de impedimento que podia justificar a transferência de Julian da sala de operações para uma atividade de professor. — Ele concordou com a minha ausência por uma semana.

— Assinou o contrato? — perguntou Nicole. A conferência estava programada para fevereiro; como de hábito, a papelada para ele assinar seria enviada diretamente para Durham.

— Ainda não. Está comigo aqui.

Ela sentiu uma pontada de mal-estar.

— Mas você não assinou porque não tem certeza de como vai estar em fevereiro? Tem passado melhor agora?

— Não assinei o contrato porque ainda não cheguei a ele — respondeu secamente e, parecendo se dar conta do seu tom, perguntou, mais calmo: — E como está você? Agora que já houve progresso, quando pensa que o livro estará pronto?

— Eles querem para meados de agosto. Vou precisar de todo esse tempo. Mesmo depois de termos as receitas e de Charlotte ter terminado os perfis, preciso juntar tudo, você sabe, escrever o prefácio e o posfácio, fazer planos de cardápios, revisar de tal modo que minha voz do livro corresponda à minha voz de blogueira. Ainda sinto calafrios por causa disso de vez em quando. Eu, escrevendo um *livro?* Charlotte sempre foi confiante, é muito profissional.

— Você também é.

— Não da mesma maneira. Ela sabe o que é trabalhar com prazos finais. Sabe o que significa ter algo seu publicado.

— Você também. O seu blog é uma publicação. Posso apostar que o seu público é maior do que o dela.

— Bom, de qualquer forma, ela me mantém na linha. Mas não vamos trabalhar no Quatro de Julho — ela arriscou. — Todos vão estar aqui, Jules, todos de quem você gosta. Você poderia dormir e nadar e tirar um descanso de Duke. Tem certeza de que não quer vir? Sinto sua falta. — Foi cuidadosa em manter a voz alegre, não bajuladora. Não era uma chata, mas uma esposa que ama o marido.

— Talvez no próximo fim de semana, ou no seguinte.

— Mas este é o longo, já que o Quatro de Julho cai na quinta — ela explicou. — Você poderia...

— Não agora. Preciso ir, querida. Aproveite o sol.

Ele desligou antes dela dizer que ainda não sabia como ele estava se sentindo.

Parecera bem. E ela não queria começar uma discussão. Desfeita a conexão, porém, só se preocupou com o que ele não havia dito.

Preocupou-se em silêncio — não comentou com Charlotte para não ter que ouvir a si mesma repetindo as mesmas coisas. Não tinha graça alguma experimentar novos remédios e esperar por melhoras, observando os efeitos colaterais e rezando para que um pé dormente fosse uma aberração e não um sintoma.

Nicole percebia que Charlotte achava aquilo perturbador. Então procurava proteger a amiga e evitava se repetir — ao mesmo tempo, queria proteger a si mesma. Ela não podia ter certeza desta Charlotte, que vivera sua própria vida durante dez anos e que agora tinha alguma coisa a ver com Leo. Havia partes de Charlotte que ela não compreendia, mas precisava dela. Não podia se arriscar perdê-la.

Além disso, tinha permanecido em silêncio por quatro anos sem que isso fosse escolha sua. Silenciar agora por decisão própria era outra coisa. Era reconfortante saber que podia falar sem se sentir culpada. Isso não era trair Julian. Se ele estava fazendo o necessário para sobreviver, ela também.

Então pôde conservar a cabeça desanuviada. Passaram a manhã de segunda-feira moldando canecas na roda de oleiro de Oliver Week. Na manhã de terça, concentraram-se na Chowder House e, à tarde, foram à praia. Nicole considerou essa uma boa mistura de trabalho e diversão, embora toda a sua preocupação continuasse presente. Os telefonemas noturnos tornaram-se mais curtos e Julian só escrevia quando ela mandava alguma mensagem. Sem dúvida, continuava a perguntar como ele se sentia, o que possivelmente o irritava, mas ela não podia evitar.

Você não me diz como está, então imagino o pior, escreveu finalmente. Ao que ele replicou *Status quo*, o que pouco a acalmou.

Charlotte percebeu.

— Você não consegue ficar quieta — disse no café da manhã de quarta-feira. — Na última vez que esteve assim, acabou explodindo. Diga o que está errado.

Era tudo que Nicole precisava para externar a preocupação, a frustração e a raiva. Se estava se repetindo, já não se importava. Charlotte não voltara a se encontrar com Leo desde sábado, então Nicole sentiu como se a tivesse de volta.

— Tenho essa sensação de desgraça iminente.

— Isso é bastante melodramático.

— Estou falando sério. Desgraça iminente.

— Mais agora do que antes?

Nicole refletiu sobre aquilo.

— Não. Mas a desgraça só é iminente por algum curto tempo. Num dado momento, vai acontecer mesmo, não é verdade?

— Não — respondeu Charlotte. — A esclerose múltipla é uma doença crônica. Pode continuar anos a fio sem mudar muito.

Ela sabia que Julian não concordaria com isso, mas não queria repetir. Era melhor acreditar no que Charlotte disse.

— Você está certa. Absolutamente certa.

— Você está se preparando para nada.

— Estou. Você está certa. E não devo criticar Julian. Ele está fazendo o que pode. — Respirou bem fundo. — Estou melhor. Obrigada.

— Quer ir a Rockland?

— Hoje? — perguntou, gostando da ideia. — Para jogar?

— Sim. Não trouxe roupas suficientes e, além disso, amanhã é feriado, então vão chegar barcos extras num vaivém de hóspedes que começa hoje. Já trabalhamos bastante. Merecemos um dia de folga.

Tomaram cedo o barco para Rockland e passaram o dia fazendo compras, visitando a coleção Wyeth, e até pegaram uma sessão de cinema na praia antes de voltar para a doca. Em um lugar diferente, Nicole podia se distrair, embora olhasse regularmente para o telefone. Quando voltaram para Quinnipeague, toda a preocupação retornou.

Charlotte estava nervosa só por causa da reação de Nicole. Não acreditava na história da desgraça iminente, mas a amiga ficava tão impressionada com aquilo que ela chegava a desconfiar que havia coisas que não sabia. Houve momentos em Rockland em que a velha Nicole conversadeira reapareceu, mas, em outros, continuaram em silêncio. Charlotte não podia forçá-la a falar. Tudo que fez foi permanecer junto dela.

Mesmo assim, sua mente se acendeu quando viu o homem que teria a idade certa para ser o pai de Leo. Não disse nada a Nicole. Leo ainda era um ponto nevrálgico dentro dela.

Voltaram no fim da tarde. Colocavam as coisas na cozinha quando o telefone de Nicole tocou. Seu coração já estava aos pulos quando viu o nome de Julian. Ele não costumava ligar assim tão cedo.

— Oi, Jules — disse, sem fôlego pela surpresa, rezando ou para que ele tivesse mudado de ideia e resolvido vir ou que simplesmente estivesse com saudade e quisesse ouvir a voz dela. Ele não falou e ela perguntou, assustada: — Está tudo bem?

A voz dele estava serena.

— Não; acabou.

— O que você quer dizer com acabou?

— Fui a uma enorme reunião com meia dúzia de cirurgiões e minha mão direita começou a tremer. Tentei colocá-la no colo, mas ficou muito evidente.

— Talvez não tenham percebido.

— Ficaram olhando, Nicole. Cirurgiões não gostam de tremores de mãos.

— Mas esses médicos não conhecem você. Talvez pensem que é assim mesmo. — O argumento era absurdo, é claro. Tremor era tremor. — Pelo menos não foi na frente da sua equipe na Filadélfia.

— Dan Ewing estava lá — Julian disse calmamente. — Ele pegou um avião ontem à noite e foi à reunião. Ficou para trás quando os outros saíram e perguntou sem rodeios. Quando demorei para responder, ele disse que sabia que alguma coisa não ia bem, que já sabia há algum tempo, só não tinha ideia do que podia ser. Então contei a ele. Não tive escolha, Nicki. Responder com evasivas é uma coisa, mentir descaradamente é outra.

— Entendo — começou —, mas Dan é um amigo. Vai respeitar sua necessidade de discrição. Não vai dar com a língua nos dentes no hospital.

— Não em todo o hospital, mas ele tem a obrigação de garantir que algumas pessoas tomem conhecimento. Ele é chefe do departamento. Isso o coloca numa corda bamba entre a responsabilidade e a suscetibilidade.

— Mas faz quatro anos que você não opera.

— Trata-se de transparência. Ele disse que preciso contar ao Antoine. Acabo de telefonar para ele.

Nicole se engasgou novamente.

— Ai meu Deus! O que ele disse?

— Entrou numa barafunda de legalidades e ética, só que não se trata de barafunda alguma, trata-se do que qualquer hospital tem que fazer.

— Ele não pode pedir que você saia.

— Ele pode, mas não fez. Foi solidário.

— Estava chateado também?

— Chocado. Fez todas as perguntas certas. Mas a amizade só pode ir até certo ponto. Como presidente do hospital, precisa colocar certa engrenagem em movimento.

— Que engrenagem?

— O que quer que proteja o hospital. Não vou precisar sair, só tenho que me afastar de tudo que está relacionado com o tratamento dos pacientes. Há uma papelada para tratar. Preciso informar meus seguradores. Tenho de documentar a história da minha doença, pois, se houver algum problema com paciente de dois ou três anos atrás, preciso provar que já havia parado de usar o bisturi.

— Tudo está registrado, não está?

— Sim, mas preciso me aprofundar para juntar tudo. Tomei todas as precauções, Nicole. Fui cuidadoso desde antes do diagnóstico porque não estava seguro em relação às minhas mãos. — Sua voz tremeu. — A questão é essa, acabou. Preciso falar com o diretor do departamento daqui. Preciso lhe garantir que não me aproximei dos pacientes, mas ele vai ter advogados ao lado dele também. Ele pode ou não querer que eu fique. — Suspirou. — Deus! As consequências continuam aumentando. É possível que não me queiram mais. Não vou mais ser chamado para palestras. Nem para programas de TV. Minha carreira acabou.

— Não, Julian — ela argumentou, embora seus olhos estivessem cheios de lágrimas —, não acabou, está só mudando.

— É a mesma coisa.

— Mas como você está se sentindo? Você não me diz.

— Porque você não vai querer saber.

— Eu quero — ela insistiu.

— Está bem então. O que estou sentindo é que esse medicamento não faz efeito algum. Não há melhora, só estou piorando. O tremor hoje durou um tempão. A mão ficou tremendo no meu colo. — Nicole engoliu e ia falar quando ele disse: — Se esse remédio fosse adiantar, já deveria ter funcionado. Li a literatura, querida. A velha máxima "dê tempo" não vai adiantar, então se prepare. Depois do feriado, vou ligar para Hammon.

Lembrando a observação dele sobre o México, ela sentiu uma pontinha de esperança.

— Então você não procurou em outro lugar?

Ele estava em silêncio e muito quieto.

— Não. Eu disse que o faria, mas precisei pensar. Essa não é uma escolha fácil para mim, Nicole. Você pensa que é, mas conheço os riscos.

— Eu sei.

— Você não sabe. Você não sabe o que estou sentindo.

— Você não me diz!

— Nenhum homem gosta de dizer para a sua mulher que está com medo!

O coração de Nicole se apiedou dele.

— Você tem o direito de estar com medo. Estou com medo também! Ninguém precisa se envergonhar disso.

— É como se a coisa paralisasse você. Não quero ficar paralisado. Prefiro ser cobaia.

O estômago dela doía.

— Julian...

— Não se preocupe. Não vai ser amanhã. Ele quer tentar um transplante autólogo primeiro.

Usar suas próprias células era menos arriscado, mas o estômago dela continuava a doer.

— E isso implica o quê?

— Talvez nada. Se a contagem do meu sangue estiver baixa, não se faz.

— Então, o que faz?

— Usam-se células-tronco de um doador.

E, se ele recorresse a células de doador, ela sabia exatamente quais ele procuraria.

— Você quer tentar as células-tronco de cordões umbilicais, mas isso ainda é *tão* experimental — ela gritou.

— Não tenho nada a perder.

— Você *tem* — rebateu ela, frenética. — Reage mal a essas coisas. Está bem, então o medicamento não está mostrando melhoras ainda, mas o tem tolerado bem...

— Não tenho. Estou com icterícia. Até Dan percebeu. Icterícia significa problemas no fígado, que é o que os exames de sangue começam a mostrar. Isso só vai piorar se eu continuar o tomando.

Ela não sabia dos exames de sangue. Ele escondera isso dela para que não entrasse em pânico. Lutando para manter o controle, tentava pensar.

— O que Keppler disse?

— Ainda não falei para ele. Isso vai além dele agora, Nicki. Mark vai procurar bancos de células-tronco de cordões umbilicais em busca das células mais compatíveis.

— Tem que haver outro remédio...

— Já tentei o melhor deles.

— Então alguma coisa fora da indicação.

Ele emitiu um som de desalento.

— Isso não é adição de nicotina. Já tomei minha decisão, Nicole. Quero um tratamento com células-tronco de cordões umbilicais.

— Você pode morrer.

— Posso viver. De qualquer modo, terei dado a minha contribuição para a pesquisa médica. Tente ver do meu ponto de vista. Não posso mais tratar meus próprios pacientes. Essa é uma forma de doação também.

Meu ponto de vista. Meus pacientes. Eu, eu, eu.

— E eu, como fico? E o nosso casamento?

— Nosso casamento significa o mundo para mim, querida, mas olhe para mim. Não posso ser o tipo de marido que quero ser — disse, de forma tão desolada que a raiva dela se desfez.

— Vou voar para aí — falou ela. — Se eu não conseguir um voo esta noite...

— Não! — ordenou ele. Depois, mais suave: — Preciso falar com Kaylin e John. E quero telefonar para os meus pais. Explicar tudo será muito difícil para mim. Preciso ficar um pouco sozinho.

Nicole teria insistido se não estivesse tão devastada. Ela o estava perdendo, e não havia nada que pudesse fazer para parar aquilo.

Capítulo 15

Charlotte tinha ficado enraizada no lugar, mal respirando para não perder uma palavra sequer. Se fosse errado escutar uma conversa entre marido e mulher, sua posição pessoal justificava a atitude. Além disso, Nicole não havia se afastado, portanto nem sabia se ela se dera conta de que estava ali. Seus olhos se arregalaram, e a mão tremeu quando calmamente baixou o telefone.

Charlotte esperou. E, quando não aguentava mais, murmurou:

— O quê?

Nicole olhou para cima. Seu rosto estava cinzento e os olhos, de um verde pálido fantasmagórico. Umedeceu os lábios e, depois, engoliu.

Dando a volta na mesa, Charlotte alcançou sua mão fria.

— O que aconteceu? — Tinha conseguido captar parte da conversa, não toda.

Os olhos de Nicole se encheram de lágrimas.

— Acabou.

— O que acabou?

— Tudo.

— Ele quer se matar? — Charlotte perguntou, horrorizada.

— Não diretamente. Mas é nisso que vai chegar. — Lágrimas desciam pelo seu rosto. — Está simplesmente desistindo.

— Porque alguém descobriu.

Nicole assentiu. Parecia anestesiada, o que era mais assustador para Charlotte do que qualquer outra coisa. Puxando a amiga para uma cadeira, Charlotte colocou outra ao lado dela e segurou com força ambas as mãos de Nicole.

— Fale comigo, Nicki. Conte-me o que ele disse.

Nicole deu um longo e trêmulo suspiro e, de forma entrecortada, disse a ela o acontecera. No final, Charlotte a abraçava, tentando confortá-la da mesma forma que fizera naquela primeira manhã na cidade, embora dessa vez sem sucesso. Nicole tremia toda com a história, o olhar estava vago e as lágrimas rolavam pelas bochechas.

— Não posso ajudá-lo — murmurou, parecendo impotente e confusa. — Ele não deixa eu me aproximar. Isso é justo, Charlotte? Não deveria ser uma decisão para tomarmos juntos?

— Deveria — disse Charlotte, e os seus pensamentos voaram numa direção assustadora. Se Julian estava determinado a usar células-tronco de cordão umbilical, ela mesma tinha uma decisão a tomar.

— Ele se tornou totalmente egoísta e isolado — exclamou Nicole. — Não conheço esse homem.

— Você o ama.

— Não *esse* homem. — Seus olhos pareceram chocados com as palavras, e depois expressaram dor. — Você tem razão, eu o amo, faria qualquer coisa para ajudá-lo. Mas não estou dentro da vida dele.

— Você não está...

— Ele não quer ouvir o que tenho a dizer. Não há nada que eu possa fazer.

— Talvez haja — Charlotte ousou insinuar, desesperada para lhe dar esperança. — Talvez ele esteja certo em querer experimentar algo totalmente diferente.

— Ele vai morrer!

— Pode ser que não.

— Como se você pudesse evitar isso.

— Não eu, mas talvez... — Parou. Não estava pronta para aquilo; sabia que causaria dano e, uma vez exposto, não podia voltar atrás. Nem sabia se era a coisa certa a fazer. Mas, recordando que pressentira que sua volta a Quinnipeague tinha um propósito, precisava acreditar que estava relacionado a isso.

— Talvez o *quê*? — Nicole quase gritou, depois implorou. — Diga-me, Charlotte, qualquer coisa.

Em fração de segundos, com Nicole a encarando como se ela fosse a única pessoa com chances reais de ajudar, Charlotte hesitou, pesando o sofrimento que causaria a Nicole quando dissesse como

Julian poderia ser salvo. Todavia, no fim de contas, era um problema moral. O sofrimento podia ser administrado; a morte, não.

— Células-tronco de cordão umbilical — disse, quase sem fôlego.

— Não, não, isso é o que eu *não quero*! Não me importa o grau de compatibilidade, o corpo de Julian vai rejeitar. Já rejeitou tudo. Se eu tivesse tido um filho, teríamos congelado o cordão e teríamos uma chance melhor, mas não *tive* um bebê.

— Eu tive — Charlotte disse baixinho, com medo das palavras.

Os olhos de Nicole se arregalaram.

— O quê?

— Eu tive um bebê — repetiu Charlotte suavemente. — Entreguei para adoção, mas o cordão umbilical existe. É meu até completar 18 anos.

Nicole soltou um suspiro de frustração.

— Isso não vai ajudar; você não pode usar simplesmente qualquer cordão umbilical e pensar que vai funcionar, não no corpo de Julian.

Charlotte olhou para ela, paralisada em um último segundo de indecisão. Ainda havia tempo para recuar, contar que engravidara depois de sair de lá.

Mas não podia dizer isso. Seria uma mentira deslavada — e, sem considerar a omissão disso, que acontecera há dez verões, ela jamais mentira para Nicole. A doce, inocente, generosa e boa Nicole. Desgraça iminente? De fato. Prestes a irromper. Mas, por mais dolorosa que fosse a verdade, a vida era a vida — a coisa mais preciosa coisa do mundo.

Então não recuou, simplesmente continuou olhando para Nicole, esperando que ela compreendesse.

Levou um minuto, não porque a ideia não ocorresse, mas por ser tão inadmissível que Nicole não podia acreditar. Charlotte, entretanto, precisava saber que ela estava registrando aquilo e que não a corrigira. Não era impossível, mas errado, tão errado que ela custava a entender.

— Um filho *de Julian?*

O sim da cabeça de Charlotte foi tão pequeno que poderia ter escapado à Nicole se esta não a observasse tão de perto.

Sentando-se reta, pôs a mão no peito.

— Você teve um filho de Julian? Você e Julian... juntos?

— Só uma vez. Antes de vocês se casarem.

Em um instante doentio, Nicole visualizou uma mistura de pernas e braços, o balanço dos corpos. O som do arrastar dos pés da cadeira no chão de azulejos, ela se levantou e foi para trás.

— Você e *Julian?*

— Foi um acidente. Estávamos bêbados.

Nicole queria pensar que não entendera direito, mas a cara de culpa da amiga não deixava dúvidas. Afastou-se mais um pouco, precisando se distanciar das palavras, que não se apagavam. Quase sem respirar, continuou olhando Charlotte e enxergou alguém totalmente diferente daquela que estava ali, alguém que ela não conhecia em absoluto. E Julian? Seu *marido?*

Por um minuto, sentiu-se tonta e quase caiu. Só melhorou porque Charlotte veio na sua direção e ela levantou a mão, dizendo: *pare!*

— Não me *toque* — murmurou e correu para o salão, o mais longe que suas pernas a puderam levar. Afundando no canto do sofá, tentou engolir o que Charlotte dissera, mas seus pensamentos estavam fragmentados, revirados por questões que não tinham saída.

Deu um pulo e voltou para a cozinha. Charlotte não se mexera.

— Quando foi que aconteceu? — perguntou, pois precisava saber. Não sabia o motivo para a pergunta, apenas precisava saber.

Charlotte parecia aterrorizada.

— Um mês antes do casamento. Aqui estava uma loucura, com todo mundo pintando os quartos de hóspedes, arrumando os móveis e decidindo onde ficaria a tenda.

Era um borrão na memória de Nicole.

— Em qual noite?

— Na de sábado, acho, porque ele foi embora no dia seguinte. Você não imagina como sinto...

— A que horas?

Charlotte hesitou.

— Não sei. Estávamos exaustos. Julian tinha preparado margaritas.

— Onde *eu* estava?

— Esteve conosco por algum tempo. — Engoliu. — Depois foi dormir. Já estávamos sob o efeito das margaritas. Aí passamos para vinho. Estávamos bêbados, Nicki. Não significou nada.

E isso supostamente deixaria *tudo bem*? Nicole a olhou, incrédula. Incapaz de sequer *começar* a responder, saiu. Segundos depois, estava de volta. Havia mais perguntas. E fazê-las parecia seu único vínculo com a realidade.

— Quando foi que soube que estava grávida?

— Só depois que fui embora daqui.

— E tem certeza de que era de Julian?

— Não havia estado com ninguém durante dez meses.

— Dez meses — Nicole repetiu. — Exatamente dez meses. — Teria havido muitos homens? — Você fez a conta?

Charlotte sustentou o seu olhar.

— Não do jeito que você pensa. Sofri muito depois. Ficar bêbada não é o meu estilo. Eu me perguntava por que teria feito aquilo naquela noite. Vasculhei o passado. Lembrei o quanto me sentia sozinha. Havia tanta felicidade aqui, mas eu me lembro da solidão.

— Incluímos você em *tudo.*

— É verdade, faziam isso, mas estavam preparando um casamento. Eu tinha planejado um no ano anterior, não havia propriamente planejado, mas sonhado. Tinha ido escrever sobre a Suécia e encontrei um homem que achei ser o homem certo.

Nicole estava cética. Parecia mais uma desculpa.

— Você nunca mencionou isso.

— Terminou mal. Eu sequer conseguia falar naquilo. Não conseguia nem *pensar* naquilo. Mas, depois de alguns drinques, talvez. Devo ter me perguntado se agira bem ao romper com ele ou se havia algo errado comigo porque não encontrava amor e se algum dia chegaria a minha vez de *caminhar* para o altar.

— Então, por causa disso, você trepou com o meu marido.

— Não. Por causa disso *fiquei bêbada.* Imagino que estivesse desesperada por não me sentir desejada. Poderia ter acontecido tanto com o jardineiro quanto com Julian.

— Sexo anônimo? Sexo *indiscriminado?* Você era a minha *dama de honra,* Charlotte. Como é que pôde, depois do que tinha feito?

— Como é que ia *dizer* para você? — Charlotte exclamou.

— Como é que pôde *não dizer*? Estava grávida do meu marido.

— Seu noivo, e só soube que estava grávida depois do casamento.

Incapaz de olhar para ela mais um segundo, Nicole começou a sair, mas não tinha nem chegado na porta quando outro pensamento horrível a dominou.

— Ele sabia que você estava grávida?

— Não. Nunca mais falei com ele desde que fui embora daqui, há dez anos.

— Você não pensou que ele tinha o direito de saber que você estava *carregando o filho dele?*

— Quando descobri, vocês já estavam casados. Não podia fazer isso com você.

— Mas fez! — As palavras *carregando o filho dele* continuaram ecoando. Ela começou a chorar, mas se controlou e gritou: — Como pôde, Charlotte? Você sabia que eu desejava um filho.

— Não planejei isso — Charlotte também se exaltou. — Não planejei aquela noite, não planejei um *bebê*. Foi a coisa mais difícil que já tive de enfrentar.

Como agora este momento era para Nicole. Só a raiva a mantinha de pé.

— E devo sentir pena de você? — perguntou, sentindo-se amarga e odiando aquilo também. Como, porém, não ficar ressentida com Charlotte, que tinha o filho que deveria ser dela? Mais calma, mas incapaz de afastar a imagem, perguntou: — Qual o sexo?

— Ah, Nicki, não...

— Não pergunte? Não *queira saber?* Se não for agora, quando vai ser? — Uma parte dela lhe dizia que precisava saber essas coisas, que, enquanto continuasse com as perguntas, toda aquela *coisa horrível* não machucaria. — Qual o sexo? — repetiu.

— É uma menina.

— Onde está agora?

— Em Washington.

— Capital?

— Estado. Foi uma adoção particular. Os pais foram ao hospital para o nascimento.

— E você não pensou que Julian deveria estar lá?

— Ele estava casado com você. Isso teria matado você.

— Você não pensou que ele também tinha direito a opinar sobre o destino da sua criança?

Charlotte apertou os lábios.

— Não. Não pensei. Tínhamos evitado qualquer contato naquele último mês, depois que ele casou com você, e eu tinha ido embora. Ele jamais perguntou se havia chance de eu engravidar. Nenhum de nós queria se lembrar daquela noite. — A voz dela se tornou mais suave, suplicante. — Eu estava sofrendo, Nicole. Estava grávida e aterrorizada. Pensei em todas as possibilidades. Sabia que você seria a melhor mãe do mundo, mas você poderia criar uma criança concebida dessa maneira? E, se eu contasse a Julian, ele ou teria de esconder o fato de você ou correr o risco de arruinar o próprio casamento. Adoção pareceu ser a única solução viável.

— Você a segurou nos braços? — Nicole perguntou calmamente. Quantas vezes havia imaginado segurar o próprio filho logo após o parto?

— Isso não vai...

— Você segurou?

— Por um minuto.

— Você deu um nome a ela?

— Não.

— Você tem contato com ela agora?

— Não.

— Mas você guardou as células-tronco. — Charlotte assentiu. — Por quê?

— Para o caso de ter outros filhos que pudessem precisar. Ou eu.

— E os outros filhos de Julian? — Nicole acrescentou, pensando nos filhos que ela mesma poderia ter, filhos que teriam sido meios-irmãos desse. A pergunta permanecia no ar sem resposta. — Seus amigos sabem?

— Que amigos? Estava fazendo trabalho de sensibilização da comunidade em Appalachia quando soube. Não conhecia ninguém lá.

— Eles devem ter percebido que você estava grávida.

— Nessa época, eu já estava longe. Consegui meu primeiro contrato que era para uma história no Oregon. Passei quase toda a gravidez lá.

Ela parecia envergonhada, mas isso não adiantava para Nicole. Em algum lugar, no fundo da sua mente estava Julian... o Julian culpado... o Julian *infiel*.

Charlotte, entretanto, estava ali, e Nicole queria revidar o ataque.

— Faz sentido de um modo doentio. Seus pais estavam sempre tendo casos. Você disse que odiava aquilo.

— E odiava.

— Mas depois você fez a mesma coisa. — O torpor estava indo embora. Tremendo por dentro, apertou a cintura com os braços. — Você faz alguma ideia de como estou me sentindo? Alguma vez pensou nisso?

Charlotte assentiu.

— Isso me atormenta há dez anos.

O ressentimento aflorou.

— Amava você como uma irmã.

— E eu, a você — Charlotte falou, com os braços sobre a mesa agora, honesta e intensa. — O que fiz foi errado, Nicole, nunca quis que você soubesse. Depois, cheguei aqui e você me contou sobre Julian, e tenho rezado desde então para não chegar a este ponto. Mas, se ele precisa das células-tronco, como poderia ocultar isso?

— Você podia ter contado a *ele*. Por que eu fui a primeira?

— Porque é com você que me preocupo.

— Estragando o meu casamento?

— Essa é a última coisa que quero. Fui embora depois do casamento e permaneci longe. Tentei me retirar da sua vida. Mas você me convidou a voltar e eu sentia a sua falta. Tudo parecia tão bem quando conversamos que eu tinha esperança de que o passado estava enterrado e de que poderíamos recuperar o que tínhamos. Fiz algo horrível, Nicole, mas, se essas células derem a você esperança, terei sido capaz de devolver um pouco do que tirei.

— Sério?! — disse Nicole, num turbilhão de fúria apenas porque fúria era a coisa mais óbvia para sentir. Havia também desconfiança e desilusão. Havia um vazio. Sempre acreditara que Julian e ela formavam o casal ideal. E agora saber que houvera *Charlotte* e Julian? Não fazia ideia do que lhe restava.

Charlotte não falava.

A fúria de Nicole, sim.

— Você teve um filho do meu marido.

Nada ainda.

— Nunca vou perdoar você por isso.

— Eu entendo — disse Charlotte, tornando-se suplicante —, mas escute. Não se trata *da criança*. Trata-se das células-tronco. Eu as tenho. Podem ser a solução.

— Solução para *quê*? — Nicole gritou, com uma força que vinha da raiva. — Salvar a vida do meu marido? Neste exato momento, isso é o que menos me interessa. Ele me traiu da mesma forma que você.

— Nenhum de nós sabia o que estava fazendo.

Nicole não engoliu isso. Podia entender um lapso na moral de Charlotte, que tivera maus exemplos. Mas Julian? Seu *marido?* Mesmo ele tendo sido casado antes — mesmo tendo tido namoradas entre um casamento e o outro —, acreditara na fidelidade e, se esta não existira nem na véspera do casamento, quando, então?

Charlotte afastou os braços da mesa.

— Você quer que eu vá embora? — perguntou, numa voz apagada.

— Sim — respondeu Nicole, mas depois mudou. — Não. — Pensou no livro, a única razão para Charlotte se encontrar ali. Por um lado, o livro parecia irrelevante agora. Comida... talheres... dezenas de milhares de seguidores? Sua própria *carreira* parecia irrelevante.

Por outro lado, era tudo que possuía. E Charlotte se comprometera a ajudar. E excluí-la apenas a deixaria sem nada.

O que fazer? Os pensamentos de Nicole estavam emaranhados como ondas densas de emoção.

— Não posso olhar para você — disse, desalentada, e, numa meia--volta, saiu rápido da cozinha e subiu as escadas.

Charlotte esperou que ela voltasse. Não vinha som de cima — nem choro, nem gritos contra Julian, nem mesmo o bater de uma porta. *Não posso olhar para você.* Charlotte merecia aquilo. Merecia até pior. Mesmo assim, doía muito.

Precisando do conforto do oceano, saiu pela porta da cozinha. Na distância, o estrondo dos fogos de artifício no píer marcava o início das festividades do Quatro de Julho, mas Charlotte certamente não se sentia festiva. Atravessou o pátio e se acomodou nos degraus da praia, debruçada sobre os joelhos. A maré estava baixa, deixando na areia sulcos profundos cobertos por algas. Mais além, as ondas quebravam e recuavam fazendo espuma e ecoavam na costa de Quinnipeague. Tentou ver a poesia daquilo; a vida subindo e descendo. Bob Lilly falara disso na primeira vez que ela viera, uma menina de 8 anos, perturbada com o que acontecia na sua casa. A voz dele, suas palavras e o eco da poesia a haviam fortalecido nos momentos mais solitários da sua vida.

Nada disso ajudava agora. Também traíra Bob. Perguntando-se se Nicole tinha razão — se era tão anormal quanto seus pais —, sentiu-se pior do que nunca. Balançou-se levemente. Pousou a cabeça sobre os joelhos, escutando, esperando, mas, embora o oceano batesse ritmicamente, não acalmava.

Passado algum tempo, ergueu a cabeça. Já era mais de meia-noite e ela duvidava de que Nicole estivesse dormindo. Não podia ir até ela. Mas podia esperar na sala, a noite toda se fosse necessário, contente de ser uma sentinela para o caso de Nicole precisar dela.

Tinha se levantado para voltar quando as luzes da casa se apagaram. Inquieta, caminhou no escuro em direção à porta da cozinha e girou a maçaneta, mas a porta não se mexeu. Tentou os controles deslizantes do pátio, depois a porta da frente, tudo inútil.

Estava imaginando o que faria a seguir quando ouviu passos dentro da casa. Na sua fantasia, Nicole escancarou a porta, disse que a compreendia, que as pessoas cometiam erros, que aquelas células-tronco respondiam às suas orações.

Porém, a única coisa que a realidade ofereceu foi a tomada de consciência de que os passos escutados tinham sido os de alguém que subia as escadas e que Nicole trancara a porta.

Capítulo 16

Charlotte ficou parada no escuro, pensando no que fazer. Não podia tocar a campainha. Não era o caso de Nicole ter se distraído. Ela sabia que Charlotte estava do lado de fora e não quis que esta entrasse.

Sentindo-se um lixo, sentou-se nos degraus no meio da noite sem lua, com os braços ao redor dos joelhos e os olhos no nada. Cometera um grande erro dez anos antes. E parecia tê-lo agravado esta noite. Pesando a culpa e a ajuda, equivocara-se. Tudo que *não* queria que acontecesse, *aconteceu*. E agora o dano estava feito.

Pensou em dirigir até o píer e esperar o amanhecer para tomar a balsa, mas não tinha dinheiro, nem as chaves do carro. Além disso, fugir não era a solução. Havia fugido a vida inteira, passando de uma relação desagradável para outra. Mas Nicole não era uma relação desagradável. Charlotte a amava como a uma irmã.

Ansiosa, levantou-se num pulo e começou a caminhar. A noite estava fresca e, ainda usando a blusa e o short que vestira para ir a Rockland, sentia frio, embora desconfiasse que parte dele era tristeza. Caminhar devagar não adiantou, então acelerou o passo.

Cinco minutos mais tarde, porém, sentou-se no acostamento da estrada. Não tinha o que fazer na casa de Leo. Não merecia consolo, mas nunca se sentira tão só. Mesmo durante os anos em que não estava perto de Nicole, Charlotte sabia que os Lilly estavam ali — uma tábua de salvação emocional, ainda que fantasiosa. Não mais. A perda era paralisante.

Não sabia se Leo entenderia, mas não tinha outro lugar para ir.

Caminhou acelerando cada vez mais, tentando fugir da indizível tristeza. Distraída, não reparou nos defeitos da estrada até que seu pé bateu em um sulco. Equilibrou-se e saiu mancando, quase sem diminuir o passo, aceitando a dor. Pouco depois da curva de Cole, começou a correr, forçando a si mesma sem misericórdia caminho abaixo. Não percebeu as sombras das plantas, os perfumes, o farfalhar das folhas. Nem escutou o oceano.

Correndo direto para a casa, subiu os degraus e se atirou contra a porta. Sua respiração estava irregular; a testa, as palmas das mãos e o torso se abraçavam à madeira. Num relance, viu as horas em seu relógio de pulso. 2h10. E tudo silencioso lá dentro.

Não devia ter vindo, mas não podia voltar. Estava com frio, trêmula e em um estado totalmente alterado.

Com um movimento muito fraco da mão, bateu e depois parou para escutar os sons do lado de dentro. Não ouviu nada, então bateu de novo. Dessa vez, Urso latiu na parte de trás da casa. Bateu outra vez, ainda suavemente. O latido se aproximou mais.

Quando a porta se abriu, ela quase caiu para a frente. Equilibrou-se a tempo e olhou para cima. O cabelo de Leo estava desalinhado, mas ele não parecia tonto. Embora descalço, usava jeans e uma camiseta.

Charlotte devia parecer louca, toda desgrenhada e com o rosto desolado. Ele a encarou num silêncio de susto antes de murmurar um apreensivo *Jesus* e a puxar para dentro.

Assim que a porta se fechou, ela caiu contra a porta e, no instante seguinte, suas pernas fraquejaram, fazendo-a escorregar até o chão. Cobrindo o rosto, estourou em um pranto. Incontroláveis, os soluços angustiados não paravam mais. Mortificada, pressionou a testa nos joelhos e cobriu a cabeça com os braços.

Sentiu uma mão na sua nuca.

— O que *aconteceu?* — perguntou ele.

A conexão foi feita. Alguma coisa dentro dela estalou e tudo foi jogado para fora. As palavras estavam entrecortadas, mas, assim como as lágrimas, continuavam saindo. Contou tudo, até os mínimos detalhes, da sua vida privada — sobre ela, Julian, a criança, Nicole.

Ele não falava nada, apenas escutava. Quando esgotou as palavras, Leo a ajudou a subir, conduzindo-a pela casa escura, e a colocou na cama.

Acordou sentindo um aconchego maravilhoso, uma batida de coração sob a sua orelha e um braço lhe protegendo as costas. Sem ousar se mexer, abriu um olho. O quarto estava escuro. Passou um minuto antes que notasse uma réstia de luz passando por onde as cortinas se encontravam, e outro até que seus olhos se adaptassem e ela se desse conta de onde estava. Sentou-se rápido, puxando o lençol para cobrir o peito, embora estivesse totalmente vestida — e olhou para o lado. Leo estava meio sentado, encostado no espaldar com travesseiros nas costas. Embora o peito estivesse nu, ainda usava a calça jeans. O braço que a sustentara repousava vazio sobre o lençol, e o outro se encontrava dobrado atrás da sua cabeça. Seus olhos, que refletiam a suave luz, pousavam nela.

Lembrou-se de tudo — seu confronto com Nicole, a fuga, a confissão debulhada em lágrimas — e ficou arrasada.

— Meu Deus — respirou fundo, pensando em Nicole, que estava destruída, depois em Julian, que a amaldiçoaria, e depois, horrorizada, em Leo. — Não acredito que contei tudo aquilo!

— Por quê?

— Era assunto privado. Eu a traí de novo.

— Acha que vou contar para alguém?

— Não sei. Você contaria?

Ele a fixou um minuto mais, menos à vontade agora, como a rigidez da sua mandíbula indicava. Charlotte pensou que o ofendera. Ele se levantou e abriu as cortinas — ela poderia ter continuado a olhá-lo, mas ele passou os olhos pelo quarto à luz do dia, convidando-a a fazer o mesmo.

O quarto era uma surpresa. Pelo aspecto da casa por fora, teria esperado algo sombrio, mas nada era assim. A cama, grande, era lustrosa e preta, as paredes, lustrosas e brancas, o tapete, uma mistura crespa de ambas. Portas francesas cercadas por janelas davam para o oceano; armários embutidos, quadros pendurados do chão ao teto, e Urso esparramado junto a uma parede que sustentava uma imensa tela plana de TV.

Se aquele fora o quarto de Cecily, não era mais. Tudo ali era masculino, definitivamente de Leo. Tudo dentro era novo e de boa qualidade, desde os lençóis e a colcha até o carpete e a arte — tudo suscitava mais perguntas do que respondia. Confusa, olhou de volta para ele.

— Todos nós temos segredos — disse Leo tristemente e, abrindo a porta para fora, fez um sinal com o queixo. Quando Charlotte se aproximou, foi guiada a um deque de tábuas corridas, através de uma bem-cuidada praia e da descida a uma doca que se estendia até as ondas. No final, viu um elegante barco veleiro em fibra de vidro e teca.

Um sino tocou na cabeça dela. Era o navio fantasma que vira na manhã da sua chegada.

— Seu? — murmurou espantada.

Leo assentiu. Longe de se vangloriar, parecia perturbado. Quando, com o olhar, perguntou por que, ele se voltou para a casa e mostrou.

Charlotte conteve a respiração, pensando que não podia ser a mesma que ela ajudara a consertar. Aquela era velha, esta, nova. Aquela tinha uma pintura marrom descascada, esta, era artisticamente em pedra e miríades de tons de areia. Aquela era de dois andares e quadrada, esta tinha apenas um andar, com um pé direito muito alto, o teto cheio de claraboias e uma extensão para a direita que se entranhava no bosque como se suavemente se aninhasse e fizesse parte das árvores.

Ah, era a mesma casa, ela podia ver a cúpula atrás do telhado do quarto. Mas fora totalmente remodelada neste lado do oceano.

— Quando? — perguntou, insegura de por onde começar.

— Este ano.

— Fez sozinho?

— Tive ajuda.

— De quem?

— Dos ilhéus.

— Eles *sabem* disso? — Situada na mais remota ponta da ilha, a casa não estava em um lugar de Quinnipeague por onde normalmente se passasse.

— Alguns.

Ela não conseguira desviar os olhos da casa, mas o tom misterioso de Leo agora a ajudou. Ele mastigava o interior da boca, parecendo nervoso, o que, é claro, fez Charlotte se perguntar de novo de onde vinha o dinheiro. A primeira coisa que imaginou foi uma grande roubalheira, algo que um homem que saísse da prisão poderia fazer depois de ter sido traficante. Mas este homem, como a casa, não era o que parecia. Informações privilegiadas?

Finalmente, teve que perguntar, mas de modo cuidadoso e confuso:

— Materiais, trabalho, como você pagou?

Ele fixou os olhos nela com o que realmente parecia medo, e Charlotte mencionaria *isso* se ele não tivesse lentamente se dissipado. Leo parecendo resignado. Caminhou de volta pela longa doca e se dirigiu pela areia ao quarto da direita. Não precisou chamá-la. Desesperada por respostas, ela mesma o acompanhou até lá.

Como no quarto, a parede que dava para o oceano era de vidro, refletindo a paisagem marinha tão bem que Charlotte não conseguiu ver coisa alguma dentro até ele abrir as portas, e então seus olhos se fixaram nele. Leo mastigava o interior da boca outra vez, visivelmente nervoso. Mas ergueu a cabeça e fez sinal para ela entrar.

Mesmo com as árvores drapejando as claraboias, o sol penetrava pelo lado leste do oceano e mostrava estantes cheias de livros. O único espaço entre as prateleiras era o ocupado por uma máquina impressora multifuncional. Uma grande escrivaninha ficava no centro da sala. Como as prateleiras, parecia de cerejeira. Sustentava uma grande tela de computador cercada por muitos papéis, alguns em pilhas organizadas, outros, não. Charlotte percebeu que era uma mesa de trabalho, e dirigiu-lhe um olhar intrigado.

Ele estava com as mãos no bolso. O jeans pendia sobre os quadris estreitos, contrastando com o peito largo acima, mas os ombros pareciam caídos. Visivelmente inquieto, indicou com a cabeça uma das prateleiras.

Ela seguiu aquele olhar. A quantidade de livros não era surpresa; Leo já dissera que era leitor. Ao se aproximar das prateleiras, porém, sentiu-se atraída por uma lombada familiar. Puxou. *Sal.* E não estava sozinho. Havia mais três exemplares — na verdade *seis*, se fossem contados os primeiros três que viu, fascinada, de relance, nas sombras da máquina impressora. Olhando rápido para as prateleiras, reconheceu a lombada de *Sal* em mais três volumes, embora esses fossem diferentes, de brochura.

Sal, entretanto, não fora publicado em livro de bolso, ao menos ainda não, ou estaria à venda no aeroporto.

Curiosa, pegou um, depois outro. As capas tinham desenhos diferentes, como se alguém tentasse decidir qual seria a definitiva.

Alguém?

Numa tomada de fôlego aturdida, pequenas coisas começaram a se juntar — coisas que Leo dissera que a tinham remetido a *Sal*, sua familiaridade com a vida da ilha, o fato do veleiro na sua doca ser parecido com o barco que o personagem constrói, até mesmo o seu desprezo pelo livro, que poderia ter levantado suspeitas.

Seu olhar voou para encontrar o dele.

— *Você?* — murmurou, incrédula. — *Você* escreveu *Sal?*

Ele não falou, não sorriu, não mostrou qualquer sinal de emoção.

Procurando captar aquilo tudo, ela levou a mão ao topo da cabeça.

— Autopublicado, autopromovido — surpreendeu-se Charlotte.

— Não é tão difícil.

Sem conseguir acreditar, ela olhou para o livro outra vez, e mais outra.

— *Você* escreveu isso?

Um toque de rubor subiu às faces de Leo:

— Parece tão improvável?

— Sim! De acordo com os habitantes de Quinnie, você não passa de um encrenqueiro que atira em gaivotas. — As próprias suspeitas dela desvaneceram. — Nada disso é verdade, não é? Estavam protegendo você. E outro pensamento ocorreu: — Todos sabem?

— A maioria. O rapaz que dirige o barco do correio me vê receber livros e mandar cartas pelo correio. E é fofoqueiro.

— Por que mandar?

— Tenho uma caixa postal em Portland.

— Então ninguém pode rastrear você até aqui.

— Não quero publicidade.

— Como a que o nosso livro poderia trazer?

Ele balbuciou ironicamente:

— Parece que perdi *essa* luta.

Charlotte sentiu uma náusea de dor.

— Talvez eu também. Nicole não vai me querer no projeto agora. — Mas não podia pensar naquilo, com a realidade de Leo Cole emergindo ali. Sentindo o calor do Urso na sua perna, tocou sua cabeça para se equilibrar. — Você escreveu o livro mais falado do ano, e o mundo não tem uma pista. Isso é de pirar a cabeça.

Ele não disse nada. Nitidamente, não concordava. Tornou-se evidente que sentia uma vaga ameaça no fato de ela ter conhecido o seu segredo.

— Seu editor sabe seu nome verdadeiro?

Ele sacudiu a cabeça.

— Tudo passa por um advogado em Boston.

— Até os telefonemas?

— Sim.

Ela franziu o rosto.

— Você não quer nem um *pouquinho* da glória?

— Não.

Bem, ele certamente sabia o que queria ao menos em relação a isso. Sacudindo os três livros de bolso, ela as mostrou.

— Qual você escolheu?

— Ainda não decidi. Os de capa dura estão indo suficientemente bem, portanto, ainda há tempo para isso. Qual você prefere?

Charlotte não hesitou.

— A azul — respondeu. Era um oceano estilizado com um barco, embora não desse para saber se era um amanhecer ou um crepúsculo, o que tornava a imagem mais pungente. Enfiou os livros de volta na prateleira e, intrigada, voltou-se para Leo. — Como você aprendeu a fazer isso?

— Não desenhei a capa. Meu editor que fez.

— Não, quero dizer, escrever um livro. Sofro para escrever um artigo que tem apenas doze páginas. *Sal* tem 483.

A boca dele entortou, mas não exatamente num sorriso.

— Você se lembra disso.

— Ah, sim, eu lembro — replicou Charlotte, com muita clareza sobre o assunto. — Estava gostando tanto da leitura que, quando fiquei preocupada com o que aconteceria, pulei para o final. Odiei o final. Não terminei o livro.

— Ficou com raiva?

— Muita! Você mexeu com as cordas do meu coração, depois as dilacerou e jogou fora. Gosto da ficção feliz. A vida já é ruim o suficiente. — De novo pensou em Nicole. Tentando se desviar do pensamento outra vez, aproximou-se da escrivaninha. Algumas das anotações ali estavam à mão, outras, digitadas. Uma das pilhas bem arrumadas parecia de cartas. — Dos fãs? — perguntou.

Leo assentiu.

Estava embasbacada. No instante seguinte, porém, seus olhos pularam para a tela.

— Uma continuação? — perguntou animada, louca por um final feliz.

— Não, *Sal* acabou.

— Então este é totalmente novo? — Olhou para o cabeçalho: *Próximo Livro.*

Ele enfiou as mãos mais fundo nos bolsos.

— Não está avançando muito bem.

— Por que não?

Deu de ombros.

— *Sal* se escreveu sozinho. Este está uma luta. Talvez por causa das interrupções, você sabe, tarefas na internet para promover *Sal.* Toma muito tempo.

— Mas você não precisa de muito sono — lembrou-se do que ele dissera.

— O problema não é o sono, é o medo.

— Medo?

— De que o segundo seja um fracasso.

— O que seu editor pensa? — Mostrou com o queixo o *Próximo Livro.*

— Nada. Não contei para ele ainda.

— Posso ler? — Ah, meu Deus, *isso* ia derreter Nicole.

— Não.

— Por que não?

— Porque não vale nada. Acho que *Sal* vai ser o primeiro e o último.

— Mas você tem talento.

— Muita gente tem. Só não sabe o que fazer com ele. Descobri isso. — Mas ele começava a ficar introspectivo e perturbado de novo. — Não é apenas medo, existe outro aspecto.

— Qual aspecto?

— O sucesso. Os fãs. Blogueiros, a mídia, todos querem um pedaço de você, e, quanto mais sucesso você tem, mais eles se tornam exigentes. Não vou sair da ilha para fazer o que os escritores costumam fazer.

Embora ainda o conhecesse pouco, Charlotte compreendia isso. Ele gostava da privacidade.

Na verdade, ela também gostava da privacidade dele, embora aquele pensamento a surpreendesse. Estava tentando entender melhor quando ele perguntou:

— No que você está pensando?

Perplexa, tentava decidir. Tocou mais uma vez a cabeça de Urso antes de responder.

— Você escreveu *Sal*, e não tenho certeza se gosto disso.

— Por que não?

— Não sei. — Estava insegura, mas não sabia como dizer.

— Isso deveria fazer você gostar mais de mim. Quer dizer que estou cheio de dinheiro.

Ela resmungou para o absurdo daquilo.

— Não estou nem aí para o seu dinheiro. Ao contrário, saber que você está rico me dá muito medo.

— Porque está com inveja.

— Do quê?

— Do meu sucesso.

— De *jeito nenhum*! Não posso comparar o meu trabalho com o seu. Cada contrato é diferente. Preciso ir a vários lugares e conversar com pessoas diferentes. Não quero escrever um livro. — Pensou no livro de culinária e acrescentou: — Ao menos, não um romance.

— Então o que assusta você?

Tentou pensar com clareza. O que lhe agradava em Leo era o fato dele ser independente, de só ter vínculos com a ilha. O futuro dela se espalhava por todo o mundo; enquanto ele estava enraizado ali. Charlotte achava que as raízes significavam conforto. Estando com ele, no seu recanto em Quinnipeague, sentia-se segura.

Como reconciliar aquilo com o autor de um best-seller? E como conciliar tudo aquilo com o futuro? Não fazia ideia.

— Eu gostava da sua vida quando era mais simples. O mundo real é complicado. O seu é básico e próximo da terra. Ao menos, pensei que fosse — disse simplesmente. Precisando sair da berlinda, perguntou: — Por que está me contando tudo isso agora?

Ele não pestanejou.

— Eu sei sobre você e Julian. Você ficou preocupada que eu fosse contar. Agora você tem alguma coisa minha. É uma garantia. Não é?

Garantia. Charlotte não tinha certeza de que tal coisa existia. A vida fazia o que queria independente de você ter garantias ou não. O exemplo era a questão com Nicole. Julian poderia ter desenvolvido qualquer outro tipo de doença, mas isso não acontecera. O fato de ele ter esclerose múltipla, de nenhum tratamento funcionar, do seu corpo apresentar rejeição — Charlotte não teria imaginado aquilo nem em um milhão de anos.

E, no entanto, era nisso que pensava quando voltou para a casa de Nicole. Leo se oferecera para levá-la de carro, mas havia coisa demais na sua cabeça. Precisava de exercício. De ar fresco. Precisava de um amortecedor entre a vida dele e a dela.

Não fez muito efeito. Flagrou-se lembrando do que ele dissera quando perguntou se podia falar sobre *Sal* com Nicole.

Dando de ombros, consentira.

— Você tem algo que diz respeito a ela. Ela não vai contar.

— Então é disso que se trata, de ter um trunfo contra o outro? — perguntou Charlotte tristemente.

— Não é o jeito que quero a vida. Mas ela nunca é como eu desejo.

Imaginou que ele se preparava para a partida dela, o que a levou a se perguntar que tipo de relação era a deles, exatamente. Não sabia. Nem mesmo sabia o que desejava que fosse.

Inevitavelmente, porém, à medida que se aproximava da casa, a figura de Nicole substituía a de Leo. Havia problemas imediatos para enfrentar aqui, a começar pela forma de entrar. Imaginou que as portas ainda estivessem trancadas e que Nicole se recusaria a responder ao toque da campainha. Imaginou que sua bagagem estivesse esperando por ela nos degraus da frente.

Mas, sim, existia uma garantia contra isso. Não podia admitir que Nicole estivesse tão enraivecida que desse as costas para as células-tronco.

Não havia malas nos degraus da frente e a porta estava destrancada. Charlotte entrou cuidadosamente. Sentiu o cheiro e ficou desesperada por uma xícara de café, mas não achou que tinha direito de se servir. Que ela soubesse, Nicole deixara a porta aberta apenas para que ela retirasse suas coisas. Sua permanência ali era muito duvidosa.

Nicole estava no salão. Não se levantou nem voltou a cabeça, embora tivesse ouvido a porta. Só o topo da sua cabeça loira e despenteada aparecia por cima das almofadas do sofá. Encontrava-se sentada de frente para as janelas de vidro, abertas para o ar marinho e a espuma das ondas.

Charlotte se aproximou de Nicole, e, ao vê-la, seu coração contraiu. Ela estava enroscada no sofá — as pernas dobradas, os cotovelos junto do corpo, o perfil tenso.

— Sinto muito — disse Charlotte com o coração na boca. — Se eu pudesse apagar aquela noite, eu o faria. Não significou nada.

— Gostaria que tivesse significado — murmurou Nicole. — Ao menos alguém teria tirado algum proveito daquilo.

Mas alguém talvez ainda possa, pensou Charlotte.

— As células-tronco são suas. Diga uma só palavra e mando buscar.

Nicole não tomou conhecimento da oferta. Levantou a caneca, sorveu o café e a pousou no colo. Finalmente, parecendo curiosa, ainda que distante, perguntou:

— Por que aceitou o convite para trabalhar no livro? *Queria* que eu ficasse sabendo disso?

— Por Deus, não! Só concordei porque achei que você não saberia. Dez anos se passaram e estava louca para reencontrar você. Talvez tenha pensado que a minha ajuda poderia compensar um pouco o que eu tinha feito.

— Nada pode compensar.

— Talvez não. Diga-me o que quer que eu faça. Vou embora se você quiser.

Nicole girou a cabeça só o suficiente para dar a impressão de que estava olhando para Charlotte, mas sem realmente olhar.

— E deixar você fora do acordado? Não. Tenho que pensar em mim. O livro é o meu futuro. Você concordou em ajudar e me deve isso.

— Devo — disse Charlotte, sabendo que ir embora seria mais fácil para ela, mas pensando que, desta vez, não podia fugir. — Ajudarei do jeito que você quiser. — Quando Nicole tomou outro gole de café, perguntou suavemente: — Contou para Julian?

— Não.

Isso a intrigou. Só a existência das células-tronco já seria motivo suficiente para um telefonema; e a questão do caso? A antiga Nicole estava tão enraivecida na noite passada que teria gritado com ele por uma hora.

A Nicole do sofá, entretanto, parecia diferente. Estava abatida, mas também mais controlada.

— Contei para a minha mãe. Não sobre você, só sobre a esclerose múltipla de Julian. Então, ao menos há uma coisa boa. Ela virá — disse, a voz fria.

Charlotte amava Angie e desejava que ela estivesse ali por causa de Nicole. Agora, enfrentá-la? Não seria fácil.

Nicole virou-se então, finalmente entregue às emoções.

— Pode apostar que vai ser incômodo para você. Mas não estou nem aí. Você se sentirá culpada toda vez que olhar para ela. Espero que sofra.

Não era o sofrimento que incomodava Charlotte, não tanto quanto o ódio. Nicole não era de odiar. Perceber que causara isso era o pior de tudo.

— Mas você vai ter que me olhar também — continuou, com bastante deferência. — Tem certeza de que quer isso?

O assentimento com a cabeça foi lento e demorado.

— Quero meu livro feito. Além disso, se pensa que pode fugir com essas células-tronco, pense duas vezes. Julian iria atrás de você. — Parou, intrigada. — Sempre o desejou?

— *Nunca* o desejei.

— Foi por inveja; você não tinha ninguém e não queria que eu tivesse, então fez o que pôde para arruinar o meu casamento?

— Se tivesse desejado isso, teria contado a você há muito tempo — argumentou Charlotte. — Sei que está tentando imaginar por que aconteceu, Nicole, mas já disse tudo que posso. Estava me sentindo sozinha, então bebi demais. E Julian não ligava para mim do mesmo jeito que eu não ligava para ele.

Os olhos de Nicole estavam frios.

— Mas ele não disse meu nome quando estava fazendo amor com você.

— Não fizemos amor. Não houve palavras, foi um ato animal.

Nicole fixou o oceano de novo.

— Você foi à casa de Leo, não é? — perguntou, já recomposta.

— Não sabia mais para onde ir. E, se quiser saber — acrescentou —, não houve atos animais lá. Estava sem rumo, e ele é um amigo.

— Contou a ele?

Charlotte queria mentir, mas isso só aumentaria a sua culpa.

— Sim. — E, quando Nicole lhe lançou um olhar assustado, disse: — Ele não vai contar.

— Como você pode saber?

— Porque ele me contou uma coisa pessoal que não quer que ninguém saiba. Se ele falar de você, conto para todo o mundo.

— Como se o mundo fosse se preocupar com Leo Cole — Nicole falou com desdém.

Ela teria deixado passar o desdém se a situação fosse outra, mas aceitar uma provocação quando já estava pisando em ovos não seria inteligente. Esperou até Nicole se acomodar mais fundo no sofá.

— O mundo se preocuparia — falou.

— Honestamente, o *mundo?*

— Ele escreveu *Sal.*

Nicole fez bufou com um muxoxo.

— E eu sou a Lady Gaga.

— Vi o escritório dele, vi os livros; inclusive capas de edição de bolso que ainda não estão decididas. Estava tão cética quanto você, Nicole. Mas, pense bem, ele é o homem perfeito para escrever sobre a vida na ilha — falou sem conseguir conter a animação na sua voz.

— E sobre ser carinhoso com as mulheres?

— As coisas ruins que ouvimos sobre ele são fofocas. Ele não é assim.

— É o que ele diz, mas homens mentem. — Outro olhar cortante. — Nós duas sabemos disso.

Aqui Charlotte não poderia deixar passar.

— Alguma vez Julian mentiu para você? — perguntou, ligeiramente irritada. Estava começando a detectar autopiedade, algo que não suportava. — Alguma vez você perguntou a ele se tinha dormido comigo? Você perguntou se ele sequer gostava de mim?

— Sim. Quando vocês se conheceram. Você era a minha melhor amiga. Estava desesperada para que ele gostasse de você. — Ela parecia entender que Charlotte havia tocado em um ponto chave porque rebateu: — Ele não queria você se envolvesse no livro. Não queria que você estivesse comigo aqui este verão. Acho que jamais gostou realmente de você.

— É isso que estou *dizendo* — insistiu Charlotte, dando a volta no argumento. — O que aconteceu entre nós foi impessoal, aconteceu uma vez só e não significou coisa alguma.

— O que não quer dizer que seja certo.

E que mais podia Charlotte fazer, senão voltar ao tema candente?

— Você precisa contar a Julian sobre as células-tronco.

— Não preciso fazer coisa alguma.

— Está bem. Você tem razão. Mas você disse que ele pode morrer. Utilizar as células minimizaria o risco.

— Se forem compatíveis.

— A compatibilidade vai ser no mínimo de 50%, pois ele é o pai.

— Temos certeza de que é ele?

Charlotte de repente se sentiu esgotada.

— Pelo amor de Deus, se tem dúvida, faça um teste de DNA. Honestamente, Nicole, você acha que eu mentiria sobre uma coisa dessas sabendo que podia ser posta à prova? Assim? — e estalou os dedos. — O Banco que usei fez um teste de DNA antes de congelar o cordão umbilical. Basta comparar esses resultados com o DNA de Julian e você terá a sua prova.

Nicole ficou em silêncio. E, embora seu café devesse estar frio, sorveu um gole assim mesmo. Charlotte percebeu que ela visualizava as decisões que precisava tomar, juntando todas de forma que a amiga achou que ela não seria capaz de fazer. Não que tivesse imaginado que Nicole conseguiria montar um blog de tanto sucesso também, mas isso era diferente. Isso era emocional. Quem sabe aqueles quatro anos de segredo a tivessem fortalecido.

Charlotte esperou, dando-lhe tempo para perguntar mais. Diante do silêncio, acabou por falar.

— Então, que vamos fazer agora?

Nicole olhou para ela.

— Agora?

— Você não vai ficar jogando Scrabble comigo. Então, daqui, para onde vamos? Eu me contentaria com um quarto na cidade se isso fosse mais cômodo para você. Diga-me o que quer que eu faça.

Nicole ficou quieta por mais um minuto.

— Fique aqui. A casa é grande bastante para nós duas. Hoje é Quatro de Julho. Faça o que quiser durante o dia, mas temos que ir ao churrasco juntas à noite.

— Juntas? — Charlotte perguntou, surpresa.

Nicole ficou impassível.

— Não quero mais do que você, mas temos que fingir que tudo está bem. Não quero que alguém duvide do livro que está por vir. Temos de parecer um time.

— Você pode fazer isso?

— Facilmente. Sou boa em usar uma máscara. Fiz isso durante quatro anos, desde o diagnóstico de Julian.

— Nicole, sobre as células-tronco...

— Nunca pensa nela? — Nicole cortou, mostrando uma brecha na sua indiferença. — Imagina como ela é?

Referiu-se à criança.

— Tento não imaginar.

— Você é a mãe.

— Só biologicamente.

— Mas tem que se perguntar.

— Abri mão desse direito quando assinei o termo.

— E se Julian quiser saber sobre ela?

Charlotte devia ter previsto onde isso ia dar, é claro. Nicole se preocuparia com isso. De repente, Charlotte também.

— Espero que não.

— Por quê?

— Ela tem a vida dela.

— E se *ela* quiser?

— Ela só tem 9 anos, ainda é muito pequena. Além, disso, será que ele ia querer mesmo? Não quis que você engravidasse porque tinha medo de não ser capaz de ser um bom pai.

— Isso é diferente. A criança nasceu. O nome dele está no registro de nascimento?

— Não. Declarei que não sabia quem era o pai.

— Você guardou alguma coisa dela... uma touca ou manta?

Charlotte sacudiu a cabeça.

— Só as células-tronco. Você tem que falar para Julian sobre as células, Nicole. Só isso dá sentido a este inferno.

Mas Nicole se levantara.

— Preciso tomar uma ducha. Tente entrevistar Rose Mayes. A salada de repolho dela pode figurar em vários lugares. Consiga a receita quando estiver lá. E confira os ingredientes. Vamos ver o que o seu precioso Leo Cole fará desta vez.

— Leo não...

— Encontre-me aqui às seis. Vamos chegar ao churrasco quando estiver fervilhando de gente.

Capítulo 17

Charlotte foi de carro à casa Mayes, mas havia tantos filhos e netos ao redor de Rose, uma espantosamente enérgica senhora de 75 anos, que ela, desculpando-se insistentemente, não pôde falar. Estava, no entanto, em pleno processo de preparação da salada de repolho, permitindo que Charlotte copiasse a receita enquanto a via por sobre a mesa da cozinha. Observou atentamente como Rose mexia o molho — e todo o tempo se perguntava se ela não era uma das que guardavam segredo porque temiam demais Cecily. Se assim fosse, agora alguém podia dizer que compartilhar era uma boa coisa, porque ela revelou especificamente que a semente de mostarda que estava usando descendia das plantas de Cecily e que o resto dos ingredientes era orgânico e fresco.

Querendo desagravar Leo, Charlotte voltou para casa e a encontrou vazia. O notebook de Nicole também não estava em lugar nenhum, aparentemente levado para onde ela pudesse trabalhar sem ver Charlotte. E, embora magoada com isso, sentiu-se aliviada. Iriam juntas ao churrasco, o que já era ruim o suficiente.

Fez para si um sanduíche de presunto, desenterrou o exemplar de *Sal* de debaixo das almofadas e o levou para o deque. Desta vez, ler o livro tinha um significado diferente. Por um lado, já sabia o final, e essa preocupação desaparecera. Por outro, conhecendo o autor, leu pensando na qualidade da prosa, no vocabulário e na trama, tudo em comparação com a vida de Leo. Muitas vezes parou para vincular uma reflexão ou um fato ao que já conhecia dele. No entanto, isso apenas suscitou mais perguntas do que respostas.

Mesmo prevenida, chorou no final. Os personagens estavam tão bem delineados que ela sentiu o que sentiam, e a separação lhe doeu.

Sem dúvida, dada a reviravolta da própria vida nas últimas 24 horas, estava hipersensível. Mas *Sal* se tornara assunto pessoal.

Chorou até dormir ali mesmo na espreguiçadeira e acordou no meio da tarde ao perceber não apenas que o vento soprava e que ela não tinha Leo para aquecê-la, mas também que ou as janelas de vidro tinham se fechado com o vento — o que não era provável — ou Nicole havia retornado. Temendo ficar do lado de fora outra vez, tentou rapidamente abrir a porta, que cedeu com facilidade.

Nicole estava com seu notebook aberto sobre a mesa da cozinha. Charlotte poderia ter perguntado como ela estava, se não continuasse a digitar freneticamente, fazendo questão de ignorá-la. Também não quis falar durante a ida para a cidade. Quando Charlotte elogiou a sua blusa, vermelha e sem mangas, com enfeites de renda, ela se limitou a assentir com a cabeça. A mesma coisa quando Charlotte perguntou se escrevera no blog.

O silêncio era tão incomum — tão revelador e triste — que Charlotte quase chorou outra vez. Quando estacionaram e se dirigiram juntas ao encontro de um monte de gente, no campo ao lado da igreja, Nicole avistou amigos e, com um sorriso superficial, distanciou-se com suavidade.

Sabiamente, Charlotte trouxera a câmera. Para a eventualidade de Nicole desejar incluir fotos dos eventos da ilha no livro, fotografou tudo que estava ao seu alcance. Imensas grelhas se alinhavam nos lados do terreno, servindo cachorro-quente, hambúrguer e galinha. Mesas compridas, cobertas com indispensáveis toalhas de oleado com quadradinhos vermelhos e brancos, bandejas cheias de pães, cestas com batatas fritas e condimentos de todos os tipos. O mais interessante, refletiu Charlotte, era a arrumação dos acompanhamentos para cada receita que seria usada. Havia saladas de macarrão e de vegetais. A de Mayes não era a única de repolho. E havia caçarolas de feijão, com e sem carne.

Charlotte fotografou tudo. Os grupos sentados sobre mantas estendidas na grama, e os outros se reabastecendo de refrescos e cerveja. Fotografou crianças que gritavam, brincando de pique.

Com o tempo, a luz se tornou muito fraca para fotos. Decidia o que comer, olhando através da multidão para decidir em qual grupo se encaixaria quando viu Leo. Usando uma camisa xadrez em tons pálidos e jeans, estava sentado sozinho sobre uma cerca em um canto extremo do campo. Árvores com galhos pendentes poderiam tê-lo escondido na sombra se ele já não estivesse habitando a mente dela. Os pés estavam na grade baixa da cerca, as pernas, abertas e os cotovelos, nos joelhos.

Pela primeira vez respirando fundo depois de deixar a casa dele naquela manhã, imaginou que ele também ainda não tinha comido. Encheu a bandeja com petiscos para dois e atravessou o campo. Depois de colocá-la em um lugar plano, acomodou-se entre as pernas dele e jogou os braços em seus ombros.

O sorriso dele não foi grande, mas de tal doçura que ela ficou sem fôlego. Beijou-a suavemente. E, quando se afastou, ela devolveu o sorriso.

— Você veio — disse.

— Não costumo vir.

Ela havia imaginado. Mesmo ali, ele parecia solitário.

— Por que agora?

— Queria ver você.

Um calor se espalhou dentro dela, apertando-lhe a garganta de modo que não pôde responder.

O sorriso dele se apagou.

— Como foi?

Seu confronto com Nicole. Por alguns segundos, até se esquecera.

— Passou — respondeu, reencontrando a própria voz.

— Desagradável?

— Muito.

— Se ela não quiser você sob o mesmo teto, pode ficar comigo.

Charlotte teria adorado, mas havia decidido não fugir.

— A mãe dela virá, quero estar lá para ajudar.

— A mãe significa encrenca?

— Talvez. Ela não sabe o que aconteceu entre Julian e eu, mas vai saber. Não há como Nicole omitir isso. — Retirando a bandeja, sentou-se ao lado dele, na cerca, e lhe dirigiu um olhar direto. — Deixe o convite em aberto, pois posso precisar.

Ele pegou o hambúrguer que ela ofereceu e, depois de várias mordidas, perguntou:

— Pensou no outro assunto?

— Que outro assunto?

Ele estava seguro de si.

— O fato de eu ter escrito o livro.

Ela mastigou e engoliu.

— Terminei de ler esta tarde. É brilhante — falou.

— Não o livro. Quero saber se você pensou em mim como o escritor.

— Estou tentando não pensar.

— Porque é muito complicado?

Ela assentiu.

— Neste momento, preciso de simplicidade. E amizade.

E sexo, os olhos escuros dele disseram. *Essa é uma evidência*, os dela responderam. Podia sentir isso ali mesmo, com os dois sentados lado a lado, coxa contra coxa, na cerca. Os cabelos dele pareciam ter sido penteados antes do vento bagunçá-los, e as linhas do nariz, da bochecha e da mandíbula exibiam linhas de expressão. Não era atraente no sentido clássico, embora algo nele fosse gritantemente *másculo*. Ao menos para ela.

Leo viu de relance a multidão no campo ao terminar o seu hambúrguer.

— As pessoas estão olhando, fique sabendo.

— Acho estranho que não estejam assediando você.

— Eles sabem que, se fizerem isso, vou embora. — Pegou um punhado de batatinhas. — Estar comigo pode arruinar a sua reputação.

Ela riu.

— Sinto muito, mas a minha reputação já se foi há muito tempo.

Não falaram mais até liquidar todas as batatinhas, cada grão e cada folha de salada, tudo foi devorado. Ele lhe entregou o copo de cerveja para jogar o resto no chão e depois falou:

— Ela está vindo na nossa direção.

Charlotte se engasgou engolindo e limpou a boca com o dorso da mão.

— Nicole? — murmurou. Ele assentiu. — Ela parece zangada?

Quando ele sacudiu a cabeça, ela olhou em volta.

Para um olhar desavisado, Nicole parecia estar no topo do mundo. Seu cabelo loiro balançava confortavelmente na altura do queixo, a blusa vermelha era chique e a calça branca caía bem. Mesmo no lusco-fusco da tarde, ela brilhava. Ninguém além de Charlotte podia enxergar as tênues manchas sob seus olhos como algo além de estilo.

Nem ninguém mais detectaria o brilho de lâmina que passava pelo verde deslumbrante daqueles olhos.

Estavam sobre Leo.

— Charlotte me disse que você é Chris Mauldin — disse, com bastante civilidade.

Leo deu levemente de ombros.

— *Sal*, hein? — continuou ela. — De onde tirou o nome?

— Sal marinho, marinheiro, lágrimas. — Não havia novidade ali. Ele dera respostas semelhantes a inúmeras perguntas da internet.

— Não — falou Nicole. — De onde você tirou o nome Chris Mauldin?

— Da lista telefônica.

— Você disse que era real em um dos posts.

— E é. Só não é o meu.

— Foi na lista de Quinnipeague?

Ela iria confirmar, Charlotte sabia.

Mas Leo turvou as águas do seu plano.

— A biblioteca possui listas telefônicas de toda a região do Maine. Foi uma escolha aleatória. Não me lembro da cidade.

Nicole fez um resmungo que tanto poderia significar admiração quanto frustração se o que disse a seguir não a denunciasse.

— Soube que vai virar filme.

Charlotte não tinha ouvido sobre isso.

Aparentemente, nem Leo.

— Não que eu saiba — disse ele.

— Deveria — afirmou ela. — Quero dizer, como é que se vai resistir a uma história de amor como essa? Arizona e Maine, lugares tão disparatados.

— Na verdade — corrigiu polidamente Leo —, ela é do Texas.

Charlotte sabia que Nicole tinha exata noção de onde era a heroína. Estava testando Leo, e de forma pouco sutil.

— E a mãe dela? — perguntou, levando a coisa adiante. — Aquela é uma durona. Ele não podia subestimar os sentimentos *daquela* mulher.

— Nicole — cochichou Charlotte.

Leo estava mais brando.

— Nós dois sabemos que a mãe dela morreu. — E a voz dele clareou: — Você não precisa acreditar em mim. Sou bom nisso.

— Você tem que admitir que é uma história bastante absurda.

— A sua também — disse ele.

E ali estava o Leo rude, Charlotte percebeu, atacando quando atacado, e isso não a chocava. Ao contrário, até gostava que dissesse o que sentia, e que ela se engasgasse com a cerveja sem ser ridicularizada.

Nicole, entretanto, estava espantada e aquilo a levou rapidamente de volta à mulher cuja vida havia sofrido uma série de choques.

— Não poderia definir a minha assim.

— Nem eu a minha. — Quando ela não deu resposta, Leo disse: — Vamos considerar isso um empate.

Ela não respondeu. Parecendo magoada, voltou-se para Charlotte.

— Ele pode levar você? Os Matthew me convidaram para um café depois dos fogos.

— Posso fazer isso — Leo disse antes que Charlotte perguntasse.

— Ótimo — falou Nicole para ninguém, virou-se e foi embora.

Charlotte desceu da cerca e correu para ela.

— Você está bem? — E lhe segurou o braço.

Nicole parou e olhou para ela.

— Ele é mesquinho. Minha história é absurda? Como se eu a tivesse feito? Como se eu fosse responsável por *qualquer* coisa dela?

— Você o agrediu. Ele agrediu de volta. É pavio curto.

— E é desse tipo de homem que você gosta? — Puxou o braço e saiu outra vez.

Charlotte a olhou por um minuto, sofrendo por ela, mas incapaz de ajudá-la. Podia ajudar Leo, entretanto. Retornando, acomodou-se entre os joelhos dele.

— Sinto muito — disse suavemente.

— Não sinta. Podia ter sido pior.

— Ela está se sentindo humilhada.

— Porque o marido dela esteve com você antes de eles se casarem?

— Porque ela não sabia e porque agora *você* sabe.

— E eu mencionei isso? — perguntou ele, ainda um pouco na defensiva.

Ela deslizou os braços pela cintura de Leo.

— Não. É que ela se sente exposta.

Ele bufou.

— *Esse* sentimento eu conheço.

Charlotte estudou o rosto dele. A luz estava fraca o bastante para acentuar ainda mais a força daqueles traços, fazendo-a recordar das primeiras noites na casa dele, quão pouco sabia a seu respeito, e quanto ainda lhe faltava descobrir.

— Quem era ela? — perguntou gentilmente. Quando Leo pareceu relutante em responder, disse: — *Sal* deve ter sido em parte autobiográfico.

Os olhos dele desceram para onde seus copos se encontravam, na altura da cintura, mas sem intenção sexual alguma.

— Era do Texas? — perguntou Charlotte, animando-o a falar.

— Arizona — respondeu. — Não é irônico? — Tinha sido a maneira de Nicole testá-lo. — Estava aqui para o verão.

— Regularmente?

Negou com a cabeça.

— Veio com a família. Pela primeira e última vez.

— Quando foi isso? — Charlotte perguntou e percebeu, minutos depois, que ele se revelaria.

Os olhos deles se encontraram.

— Estava de volta aqui há dois anos. Morava na cidade, trabalhando em construção ou renovação ou fazendo trabalhos manuais, o que aparecesse. O pai dela tinha uma incorporadora. Fazia sucesso, um verdadeiro império, você pode imaginar. Comprou a casa naquele mês de abril e quis reformá-la. Eu fazia grande parte do trabalho.

Em *Sal*, o pai era um banqueiro investidor e sua filha, uma parceira na firma, mas a casa naquela versão precisava de reforma também.

— Nos conhecemos, nos olhamos e tivemos um caso.

— Como ela era?

— Fisicamente? Como Nicole. Uma aparência frágil. Uma pessoa doce, que você não imaginaria na área de finanças. Não era durona. — Fez uma pausa. — Seu pai era pelos dois.

— E a mãe dela? Não estava morta, não é? — Ele poderia ter mudado aquele tipo de detalhe.

— Poderia também estar morta. Era uma destrambelhada. Talvez fosse a única forma de escapar da mão de ferro do marido, você sabe, fora da área. Ela não sabia fazer outra coisa aqui além de se sentar ao sol até ficar torrada. Dois irmãos iam e vinham, mas a maior parte do tempo, era só o pai e sua filhinha.

— Tinha quantos anos?

— Vinte e sete.

— Não era uma garotinha.

Leo parecia intrigado.

— O pai dela aceitava a coisa até certo ponto. Não se incomodava que ela se encontrasse comigo à noite, nem mesmo se aborreceu quando a filha disse que me amava. Mas se casar comigo e ter filhos, isso era outra história.

— Ela disse que o faria?

— Para mim? Muitas vezes. Ela odiava aquela vida. Odiava a pressão e as expectativas. Detestava o fato de o pai a privilegiar em detrimento dos irmãos. Disse que poderia abrir um pequeno escritório na cidade e ainda continuar trabalhando para a firma. Achou que seria mais fácil se não estivesse sob o seu teto. Eu representava a sua escapatória.

— Foi isso que ela disse?

— Ah, foi isso que quis dizer. — E os olhos dele se fixaram nos dela. — Mas Quinnipeague não é o mundo real. As melhores intenções quando deixadas aqui se desfazem. — Então enfiou a mão pelos cabelos de Charlotte e segurou sua nuca. Poderia ter anunciado sua mensagem com luzes néon.

— Não posso prometer nada a você — ela murmurou.

— Eu sei. — Baixando a cabeça, abriu a boca e, cansado de falar, beijou-a até seus joelhos ficarem moles. — Posso levar você para casa? — perguntou numa voz cuja rouquidão ia mais longe.

Os fogos de artifício iluminavam o retrovisor, mas a casa de Nicole estava às escuras quando chegaram. Charlotte hesitou apenas um momento. A amiga não chegaria tão cedo, e ela desejava Leo demais para esperar. Então, levou-o pelas escadas, fechou a porta do quarto e despiu-se rapidamente.

Ele observou, não tanto esperando quanto em transe, embora não houvesse nada sedutor no que ela fez. Quando ficou nua, ajudou-o a se despir, beijando-lhe o pescoço, o peito e a barriga, à medida que cada parte aparecia, e, quando se juntaram, ficaram parados durante o mais longo e expectante momento antes de romper num movimento que só poderia ser qualificado como ardente. Fizeram amor encostados à porta, no chão, na cama, de forma não muito gentil, mas absolutamente verdadeira. Tratava-se de saciar a necessidade de estar junto e relaxar. Foi mais cru do que tudo que Charlotte já experimentara, e foi real.

Depois, cientes de que o retorno de Nicole era iminente, ficaram deitados juntos só alguns minutos antes de silenciosamente se vestirem e, de mãos dadas, desceram as escadas, saíram e foram até a caminhonete de Leo. Ele estava atrás do volante, com Charlotte em pé ao lado da porta ainda o beijando quando ele fez um ruído contra a sua boca. Ela se afastou.

— Quase esqueci — falou ele e a ergueu do solo, afastando-a. Abriu a traseira da caminhonete e retirou três potes da mala, cada um com mudas amarradas em estacas. Em cima dos galhos cheios de folhas de cada planta, havia cachos de flores brancas. — Para o jardim de Nicole — disse.

Captando um perfume doce — não tão excitante quanto o do jasmim, exatamente o oposto —, Charlotte aspirou com força.

— Hum. O que é isso?

— Valeriana — disse ele. — A raiz foi usada durante a Primeira Guerra Mundial para o tratamento do choque. Você conhece TEPT, transtorno de estresse pós-traumático. Não precisa tocar as raízes dessas plantas. O cheiro, em geral é suficiente. Quero que signifique uma proposta de paz para Nicole, mas, pelo jeito dela, precisa ser muito potente para funcionar. Não tenho certeza se minha mãe é tão forte assim. — Observou meio de brincadeira e depois acrescentou: — Plante estas ao sol, mas não se preocupe depois. Cecily vai tomar conta delas, ela gosta de você.

Charlotte ia perguntar como ele sabia, mas Leo já estava longe, colocando as plantas ao lado da casa, acomodando-as cuidadosamente no canto do jardim. Depois esfregou e limpou as mãos.

Ela o acompanhou de volta à caminhonete, beijou-o levemente antes de ele entrar e depois ficou olhando os faróis do carro até que um conjunto de árvores bloqueasse a sua luz, e nem então conseguiu se mover. *Não posso prometer nada a você,* dissera, mas, ao sentir uma dor diferente ao vê-lo partir, desejou que não fosse assim.

Capítulo 18

Quando Nicole parou na calçada, sentia-se exausta. Usar uma máscara quando era pressionada por todos os lados ao mesmo tempo dava muito trabalho. Sentia falta de Julian, mas tinha medo de vê-lo. Sentia falta de Charlotte, mas não tinha vontade de conversar com ela. Queria contar tudo para a sua mãe, mas não podia nem a metade.

Nunca se vira como uma pessoa orgulhosa, mas era orgulho que a impedia de contar à mãe que seu casamento estava em crise. Jamais pensara que era irracional, mas não suportava ouvir as desculpas de Charlotte. E Julian? Não sabia nem por onde começar. Nunca se achara cínica, mas se perguntava por que casara com ela; nunca pensara que podia ser desconfiada, mas agora imaginava que ele era capaz de ter uma mulher no trabalho; nunca se achara *rancorosa,* mas não conseguia contar a ele sobre as células-tronco. Embora furiosa com Julian, pensava nele o tempo todo. Ele telefonara quando Nicole estava com os Matthew, o que justificava seu tom distante, mas ela não havia prometido ligar de volta.

Desistindo da porta da frente, entrou pela cozinha. A bolsa de Charlotte estava sobre o balcão, o que indicava que havia retornado e que poderia estar dormindo. Nicole daria qualquer coisa por um bom sono, seus olhos pesavam, mas os pensamentos estavam a mil e o corpo, totalmente acordado. Cafeína como sobremesa não fora uma boa ideia.

Poderia trabalhar no blog, mas não estava no clima. Responder mensagens, sugeriu a si mesma, mas isso podia esperar. Comprar chá orgânico on-line, ainda pensou, mas isso não fazia sentido porque os melhores já estavam no armário.

Depois de preparar uma caneca do chá de flor de maracujá de Cecily, passou com ele pela porta do salão e, puxando uma das cadeiras do pátio, sentou-se no escuro do lado de fora, perto da mesa. O oceano sussurrava gentilmente sobre a areia da meia-noite. Respirou fundo para se acalmar, depois mais uma vez, e mais outra e, intrigada, olhou para o jardim. Alguma coisa cheirava bem, mas não era lavanda. Levantando-se, seguiu o cheiro até encontrar os três potes que antes não estavam lá. Tocou as folhas verdes e, inclinando-se sobre os cachos de flores brancas, inalou.

Não estava certa sobre o que eram, mas podia supor de onde tinham vindo, e, se uma parte dela desejava jogá-los no oceano, seu melhor instinto a fez recuar. Sentou-se no caminho do jardim, apesar das calças brancas, e inalou e exalou, inalou e exalou. Com o tempo, sentiu-se mais calma — talvez pelo simples fato de estar respirando profundamente, mas também por causa das plantas. Não podia ser orgulhosa quando se tratava disso. Não havia dúvida de que eram medicinais. E também bonitas. E ela estava cansada de sentir raiva.

Raciocinando assim, como sido agraciada com o chá, não seria julgada por aceitar um segundo presente de Cole, então as apreciou e respirou até se acalmar o suficiente para ir para a cama.

A sexta-feira tinha a dúbia distinção de começar um fim de semana que, efetivamente, começara dois dias antes — o que significava que os horários do ferry tinham mudado, coisa que Nicole só percebeu quando chegou ao píer e esperou por um barco, em vão, durante vinte minutos.

— Só funciona a partir das 11 horas — avisou o capitão do porto, Roy Pepin, ao chegar à doca, vindo da cozinha da Chowder House com uma caneca para viagem em uma mão ossuda e uma rosca pela metade na outra. — Mais dez minutos. Suba para ver Dorey.

Nicole sorriu, assentiu e agradeceu o fato de Roy se afastar logo. Como capitão de porto não tinha muito a fazer num pequeno como aquele, e tendia a tagarelar ainda mais do que qualquer habitante de Quinnie. Os feriados sempre o faziam sair e se raramente era visto no próprio píer, era porque sempre ia conversar em um ou outro barco atracado.

Mas Nicole também não estava disposta a bater papo com Doray. Tentava se preparar para a chegada da sua mãe, sentindo a antiga angústia e se perguntando quando e quanto devia contar a ela. Antes de sair da casa, depois de encher um vaso de cerâmica com as peônias frescas do jardim, cortara alguns ramos de valeriana. Sim, valeriana, como dissera

Charlotte. Tirando-os de seu bolso agora, levou-os ao nariz. O fato de continuarem cheirosos era mérito de Cecily. Assim como o perfume, sem nem falar no chá feito com as raízes, trazer alívio também se devia a Cecily. Nicole se recusava a atribuir o crédito a Leo, e muito menos a Charlotte — embora toda aquela raiva estivesse menos aguda naquela manhã. A mágoa continuava, junto com algum desgosto. Mas o café da manhã já não fora tão amargo. Nicole terminara o seu antes de Charlotte descer, então cozinhar ou comer junto fora evitado.

Não se sentia mais em débito com Charlotte por ela ter vindo a Quinnipeague. Alguns perfis no livro não passavam de uma gota no oceano do que a amiga devia a ela. Culpada? Não mais! Apesar disso, foi capaz de perguntar sobre as flores em tom razoável, e, quando Charlotte disse que eram da parte de Leo, pediu-lhe que agradecesse a ele.

Também não pedira o impossível — que em retrospecto era o que de fato tinha feito, esperando que Charlotte fosse procurar Rose Mayes no feriado. Sugeriu também que falasse com o pastor e sua mulher que, não tendo pais nem filhos, não recebiam hóspedes nos fins de semana e estariam loucos para conversar. Dado o número de eventos que aconteciam na igreja, eles eram personagens importantes na cena social da ilha — sem mencionar a importante vitamina de banana e framboesa ou acompanhamento da pipoca para as noites de cinema que ela mantinha como alternativa.

O vento lhe despenteou o cabelo, mas Nicole continuava a manter as pétalas junto do nariz. Quando o *ferry* finalmente apareceu no horizonte, sentiu ansiedade. Precisava da sua mãe ali — precisava falar sobre a esclerose múltipla e sobre crianças e sobre o futuro, tudo que Julian proibira. E, sim, precisava falar de Charlotte e Julian. Naquele exato momento, Angie era a mãe e Nicole, a filha.

Mas não foi Angie quem desceu a rampa quando, após dar a volta, o *ferry* se encostou ao píer. Foi sua enteada, Kaylin. Com longos cabelos escuros recolhidos em um rabo de cavalo, do qual o vento havia soltado alguns fiapos lisos, usava jeans, blusas em camadas e botas de saltos altos. Uma mochila grande pendia de um ombro e carregava outra nas costas.

Confusa, Nicole correu para ela e a abraçou, mas no instante seguinte estava procurando o barco. Outros visitantes de fim de semana desembarcaram. Não faltava mais ninguém.

— Mamãe deveria ter chegado — disse, alarmada, sabendo que Kaylin, que passara tantos verões com Angie, gostava dela também.

— Virá no domingo — informou a garota.

— Não. Ela disse amanhã, que queria dizer hoje.

— Ela pretendia — Kaylin explicou, na sua maneira típica de falar rápido —, mas, quando me viu no cais, em Rockland, disse que você e eu precisamos conversar.

Nicole não compreendeu. Ela precisava de Angie

— Então, para onde *ela* foi?

— Vem de carro pela costa.

— *Sozinha?*

— Ficou contente de me ver, e disse que precisava de mais tempo para juntar coragem e vir. Não precisa se preocupar, Nicki...

Mas Nicole já estava ao telefone e, momentos depois, ouviu a mesma explicação de Angie. A ligação foi breve. Angie parecia ótima.

Nicole se sentiu desapontada e também aliviada — embora não pudesse permanecer com nenhuma dessas sensações porque Kaylin, assustada, logo falou:

— Papai me disse que tem esclerose múltipla, Nicki. Estou a-pa-vo--ra-da, quero dizer, graças a Deus por não estar no trabalho quando ele telefonou, porque fiquei totalmente atordoada. Não conheço ninguém com EM, mas ouvi falar, e agora meu pai tem isso. Não posso acreditar. Simplesmente não posso *acreditar.*

Nicole pegou a mochila das suas costas.

— Como ele estava quando telefonou?

— Cansado. Quero dizer, parecia cansado, já tinha visto a mão dele tremendo, mas pensei que era por excesso de cafeína. E o equilíbrio dele às vezes falha. Vi quando chutou o tapete como se fosse culpa dele, e pensei que fosse só porque meu pai está mais velho. Mas ele parecia muito deprimido mesmo. Estava doente há quatro anos e eu nunca soube de nada? O que ele estava *pensando?*

— Estava tentando proteger você.

— Como se eu tivesse 10 anos ou coisa parecida? — perguntou Kaylin, indignada. Era morena como o pai e tinha uma postura altiva, mas o jeito era da sua mãe. — Tenho 21 anos. Vou me formar na faculdade no ano que vem.

Essa atitude funcionou bem para Monica, impulsionando-a na área corporativa, mas Kaylin ainda não tinha chegado lá.

— Falando nisso, por que não está em Nova York? — perguntou Nicole. — Você disse que os estagiários de verão não têm folga. — A garota arranjara um trabalho especial numa importante rede de televisão, portanto Quinnipeague não podia fazer parte dos seus planos.

— Fui embora depois que papai telefonou. E não vou voltar. Você tem razão, não temos folga. É sufocante na cidade e eles nos mandam correr de um lado para o outro a fim de fazer coisas idiotas como escolher os tecidos malva e branco para a decoração de determinado set ou um lenço de linho vermelho para tal personalidade, a quem meu chefe dá o nome pomposo de âncora, só que a única personalidade que esses caras têm é a que aparece no ar. Eles nos tratam como se fizéssemos parte da mobília.

Com tudo isso surgindo do nada, Nicole se sentiu sobrecarregada. Passara a noite se preparando para ser uma filha e não estava em condições de ser mãe. Lutando com a mudança, ouviu a voz do seu pai e, no vazio, repetiu as palavras.

— Isso é cumprir o seu compromisso; chama-se pagar as suas dívidas.

— Papai disse isso, mas fiquei lá um mês, Nicki. É tempo bastante para saber o que não quero. Além disso, o fato de ele estar doente nos faz ver tudo sob uma nova luz.

— Ele vai ficar bem — disse Nicole.

— Não é o que ele parece dizer — Kaylin observou e, no caminho de volta para casa, resumiu rapidamente. — Diz que quer fazer algo experimental — afirmou. —, que é sua última esperança e que pode ser perigoso.

— Contou a você os riscos?

— Tinha que contar, eu o obriguei. — Kaylin sabia ser insistente quando queria alguma coisa, muito parecida com Monica às vezes. Mais de uma vez ao longo de anos, Nicole havia colocado panos quentes entre pai e filha.

Entretanto, sentia pouca simpatia por Julian agora. Ele tinha feito sua própria cama — uma das outras frases de Bob.

Subitamente, Kaylin pareceu mais assustada do que conflituosa.

— Talvez ele estivesse exagerando o perigo. Acha que estava?

— Ele provavelmente falava da pior hipótese.

— Disse a ele que seria doadora, mas ele diz que células-tronco de cordão umbilical podem ser mais eficazes. É verdade?

Em vez de tomar uma posição, Nicole compartilhou o que sabia. Sem desprezar totalmente o tratamento com células-tronco, procurou enfatizar a importância de tratamentos mais convencionais. Kaylin, bendita Kaylin, voltava sempre à outra possibilidade.

Quando chegaram à casa, Nicole fez limonada fresca e a levou para o jardim.

— Fale comigo aqui — disse —, quero plantar essas flores. — Precisava se acalmar um pouco, e, se a valeriana fizesse efeito também em Kaylin, melhor ainda.

Além do mais, o trabalho de jardinagem era terapêutico. Não tendo jardim em sua casa, aproveitava para trabalhar ali, e, mesmo assim, só quando George Mayes não estava por perto para dar seus palpites de bêbado. Na passagem, arrancou brotos murchos das bocas-de-leão vermelhas da sua mãe, folhas secas do lisianto cor de púrpura, mas sua meta era plantar as valerianas. Estavam muito bem em seus potes, mas Nicole sabia que se dariam melhor na terra e, embora duvidasse de que aquela terra fosse a adequada, Charlotte garantira que o espírito de Cecily as faria desabrochar.

Tudo bem. Talvez Cecily estivesse tentando amenizar o que ela pensava de Leo e Charlotte. Mas Nicole podia entrar no jogo também. Era capaz de fingir que já aceitava melhor o casal que os dois formavam, sabia esconder os sentimentos. E gostava mesmo daquelas plantas.

— Aqui ou ali? — perguntou a Kaylin, apontando para dois diferentes lugares.

Sempre pronta para dar opinião, a menina indicou.

— Ali. Papai não devia ficar sozinho, você sabe.

— Ele não está sozinho — respondeu Nicole ao apanhar um garfo de jardinagem para afrouxar a terra. — Está em Durham, rodeado de médicos.

— É o trabalho dele, e não é a mesma coisa. Você não deveria estar com ele?

Nicole continuou trabalhando.

— Faz quatro anos, Kay. Ele e eu sabemos o que esperar. — Olhou para cima. — Ele ligou para o seu irmão?

— Johnny? — Ela fez um muxoxo. — Ele não adianta de nada. Está trabalhando na fazenda do primo de mamãe, que fica a duas horas de Des Moines, e lá estão no meio de uma espécie de emergência de grãos.

Nicole enfiou o garfo na terra.

— Como ele reagiu?

— Ah, ele é o senhor Frieza. Diz que papai é médico e sabe o que está fazendo. Sempre pensei assim também, mas acho que ele errou em não nos dizer. Quero dizer, é como se não tivéssemos nada a ver com isso, não é?

Nicole apontou para a espátula e, quando Kaylin entregou a ela, aumentou o buraco para as três raízes entrarem.

— Não sabem se é hereditário.

— E também não sabem se não é — argumentou a garota. — Está bem. Então, se EM tem a ver com o sistema autoimune, talvez seja uma doença hereditária, o que significa que eu posso vir a ter a mesma deficiência e que ela talvez se manifeste num *outro* tipo de doença.

Parecia assustada de novo, precisando da segurança que uma mãe transmite. Mas Nicole não era a sua mãe, diabos, e, nesse exato momento, sentia-se emocionalmente deficiente. Julian é que precisava estar ali para dar as respostas. Ora, precisava estar ali para responder às perguntas de *Nicole*.

Mas não estava. Quem estava era Kaylin.

Agarrando os galhos, olhou para a valeriana. Passando para a garota um saco de fertilizante, cutucou perto das plantas.

— Misture um pouco com a terra enquanto vou buscar água.

— Acha que vou ficar doente? — perguntou Kaylin, quando Nicole colocava o regador sob a torneira.

— Não sei — respondeu ao voltar. — Nenhum de nós sabe nada quando se trata da saúde. Veja o meu pai. Caiu morto de repente.

— *Isso* é o que quero dizer — disse Kaylin, enfática. — Eu poderia me matar trabalhando como papai sempre fez e de repente ficar doente e zás! Já era.

— Com licença — falou Nicole, olhando-a de forma intermitente enquanto regava o buraco —, o seu pai não está trabalhando há algum tempo e, mesmo que estivesse, já contribuiu mais no seu campo do que muitos médicos ao longo das suas vidas. — Nicole poderia criticar o comportamento pessoal de Julian, mas não o seu trabalho. — Fez descobertas que justificam todo o seu esforço até aqui. E, se não descobrir mais nada, sempre será reconhecido por isso.

— Bom, teve sorte. Nunca ficou doente até os 42 anos, mas muita gente tem EM aos 20 ou 30, e eu estou com 22, o que me coloca na linha de fogo. Tenho um tempo limitado...

— Você não tem um tempo limitado! — gritou Nicole, não suportando mais aquele pensamento. Pegou um dos potes e elevou as flores até o nariz para aspirar profundamente.

— Mas, se eu tivesse — disse Kaylin de um jeito mais comedido —, não seria melhor estar fazendo alguma coisa de que gosto? Nunca vou ser uma âncora de notícias ou uma entrevistadora em programas de entrevistas, e entendo mais de design dos sets do que meus chefes, porque fiz cursos que eles não fizeram. Esse estágio é um saco.

Depois de outra inalação, Nicole retirou delicadamente a planta do pote, posicionou as raízes no buraco, e espalhou terra ao redor delas. Quando os galhos se equilibraram sozinhos, alcançou o segundo pote.

— Você tem que tirar algum proveito disso.

— Ah, sim, uma linha no meu currículo e talvez alguma recomendação, mas, no que diz respeito a outro trabalho igual a esse, qual é o sentido? Não estou me divertindo.

Nicole confiou o pote a ela e foi buscar o outro.

— Existem mais coisas na vida do que se divertir.

— Mas veja você. Você está se divertindo aqui enquanto ele está lá sozinho.

Se *divertindo?* Nicole poderia ter rido da ironia daquilo se não soubesse que, se risse, pareceria histérica, o que abriria um espaço que tornaria *impossível* a conversa com Kaylin.

Então, simplesmente esvaziou o segundo pote, firmou as raízes na terra e se sentou nos calcanhares. Só então, ao ficar um pouco mais calma, respondeu à crítica.

— Eu me ofereci para ficar lá, Kaylin. Ele achou melhor ficar sozinho para fazer as ligações.

— Não quero dizer agora, mas no verão. Você sabia que ele estava doente. Como pôde vir para Quinnipeague?

A pergunta foi tão parecida com uma que Charlotte fizera que pareceu justo coincidir com a chegada dela na casa. Quando Nicole olhou para cima, Kaylin girou e deu um grito:

— Ai, meu Deus... Charlotte?

Elas haviam passado somente aquele verão do casamento juntas — Kaylin e John tinham ido ali pela primeira vez e conheceram a ilha, Angie e Bob, e até mesmo Nicole — e dez semanas vivendo na mesma casa tinha sido tempo suficiente para nunca mais esquecer.

Charlotte sorriu. Porém, em vez de cumprimenta-la, foi direta como de costume.

— Seu pai tinha uma agenda cheia em Durham e quis que Nicole viesse para cá. Não foi escolha dela. — Olhou de relance para Nicole. — Peço desculpas, ouvi de longe. Preferem ficar sozinhas?

— Não — respondeu Nicole. Charlotte, a valeriana de Cecily... Ela se agarraria em qualquer socorro que aparecesse.

Mas Kaylin recomeçou de onde havia parado, desafiando Charlotte:

— Ele pode dizer isso, mas não acredito nele.

— Seu pai quis que Nicole trabalhasse no livro.

— Ele estava totalmente sozinho. Não foi por isso que decidiu contar para John e para mim?

Nicole a interrompeu, intrigada.

— Ele não contou o porquê?

— Contar o quê?

Não estava protegendo Julian nisso porque havia uma explicação perfeita. Agarrando o último dos três potes, falou:

— Ele estava lá quieto e os rumores começaram a se espalhar. Quis ele mesmo contar para vocês antes que outra pessoa contasse. — Essa outra pessoa teria sido Monica, que estivera casada com Julian tempo suficiente para conhecer seus colegas da Filadélfia, e agora qualquer um poderia saber que Julian estava com EM.

— E, de qualquer modo — disse Charlotte, defendendo Nicole —, se você está tão preocupada com o fato de ele estar sozinho, por que *você* não ficou lá com ele?

— Eu me ofereci, mas ele não quis. Então fiz o melhor que pude, vim aqui para convencer Nicole a ir.

Colocando o pote no chão, Nicole segurou a mão da garota.

— Ele não quer isso.

O rosto de Kaylin se franziu.

— Vocês *estão* se separando?

Nicole sacudiu de leve a mão.

— *Não!* Falo com o seu pai o tempo todo.

— Você combinou com ele para não contar nem a John nem a mim até agora?

Por mais zangada que Nicole estivesse com Julian, não queria indispô-lo com a filha. Mas, se fosse tratar do caráter dele, isso dizia respeito só a ela com ele.

Soltando a mão de Kaylin, retirou a última planta do vaso e respondeu calmamente:

— Não.

Charlotte descontraiu um pouco:

— Pessoas diferentes administram problemas de formas diferentes. Nicki queria estar em Durham, ele queria que ela estivesse aqui; ela quis que vocês soubessem antes, seu pai não quis.

— Mas ele tem razão sobre o seu trabalho de estagiária — declarou Nicole, porque ele lhe falara nas queixas anteriores de Kaylin. — Disse para você aguentar, não foi?

Kaylin assentiu e finalmente, mais calma, falou:

— Disse que eu estava sendo impulsiva, mas não compreende o que estou sentindo. Tentei explicar, mas ele não entendeu. Bob teria entendido.

— O quê? — explodiu Nicole — O Senhor da Lei e da Ordem? Ele foi condescendente com você e com Johnny porque vocês nunca o testaram com coisas grandes, mas essa agora é enorme, e isso é o que diria se estivesse aqui. Ele acreditava que, se você tivesse assumido um compromisso, tinha que cumpri-lo.

— Chama-se pagar as suas dívidas — acrescentou Charlotte.

Sorrindo, Nicole acomodou a planta no buraco.

— Já disse isso para ela.

— Vale a pena repetir — declarou Charlotte, fitando Kaylin. — Trabalhei para inúmeras publicações e escrevi artigos que *ninguém* lia até finalmente vender um para uma revista grande o bastante para me abrir o caminho dos contratos melhores. E durante todo aquele tempo, eu me lembrava do que Bob dizia.

Kaylin sabia o quanto Charlotte era bem-sucedida. Nicole contara a ela na primavera anterior, tendo emprestado vários artigos de Charlotte para ela ler. Nicole, assim como Julian, podia criticar a amiga em termos morais, mas não isso não invalidava a reconhecida qualidade do seu trabalho.

Kaylin foi devidamente convencida.

— Então você vai voltar? — arriscou Nicole, batendo na terra ao redor da planta.

— Não posso — respondeu a garota com voz fraca.

— Por quê?

— Falei com o meu chefe hoje de manhã. — Quando Nicole olhou alarmada para ela, disse depressa: — De qualquer forma, só faltava um mês. Eles deixam a gente ir embora na primeira semana de agosto para termos algum tempo antes das aulas.

Ela havia se demitido. Espantada, Nicole se sentou outra vez nos calcanhares.

— O que seu pai disse?

— Ele não sabe.

— Então você simplesmente se demitiu. Pode ligar para o seu chefe e reconsiderar?

Kaylin parecia envergonhada.

— Não foi uma boa despedida. Falei para ele que havia uma emergência na família. Ele me perguntou o que era. Eu não podia contar sobre o papai; acho que gaguejei um pouco e disse que não era da conta dele e que, de qualquer maneira, nós não nos dávamos bem, então a discussão degringolou. — Ela ficou sem voz.

Estava feito, então, Nicole percebeu desolada ao bater o resto da terra solta com as palmas das mãos. Perguntava-se se Kaylin havia imaginado que ela seria mais compreensiva do que seus pais. Mesmo que isso fosse gratificante, deixava-a na situação de ter que conversar com os outros.

Mas não, Kaylin era maior de idade. A decisão fora dela.

— Você não pode ficar aqui — avisou, recolhendo as ferramentas de jardinagem. Kaylin não podia sequer sonhar com o que ocorrera entre Charlotte e Julian.

— Por que não?

Havia muitas razões inocentes.

— Estamos nos preparando para colocar a casa à venda, o que significa ter que limpar e separar coisas. Além disso, o verão está apenas começando. Não há nada para você fazer nas próximas seis semanas — Nicole disse do mesmo modo que Julian teria falado, e, nesse assunto, concordava com ele. Ter Kaylin circulando em volta, observando, escutando, já imaginando que seu pai se encaminhava para um segundo divórcio... seria algo além do suportável para Nicole.

— Eu poderia ser recepcionista no Island Grill, como costumava fazer — sugeriu Kaylin.

Nicole parou.

— A estação já começou. Eles já contrataram os funcionários.

— Poderia ajudar com o seu livro.

— Tenho Charlotte para isso. — Ela segurou o regador com a mão livre.

— Poderia ajudar no empacotamento das coisas da casa. — A garota insistiu, acrescentando timidamente — Ou servir de acompanhante para Angie.

— Angie não vai ficar muito tempo — afirmou, Nicole, embora não tivesse a mínima ideia do tempo que sua mãe pretendia ficar. De repente, deu-se conta de que teria mais duas hóspedes pelo tempo que quisessem, observando todos os seus movimentos no que se anunciava como o período mais sombrio da sua vida.

Pela primeira vez, desde que Kaylin descera do *ferry*, sentiu um momento de pânico.

— Posso trabalhar com Kaylin — ofereceu-se Charlotte calmamente, do seu lado agora. — Vamos fazer disso um estágio de jornalismo. Há histórias pessoais aqui que não têm nada a ver com o seu livro; como as de Oliver Weeks e de Isabel Skane. Kaylin pode entrevistá-los em meu nome. Pode até fazer pesquisa on-line para os meus artigos do outono.

Embora inquieta, Nicole estava ligada a elas. Por mais ferida que estivesse, amava de verdade Kaylin. Nada daquilo era culpa da menina que, acima de tudo isso, merecia melhor tratamento vindo do pai também.

E, por mais que não tivesse desejado nada daquilo, o plano de Charlotte fazia sentido.

Nicole não era influenciável e, assim que ficou decidido que Kaylin permaneceria, soube que precisava telefonar para Julian. Sim, Kaylin podia fazer o que quisesse, mas Nicole devia a ele um telefonema e eis que surgia uma coisa relativamente neutra para discutir.

Não querendo ser ouvida, levou o telefone para a praia e, de frente para a casa, de forma a confirmar que ninguém viria, digitou o número do celular do marido. A cada número, sentia-se mais tensa, mas isso era bom. A raiva mantinha sua coluna ereta, sua mão, firme, e sua decisão intacta.

Ele atendeu logo no primeiro toque.

— Oi, estava começando a me preocupar. Você está bem?

Ela fora ríspida na noite anterior e não tinha ligado de volta. Ouvindo sua voz agora, tudo aflorou de novo. Quis dizer que ele era um desgraçado, quis gritar e esbravejar sobre a traição — e talvez até fizesse isso algum dia, mas o som do oceano às suas costas a transportava para um mundo no qual estivera segura muito antes de Julian participar dele, e a raiva, longe de empurrá-la para a histeria, conferia-lhe autocontrole.

Não fez questão de se desculpar por não telefonar antes. Nem chegou a perguntar como ele estava se sentindo.

— Kaylin está aqui — foi tudo que disse.

Ele ficou em silêncio por um momento, depois admitiu:

— Imaginei que ela faria isso. Quer abandonar o estágio e não ficou contente comigo quando falei que ela não podia.

— Ela tem 21 anos.

— E pensa que sabe tudo. Suponho que você lhe disse para voltar.

— Na verdade, ela está hospedada aqui.

— Pelo resto do verão? Quem decidiu isso? — perguntou ele, levemente contrariado, o pai cuja filha não se comportou.

Nicole não se abalou. *Ela* não era sua filha.

— Kaylin decidiu. Tem 21 anos. — Valia a pena contar. — Ela ligou para o chefe e se demitiu muito antes de chegar aqui. Charlotte lhe ofereceu um estágio e ela vai ajudar com as entrevistas.

— *Aí?*

— Sim. — Com Charlotte. Se isso o deixava nervoso, melhor ainda.

Ele ficou em silêncio outra vez.

— Você está bem? Está diferente — falou.

Não era mais a voz infantil? Engraçado como a desilusão faz a gente crescer rápido. Em muitos sentidos, a traição dele era pior do que a doença. Ao menos a EM não era sua culpa.

— Estou ótima — respondeu Nicole; parte da sua estabilidade vinha da raiva, a outra parte tinha a ver com as células-tronco. Ela sabia de algo que Julian não sabia. Isso a tornava mais forte.

— Você tem certeza?

— Absoluta.

— Isso tem a ver com Charlotte? — perguntou de um jeito que poderia parecer casual se ela não soubesse o que eles tinham feito. Não conseguiu resistir:

— O que Charlotte pode ter a ver com o que quer que seja?

Problemas com o livro, poderia ter dito. Ou terem se desentendido na casa. Ele poderia querer saber mais, mas deixou passar.

— Não é nada, é que você está meio estranha, e isso me preocupa — disse simplesmente.

Claro. Isso o preocupava. E ela não disse nada para tranquilizá-lo. Ele não precisava saber de tudo agora... e, se houvesse alguma razão para querer saber, nada dissera. Estava sendo rancorosa? Sim. Odiava a si mesma por isso? Sim. Podia agir de outra maneira? Não. Depois de ser fraca por tanto tempo, precisava se agarrar um pouco a isso.

Além do que, se por uma vez ele se preocupasse com ela, tudo bem. Durante quatro anos fora totalmente egoísta. Só quatro? Experimente *dez.* Não pensara nela... não considerou quão pequena poderia se sentir ao descobrir que ele fizera sexo com sua melhor amiga na véspera do casamento. Pequena. Sim. Isso mesmo. Pequena. Insignificante. Sem valor.

Mas ela *não era isso.* Se a fé dos seus pais significava alguma coisa, era essencial e significativa e merecedora de respeito e de amor. *Ele* era o pequeno... ao menos no que dizia respeito ao casamento. Acusara Monica de tê-lo deixado fora da sua vida. Ele não fazia o mesmo com Nicole? Então o problema era ele? Teria alguma vez pensado nisso?

Se não, já era tempo.

Aliás, já *devia* ter pensado nisso muito tempo antes.

Aquela ideia lhe deu forças, mas sua atitude durou apenas o tempo daquele telefonema. Assim que acabou, tudo se precipitou de novo como uma maré alta, jogando aos seus pés os destroços de uma saúde precária, um casamento prestes a ser destruído e um futuro nebuloso. Quando as águas desceram, percebeu que Julian podia ser o pior dos homens, mas ainda era o seu marido, e que, embora tivesse a carta das células-tronco na manga, nada disso compensava a falta do amor. Amor era tudo que sempre desejara.

Voltando-se para o oceano, desatou a chorar.

No momento em que conseguiu se recompor o suficientemente para entrar na casa, Charlotte se aproximou. Encontraram-se no canto do pátio. Sendo a perfeita anfitriã, aquela que tinha que cumprimentar todo mundo com um sorriso e uma palavra amável, Nicole ajeitou o suéter no corpo e esperou.

— Kaylin viu você chorando — disse Charlotte calmamente. Com as mãos enfiadas nos bolsos do jeans e o cabelo esticado e puxado para trás, parecia abatida. — Está convencida de que está mentindo sobre si mesma e Julian.

Nicole olhou para a casa. Kaylin se encontrava atrás das portas de vidro.

— Ela pensa que estamos nos separando? Talvez estejamos.

— Você o confrontou?

— Sobre vocês dois? Não. Se o meu casamento for destruído, não será por causa disso. É porque meu marido é um perfeito idiota que se recusa a incluir a esposa na vida dele.

— Julian está doente, Nicki. Você mesma disse isso... Ele não está sendo ele mesmo.

Nicole se lembrava daquelas palavras, mas elas tinham um sentido totalmente diferente agora.

— Talvez não exatamente — disse —, mas estou começando a desconfiar sobre todas as coisas que eu não via. Não enxergava nada errado; ele ditava e eu obedecia. Era dócil demais.

— Nós todos *amamos* você por causa disso.

Nicole quis dizer que aquilo não a levara longe e perguntar se Charlotte pensara sobre ela obedecer agora ou defender o seu lado, correr para Durham ou ficar ali, ceder na questão das células ou se opor a elas. Queria expor seus temores, confiando em Charlotte como sempre tinha feito, e não apenas nas épocas de verão. Durante a adolescência, elas costumavam falar horas a fio, por telefone, mesmo no inverno. Charlotte ficara sabendo do seu primeiro sutiã, do primeiro beijo, da primeira paixonite séria. Havia a ajudado a escrever os trabalhos da faculdade e foi a primeira a quem Nicole contou que fora aceita em Middlebury. No segundo ano da faculdade, tinham dirigido por horas apenas para se encontrarem no meio do caminho e cantarem num concerto de Shania Twain.

Nicole desejava a intimidade de volta. Queria a ajuda de Charlotte. Ela era esperta, saberia o que fazer.

Entretanto, ainda era a inimiga. Queria lhe perdoar, mas não podia. Deixando-se invadir pela tristeza, falou:

— Nunca entendi por que ficamos separadas. Imaginei que você quisesse me dar espaço, como se soubesse que não podia fazer parte do casamento, e por isso se afastou. Quando sentia mais falta, culpava o seu trabalho. Depois, o fato de termos estilos tão diferentes de vida. Mas todo o tempo foi por causa do outro assunto, não é?

Os olhos de Charlotte ficaram embaçados.

— *Sim.*

Então, de repente, Nicole se tornou agressiva de novo.

— Você era a minha melhor amiga.

— *Sou.*

— Uma melhor amiga deve ser leal. Deve ser honesta e atenciosa e generosa. Supostamente, deve sacrificar alguma coisa que deseja se isso for ferir a outra.

— Fiz todas essas coisas — disse Charlotte, desolada.

— Você *não* fez.

— Uma vez. Foi só *uma vez* que estraguei tudo... E estava tão bêbada que não sabia o que estava fazendo. Nunca cometeu um erro?

Ah, sim, Nicole pensou. Havia confiado cegamente. Não mais!

— Não diga a Julian sobre as células-tronco ainda, Charlotte. Ele ainda não precisa saber.

— Mas ele não deveria ao menos saber que tem uma opção?

— Precisa considerar outras opções antes.

— Você disse que ele havia decidido pelas células-tronco.

— Ele optará por elas se eu disser o que você tem. Você não vê? Ele pode morrer até com as células do próprio filho.

— Você se importa?

— Sim! — exclamou Nicole, depois se acalmou. — Não deveria, mas me importo.

Pararam por um momento, olhando uma para a outra em silêncio enquanto o oceano pulsava e as gaivotas guinchavam.

— Está com medo de que ele queira ver a criança? — Charlotte finalmente perguntou.

Nicole refletiu sobre a pergunta. Queria negar, mas sua raiva não era tanta.

— Talvez.

— Os papéis da adoção proíbem qualquer contato com ela.

— A você. A ele talvez não.

— A ambos. Os pais adutivos sabem como me contatar, mas jamais o farão.

— Por que permitiram que você ficasse com as células-tronco?

— Ela poderá usá-las. Se precisar. Fez parte do acordo.

— Mas por que você as quis? Foi para manter com você uma última coisa dela?

Charlotte parecia vulnerável agora.

— Pensei que se eu tivesse outros filhos...

Nicole a interrompeu, com alguma impaciência.

— Sim, você disse isso, mas não teve nem um pouquinho de vontade de guardar algo dela?

Houve um silêncio e depois, com relutância, uma resposta.

— Talvez subconscientemente. Mas elas são suas, Nicki. Falo sério quando digo isso, não posso imaginar melhor aproveitamento delas.

Nicole quis que ela admitisse. Queria que Charlotte soubesse que compreendia os sentimentos envolvidos. Agora, porém, não conseguia aceitar.

— Não as quero.

— Ele pode querer. Por favor, diga a ele.

— Não posso.

— Ninguém precisaria saber — argumentou Charlotte, a voz fraca, levada pelo vento. — Bastaria você dizer que ele usou células de um doador. Ninguém além de nós três ficaria sabendo a origem delas.

Nicole sabia que não era tão simples. Kaylin estava ali, sempre olhando através dos vidros. E Angie chegaria. Além disso, havia Johnny, os pais de Julian, Monica, além de dúzias de amigos e colegas, todos que fariam perguntas se um transplante de células desse errado.

Mas não queria pensar tanto. Um passo de cada vez era tudo que podia administrar.

— É melhor eu conversar um pouco com Kaylin. — Ia fazer isso, mas parou e, cautelosa, voltou-se para Charlotte. — E Leo? Seu trabalho com Kaylin não vai interferir na relação de vocês?

— Não. Ele tem o próprio trabalho.

Nicole ainda não compreendia bem o que Charlotte via em Leo Cole. Achava-o agressivo e não fora capaz de lidar com ele.

— Foi ele mesmo quem escreveu *Sal*?

— Sim.

— Ele já assinou um contrato para um segundo livro? — Charlotte negou. — Por que não?

— Está deixando as opções em aberto.

— Sobre escrever o segundo ou sobre quem vai vendê-lo?

— Ambas as coisas.

— Então, se o mundo já sabe que Chris Mauldin é um homem, por que é que ele se esconde em Quinnipeague?

— Aqui é a casa dele.

— Mas ele nunca sai. Sofre de agorafobia?

— Não. Só prefere ficar aqui.

— Não está interessado em abrir os horizontes? Em crescer como escritor?

— Ele não está interessado no que isso custaria. Ele imagina que pode crescer apenas fazendo mais do que já fez.

Nicole pensou que era um desperdício. Nem em seus sonhos mais loucos teria imaginado editores brigando pelos direitos de um segundo livro seu. Ou Leo era muito inteligente ou muito tolo; embora não pudesse dizer isso para Charlotte, que evidentemente era tendenciosa.

— Bom, de qualquer maneira, obrigada por oferecer um emprego a Kaylin — limitou-se a dizer.

— Não me agradeça — Charlotte insistiu. — Me *use*. Por favor.

Nicole sabia que Charlotte se sentia culpada... mas ela também. Sim, podia contar a Julian sobre as células-tronco, mas não estava pronta, simplesmente não estava pronta. Então transformou culpa em produtividade: numa onda de combate ao sentimentalismo, atacou o closet do quarto, empacotando roupas que não usava há anos. Isso durou até sábado, quando, com a ajuda de Kaylin, abriu os gabinetes do salão e encaixotou jogos infantis, quebra-cabeças, velhas fitas cassetes e CDs. Depois do jantar na Chowder House com a enteada — Charlotte tomara a outra direção da estrada, fato cujos detalhes Nicole preferia ignorar —, trabalhou no blog para falar de sanduíche de lagosta, acrescentando uma foto do seu acervo e, quando terminou, passou horas lendo jornais rurais.

Passou pela sua cabeça que, com Kaylin ali, Charlotte poderia ir embora quando as entrevistas estivessem prontas. Kaylin seria capaz de ajudar na finalização do livro e, se não ela, seus próprios editores. Não era para isso que os editores serviam?

Estava se precipitando, mas era agradável ter uma escolha.

Sentindo-se quase senhora da situação, dormiu profundamente e acordou no domingo de manhã com a mesma disposição positiva. Ficou menos animada durante o trajeto para o píer, pensando outra vez na sua mãe e no que lhe contaria. Porém, foi só quando o *ferry* baixou a rampa e por ela desceu sua mãe que sua confiança desmoronou.

Dirigindo pela costa nos últimos dias, Angie não estivera sozinha.

Capítulo 19

Nicole conhecia o homem alto e robusto. Tom Herschel fora um dos sócios de Bob e era um velho amigo da família, viúvo que perdera a mulher com câncer de mama três anos antes... tudo o que, *inclusive* duas noites em hospedarias da costa, poderia ser totalmente inocente, se não fosse pelo olhar no rosto de Angie. Seus olhos estavam maiores, e não era efeito de maquiagem, embora fosse especialista nisso. Sabia também se vestir muito bem e, mesmo com alguns quilos a mais neste verão em comparação com o ano anterior, continuava deslumbrante com o suéter e calça. Entretanto, o que Nicole percebeu nos primeiros instantes foi nervosismo.

Talvez estivesse inquieta por vir aqui pela primeira vez sem Bob? Ou preocupada com o estado mental de Nicole?

— Você se lembra de Tom — disse Angie, depois que se abraçaram. E era um comentário tão ridículo, uma vez que Tom estivera presente durante todos os terríveis dias após a morte súbita de Bob, que Nicole logo *soube.*

Como se comportar? Sem palavras, manteve o braço direito ao redor da mãe e, com a mão esquerda, apertou a mão que Tom lhe estendeu. Olhou para Angie imediatamente depois.

— Vieram pela costa? — conseguiu perguntar.

O sorriso de Angie estava congelado.

— Fomos a Bar Harbor. Acadia é um lugar fabuloso para caminhadas.

Nicole jamais soubera que sua mãe adorava caminhar, mas não podia dizer isso com Tom ali ao seu lado. Ao contrário, uma polidez inata aflorou, e ela assentiu e sorriu. Nesse momento, Angie a abraçou maternalmente e mudou de assunto.

— Estive preocupada com você desde que soube de Julian. Falei com ele de novo hoje de manhã. Ele também está preocupado com você. — Segurando Nicole outra vez, franziu as sobrancelhas. — E saiba que estou furiosa com ele por ter te obrigado a permanecer calada por todo esse tempo. Não havia *razão* para não me contar. Coitadinha.

Não querendo lidar com o que "coitadinha" pudesse significar, Nicole agarrou a mala da mãe antes que Tom tivesse a chance e a levou para o carro. Porém, quando o carro começou a andar, Angie retomou de onde fora interrompida:

— Julian parecia bem, mas é claro que não o vi. Deve ter sido uma terrível pressão para você. E ele teve razão em te mandar para cá, embora isso também seja triste. Bom, talvez seja diferente para mim. Minhas lembranças remontam a muito mais longe. Ainda agora, parada naquele *ferry* e vendo Rockland ficar para trás, lembrei quantas vezes seu pai e eu fizemos isso. — Respirou fundo. — A ilha proporcionou algum tipo de relaxamento para você?

Nicole olhou o retrovisor e virou à esquerda para descer a estrada. Não teve tempo de responder antes de Angie falar novamente:

— É claro, você tem o livro para escrever. Isso deve ser uma distração. Está avançando? Os ilhéus têm ajudado? Não posso imaginar que não o fariam, mas perguntar por uma coisa íntima como uma receita pessoal deve ser desafiador. Receitas *são* íntimas, não acha? Muitas delas permaneceram com as famílias por gerações. Estava falando com o Tom sobre o projeto, e ele levantou a questão de conseguir termos assinados por todos de quem você vai usar uma receita. Pensou nisso?

— Minha editora pensou. Me deram um modelo.

— Ah, que bom. Acha que isso está bom? — dirigiu-se a Tom, que estava no banco de trás. — Ou precisamos de alguém do escritório para conferir?

— Tenho certeza de que assim está bom — tranquilizou ele, do mesmo jeito que fizera dezenas de vezes durante o planejamento do funeral. E, de repente, Nicole pensou em algo que a faria explodir se já não estivesse anestesiada: Angie e Tom, antes até de Bob morrer? Não podia suportar sequer *pensar* naquilo.

Mas ali estava sua mãe, fazendo comentários à medida que passavam por carros ou por casas, indagando como *estavam* os Warren ou os McKenzie, ou os Matthew? Sim, ela sabia tagarelar. Normalmente Nicole competiria com ela, mas, como estava calada agora, Angie tinha todo o palco. Mesmo assim, havia um ar de... quê? Apreensão? Desconforto? *Culpa?*

Quando chegaram à casa, a cabeça de Nicole estava estourando. Enquanto encheu um copo com água e tomou dois comprimidos de Tylenol, sua mãe abriu o refrigerador e, depois de examinar o conteúdo, retirou as caixas de mirtilos, framboesas e morangos.

Parou apenas para perguntar:

— Você não lavou estes, lavou?

— Não. Ah, mamãe... — O que dizer? — Ia fazer bifes na grelha para o jantar, mas não temos o bastante para cinco pessoas.

— Não tem problema, pensei em irmos ao Grill.

Nicole se sentia sufocada.

— Tudo bem, e... hum... como quer organizar os quartos? O grande é o único que está livre.

Num gesto das mãos para frente, pedindo calma, Angie engasgou.

— Ah, não, eu não poderia dormir lá. As lembranças não me deixariam dormir a noite inteira! Quando seu pai e eu saímos daquele quarto em setembro passado, não tínhamos ideia de que jamais voltaríamos. — E recomeçou a lavar as frutas.

— Então você veio aqui com *Tom?* — perguntou Nicole, porque as frutas não tinham nada a ver com a memória do seu pai, que parecia ter sido jogada para um canto sombrio e empoeirado.

Angie fez sinal para que falasse baixo e olhou para a porta.

— Não julgue apressadamente, querida. Tom não precisava vir. Mas sabia que eu teria problemas aqui.

— Bem, vocês não podem dormir no meu quarto — disse Nicole, intrigada.

— Por que iríamos querer isso quando há seis outros quartos perfeitamente habitáveis nas alas?

Em dois quartos ou em um? Aquilo estava atormentando Nicole. Mas foi só depois do almoço, quando já tinham esgotado as questões sobre o diagnóstico de Julian, a história do tratamento e a dos sintomas atuais que ficou sozinha de novo com Angie e, então, pôde falar. Charlotte se oferecera para mostrar a cidade para Tom e convocara Kaylin para descrever a turnê.

Estavam no pátio. Angie arrumando os móveis ali como se nada estivesse errado, enquanto no mundo de Nicole nada estava certo. Cada vez mais espantada, observava a mãe se abaixar para examinar os pés da mesa e verificar as marcas das pedras do verão anterior. Reerguendo-se, puxou uma cadeira após a outra e ignorou Nicole, cuja cabeça fervilhava.

— O que está *acontecendo*, mamãe? — perguntou finalmente. — Você está *com* Tom?

Tendo puxado todas as cadeiras, Angie lutava para mover a mesa.

— Pegue do lado de lá, sim?

Nicole a ajudou a colocar a mesa aparentemente no exato lugar em que estivera no ano anterior, depois deixou cair os braços.

— Você está? — perguntou.

Angie começou a rearrumar as cadeiras.

— Isso seria tão horrível?

— Sim! Não faz sete meses que papai morreu!

— Faz sete meses e três semanas.

— Você disse que o amava.

Angie olhou-a com firmeza.

— Eu o amava com todo o meu coração e a minha alma.

— Sempre teve alguma coisa com Tom?

— Nicole — avisou —, você está muito equivocada. Sempre gostei de Tom como um amigo. Assim como o seu pai. O que você está insinuando é um insulto para todos nós.

Nicole conhecia sua mãe suficientemente para reconhecer a honestidade de se sentir ultrajada, mas ficou apenas um pouco mais tranquila. Não conseguia aceitar a ideia de que Angie estivesse namorando.

— Ele não andava por perto nas últimas vezes em que nos vimos. Imaginei que você estivesse sozinha.

— Contei para você sobre os jantares com amigos.

— E supus que você se referisse a casais amigos, como os Farrington ou os Sprague. — E aquilo provocou outra pergunta terrível: — O pessoal do escritório sabe disso? E os amigos de papai?

— Eles conhecem o apoio de Tom. Num certo aspecto, ficam felizes de que não precisam se preocupar comigo e confiam nele. — Ela estava cabisbaixa. — Eu sabia que você ia se aborrecer.

— Como poderia ser diferente?

— Tom é um amigo, querida. Quando alguém morre, muita gente fica ao redor na primeira semana, depois, pouco a pouco vão embora. Tom não fez isso.

— Mas ele não parece nada com papai. — Bob era amável, extrovertido, um empreendedor. Tom não era nada disso.

— Essa é a questão. Não estou procurando alguém para substituir o seu pai.

Nicole nem ouvia direito.

— Pensei que você o amasse.

A voz de Angie subiu:

— *Amava*, sim! *Ouça-me*, Nicole. Isso não tem nada *a ver* com seu pai. Ele está *morto*. — Havia lágrimas nos seus olhos. Pegou a cadeira com tanta força que os nós dos dedos se tornaram brancos. — Talvez não devesse ter trazido Tom. Mas queria estar aqui com você e achei que não seria capaz de suportar tudo sozinha. Veja esta mesa. Lembro-me de quando seu pai e eu a compramos. E aquela máquina de plantar, e as luminárias em forma de cogumelo. Em casa, eu tomava conta dessas coisas enquanto seu pai trabalhava, mas, aqui, fazíamos tudo juntos. Esta casa pode já não se parecer com a que seus avós construíram, mas olho para esta e vejo aquela. Foi onde seu pai e eu nos casamos.

Nicole procurava compreender, mas continuou imaginando Bob olhando do céu e vendo seu melhor amigo com sua mulher. Aquilo não era traição, uma bem parecida com a de Charlotte e Julian?

Talvez tenha passado a impressão de que ia chorar porque Angie rapidamente a abraçou.

— Sinto muito, minha querida, não pensei que você fosse encarar isso tão mal.

Nicole não conseguia falar.

— Tanta coisa acontecendo na sua vida — balbuciou Angie, apertando-a suavemente. — Posso entender porque está abatida.

Nicole teve um pensamento histérico. *Abatida? Depois de quatro anos? Não mesmo. É porque estou vendo minha mãe com outro homem depois de sete meses!*

Não era só isso, é claro. Respirou fundo... tentada, ah, tão tentada a contar tudo sobre Charlotte e Julian, sobre confiança e traição, e sobre quão pouco Angie sabia de tanta coisa. Percebeu, naquele instante, movimentos no salão. A turnê pela ilha parecia ter acabado.

Angie a afagou mais uma vez antes de soltá-la.

— Tem um cara na igreja cuja esposa teve esclerose múltipla por trinta anos. Você não percebia que ela sofria de alguma coisa, parecia apenas marcada pelo envelhecimento. Julian vai ficar bem, querida, sei que vai.

— Como pode ter certeza? — perguntou Nicole, sabendo que não havia dois casos iguais de EM, mas ao mesmo tempo querendo se agarrar a qualquer coisa que a fizesse se sentir melhor.

— Porque Deus não vai tirar seu pai e seu marido de uma vez só.

— Mamãe...

— Lembra o que seu pai dizia quando as coisas não iam do jeito que queria? O que não nos mata nos fortalece.

Nicole estava aturdida. A menção à morte não a fazia se sentir melhor.

Angie deve ter interpretado a sua incapacidade de falar como um silêncio reflexivo porque, após pressionar sua bochecha contra a dela, entrou.

Nicole a olhava desesperada. Não havia demonstrações de afeto, mas Angie sorria para Tom. Ou talvez o sorriso fosse para Kaylin ou para Charlotte. Não sabia o que pensar.

Refugiando-se no torpor, perambulou pela área e entrou no jardim para se sentar entre as plantas. A valeriana estava florescendo, assim como a lavanda. Não sabia qual das duas a ajudaria mais, e não se importava, desde que uma delas funcionasse.

Charlotte se juntou a ela pouco depois.

— Sinto muito. Tentei prolongar o passeio, mas não há muito para ver. — Ela se acomodou sem propriamente invadir o espaço de Nicole, tampouco foi embora.

Nicole não queria que ela se afastasse. Precisava dizer alguma coisa para não se sentir totalmente sozinha.

— Você ficou escandalizada? — perguntou, olhando-a de soslaio.

— Sobre Tom? Apenas surpresa assim que o vi.

— Acha que ela está errada?

— Não sou ninguém para julgar — Charlotte teve o bom senso de dizer.

— Mas o que você acha?

Outra pessoa teria dado a Nicole a resposta que ela queria, mas Charlotte seria verdadeira. Era por isso que havia perguntado.

Seu cabelo escuro era um emaranhado amarrado com uma fita, mas seus olhos castanhos estavam mais contidos.

— Acho que ambos estão sozinhos — disse finalmente. — Não estão desrespeitando nenhuma regra.

— E a memória do meu pai?

— Sempre estará aqui.

— Enterrada sob uma montanha de novas lembranças?

Charlotte sorriu tristemente.

— Haveria sempre novas lembranças de qualquer forma. Angie é jovem...

— Sessenta e dois.

— Isso quer dizer jovem — Charlotte afirmou. — As mulheres em Appalachia, ou na Etiópia ou no Zimbábue? Sim, uma mulher de 62 anos nesses lugares pode ser considerada velha, mas aqui, não. Não do jeito que Angie viveu. Ainda está cheia de vida. E nunca vai esquecer Bob... nem em um milhão de anos... mas você não vai querer que ela se feche como uma ostra e espere pela morte. Você não ia querer isso para ela.

Nicole supunha que não. Mas tão *cedo?*

— Ele a amparou num momento difícil. Parece um bom sujeito.

— Ele é sem graça.

— Qualquer um pareceria sem graça comparado com Bob.

Verdade, pensou Nicole. Mesmo assim, ver Angie acompanhada por outro homem não era exatamente o que ela precisava agora.

— Ela deveria ter me contado. Todos esses meses e não disse nada. Ela tinha que esconder isso?

— Você perguntou? — argumentou Charlotte gentilmente. — Ela estava protegendo você, Nicki. Pense nisso. Teria sido mais fácil dois ou três meses atrás?

Não, admitiu Nicole e olhou para uma abelha ao redor de uma cravina, que estava linda em plena floração, com babados nas bordas das suas pétalas em camadas com tons profundos de rosa. O zumbido era forte o bastante para competir com o rugido das ondas próximas. Ela escutou, aspirando o aroma picante da valeriana, um calmante na suave brisa marinha.

Uma grande qualidade de Charlotte: ela sabia quando não falar. Esperou cerca de cinco minutos até Nicole ficar mais calma e perguntou suavemente:

— Você contou para ela?

Ah, sobre o caso e a criança.

— Não.

— Vai contar?

Nicole se aproximou. Mas alguma coisa a deteve, e não foi a chegada dos outros.

— Se tiver que falar em células-tronco, preciso contar — disse, embora Charlotte já tivesse dito o oposto. Ninguém precisava saber a identidade do doador. O anonimato era uma das regras dos bancos de doadores. Julian teria de saber, é claro, mas ele não ia querer que a origem das células fosse divulgada. Nem Nicole. O que havia acontecido fora suficientemente humilhante.

Mas ela não tinha intenção de compartilhar tais pensamentos com Charlotte, que merecia um pouco de preocupação.

Capítulo 20

Charlotte estava apreensiva ao entrar na cozinha na manhã de segunda-feira, imaginando se Nicole havia contado tudo a Angie na noite anterior e, nesse caso, que tipo de condenação estaria à sua espera. Angie, entretanto, sorriu vivamente para ela do balcão, onde cortava kiwis. Alguém devia ter ido à cidade porque não apenas Tom lia o *Wall Street Journal* impresso, mas Nicole cortava fatias de pão fresco de uma sacola do Café Quinnie.

Kaylin não tinha aparecido; não levantaria até às 10 horas. Charlotte poderia ter ficado na cama até mais tarde também, se não se preocupasse tanto com Nicole e Angie sozinhas. Se tivesse que acontecer, aconteceria, mas queria estar por perto para ter a chance de se defender.

Bem pensado, havia boas perspectivas ainda. Nicole não desabafaria diante de Tom, e ele continuava ali depois do café da manhã, outras xícaras foram tomadas no pátio e a louça, em seguida, foi lavada na cozinha. Nicole e Angie não ficaram sozinhas. Logo em seguida, Angie levou Tom de volta à cidade para visitar as lojas, Kaylin se levantou e Charlotte continuou salva por algum tempo.

Com o pretexto de fazer a sondagem para potenciais entrevistas, deixou as duas no pátio, ao sol, e saiu para visitar Isabel Skane. Havia outras mulheres na loja: duas delas examinavam os fios das lãs que os escaninhos expunham do chão ao teto, outras três tricotavam, sentadas à mesa. Charlotte levara seu suéter, que provocou mais Ohs e Ahs do que merecia, dado o número de erros, e Isabel logo detectou um problema com as agulhas.

— Quando você deixa escapar pontos na agulha que segura o desenho, recuperá-los vai depender da posição em que você coloca a agulha de sustentação, se na frente ou no avesso do tricô. Vê estes aqui? — E estendeu a parte de baixo da manga. — Você fez certo dando uma volta para a esquerda na agulha, e a outra estava no lado direito, mas você perdeu a noção do que estava fazendo ao mover o braço.

Charlotte não gostou do que vinha pela frente.

— Então preciso desmanchar todo esse pedaço?

— Não se você pensar do jeito dos nativos americanos — concedeu Isabel gentilmente. Eles fazem um ponto errado de propósito em cada trabalho para que o comprador saiba que foi feito à mão e com amor.

— Bem, essa é uma boa saída — observou Charlotte —, exceto por dois fatores: primeiro, eu mesma sou minha compradora e, segundo, não houve nada deliberado nos erros cometidos.

Recebeu risos discretos, um largo sorriso e sinais com a cabeça de quem estava por dentro, as três sentadas à mesa.

— Quer que eu desmanche? — cochichou Isabel, definitivamente perfeccionista. Algo que nunca fora posto em dúvida por Charlotte diante de todas as amostras em exposição na loja: eram todas perfeitas. Charlotte não tinha certeza se chegaria àquele estágio algum dia. — Está fazendo um ótimo trabalho — disse Isabel, encorajando-a e pegando a manga. — Esse desenho é um desafio até para mim.

Charlotte não acreditou muito, mas o comentário abriu caminho para pesquisar mais fundo as origens do tricô de Isabel e, sem saber da intenção profissional, as compradoras se juntaram a elas. Visitantes esporádicas e ávidas apreciadoras de lãs fizeram perguntas que Charlotte não saberia fazer, mas cujas respostas eram fascinantes.

Isabel parou de desmanchar só para atender suas clientes. Quando chegou ao primeiro ponto errado, Charlotte já estava no terceiro bombom de chocolate com amêndoas sem nenhuma dor na consciência.

A dor voltou, é claro. Dirigindo de volta para a casa, passando pela praia, só conseguia pensar se Nicole contara a Angie ou se *não tinha* falado com Julian. Qualquer que fosse o caso, haveria tensão na casa.

A hora do almoço, entretanto, chegou sem incidentes, só simpáticos sanduíches de peito de peru em grossas fatias de pão de centeio feitos por Melissa Parker. O dia continuou. Nicole leu algumas receitas com Angie por um tempo e, depois, foram todos para a praia. Charlotte ficou para trás a fim de editar fotos e, quando voltaram, prendeu a respiração para ver nos rostos se alguma coisa havia mudado.

Alguma coisa de fato mudara: Nicole lhe confidenciou, num momento de privacidade, que Angie insistia que ela tomasse um avião para Durham apesar do que Julian dissera, porque, afinal de contas, uma mulher deveria estar ao lado do seu marido. Perguntou o que Charlotte achava disso.

Charlotte achou que era uma boa ideia. Ela esperava — mas não disse — que, se Nicole estivesse lá, ficaria mais fácil contar a Julian o que sabia sobre o caso, sobre a criança e sobre as células-tronco. Charlotte começava a pensar em dizer ela mesma a Julian, e não só por causa dele, mas porque Nicole sofria com toda aquela carga.

Nicole, entretanto, estava determinada a fazer isso no seu tempo. E, como Charlotte não queria traí-la de novo, esperou.

Depois que a grelha do pátio esfriou e a louça foi lavada, Charlotte precisava sair. Permanecer por perto para ajudar Nicole era bom e necessário, mas a tensão chegava até ela. Quando *Trivial Pursuit*, que deveria ser jogado com energia, foi retirado da caixa de doações, alegou uma vontade de olhar o mar e saiu da sala.

Posso passar por aí?, digitou no telefone ao subir a escada para apanhar o suéter.

Desde quando você precisa perguntar? foi a resposta de Leo. Segundos depois, recebeu: *Quer velejar?*

Agora?

Por que não?

Os marinheiros não voltam para casa à noite?

Eu não. Conheço estas águas. Confia em mim?

Charlotte pensou na ida com Leo de Quinnipeague para Rockland por causa de Nicole, abriu seu coração para ele numa torrente de lágrimas e acreditou em todas as coisas inacreditáveis que ele disse. Se confiava nele? Imaginava que sim.

Aí em cinco minutos, digitou e, colocando o telefone no bolso, foi pegar as chaves.

Pela primeira vez, dirigiu direto além da curva Cole e entrou no caminho de terra entre todas aquelas bem arranjadas fileiras de flores e ervas. Leo era uma sombra escura nos degraus da frente. Jogando no chão a faca e a madeira, ergueu-se e indicou a lateral da casa. Quando Charlotte estacionou ao lado da caminhonete, ele abriu a porta, ajudou-a a sair e a apertou contra o carro para uma lenta dança de línguas num beijo. Já estava pensando que Leo mudara de ideia sobre velejar quando ele pegou sua mão, levou-a lá atrás e apanhou uma mochila.

— Casacos e cobertor — explicou —, para o caso de você sentir frio.

Coisa que ela não sentiria durante algum tempo depois daquele beijo; além disso, de qualquer forma, trouxera seu suéter de pescador. O cuidado dele, entretanto, era enternecedor, assim como foi a sua delicadeza ao erguer Urso e colocá-lo no barco quando o cachorro os seguiu no pequeno cais.

Mais que depressa, acomodou a bolsa, puxou para dentro os amortecedores que estavam pendurados entre o barco e a doca e soltou as amarras. Quando girou a chave, as luzes de navegação se acenderam. E, com a pressão de um botão, um tamborilar saudável se fez ouvir.

— Motor? —perguntou ela, surpresa, porque havia um vento favorável.

— Só até passar pelas rochas — respondeu ele ao se moverem, saindo da doca. — Elas aparecem de repente.

Uma logo apareceu próxima à Charlotte, e ela sequer a teria notado se Leo não a mostrasse. Era a escultura de um monte de granito molhado, que aparecia o suficiente apenas para quebrar as ondas. Ele a contornou com facilidade, fazendo o mesmo com várias outras até finalmente desligar o motor e levantar as velas. Havia duas: uma na proa, outra na popa; ambas subiram imediatamente.

Embora o ar estivesse cálido, o vento batia constante no momento em que se afastaram de Quinnipeague. Quando já estavam longe e as ondas quebravam na praia, viram-se bem distantes. Leo navegou contra o vento até que as velas se agitaram e, então, baixou-as e prendeu as cordas. Pegando uma garrafa térmica de chocolate da mochila, tirou também canecas e as encheu.

— Está bastante aquecida? — perguntou, acomodando-se ao lado dela no banco lateral.

— Com Urso nos meus pés, chocolate nas mãos e um cara atraente ao meu lado? — Ela suspirou satisfeita e depois, olhando para o céu cheio de estrelas, disse: — Me fale o que estou vendo.

Ele começou a apontar.

— Saturno está muito baixo nesta hora, mas lá está Júpiter. Você enxerga? E, mais além, Pégaso. — O dedo dele girou, desenhando. — Ursa Maior e Ursa Menor.

Charlotte precisava focar com força cada uma. Depois viu outra coisa.

— Uma estrela cadente! — Fechou os olhos, apertando-os

Quando os abriu, Leo a observava.

— Qual foi o seu desejo?

— Não vou dizer. Dá azar.

— Conte para mim.

Mas não contaria. Em vez disso, aninhou-se mais perto, o que, se ele a conhecesse um pouco melhor, teria revelado o pedido.

— É ótimo estar aqui assim, só flutuando — disse. E escutou. Havia a batida da água no casco, e o suave tilintar do barco balançando. O ronco baixo de Urso e as batidas do coração de Leo. — Está calmo.

— As coisas estão feias na casa?

— Tensas. Nicki não quer contar a Julian sobre as células-tronco.

— Você poderia?

— Estou tentando respeitar o desejo dela. Mas ela não pode segurar isso para sempre. As células-tronco são uma ferramenta valiosa.

— E ela as está usando como tais.

Charlotte ia dizer que Nicki não as usava de modo algum, quando percebeu o que ele quis dizer.

— Uma ferramenta contra Julian.

— Punição pelo caso.

Encostou a cabeça de novo no ombro dele e se esticou para ver os seus olhos.

— Como sabe disso?

Deu de ombros.

— Só um palpite.

— É o tipo de coisa que o personagem de *Sal* saberia. Intuição natural. Trabalhou mais no *Próximo Livro?*

— Alguma coisa. Fui interrompido por correspondência negativa.

— Qual espécie?

— Um cara afirma que roubei a história dele e quer uma porcentagem dos meus ganhos ou vai me processar. Outro diz que minha pesquisa é fajuta porque, se alguém for construir um barco como eu descrevi, o barco vai afundar.

— As pessoas gostam de encontrar defeito; faz parte da cultura.

— Você não recebe cartas assim.

— Porque a minha produção é pequena. Noventa e nove por cento da sua correspondência deve ser positiva.

— É esse um por cento que me incomoda. Como a mulher que disse que sou irresponsável porque não falo sobre contracepção com o tanto de sexo que acontece. — Ele parou de falar e olhou intensamente para ela.

— Eu disse a você.

— Diga outra vez.

— Não sou mais uma jovem vulnerável. — A gravidez não a preocupava; isso ela sabia administrar.

— Gato escaldado?

— Pode-se dizer isso. Mas fique sabendo: não houve muitos homens.

— Não perguntei isso.

— Mas quero que você saiba. Sou muito seletiva sobre as pessoas com quem fico.

O céu estava tão escuro na noite que acentuava os olhos dele.

— Se quisesse ter um filho meu, eu não ia fugir da raia.

O coração de Charlotte parou por um segundo antes de recomeçar a bater. A declaração pareceria inocente senão fosse a intensidade daqueles olhos.

— Tenha cuidado com o que você diz — falou docemente.

— Falo sério — respondeu ele. — Mas você não vai ficar aqui, não é? — Não era propriamente uma pergunta.

— Você iria comigo para Paris, em setembro? — perguntou ela. Também não era uma pergunta, embora isso a tivesse levado para longe na fantasia ao se aninhar mais perto.

Eles despejaram o que sobrara na garrafa térmica e flutuaram por algum tempo até que Leo ergueu as velas outra vez e retornou para a doca.

— Entre um pouco — murmurou quando chegaram na praia.

E como ela poderia resistir? Não seria capaz de expressar com palavras o que sentia por Leo, mas fazer amor foi uma resposta imediata.

Capítulo 21

A estada de Angie se estendeu pela semana toda. Nicole não podia, certamente, pedir-lhe que fosse embora — aquela era a sua casa —, mas começaram a se desentender cada vez mais, e não pelas pequenas coisas que as faziam discutir quando Nicole estava crescendo, como música, roupas e maquiagem. As desavenças agora tinham a ver com o papel de uma esposa, e havia dois lados. Nicole achava que Angie era infiel; Angie achava que Nicole era negligente. Bob sempre fora o grande conciliador, o que fazia Nicole sentir duplamente a sua falta agora. E se acrescentava a isso a confusão de tudo que sua mãe ainda não sabia — coisas que tanto atormentavam Nicole — e o fato dela se sentir ameaçada cada vez que Angie aparecia.

Na terça-feira, quando sua mãe levantou de novo a questão de Nicole ficar com Julian em Durham, ela retrucou:

— Ele também pode vir para cá, você sabe. — O que levava à questão de *Tom estar aqui,* o que levaria a outra discussão sobre isso.

Na quarta-feira, Angie perguntou como Julian estava passando.

— Não falei com ele hoje — respondeu Nicole. E, quando a mãe perguntou por que não, ela disse: — Mamãe, ainda não são 8 horas. Ele precisa dormir, não sou eu quem vai acordá-lo. — E, quando Angie argumentou que Julian *sempre* acordava cedo, Nicole contra-argumentou: — Bem, não mais. — E saiu da sala num acesso de raiva.

Na quinta-feira, Angie esperou um pouco para atacar, mas isso só tornou as palavras mais agressivas quando vieram.

— Você *nunca* liga para Julian? — perguntou e, quando Nicole disse que eles se falavam *todas as noites,* Angie observou que ela parecia zangada e, se a zanga era contra Julian, aquilo era muito decepcionante. — Ele não pediu para ficar doente, Nicole, e se você não está com raiva dele, está com raiva de mim. De onde vem esse egoísmo?

Atingida, Nicole ergueu as mãos e foi embora.

— Ela está preocupada com você — Charlotte tentou amenizar mais tarde, mas, quando ela também perguntou como Julian estava, Nicole ficou mais na defensiva ainda.

— Eu poderia ligar para ele dez vezes por dia, e não haveria novidade alguma. Ele está cansado, está *sempre* cansado. Fim de papo.

E depois foi Kaylin, que anunciou que voltaria para Nova York.

Nicole ficou espantada.

— Mas você está sem emprego!

— Posso arranjar um emprego de garçonete.

— E o trabalho com Charlotte?

— Ela não precisa de mim, Nicki; quero dizer, ela foi um amor em oferecer, mas sempre faz o que tem que fazer sozinha, e vocês duas estão dominando a questão do livro. — O rabo de cavalo zuniu no ar quando ela sacudiu a cabeça. — E não pergunte o que papai vai dizer, porque o trabalho de garçonete é um trabalho totalmente responsável. Além disso, mamãe concorda.

Sentindo-se fechada e isolada, Nicole não revelou o conteúdo da mensagem de Julian que recebeu pouco depois. Ele estava voltando para Filadélfia. Como já fizera quase tudo o que queria em Durham, sentia-se cansado.

Estava cansado. Estava sempre cansado.

Mas alguma coisa soava diferente dessa vez. *Cansado, como?*, perguntou ela.

Só cansado.

É por causa dos remédios?

Acho que só quero ir para casa.

Fim da comunicação.

Nicole ficou preocupada.

Preocupada com a possibilidade de a EM estar piorando.

Preocupada com a possibilidade de ele estar se sentindo desmoralizado agora que todos sabiam da doença.

Preocupada por pensar que poderia *haver* outra mulher na Filadélfia e que ele sentira falta dela.

E, apesar disso tudo, não se decidia a telefonar. *Vou aborrecê-lo,* racionalizava. *Vai ficar zangado, isso vai perturbá-lo muito.* Sabia que deveria sugerir o encontro deles em casa, mas não podia imaginar isso sem brigar por causa de Charlotte, e simplesmente ainda não estava pronta para isso.

Enterrando-se no trabalho, passou a tarde revendo a lista de tarefas para o livro e verificando que essa lista era bem maior do que a das coisas já feitas. Sim, tinham terminado *Almoços, Sopas, Peixes* e *Doces*, mas nem todas as receitas haviam entrado — e esses eram apenas quatro dos dez capítulos. Não tinham sequer começado os outros seis e o prazo já estava atrasado quase um mês.

— Podemos fazer tudo isto? — perguntou, passando as listas para Charlotte, que a encontrou no pátio em um momento de desânimo.

Charlotte passou os olhos rapidamente e respondeu.

— Com certeza!

Mas o estômago de Nicole dava voltas, como costumava fazer nos seus 8 anos, tendo que enfrentar alguma coisa nova ou diferente. Por muito tempo não sentira um pânico igual.

Charlotte deve ter percebido. Tomou a amiga pelos braços, olhou fundo em seus olhos e falou com calma:

— Tem sido uma semana terrível para você com toda essa gente aqui. Amo a sua mãe, mas ela trouxe novos problemas com ela e provoca todas as suas antigas inseguranças. Além do mais, há o desapontamento com Kaylin, e você não pode controlá-la. Eles vão embora no sábado. Depois de tudo acomodado, vamos trabalhar nessas tarefas. Já tive prazos apertados antes, e garanto a você que este é manejável.

Manejável. Manejável. Manejável. As palavras ressoaram na cabeça de Nicole e isso ajudou.

O que mais ajudou, porém, foi Nickiamesa.com. Sua válvula de escape. Fazendas comunitárias, comida orgânica, divulgar a palavra regional — essa era a sua missão. Fosse descrevendo o hadoque fresco e recém-saído do mar que costumavam grelhar para o jantar e serviam com creme de milho, fosse expondo jogos americanos feitos à mão que Bev trazia para a loja da ilha, ou promovendo o retorno dos quiosques de comida na estrada, encontrava-se num mundo que podia administrar. Acostumou-se a levar o laptop para um canto do pátio, onde se concentrava e, ao embalo do som do mar, não olhava mais para cima.

Charlotte começara a levar seu notebook para a casa de Leo, embora não fosse tão produtiva lá quanto seria no pátio com Nicole. Depois de afastar seu computador a fim de fazer espaço para o dela, Leo trouxe outra cadeira, muito macia. Mas sentada assim tão perto dele, ela ficava distraída — primeiro, pelos óculos que ele usava para trabalhar e que a assustavam cada vez que ele os colocava; depois, pela surpreendente rapidez da digitação; e ainda, pelo jeito que ele chegava para trás depois de uma frase ou duas, murmurando as palavras, e o de chegar para a frente a fim de continuar, perdido no mundo que criava, por menor que fosse esse instante.

Um breve instante. E, embora nunca discorresse sobre o que estava escrevendo, nem a deixasse ler, sempre se sentia frustrado. Inevitavelmente. Charlotte o ouvia praguejar, via-o tocar no teclado para mudar as telas ou enfim se decidir pelo marketing. Esta parte ele compartilhava com ela — as respostas aos fãs do Facebook, as perguntas no seu site, o acompanhar as críticas a *Sal*, o agradecimento a um comentário ou as discussões que surgiam sobre a trama do livro ou sobre suas personagens. Quando lhe perguntou por que se dava esse trabalho, ele respondeu que o fazia por *Sal*, e, quando ela perguntou se isso importava, considerando que o livro já era um sucesso estrondoso, ele disse que era uma forma de compensar as viagens que seu editor queria que fizesse.

Em certo ponto, lá pelo fim da semana, Leo mostrou uma pasta gorda. Charlotte hesitou antes de abrir.

— Mais críticas desfavoráveis? — perguntou, cautelosa.

Ele sacudiu a cabeça e indicou a pasta com o queixo, insistindo para que a abrisse.

Quando a abriu, encontrou, uma depois da outra, cartas e mais cartas de editoras e produtoras, todas endereçadas à caixa postal dele em Portland. Em alguns envelopes, havia várias cartas da mesma origem, enviadas em virtude dele não responder as primeiras. As propostas incluíam cada vez mais dinheiro. As somas eram assustadoras.

— Esse é o sonho de todo escritor — falou Charlotte com admiração.
Ele parecia aterrorizado.

— Você acha?

— Acho, sim. — Ela separou uma folha com um cabeçalho chamativo. — Esta é uma proposta para um filme. E esta também — disse puxando outra. — E estas? — sacudiu várias no ar. — São as melhores editoras de Nova York. — Olhou para ele. — E você deu resposta a alguma delas?

— Não. Isso é meu advogado que faz. Mas ele sabe que não estou pronto para assinar outro contrato, nem com o meu editor atual nem com nenhum outro. Gosto de estar na posição de decidir e de trabalhar no meu próprio ritmo. Não quero ter que terminar outro livro se não estiver com vontade. E, se eles se cansarem e perderem o interesse, posso fazer um e-book sozinho.

— E que tal um filme?

— Preciso de um filme?

— Não. — Organizou as cartas e fechou a pasta.

— Você pensa que sou louco — disse ele. Com o cabelo curto puxado para um lado, a pele morena, o maxilar firme e os lábios finos, ele parecia durão, o que era desmentido pelos olhos. Aqueles olhos sempre denunciavam sua vulnerabilidade, exatamente o que Charlotte reconhecia agora. Ela intuiu que ele não estava pensando apenas no seu futuro como escritor, mas no seu futuro com ela.

— Você não é maluco — falou ela, respondendo mais à primeira questão do que à segunda. — Qualquer um que ofereça essa quantia de dinheiro não vai deixar você continuar no anonimato. Se aceitar qualquer uma dessas ofertas, sua vida vai mudar.

Ele pareceu se acalmar um pouco.

— E sei o que quer dizer quando fala em estar na posição de decidir — assentiu ela. — O meu trabalho é assim, e eu gosto. Não poderia ter vindo aqui neste verão sem essa liberdade. Só desejo... desejo...

— O quê?

Desejava que ele fizesse uma concessão, desejava que concordasse em ir com ela a Paris, ou ao menos que a fosse visitar em Nova York. Quanto ao resto, ela não se importava mais do que ele. Certo, dinheiro era ótimo, mas, se não era isso que ele queria, melhor ainda. Ela o amava do jeito que ele era — assim, honesto e puro, ingênuo à sua maneira, e vulnerável, com certeza, tudo o que se perderia se o mundo descobrisse quem ele era, e então, onde é que ela encontraria seu porto seguro?

Levantando-se da escrivaninha, rodeou com os braços a cintura dele e pousou a cabeça em seu peito.

— Isso é bom — foi tudo que disse, e ele pareceu contente em deixar as coisas assim.

Mais tarde, voltando para casa, Charlotte pensou em como aquilo era bom. Gostava de trabalhar com Leo. Mesmo com distrações, fizera um bom trabalho. Quer fosse o homem, seu lindo escritório ou o coitado do Urso — que sempre dava um jeito de encontrar a sua perna, onde quer que estivesse, para dormir encostado nela —, encontrava-se inspirada.

Nicole sabia também, pois as entrevistas que Charlotte lhe entregou eram de primeira. Tinham captado o espírito da ilha de um modo que a própria Nicole não teria feito, o que — fora o fato de Charlotte ser sua única colaboradora — justificava sua insistência em mantê-la. A fase aguda da raiva passara, deixando uma incômoda ferida, mas até isso enfraquecia diante do que significava a presença de Angie.

Fez o melhor que pôde para se reconciliar após cada discussão, determinada a ser mais madura e contida. Entretanto, com a aproximação da partida da mãe, e poucas menções a como estava a casa sem Bob e como sua presença forte permanecia, ou sobre o que fazer com suas roupas, Nicole foi ficando desconfiada.

Na manhã do sábado, quando estavam sozinhas na cozinha, Angie observou que não era tão ruim estar ali, que podiam fazer uma pausa nos empacotamentos porque talvez a ideia de vender a casa tivesse sido precipitada. Então Nicole explodiu.

— Precipitada? — gritou. — Mãe, você falou em vender a casa desde a morte do papai. Você não tinha nenhuma dúvida, nenhuma. A única coisa que mudou aqui foi Tom.

Angie recuou.

— Ele foi desagradável aqui? Por acaso ele se intrometeu no seu caminho? Sei que você evitou a ala oeste, mas, se tivesse ido lá uma vez sequer, teria visto que Tom e eu não ficamos no mesmo quarto e, se tivéssemos ficado, seria tão ruim assim? Será tão ruim eu ficar com a casa e passar temporadas aqui com uma pessoa que não é seu pai? Bob adorava ter a casa cheia de pessoas.

— Tom não é uma dessas pessoas.

— Você está certa. Tom é especial. Ele é a pessoa a quem seu pai me confiaria. Tom me conhece. Respeita o que tive com Bob e me incentiva a falar sobre isso. Ele jamais me pediria para esquecer as lembranças, do mesmo jeito que eu não pediria a ele que esquecesse a memória de Susan, que sua alma descanse. Mas esta semana foi mesmo boa. Então não, não vou vender.

Nicole engoliu com dificuldade. Se essa fosse a decisão de Angie, tudo bem.

— A casa é sua. Você pode fazer o que quiser. — Mas havia outro lado. — Não preciso ficar aqui.

Aquilo feriu Angie, que de repente pareceu chocada.

— Você não quer que seus filhos aproveitem Quinnipeague?

— Eu não *tenho* filhos! — Nicole gritou.

— Mas vai ter.

— *Quando?* Meu marido está doente e pode morrer.

Angie se esticou.

— Então você vai ficar sentada e esperar que aconteça?

— Mamãe!

— Estou falando sério. Está contando com a morte dele?

Nicole prendeu a respiração.

— Por favor, não use essa palavra.

— Então o que está programado para o outono? — Angie perguntou com uma calma que estava em desacordo com o momento. — Julian diz que tem uma semana de trabalho na Califórnia e depois alguma coisa na China, na primavera. Você vai também? Há muita coisa para ver na China. Ou você está com medo de fazer planos? — Sua expressão de repente se tornou mais dura, e as linhas sobre sua boca, mais pronunciadas. — A vida não obedece às nossas ordens, Nicole. As coisas não têm saído do jeito que você quer, mas você tem que aceitá-las...

— Não posso.

— Aceite e vá em frente — concluiu Angie.

— É isso que você está fazendo, abrindo mão de tudo que você tinha de bom?

Charlotte apareceu na porta e parou. Vendo-a, Nicole respirou fundo, levantou as mãos e começou a sair.

Mas Angie gritou:

— Ah não, não, não, não fuja. Precisamos discutir isso agora. Você está presa no passado, Nicole. Seu pai está morto. Nada conseguirá trazê-lo de volta.

— Me recuso a esquecê-lo.

— Então, lembre-se disto — disse Angie levantando a voz. — Ele não era perfeito. Ele nunca arrumou a cama ou se preocupou com a roupa suja, nem quando eu estava doente. Comíamos em restaurantes cinco estrelas e ele usava o guardanapo de linho para assoar o nariz, e eu nem sei dizer a você quantas vezes pedi que ele não fizesse, mas ele fazia. — A voz dela continuou subindo. — Ele nunca queria ouvir as minhas queixas do dia, porque meus problemas eram insignificantes, comparados aos que ele tinha que enfrentar. Ele vivia fazendo críticas e era impaciente. Estava tudo bem se tivéssemos que esperar por ele, mas ele não gostava de esperar por nós. E ele *morreu* antes de mim, Nicole — ela o acusou, com a voz cada vez mais alta. — Ele me deixou sozinha exatamente quando estávamos chegando ao que poderiam ter sido os anos mais tranquilos de nossas vidas. E há horas em que fico *furiosa* com ele por causa disso. — Sem fôlego, a voz baixou. — E isso quer dizer que eu não o amava? Não! Eu o amava com todos os seus defeitos.

Nicole não estava tão furiosa para não entender o que Angie dizia. Só não sabia onde aquilo ia chegar.

— O que isso tem a ver comigo?

— Você ama Julian?

— É claro que eu amo Julian.

— Então faça isso dar certo. — As palavras ficaram ressoando no ar com tudo o que Nicole não dissera sobre o estado do seu casamento. Nicole estava tentando decidir entre negar os problemas ou admiti-los quando Angie continuou. — E, como estamos falando sobre seu pai, há algo mais que vou dizer a você. Vivi com ele os percalços de dezenas de processos no tribunal, e uma coisa que seu pai sempre dizia era que temos de olhar para as cartas que temos nas mãos e ser criativos. Era assim que ele ganhava seus casos. Olhe para o que tem na mão, Nicole, e seja criativa. Crie a sua própria realidade!

Nicole não podia ser criativa com tantas outras coisas em sua cabeça. Um passo de cada vez. Era tudo que ela podia administrar, e foi por isso que tratou da roupa na lavanderia, preparou o almoço, ajudou Kaylin a arrumar sua bagagem e, na hora combinada daquela tarde de sábado, levou o trio para o *ferry*. Foi bastante simpática ao se despedir de Tom, e sentiu emoção verdadeira ao dizer adeus para Kaylin.

Como lidar com sua mãe? Sentira vontade de confiar a ela a história da doença de Julian por tanto tempo e, agora que ela sabia, continuava tão fechada quanto antes.

Parecendo intuir isso, Angie deixou que os outros embarcassem primeiro, e depois tomou nas suas as mãos de Nicole. Sua voz estava gentil, os olhos, bem maquiados, tristes.

— Não posso saber tudo que está acontecendo com você — disse. — Nem poderia, você é uma mulher adulta. Mas sempre foi tolerante. Não vejo isso agora. Querida, a vida não é preto no branco. E não há um quadro sequer que seja perfeito. Trata-se de juntar muitos tons de cinza e fazer algo extraordinário. O quadro muda. Essa era outra das lições do seu pai. Lembra quando ele mostrava as sombras no mar? Cada vez que a sombra muda, surge uma nova imagem. Só que às vezes as nuvens ficam paradas lá e nós é que temos de nos mover para olhá-las.

Em algum momento da noite, Nicole se moveu. Ao descer, viu um quadro diferente. Angie estava certa; ela era uma mulher adulta. Jamais se comportaria de acordo com o que sua mãe lhe dissesse, embora a frase que ressoava na sua cabeça tivesse vindo dela: *Crie a sua própria realidade, realidade*.

E com ela veio a convicção de que precisava ir para casa.

Charlotte levou-a ao *ferry*.

— Você tem certeza de que não posso ir? — perguntou quando tirou a mala de rodinhas do banco de trás.

Aquele roteiro era, na verdade, um dos muitos que Nicole havia imaginado durante a noite. Mas o que acontecera antes do casamento era algo que ela e seu marido precisavam conversar juntos. O mesmo em relação ao futuro deles.

— Preciso fazer isso sozinha.

— Se você quiser que eu converse com ele, estou aqui.

— O que quero mesmo — disse Nicole — é que você se atenha ao livro. Estou em pânico sobre isso. O timing de tudo isso não poderia ser pior. Planejei o cardápio, e, caso não volte logo, você tem as minhas anotações sobre o resto. — Ela havia acrescentado outras mais durante o café da manhã. — Vai manter o ritmo das coisas?

— Com certeza! — respondeu Charlotte olhando para ela com sinceridade. — Farei qualquer coisa, Nicki. Diga o que quer e faço. Posso até fazer seu blog.

Nicole sorriu, um pouco triste.

— E me tirar a única coisa que faço bem?

Abraçou Charlotte com espontaneidade, só percebendo depois que talvez não devesse. Mas já estava feito, com certeza um gesto tolerante. Sua mãe teria gostado. Perdão? Ainda não chegara lá. Precisava ouvir a versão de Julian da história. Por ora, porém, aquele abraço preenchera um vazio.

— Não se subestime! — exclamou Charlotte quando ela estava no topo da plataforma. Momentos depois, com o ruído de seu motor, o *ferry* zarpou, e ela estava a caminho.

Capítulo 22

Tomar a decisão de voltar para Filadélfia deixou Nicole impaciente. Como não conseguiu encontrar um táxi em Rockland, teve que esperar pelo ônibus do aeroporto e depois, de novo, no aeroporto de Portland, por seu voo. Só aterrissou na Filadélfia no fim da tarde, mas durante todo aquele tempo não mudou de ideia. O único receio que teve quando seu táxi se aproximou do condomínio foi o de temer encontrar Julian acompanhado. Não telefonara para avisar que estava chegando. Não tinha nada para dizer por telefone.

Sentiu a ameaça de uma dor de cabeça, mas conseguiu expulsá-la e esboçou um sorriso para o porteiro, que retirou sua mala do táxi e a fez deslizar com as rodinhas para dentro.

— Prazer em vê-la, sra. Carlysle. Quer que a leve até lá em cima?

— Não, obrigada John — disse ela, agarrando a alça para entrar no elevador. — Está bem leve. — As únicas coisas que tinha trazido eram aquelas que não tinha em casa, como maquiagem e uma ou outra das suas roupas preferidas, embora geralmente se vestisse de forma diferente aqui. Não sabia por quanto tempo ficaria. Isso dependia do que encontraria.

John apertou o botão para o décimo oitavo andar e, aparentando não saber da doença de Julian, sorriu para ela de forma habitual quando a porta se fechou. Quando esta reabriu, já estava com as chaves na mão.

Calmamente, insinuou-se no espaço deles. A carteira e as chaves de Julian encontravam-se sobre o console próximo, mas não havia sinais de que alguém estivesse ali com ele — nenhuma bolsa, nem sapatos ou roupas espalhadas. Viera sem avisar em parte para checar, e, embora odiasse a si mesma por ser tão desconfiada, esse era uma das questões que eles precisavam enfrentar.

Julian não estava na sala. Nem havia som de qualquer outro lugar — nem de televisão, nem de música, nem de pés caminhando na cozinha. Imaginando que estivesse trabalhando, desvencilhou-se da sua bolsa a tiracolo, largou-a sobre o carpete perto da mala e passou pelo hall, mas o escritório estava vazio.

Quando se virou, viu que ele estava parado na porta do quarto, usando calças cáqui e mocassins, mas a normalidade acabava ali. A camisa estava desabotoada, o cabelo, desalinhado e a pele, amarelada. Mais incomum ainda era o medo nos seus olhos.

Porque não estava sozinho no quarto?

Não. Ela percebeu de imediato que ele estava *profundamente* só, com os olhos se enchendo de lágrimas — o seu marido, quem ela amava com um tipo de irracionalidade que mantinha o amor vivo mesmo quando a raiva queria matá-lo.

— Desculpe — murmurou, o que a fez se tornar a complacente Nicole que havia dito a si mesma para não ser mais. — Não posso deixar você sozinho. Meu lugar é aqui.

Ia se aproximar, mas ele a alcançou antes e a puxou para si com uma força que ela não teria imaginado por causa da sua aparência.

— Você veio — murmurou ele, a voz trêmula no cabelo dela. — Não tinha certeza de que viria.

— Você não me pediu para vir — disse ela, surpresa, empurrando-o para trás. O medo continuava nos olhos dele.

— Você parecia tão distante. Pensei que queria ir embora.

— Pensei que você quisesse que eu fosse.

— Não sou bom para falar essas coisas — comentou, mas, antes que ela dissesse que aquilo precisava mudar, ele baixou sua cabeça e agarrou seus lábios com um beijo que, sim, tinha medo, mas também trazia o calor dos velhos tempos. Quando acabou, manteve-a presa por um momento, ali mesmo, encostados na porta, e ela não se queixou. Quando a beijou de novo e ela sentiu sua excitação pela primeira vez em meses, a dela cresceu também.

Nada mais importava então — nem Charlotte, nem as células-tronco, nem mesmo o tremor na mão que ela percebeu. Ela lhe deu o que ele queria, mas a fome era mútua — e, se havia uma raiva subconsciente na avidez dela, tornou-se desejo. Ela tomou iniciativa como nunca fizera antes, e pôde se familiarizar de novo com a pele dele, com seu cheiro, guiando quando os braços dele se cansavam, recusando-se a deixá-lo descansar até que ambos ficassem satisfeitos.

Meu. A palavra ecoou em sua cabeça quando finalmente se deitou contra ele, na cama, ouvindo as batidas do seu coração enquanto o dela batia no mesmo ritmo. Cansado ou não, ele manteve um braço ao redor dela, segurando-a perto e, quando adormeceu, ela o acompanhou.

Nicole acordou e viu as luzes da cidade brilhando num céu purpúreo. Erguendo-se assustada, viu que Julian estava acordado, com a cabeça no travesseiro e olhando para ela.

— Por quanto tempo dormimos?

— Umas duas horas — disse ele, e acrescentou calmamente: — Há dias que não me sentia tão bem.

— Mesmo?

— Mesmo.

Ela inspirou profundamente, expirou e, quando ele a puxou com força, voltou para o seu lado. De jeito algum levantaria a questão sobre Charlotte e estragaria o momento. Sim, ela queria o que tivera no passado. Queria apenas virar os ponteiros do relógio para dias anteriores à doença de Julian. E, sim, sabia que não podia. Mas, se por alguma razão aquela intimidade sobrevivera, precisava dela.

Em aparência, ele também, pois não falou nada e simplesmente continuou abraçado a ela, deixando-a sair só para buscar comida, o que ela fez preparando queijo quente com rúcula. Depois que acabaram, ele a quis junto, de novo.

Estava suficientemente cansada e suficientemente aliviada para dormir em seus braços noite adentro. Quando amanheceu, no entanto, não pôde mais esperar. Estavam deitados na cama, os dedos dele acariciando levemente o ombro dela.

Falou junto do peito dele:

— Conte-me o que aconteceu com Charlotte.

Os dedos pararam. E, quando ela não reformulou a pergunta, deixando-a no ar, ele suspirou, derrotado:

— Tive medo de que fosse isso. Tinha que haver um motivo para você estar tão diferente.

— Quero ouvir o seu lado — falou ela, sentando-se ereta e com o lençol preso nas axilas, a determinação no olhar. Na verdade, não queria saber *nada*. Mas, como conhecia o lado de Charlotte, precisava ouvir o dele.

Julian começou com o óbvio — cansaço e o malabarismo entre o trabalho e os preparativos do casamento, excesso de bebida e o pouco que se lembrara no dia seguinte, apenas sentindo que algo errado acontecera. Mas queria examinar mais profundamente também.

— Num certo sentido — confessou, desajeitado —, estava preocupado com o fato de me casar pela segunda vez. Era fácil culpar Monica pelo fracasso da primeira vez, mas um casamento é feito por duas pessoas. Você era mais jovem e mais vulnerável. Eu me sentia muito responsável por você. — A voz ficou fraca. — Não tinha certeza de estar à altura da tarefa. Mas lá estávamos nós, com o casamento se aproximando cada vez mais e os preparativos mais intensos. Entrei em pânico e bebi demais. Tentei fugir do medo.

— Quis que o casamento fosse cancelado ao fazer sexo com outra? — perguntou Nicole. Era uma sequência lógica ao que ele acabara de dizer. Ou perguntava agora ou ficaria sempre em dúvida.

— *Por Deus, não* — disse ele com força; procurou a mão dela e a segurou. — Foi uma coisa insana, uma coisa animal que não tinha nada a ver com o que eu queria.

— A festa do casamento foi um exagero? — perguntou ela, ainda tentando entender.

— Não, não, querida. O casamento estava perfeito. O problema era eu. Fiquei sobrecarregado e fiz uma coisa da qual me arrependo até hoje. Sinto muito, muito mesmo. — Ele sempre tinha sido modesto. Mas, humilde? Envergonhado? Era a primeira vez. — Foi a pior coisa que já fiz. Disse a mim mesmo que não tinha traído um juramento porque ainda não o tínhamos feito. Mas essa era uma distinção apenas técnica. Toda a coisa foi errada. — Seus olhos se desviaram, mas retornaram segundos depois. — Eu tinha esperança de me livrar da lembrança. Pensei que tinha conseguido.

Podia ser assim se não fosse a criança, ela sabia, mas ainda não queria mencioná-la.

Ele se encostara outra vez nos travesseiros, embora sua postura nada tivesse de relaxada.

— Quando foi que você soube... — Ele se interrompeu. — Ahh... Exatamente antes do Quatro de Julho. Foi aí que você se afastou.

Ela não se desculpou, não disse absolutamente nada. À luz da manhã, a icterícia dele era inquietante, mas ela não estava pronta para lidar com aquilo. Ele ainda precisava lhe dar mais explicações, e, embora se mostrasse visivelmente desconfortável com aquilo, Nicole fincou o pé.

Julian suspirou e olhou para outro lado.

— Mal a conhecia. Só a tinha encontrado naquele verão, e só ia a Quinnipeague nos fins de semana. Não foi uma coisa que planejei. — Olhou para Nicole, mais perturbado ainda. — Ela planejou?

— Não. — acreditava Nicole. — Ela também lamenta.

— Por que contou a você?

Porque tinha de contar, era o que Nicole poderia ter dito. *Porque eu estava dilacerada pensando que você estava tão desesperado que ia sacrificar a sua vida numa experiência médica, e porque ela queria me dar esperança.*

Mesmo assim, continuou em silêncio. A questão agora não tinha a ver com células-tronco, mas com o seu casamento.

— Ela provavelmente pensou que eu já sabia — disse simplesmente.

— Você pediu para ela ir embora?

— Não. Preciso dela para terminar o livro.

— Como é que você pode olhar para ela?

— Como posso olhar para você? — retorquiu Nicole. — Estou tentando entender, Julian. Digo a mim mesma que isso aconteceu há muito tempo, mas, de repente, vejo as coisas de modo diferente.

— Como o quê?

— Suas longas noites de trabalho. Viagens de negócios.

Ele sacudiu a cabeça espasmodicamente.

— Nunca!

— Nem quando fico semanas seguidas na ilha?

— Nunca — repetiu ele.

Ela começou a se balançar, não podia parar.

— Mas aconteceu com Charlotte, a minha melhor amiga. — A respiração se agitou com medos profundos aflorando. — Conheço mulheres que são traídas pelos maridos. Nunca me vi como uma delas. Mas sou, aconteceu.

Ele se adiantou rapidamente.

— Não foi um caso, não foi desejado...

— Foi por *minha* causa? — Teve que perguntar. — Eu não era suficientemente forte, ou esperta, ou independente?

Ele pegou o rosto dela com mãos trêmulas.

— Não foi por sua causa. Você era tudo o que eu queria. Foi por mim, eu me sentia inadequado e fui estúpido demais para querer afogar minha insegurança na bebida.

— Você? Inadequado?

— Você me coloca num pedestal, Nicki. Mas eu já havia destruído um casamento quando conheci você. Será que também destruí o segundo?

— Não sei — respondeu ela. A questão da esclerose múltipla precisava ser discutida, mas ainda não tinham terminado de discutir sobre a relação. — Ouço as desculpas de vocês dois e ela está fazendo tudo que pode para ajudar, mas ainda me sinto traída e com raiva.

— Sinto muito — disse ele, mas o fato de ter mencionado a raiva a aguçou, então ela vestiu um roupão e foi para a cozinha.

Minutos depois, com faca na mão, Nicole esvaziara o refrigerador das maçãs, peras, kiwi e abacaxi, cortava tudo em pedaços. Depois de jogar tudo numa cumbuca, acrescentou suco de lima e adoçante e a colocou na geladeira. Dez minutos depois, tinha transformado bisnagas de pão congelado em rabanadas com canela para dois, colocou uma porção de salada de frutas em cada prato e arrumou tudo na mesa do café da manhã — não porque Julian o merecesse, mas pela terapia estimulante que isso significava.

Usando uma camiseta de moletom e jeans, ele olhava da porta. Mantinha as mãos enfiadas sob os braços, os pés estavam nus.

— Sente-se melhor? — perguntou quando ela acabou.

Se ele tivesse sido irônico, ela responderia mal. Ainda sentia resquícios da raiva. Mas tudo que o tom dele comunicava era familiaridade, uma prova de que estavam casados havia dez anos, um casamento que ela não se sentia pronta para romper.

Sim, sentia-se melhor. Não ótima, apenas melhor. Aquiescendo, colocou as mãos no bolso e encontrou o olhar dele.

— Que Deus me ajude, Nicole. Não houve outras mulheres. O que aconteceu naquela noite foi um erro.

— Você conheceu outras mulheres antes de mim...

— Mas jamais enquanto permaneci casado com Monica — cortou ele. — E jamais desde que estou casado com você. Saiba que nunca tive qualquer outro contato com Charlotte depois do casamento.

Nicole sabia. Toda a questão da criança comprovava isso, porque, se Julian tivesse sabido, não haveria forma de continuar ocultando agora.

Café. Ela queria café. Virando-se, tratou de fazê-lo, mas ele veio por trás, abraçou a sua cintura e enterrou a cabeça nos cabelos dela.

A voz estava abafada.

— Não quero perder você, Nicole. Você é a melhor coisa da minha vida.

As palavras a espantaram. Terminou de arrumar o café, então se voltou para ele.

— Você teria dito isso mesmo que eu não soubesse de você e de Charlotte?

— Sim. Teria dito ontem à noite se tivéssemos ficado acordados.

— Por que foi preciso o meu silêncio para que você se desse conta disso? Porque normalmente sou tão confiável? Porque era uma tolinha, dez anos atrás e ingênua demais para que você se preocupasse antes?

— Não — insistiu ele, emoldurando o rosto dela com as mãos, mas franziu as sobrancelhas outra vez. — E você não é tolinha. É uma mulher extraordinariamente inteligente, que nunca acreditou em si mesma. Nunca pediu muito. Achei que era simplesmente assim. E agora, com a EM? Você era a única pessoa a quem eu podia expor a minha angústia.

— A angústia passou?

— Não. Mas preciso tomar uma decisão e não posso fazer isso sozinho.

— Outras pessoas sabem agora — argumentou —, você pode falar com elas.

— Elas não são você. Preciso de você ao meu lado. Estive péssimo nesses últimos dez dias.

Ela queria acreditar, queria pensar que as lágrimas nos olhos dele na noite anterior tinham sido de puro alívio por ela estar ali. Era um pensamento estimulante.

Fez um gesto para ele se sentar, serviu dois sucos de frutas e estava carregando os cafés quando ele se serviu de uma porção de salada e pousou o garfo. O tremor da mão havia se acentuado.

— Não está melhor? —perguntou ela docemente, sentando-se na cadeira ao lado da dele.

Ele sacudiu a cabeça.

— Como seus pais receberam a notícia?

— Estoicamente. — Agarrou o café com as duas mãos. — Papai ficou quieto, mamãe se recusa a admitir as repercussões que isso terá na minha carreira. — Hesitou. — Eles não ligaram para você?

Ela sacudiu a cabeça. Nunca fora muito íntima dos pais de Julian; sempre pensara que eles a encaravam como a segunda mulher, talvez uma espécie de dondoca. Talvez por causa da sua voz um pouco infantil, ou do fato de ela não lhes ter dado um neto. Comprava presentes de Natal, mandava cartões de aniversário, e dedicava-se a eles totalmente quando vinham a Filadélfia, embora isso não fosse frequente. E os pais dela ficavam a apenas uma hora de distância.

— Está tudo bem — disse para Julian. — Estão lidando assim como você. A notícia se espalhou pelo hospital?

— Um pouco. Só voltei na tarde de sexta-feira. Alguns amigos vieram me ver. Fica esquisito até eles se darem conta de que eu ainda sou eu — bateu na própria cabeça —, está tudo aqui. Dan foi ótimo em Durham. E Antoine quer jogar golfe. Ele diz que me fará bem, embora eu ache que ele está se sentindo culpado. Preciso reconhecer, no entanto, que ele não está fugindo. — Parou de repente.

— Os outros estão? — Nicole perguntou.

Julian levantou a mão e saiu da sala, caminhando com alguma dificuldade, algo que ele habitualmente procurava disfarçar. Voltou logo depois vestindo meias de lã.

— Quem fugiu? — perguntou ela.

— A equipe de apoio. Não é nada, eu só fiquei umas poucas horas, e a ideia toda é estranha para eles. Não sabem o que dizer. A gente imaginaria que sim, pois faz parte da profissão deles. Mas não se trata de um paciente. Trata-se de mim.

— Você está mancando?

— Você viu. Vai e volta. Há algum alívio em não precisar me preocupar que alguém veja. — Levantou-se outra vez e, dirigindo-se à sala de estar desta vez, mexeu no termostato.

Quando retornou, Nicole tocou em sua mão. Estava fria.

— Sinto calafrios — admitiu calmamente, passando a se ocupar da rabanada.

Os calafrios eram o efeito colateral dos medicamentos que tomava. Isso, mais o tom amarelado de sua pele e o acentuado tremor da mão demonstravam a sua ineficácia.

Ela comeu silenciosamente ao lado dele por algum tempo, fruindo o bem-estar deles, gostando de vê-lo comer, gostando de vê-lo mais à vontade com ela, de algum modo o ele de antes. Por causa do sexo? Talvez. Os homens costumam se orgulhar disso.

Havia, entretanto, um elefante na sala, grande e peludo. Parou depois de comer apenas a metade do desjejum.

— Fez alguma coisa em relação à outra hipótese? — perguntou.

— As células-tronco? — Olhou para a rabanada dela e perguntou: — Você vai comer?

Ela aproximou o prato e esperou que ele terminasse quase tudo que havia ali. Naturalmente magro, estava ainda mais magro do que nunca. Pela falta dela? Por desinteresse em comer? Ou por causa do enjoo, outro efeito colateral?

— Células-tronco — insinuou ela suavemente, preparando-se para o que temia ouvir. Desgraça iminente? Parecia tão longe o momento em que usara essa frase com Charlotte. Tinha conseguido deixá-la de lado por um tempo, mas eis que aparecia de novo bem na sua frente.

Abaixando o garfo, ele pousou a mão mais afetada no colo e olhou para ela.

— Não. Ainda não fiz nada.

— Por que não? — perguntou, surpresa. Ele parecera tão determinado na última vez que haviam discutido o assunto.

Julian tentou beber mais café, mas ela tirou a caneca da sua boca e serviu um novo, quente e fresco. Como antes, ele segurou a caneca com as duas mãos.

— Por que não, Julian?

Ele a estava examinando com estranheza.

— Essa não é uma discussão que você quer ter.

— Eu sei. Mas não quero mais ser deixada de fora.

— Nunca deixei você de fora. — Pensou bem e reformulou. — Só deixei de falar quando você disse coisas que eu não gostei.

— Se quer que eu esteja envolvida na sua vida, precisa me deixar entrar.

— Quero você envolvida na minha vida — disse ele. — É uma das razões porque não levei isso adiante. Eu sabia que você era contra.

Uau!

— E isso importa?

O olhar dele foi de grande intensidade.

— Sim! Importa muito.

— Porque você quer que eu apoie o que você faz?

— Não. Porque quero a sua opinião. Você tem bom senso, e eu dependo dele.

— É verdade? Mas o médico é você. Você sabe mais.

— Talvez sobre medicina. Não sobre a vida.

Nicole não sabia o que pensar. Julian depender dela era algo estranho. Ao observá-lo, ele ficou mais seguro.

— Também me questiono. Não é uma decisão fácil. — Olhou para fora da janela e depois para ela. — Podemos dar uma caminhada ou fazer alguma outra coisa?

— Você não tem que ir ao hospital?

— Por quê?

E ali havia amargura. Ela imaginou que se transformaria em irritação e que cresceria até se voltar contra ela em algum tipo de acusação, mas ele deixou passar.

— Tenho um compromisso às duas — concedeu ele, recompondo-se como o velho Julian profissional e competente. — Trata-se de uma primeira gravidez. Há sinais de hipoplasia do ventrículo esquerdo do feto e, com razão, a mãe está muito preocupada. Não posso realizar a cirurgia, mas, como a técnica é minha, posso tranquilizá-la. Meu nome ainda vale alguma coisa. — Levantou-se. — Vamos?

Caminharam devagar. Embora o calor úmido estivesse muito forte, a familiaridade com a cidade era tranquilizante num momento em que suas vidas se encontravam tão abaladas. Julian a segurou pela mão e depois enfiou o braço dela no dele. Parecia precisar dessa conexão. Desejosa demais daquilo também, Nicole apenas fruiu o momento.

Quando chegaram ao parque da Praça Rittenhouse, encontraram um banco vazio perto do chafariz, onde o movimento das águas era calmante. Havia uns poucos pedestres, mas a atitude deles também era tranquila. Julian esticou as pernas, cruzou os tornozelos e, embora seus braços estivessem cruzados, os cotovelos permaneceram ligados.

Quando perguntou sobre Kaylin, Nicole descreveu a visita de forma equilibrada. Continuou contida quando ele perguntou por Angie. Visto da Filadélfia, com Julian, o problema de Tom simplesmente perdia importância, embora Julian tivesse feito todas as perguntas sensatas no que dizia respeito à lealdade ao Bob. A mesma coisa em relação ao fato de Angie decidir não vender a casa. Nicole ainda elaborava o significado daquilo tudo.

As perguntas cessaram. Retirando os olhos do chafariz, ela percebeu que ele a examinava. Sorriu, intrigada.

— A sua voz está diferente — observou ele. — O jeito de você falar. Está mais direto.

— Como o de Charlotte? — perguntou ela, sentindo uma ternura que bem pouco tempo antes não lhe parecia mais possível. Ou os velhos hábitos demoravam a morrer, ou os novos eram, sim, mais compassivos.

De qualquer modo, ele enrugou um pouco a testa.

— Não saberia dizer. Mal a conheci.

Aceitando ao menos aquilo, Nicole explicou:

— Ela teve que enfrentar muitas coisas na vida, então não gasta palavras. Quando ela fala, a gente escuta. Pessoas me perturbam às vezes. Penso que preciso preencher o silêncio, quer tenha algo a dizer ou não.

— É a sua sociabilidade. E gosto da sua voz — disse gentilmente. — É única.

— Infantil?

— Doce.

Ela suspirou.

— Até cairmos na real. — Ela esperou. Ele parecia dilacerado, mas precisavam discutir os próximos passos do tratamento médico. Estar sentados no meio de uma manhã tranquila num jardim público parecia tão adequado quanto seria qualquer outro lugar. — É a sua vez — provocou.

Soltando o braço dela, ele chegou para a frente, colocou os cotovelos sobre os joelhos e entrelaçou as mãos. Falando lentamente, parecia lutar, sem saber por onde começar. Finalmente, deu-lhe um olhar de relance.

— Tenho lido os blogs sobre EM — disse.

Aquilo a surpreendeu. Ele sempre resistira a isso.

— Você disse que não tinham a ver com o seu caso.

— Não têm a ver no sentido de trabalho. O fato de ser essa a minha profissão é que torna isso tão ruim para mim. Mas não quer dizer que outros não tenham problemas. E muitos não têm o acesso aos médicos que nós temos.

Ela poderia ter concordado com ele, dito que já estava na hora dele superar a autopiedade e olhar para fora de si mesmo. Mas isso teria apenas preenchido o silêncio, o que ela não faria mais. Julian precisava falar, então esperou que continuasse.

Finalmente, franzindo a testa e olhando para o chão, ele falou:

— Sinto como se estivesse diante de um precipício. Sei que soa dramático, mas nunca estive numa situação como esta. Colocam, todo o tempo, a vida de bebês nas minhas mãos, ou costumavam colocar. Eu estava no controle. Mas agora não estou. Não posso controlar o médico, nem o processo, nem os resultados. Leio os blogs e digo a mim mesmo que, se eu retomasse o plano de um tratamento mais convencional, talvez pudesse continuar por um longo tempo com um declínio mínimo. Depois penso nas coisas que amo e que não seria capaz de fazer. — Seu rosto se contraiu mais ainda, as sobrancelhas escuras ficaram mais pronunciadas. — Peço aos meus pacientes que corram riscos. Mas eu não posso os correr? — Pensou naquilo, com as mãos apertadas uma na outra. — Então estou aqui, na beira do abismo, sabendo que, se decidir pular, tanto posso voar quanto cair. — Quando olhou para ela, estava lutando para segurar as lágrimas. — Não sei o que fazer!

Com o coração partido, ela chegou para a frente a fim de que seus braços se tocassem e se inclinou sobre ele por vários minutos. Depois, sentindo o seu tremor, virou a cabeça encostada no ombro dele.

— Você ainda quer aquela cura.

Os olhos estavam assustados quando encontraram os dela, e a voz, baixa.

— Sim.

O medo dele de alguma forma fazia ecoar o dela.

— Células-tronco de cordão umbilical — sussurrou ela, só para ter certeza.

Ele assentiu.

— Se eu for tentar, que seja direito.

— Apesar dos riscos? — perguntou ela, segurando a respiração.

Ele hesitou, depois falou suavemente:

— Quero uma cura. Digo a mim mesmo que não importa contanto que eu esteja vivo. Só que importa, sim. Quero isso para mim, mas também para você, para *nós*, para que eu possa ser o tipo de marido que você merece. E quero para os outros que também estão enfrentando o que nós enfrentamos. — Com a voz ainda baixa, disse: — Essa é outra diferença que tenho com os blogs. Já vi o sucesso que pode resultar quando se corre os riscos numa nova técnica. Sei como os avanços acontecem. Depende de alguém que esteja disposto a tentar.

— Pode não dar certo — murmurou ela, sentindo-se também diante do precipício. Ele precisava do apoio dela. E ela podia ser quem ia empurrá-lo.

— Eu sei. Isso me assusta muito. Mas os medicamentos não estão dando resultado. Não preciso fazer exame de sangue para saber o que está acontecendo. Se eu não parar com isso logo, meu fígado se vai. — Sua respiração estava irregular. — Quero tentar, Nicole.

E eis que a escolha era tão simples como amá-lo e desejar a sua felicidade. Era a carta que tinham para jogar. E essa carta mostrava que, se ele tinha uma chance de ganhar, ela tinha que ser jogada.

Os olhos dele expressaram a necessidade. Ela se perdeu neles para finalmente, após um momento de súplica, ceder:

— Então você deveria tentar.

Ele a empurrou de leve, visivelmente surpreso.

— Você não pensava assim, antes.

— Eu não compreendia o quanto você estava desesperado. Não tinha certeza se a decisão estava tomada.

— Ah, tomei, sim. Desde domingo tenho pensado muito nisso. Posso morrer. Posso viver e ficar curado e ainda assim não ser mais capaz de operar. Posso viver e ficar extremamente debilitado só por causa do tratamento. Posso sobreviver e ficar em estado vegetativo. Conheço os riscos.

O momento final da apelação passara para ela agora. As palavras, uma vez pronunciadas, não podiam ser retiradas. Mas Julian queria, e Nicole podia imaginar o quanto ele queria aquilo.

Tomando fôlego pela última vez, engoliu e disse suavemente:

— Há uma coisa que pode diminuir os riscos. — Ela o amava e, para o bem ou para o mal, devia isso a ele. — Charlotte teve um bebê.

A expressão de indiferença dele dizia: *E o que isso tem a ver com o que estávamos falando?* Mas, depois de um minuto de profundo silêncio, porém, a indiferença se dissolveu.

— Ela teve um bebê *meu*? — sussurrou com horror. Endireitando-se no banco, exalou uma lufada cortante. — *Meu* filho?

— Agora nem seu nem dela — explicou Nicole, rapidamente.

A expressão dele foi do choque à confusão.

— Ela não disse nada.

— O que ela podia dizer? Pense nisso. Qual era a sua escolha?

Julian se encostou no banco, ainda em choque.

— Tem certeza de que é meu?

— Ela diz que não esteve com ninguém mais. Se não fosse assim, se houvesse a menor chance da criança não ser sua, ela não teria confessado que tem as células-tronco.

— As células de uma criança garantem ao menos a metade da compatibilidade. — Mas ele ainda lutava com a notícia. — Ela carregou uma criança durante nove meses sem dizer uma palavra? Quem a ajudou?

— Ninguém. Estava sozinha.

Ele absorveu a informação em silêncio.

— Você teria lutado por ela? — perguntou Nicole finalmente, porque aquilo a impactava. Ah, aborto não teria sido uma opção. Nenhum deles escolheria isso. Mas, se Julian tivesse ficado com a criança, a vida de Nicole mudaria radicalmente, e não apenas no sentido de ter que criar a criança. Mãe adotiva era uma coisa, mas mãe de uma criança concebida num momento de traição? Charlotte teria sido parte para sempre de seu casamento. E este provavelmente não teria dado certo.

Ele ficou pensando naquilo durante algum tempo antes de sacudir a cabeça.

— Você quer saber da criança — afirmou ela cautelosamente.

Ele pensou de novo, depois sacudiu a cabeça outra vez.

— Não posso, agora não. Fale-me das células-tronco.

— Estão congeladas. Charlotte é a dona delas até a criança chegar aos 18 anos.

Ele refletiu e respirou fundo mais uma vez.

— Não tenho certeza se isso torna a minha decisão mais fácil ou ainda mais difícil.

— Por que mais difícil? — perguntou ela.

— De repente é real. — Muito diferente dele mesmo, Julian enfiou a mão nos próprios cabelos e depois agarrou a parte de trás do pescoço. — Se existe um doador compatível, tenho uma vantagem. É bom demais para não aproveitar. Mas o tiro ainda pode sair pela culatra. — Os olhos dele fixaram-se nos dela. — Ainda posso morrer.

— Essa não é uma palavra boa, Julian — avisou calmamente. — Você confia em Hammon?

— Sim.

Pegou a mão dele — tão fria de novo — e a levou à própria garganta.

— Como os seus pacientes confiam em você? — E, quando ele assentiu, completou: — Então, se alguém pode minimizar o risco é ele.

Voltaram calmamente para casa. Julian não correu para o telefone; sentou-se na sala de estar e meditou. Nicole pensou que ele ainda processava o fato de que naquela noite de dez anos antes uma criança fora concebida. Porém, a julgar pela indecisão no seu rosto, ele comparava o que lera nos blogs com aquela nova informação.

Quando Nicole se sentou no braço da poltrona, ele rodeou sua cintura com o braço. Quando ela lhe trouxe o almoço, comeu tudo que lhe foi servido. E, quando saiu para o compromisso das duas horas, ela o abraçou e o deixou ir. Não perguntou no que ele pensava e, embora estivesse louca para saber, não quis perturbá-lo. Estavam juntos na empreitada. Ela acreditava nisso agora de um jeito diferente. Conhecia seu marido. Era um homem contido, e falaria quando tivesse algo a dizer.

Quando voltou do hospital, falou. De lá, havia telefonado para Nova York. Peter Keppler concordara com ele sobre a ameaça ao fígado e, concordando com o passo seguinte, voltara a lhe receitar um remédio mais convencional. Julian também falou com Mark Hammon, que começara aparentemente a conversa defendendo a ideia de um transplante autólogo, mas só até acessar, pela internet, seu último exame de sangue.

— Minha contagem está muito baixa — disse Julian a Nicole. — Não conseguiríamos as células suficientes no meu próprio organismo, então vou precisar das células de um doador. Se Charlotte está dizendo a verdade, aquelas células-tronco seriam um presente. Mark ficou entusiasmado. É a primeira vez que percebo essa reação nele. Mas ele é cauteloso. Quer que eu pense sobre tudo mais uma vez. Também quer que me recupere. — Agora, também cuidadoso ele, disse: — Quero ir para Quinnipeague, Nicki. É o melhor lugar para descansar. E Charlotte está lá. Ela e eu precisamos conversar.

A voz antiga de Nicole teria gritado *não, não, não.* Acabara de encontrar seu marido de novo e não podia se arriscar a perdê-lo para uma mulher com quem ele tivera um caso, ou como quisesse chamar aquilo. Vê-los separados era uma coisa, mas juntos — e em *Quinnipeague?* Na ilha *dela?* Seu *porto seguro* — que já não era mais o de antes, graças exatamente a essas duas pessoas...

Quando a voz profunda e madura veio à tona, porém, disse que Julian e Charlotte precisavam, certamente, conversar. Nicole abrira, ela mesma, a porta para que aquilo acontecesse ao falar das células-tronco. Ele e Charlotte tinham uma conexão que não terminaria tão cedo.

Ela não sabia o que mais a assustava — ele ser submetido ao transplante de células-tronco ou seu encontro com Charlotte. Ambos faziam parte da nova realidade. Se Angie tinha razão, Nicole precisava aceitar e seguir em frente.

Seguir em frente envolvia duplamente Charlotte. As células-tronco tanto podiam salvar quanto matar. Tendo encorajado Julian a usá-las, Nicole sentiu todo o peso da responsabilidade. Queria dividi-lo com a mulher que tornara aquilo possível.

Capítulo 23

Charlotte sentiu o peso. Tinha permanecido sobre os seus ombros por mais de um mês, mais pesado depois que falou com Nicole sobre a criança e, agora, estava ainda pior. Hora após hora sem uma palavra? Louca para saber o que acontecia, relutava em se envolver no que supunha ser um momento difícil para Nicole e Julian.

Quando finalmente, *finalmente*, Nicole enviou uma mensagem na manhã de quarta, ficou aliviada apenas enquanto não a leu. Sentada diante da escrivaninha de Leo, releu desolada a frase; depois jogou o telefone longe e gritou:

— Estou esperando notícias há dois dias e isso é o melhor que ela pode fazer? *Voltando amanhã, pode me buscar no píer?*

— Escreva de volta — sugeriu Leo e, é claro, essa era a coisa sensata a fazer, só que Charlotte não tinha conseguido ser sensata desde que Nicole partira. Muita coisa estava em jogo, a saúde de Julian e o casamento de Nicole, sem falar no futuro da amizade.

Escreveu então *O que aconteceu?*

Conto amanhã foi o que Nicole respondeu, e Charlotte reagiu emitindo um som exasperado.

Leo estava lendo por sobre seu ombro.

— Escreva de volta.

Ele sabe, escreveu.

Sim.

E...?

Amanhã. Não posso falar agora.

Jogando o telefone por cima da mesa, Charlotte se voltou para Leo.

— Como entender uma mulher que é capaz de encontrar dez maneiras de dizer a mesma coisa numa conversa e que se recusa a falar agora? Ela não sabe que estive esperando?

— Esperando *ansiosamente* — observou Leo, sentando na sua cadeira e recostando-se.

Supersensível, ela o examinou.

— Você está debochando de mim?

— Não, não. Mas a sua mente não tem estado aqui. — Olhou para o notebook dela. — Adiantou algum trabalho hoje? Ontem?

— Você sabe que não — respondeu ela. — Mas veja quem está falando. Você diz que é porque o *Próximo Livro* está uma droga, mas não me deixa ler e então nem posso te estimular. Quero estímulo, Leo. — Se eles tivessem algum futuro como casal, ele precisava aprender. — É o que estou precisando agora mesmo.

— Acho que você fez tudo certo — disse, depois de pensar e abaixar as sobrancelhas.

Ela suspirou.

— O que foi? — perguntou Leo na defensiva.

— Diz que Julian e Nicole vão ficar bem.

— Você quer que eu minta? Não sei o que vai acontecer. — As sobrancelhas desceram mais ainda. — E, afinal, por que isso tem tanta importância? Você não a viu por dez anos. Você se afastou.

— O que foi totalmente culpa minha — declarou Charlotte. — Algo que seriamente me arrependo e tenho tentado superar vindo aqui neste verão. Nicole é a única amiga que tenho que me conhece desde que éramos crianças. Isso significa alguma coisa.

Leo endireitou a cadeira.

— Eu não saberia dizer — falou calmamente, os olhos escuros mais penetrantes. — Mas você não era chegada aos seus pais também.

Lívida, ela falou:

— Desculpe-me, o sujo falando do mal lavado? Meus pais estão tão mortos quanto a sua mãe, mas seu pai não está. A propósito, o que ele faz? Quando Nicki e eu estivemos em Portland, vi alguém que se parecia com você.

— Nada parecido. Ele é que anda se pavoneando por aí com calças cáqui, um boné, óculos escuros, um emblema no braço e uma arma na cintura.

— Ele é um *policial*?

— Chefe de polícia.

— *Sério?* — Mas ele não brincaria com uma coisa dessas. O pai dele, o chefe de polícia? Nossa!

— Quando foi a última vez que você falou com ele? — Leo ficou em silêncio. — Você não acha que deveria tentar de novo? Não acha que ele deveria saber o que você está fazendo na vida? Ele não é um joão-ninguém, Leo. Não acha que ficaria *orgulhoso*?

Ele olhou fixo para ela.

— Não, ele não ficaria orgulhoso.

— Por que não?

— Porque ele disse que eu nunca faria nada na minha vida se ficasse aqui, então ele teria que dar o braço a torcer, e essa não é sua atitude predileta.

Leo raramente falava do pai. O fato de Charlotte raramente falar dos seus pais era uma espécie de acordo entre eles. Mas o pai dele estava vivo e constituía nitidamente um ponto sensível. Falar sobre ele agora trouxe a vulnerabilidade ao seu olhar que sempre a comovia. Parte do seu passado era tão escuro quanto os seus olhos.

Com remorso, pegou na mão dele.

— Sinto muito, não quis me intrometer.

— Você quis — disse ele simplesmente. — Isso tem estado na sua cabeça.

— Talvez, mas não é da minha conta.

Ele não retrucou, apenas continuou a olhar para ela de um modo que queria dizer que era, sim, da conta dela, porque o que quer que estivessem vivendo, cada dia se tornava mais íntimo, então precisavam se conhecer melhor para entender os motivos pelos quais ele não podia deixar a ilha, e os pelos quais ela não podia ficar.

Sem palavras, Charlotte sabia disso também. Um policial? Incrível.

— O que você mais odeia nele?

Leo finalmente pestanejou, respirou fundo e baixou os olhos para as mãos deles entrelaçadas, pedindo o apoio delas.

— Que nunca tenha vindo aqui, como se não tivesse tempo para isso. — Olhou para os dedos de ambos, tão misturados a ponto de não se saber de quem eram.

— Ele deve ter vindo quando você foi concebido.

— Aconteceu lá.

— Como você sabe?

Ele olhou para ela.

— Quando percebi que não tinha brotado como as plantas dela, perguntei à Cecily.

— E, nesse momento, ela explicou os fatos da vida?

— Ah, não, esses eu aprendi com os outros garotos. Era muito humilhante não saber. Não que eles soubessem realmente, não sabiam nada da beleza. — Levantando as mãos dela, separou os dedos para beijá-los.

E de novo o coração dela se apertou. Ele fazia aquilo como nenhum outro homem jamais fizera — distinguia-se ao transformar a carícia em algo extremamente doce. Ou talvez aquela fosse a sua maneira de expressar amor, porque pressentia que era isso que ele sentia também.

— Sinto muito — disse ela outra vez. — Posso ser um saco, eu sei.

— Não todo o tempo. — E ele sorriu o seu sorriso de durão mordaz.

Sorriso que ela apreciou por um minuto antes de dirigir um olhar desolado para o telefone.

— Digo a mim mesma que sou apenas a mensageira. Eles vão dizer que querem as células-tronco, dou um telefonema e pronto. Só que não é assim. Me preocupo com o que vai acontecer a cada passo do processo. — Refletiu mais um momento. — E depois, há o livro. Esperava que Nicole ficasse fora uma semana. E você tem razão, não escrevi muito.

— Mas você tricotou. — A bolsa do tricô estava no chão. Como consertara os pontos, quase chegara ao fim da segunda manga. — Para quem é?

Ela suspirou.

— Para mim, acho. Ao menos o trabalho. Sinto-me melhor quando tricoto. Como você, quando esculpe. — Para ele, era o trabalho também. E, embora nunca terminasse nada, era bom no que fazia. Ela sempre podia reconhecer o que ele tentava esculpir.

A expressão dele se tornou irônica.

— Minha alternativa não é ficar dando voltas sem sentido.

— E eu faço isso?

— Às vezes. — Ele sacudiu de leve a mão dela. — Por que não liga para ela? Seja honesta. Diga que a espera a está matando.

Ela refletiu sobre fazer aquilo.

— Mas, se Julian estiver lá, ela não vai poder falar e, além disso, a minha impaciência é insignificante comparada com o que ela está enfrentando.

Leo voltou a recostar-se, embora de forma nem um pouco sedutora desta vez. Ele parecia querer ajudar, mas não sabia como.

— Você é uma boa amiga — disse finalmente, o que de fato ajudou, assim como o sorriso encantador e o resto dele todo. Os cabelos estavam despenteados, os olhos, íntimos e diretos. Usava um short preto de ginástica, uma camiseta regata que deixava à mostra os ombros e um pouco dos pelos do peito. Encontrava-se descalço, o que parecia ser a sua preferência, e agora ela também andava descalça. O dia estava quente e as janelas francesas, abertas; o oceano batia suas ondas na praia a menos de 100 metros, fazendo entrar o perfume da suave brisa marinha.

Animada tanto pela brisa quanto pela presença, rolou sua cadeira até ficar de frente para a dele, deslizou a mão até suas coxas e suspirou.

— O que é? — perguntou, divertido porque podia ler os pensamentos dela, todos libidinosos. O jeito como ele estava sentado, com uma sombra em seu maxilar, e aquele olhar envolvente o tornavam extremamente desejável.

Mas isso já acontecera naquela manhã.

E o sexo com Leo continuava a surpreender. O encantamento era mútuo: muito do que faziam era novo para ele também. Davam-se muito bem nessa área.

Sexo, entretanto, não sustentava uma relação. E não funcionava a longa distância. Como já estava em Quinnipeague fazia quatro semanas, havia apenas mais quatro antes de Charlotte partir. Então, Paris, que ela adorava. E a Toscana, que também adorava.

Suspirou de novo.

— Podemos fazer alguma coisa?

Ele sorriu, desajeitado.

— Aquilo?

— Não, tipo velejar.

Ele pensou por um minuto.

— Que tal jet ski?

Ela o olhou, desconfiada.

— Não estou vendo um jet ski na sua doca.

Erguendo-a pelas axilas, beijou firmemente a sua boca.

— Ser um autor best-seller tem suas vantagens. As pessoas estão loucas para agradar. Sei de um que posso pegar emprestado. Está interessada? — perguntou.

— Numa distração? Pode apostar.

Zanzar ao redor da ilha num jet ski era uma ótima distração.

O mesmo em relação a um jantar na Chowder House, o que confirmava o que a maioria dos ilhéus já sabia sobre o envolvimento deles. Até mesmo as sobrancelhas levantadas de Dorey Jewett, mais de surpresa que de alerta, transmitiam a Charlotte um sentimento caloroso.

E fazer amor na areia naquela noite? Continuar nua, depois, sob as estrelas? Tirar o sal na jacuzzi dele e depois voltar a fazer amor na sua cama?

Distrações, mas todas finitas. Quarta-feira chegou logo, e Charlotte acordou preocupada. Foi então que Leo a guiou pelo jardim e para dentro do bosque. Gastou alguns minutos procurando até que Urso farejou e mostrou, e nesse ponto Leo se ajoelhou e empurrou para trás uma massa de folhas de samambaia para revelar cachos baixos do que mais pareciam trevos vermelhos de quatro folhas. Tinham um aspecto estranhamente místico.

— *O que são* essas flores? — perguntou ela, agachando-se ao lado dele.

— Não sei. Mas realizam desejos.

— Sério?

— Era o que Cecily dizia. Ela as escondia no bosque.

Mais do que feliz por afastar a realidade um pouco mais, Charlotte estava encantada.

— Realizam desejos, é?

— Era o que ela dizia.

— Como os trevos verdes de quatro folhas?

Deu de ombros.

— Então você tem certeza?

— Se funcionam? Cecily dizia que sim. Ela só dava para pessoas muito especiais, amigos muito fiéis, que não contavam para ninguém. — Arrancou um botão e o segurou pelo talo fino. — Feche os olhos e faça um pedido.

Charlotte fechou os olhos e pediu Leo. Depois olhou para o leito de pétalas. Trevos comuns de quatro folhas eram raríssimos, mas esses vermelhos pareciam centenas no canteiro.

— Posso fazer mais um pedido?

Enfiando o primeiro trevo na camiseta dela, sob a renda do seu sutiã, perto do coração, colheu mais um.

— Feche os olhos.

Ela fechou os olhos e pediu a cura para a esclerose múltipla de Julian.

— Mais um? — Dessa vez, desejou que Nicole e Julian vivessem felizes para sempre. Ela agora tinha três pétalas no seu sutiã, mas, quando foi retirá-las, Leo cobriu sua mão.

— Precisam ficar com você por três dias.

— Em mim?

— Ou num bolso.

— O que acontece depois de três dias?

— Secam e morrem. Nesse momento, o pedido está enraizado ou não.

Charlotte o olhou com ceticismo.

— Está brincando comigo?

— E eu provocaria a ira de Cecily mentindo? — perguntou muito sério.

Não. Ela imaginava que não. Mesmo assim, trevos vermelhos que realizam desejos?

— Poderia pegar uma muda e plantar no jardim de Nicole?

Leo deu a impressão de que ia recusar. Depois, fez uma pausa e franziu a testa.

— Acho que pode. A valeriana ainda está viva.

Levantou uma mão significando *espere* e foi buscar uma espátula e um balde.

Charlotte plantou o trevo com cuidado, cercando o pequeno ponto com uma tela metálica para que nenhum dos jardineiros Mayes o confundisse com ervas daninhas e o arrancasse. Bateu na terra mais uma vez e entrou para se limpar. Tirando as pétalas do sutiã, tomou uma ducha, vestiu-se com um short limpo e outra camiseta e as enfiou no bolso. Estavam murchando, como acontece com trevos comuns. Não tinha certeza alguma de que fossem mágicos, mas iria se arriscar e jogá-los fora?

O *ferry* estava previsto para as 14 horas e, muitos minutos antes de aparecer no horizonte, um V foi desenhado pela espuma sobre as ondas. Alcançando o píer, deu a volta e calmamente atracou.

Da meia dúzia de passageiros esperando no topo da rampa, Nicole era a mais esfuziante. Usava calças brancas, uma blusa de seda turquesa, do seu guarda-roupa da Filadélfia, e uma echarpe colorida, retirada logo do seu cabelo que, com o toque do vento, parecia chique como sempre. Com os olhos em Charlotte, esperou que quatro outras pessoas desembarcassem antes de começar a descer.

Foi quando Charlotte viu Julian. Assustada, prendeu a respiração.

Não podia haver dúvidas sobre sua vinda. Ele queria conversar, coisa que ela particularmente não desejava. Era como se tivesse bloqueado a possibilidade de ele vir, talvez também pelo fato de Nicole não ter mencionado nada. Nicole, aliás, mencionara pouca coisa.

Dez anos, quatro dos quais com doença, haviam envelhecido Julian. Ainda continuava ereto e estava magro e bem vestido. Mas, ao descer a rampa, começou a caminhar com uma determinação que não lhe parecia natural e tinha um ar de grande cansaço. O que não o impediu de lhe dirigir um olhar que continha uma porção de perguntas e uma centelha de acusação.

A acusação a atingiu de forma errada. Essa era a primeira vez que o via desde que soubera que estava grávida — e ele acusava *ela* de alguma coisa? E o que dizer *dele?* Enquanto aproveitara o encantamento da nova vida de casado, ela enfrentava a solidão, o medo e a dor. *Por que ele não usou um preservativo?* Um homem responsável, bêbado ou não, teria feito isso — fora assim que ela pensara quando a vida lhe pareceu tão negra.

Uma vez afastada a criança, pusera a raiva de lado e tocara a vida. Agora, tudo voltava.

O que fazer? Encostou a face na de Nicole em sinal de saudação. Mas, Julian? O que deveria fazer? Um sinal com a cabeça, um aperto de mão?

Imitando-o, não fez nada. E, pegando a mala de Nicole para colocar no carro, ignorou-o o melhor que pôde.

Sua raiva se abrandou durante o caminho de volta para a casa, o que lhe custou um grande esforço e um monólogo de contínua reflexão interna. *Acabou, Charlotte. Deixe pra lá. Foi você que decidiu congelar células-tronco. Mantenha o foco nisso.*

Julian foi no banco da frente com o pretexto de ter mais espaço para as pernas. Nicole se empenhou em preencher o que teria sido um silêncio desconfortável ao se inclinar no meio dos assentos para contar a ele as mudanças da estação. Charlotte poderia lhe ter pedido que colocasse o cinto, se não se sentisse tão agradecida de ter uma cabeça entre a dela e a de Julian. Cada vez que captava o olhar dele, tinha vontade de gritar *Sim, tive uma menina sua e a entreguei para adoção, mas você estava casado e eu estava sozinha.* E sempre voltava para o seu mantra: *Acabou, Charlotte, deixe pra lá.*

Raiva e culpa se misturavam em ondas, construindo um mal-estar que nem o ar do oceano que entrava pelas janelas abertas, nem os canteiros de flores vermelhas e cor de coral ao longo da estrada podiam minorar. Assim que se acomodaram na casa, com Julian no pátio e Nicole procurando comida no refrigerador para preparar o jantar, Charlotte se aproximou.

— Você prefere que eu não fique aqui? Posso ficar na casa de Leo. Assim vocês têm a casa para vocês.

— O que você prefere?

— Perguntei primeiro.

Nicole percorreu a gaveta dos vegetais, depois o freezer.

— Ele precisa de carne vermelha — murmurou, segurando com uma mão a porta do refrigerador e com a outra levantando os cabelos da sua nuca. — Quero tudo fresco. Vou voltar à cidade.

— Eu vou — ofereceu-se Charlotte, talvez um pouco rápido demais, mas, se não obtinha respostas, precisava sair.

Deixando que o refrigerador fechasse sozinho, Nicole passou pela porta da cozinha e foi para o jardim. Seguindo-a para fazer uma lista de compras, Charlotte a encontrou curvada sobre a valeriana.

— Essas estão se dando bem — disse ela, pondo o nariz próximo às pétalas e inalando. Ainda curvada, olhou para Charlotte. Seu alheamento havia desaparecido totalmente. — Como foi vê-lo? Seja honesta comigo, preciso saber.

Ah, sim, ela precisava. Charlotte estava chocada por Nicole não ter avisado sobre a vinda de Julian. Também suspeitou que ele não soubesse que ela estaria esperando no píer. Nicole preparara o terreno para ver as reações.

Como se Charlotte pudesse ocultar as dela.

— Não me senti bem — declarou.

Nicole a observou críticamente com os olhos verdes.

— Pior do que durante a cerimônia do casamento?

— Muito pior. Quero dizer, que merda, ele olhou para mim como se eu fosse uma bruxa, mas não fiz nada sozinha. Ele foi descuidado...

— Pensei que ele estivesse bêbado.

— Bêbado *é* descuidado — Charlotte gritou sem se importar se Julian estava ouvindo. — Ele não é ninguém para me acusar de *qualquer coisa.* Fui eu quem pagou o preço por aquela noite, e se isso quase matou a nossa amizade, você pagou também. *Ele* saiu ileso. Eu não precisava ter contado sobre as células-tronco, Nicole. Se ele quiser usá-las, precisa ser muito grato por eu tê-lo feito.

Nicole recuou.

— Não tinha me dado conta de que você estava com raiva.

— Sim, bem, vê-lo trouxe tudo de volta. Então essa é a sua resposta. — Pegando a lavanda para ela, inclinou-se, fechou os olhos, inalou e se acalmou. Quando se reergueu, sentiu-se melhor, sem se arrepender do desabafo. Catarse tinha valor em muitos níveis. — Além disso — em resposta à pergunta de Nicole, continuou —, durante a cerimônia de casamento podíamos ignorar a coisa toda. Agora, não. — *Acabou, Charlotte, deixe pra lá.* — Ele quer o sangue do cordão umbilical ou não?

Com uma última inalação, Nicole afirmou:

— Sim. Ele quer, sim. Estamos aqui porque ele precisa descansar primeiro. Ele luta contra a fadiga, mas é constante, e você viu como está amarelo. O neurologista o fez retornar aos remédios mais seguros. Julian precisa se restabelecer e ganhar força antes da outra coisa.

A outra coisa. Charlotte tentou interpretar o tom dela, mas esta Nicole não era transparente como a antiga Nicole.

— Você ainda é contra? — perguntou.

— Estou *aterrorizada!* — Nicole exclamou. — Quero dizer, será que nós duas assinamos a sentença de morte dele? — Parecendo desesperada por consolo, olhou para as flores. — Mas como vou dizer não se isso significa tudo para Julian? — Seu olhar se desviou e parou no espaço cercado pelo arame. — O que é isto?

— Trevo vermelho — disse Charlotte, explicando como e por que estava ali quando ela se aproximou. Pegando uma só pétala, ofereceu-a a Nicole. — Faça um pedido.

— Você acredita nesse tipo de coisas?

— Você não? — indagou Charlotte surpresa, porque, onde havia crença, estava Nicole. — Isso é uma coisa de Cecily.

Nicole suspirou.

— Eu cresci. Não acredito mais como antes. — Mas olhava para o trevo com algo no olhar que revelava uma profunda saudade. Finalmente, agarrando a fina pétala, disse: — Dane-se. Preciso fazer um pedido. — E fechou os olhos, apertando-os. Quando os reabriu, parecia mais calma.

Tirando vantagem daquilo, Charlotte repetiu a pergunta inicial:

— Devo ficar com Leo enquanto Julian estiver aqui?

— Você estava com ele enquanto estive fora?

— Indo e vindo.

— O que você vê nele?

— Há momentos em que não tenho a menor ideia. A bagagem dele é pesada.

— Mas você está passando as noites com ele.

— Eu o amo.

Os olhos verdes de Nicole se arregalaram.

— É sério?

Assustada com a própria confissão, Charlotte refletiu sobre as palavras. Pensá-las era uma coisa, dizê-las em voz alta era outra. Forçou-se a respirar.

— Eu acho — disse.

— Mas você vai embora dentro de quatro semanas.

— Eu sei.

— E ele não vai.

— Não.

Passando para o assunto seguinte, Nicole perguntou:

— Como vai o trabalho?

— Andando.

— O que falta?

Charlotte procurou a lista. Tentou explicar o seu tamanho, mas muitas anotações tinham a ver com entrevistas ainda por fazer, sem falar nas introduções, conexões e conclusões que ainda faltavam, muita coisa mesmo.

Nicole tomou um susto e ficou sem ar.

— Vamos conseguir — garantiu-lhe Charlotte.

— Mas talvez eu tenha que viajar de novo — avisou. — Se o médico quiser Julian em Chicago, não posso deixá-lo sozinho. Peço para aumentarem o prazo?

— Não. — Um adiamento não ajudaria Charlotte. Ela tinha que estar num avião dentro de quatro semanas. — Vou dar um jeito, nem que tenha que virar todas as noites da semana sem dormir — prometeu. Não se tratava apenas da ética do trabalho, mas também de expiação e redenção.

Com isso dito, três era demais. A tensão entre Julian e ela prenunciava dias desagradáveis.

— Ficarei feliz de trabalhar na casa de Leo.

— Não — disse Nicole, em súbita decisão. — Trabalhe aqui. Julian precisa falar com você, afinal. Ele veio também por sua causa.

Julian só foi procurá-la na manhã do dia seguinte. Charlotte já tinha ido à cidade para uma entrevista e a redigia no notebook na mesa do pátio quando ele saiu de dentro da casa, usando bermudas surpreendentemente elegantes e um suéter de lã de gola alta — obra de Nicole, poderia apostar — e parecia bastante descansado.

Terminou, deliberadamente, a frase que começara para só então se reclinar na cadeira e esperar. Ele devia algo a ela depois de tudo que fizera por ele.

— Sinto muito — disse sabiamente, de alguma forma consciente da raiva dela. Isso seria obra de Nicole também?

— Não me julgue — avisou ela, delicadamente. — Minha simpatia por você não vai muito longe.

Ele olhou para o salão próximo.

— Você se importa que eu me sente?

Ela fez um movimento com a cabeça. *Tanto faz.*

Ele se esticou, cruzou os tornozelos e enfiou as mãos nos bolsos.

E, como ele tinha aberto o diálogo, Charlotte estava pronta para falar.

— A última coisa que você pode sentir é raiva de mim — disse. — Fiz o que tinha que ser feito. Queria que Nicole fosse feliz.

Julian se sentou parecendo mergulhado nos próprios pensamentos. Ao olhar para ele, Charlotte se perguntou pela milionésima vez como conseguira estar em seus braços. Não sentia atração física alguma por ele.

— Não tinha ideia — disse finalmente. — Sobre a criança.

— Essa era a questão. Jamais quis estragar o casamento de vocês.

Ele fez um som sardônico.

— Engraçado como problemas de saúde podem sobrepujar todos os outros.

Ele não precisava elaborar. Incômoda como estava — sem compaixão como queria estar —, Charlotte não deixara de perceber o tremor da mão quando ele comeu ou a maneira como se apoiava na perna direita e como casualmente também tocava nas costas das cadeiras para se firmar quando passava caminhando.

— Ela se parecia com algum de nós? —perguntou ele calmamente.

Sentindo uma agulhada da dor antiga, Charlotte ficou sombria.

— Não sei, ela estava suja de gosma. E eu estava chorando, então tudo ficou embaçado. Eles a levaram embora logo em seguida.

— Alguma vez se arrependeu?

— É *claro* que me arrependi. Era o meu bebê, a minha filha. Mas ficar com ela teria sido errado. Foi o que pensei então e é o que penso agora. — Estava apertando o ferro forjado dos braços da cadeira. Com esforço consciente, relaxou as mãos. — Está feito, Julian. Você pode me odiar para sempre, mas ela tem uma vida feliz.

Ele ainda parecia perturbado.

— Alguma vez pensou em procurá-la?

— Não me permitem fazer isso. Nem a você. — Ela olhou para cima da pérgula com seu dossel de pequenas rosas cor de pêssego, mas seu perfume não foi suficiente para transportá-la a outro lugar.

— Mesmo chegar só perto da escola para vê-la no recreio sem que ela soubesse?

Ela lutou para se controlar.

— O que estou *dizendo*, Julian, é que ter deixado que a tirassem dos meus braços foi a coisa mais difícil que já fiz, mas ela não é mais minha. Se me pergunto às vezes se deveria tentar vê-la? Não seria humana se isso não acontecesse. Mas espioná-la e depois ir embora mais uma vez? — Ela sacudiu lentamente a cabeça.

— E se ela vier procurar você algum dia?

— Por favor, não posso falar sobre isso. Não se trata da criança, trata-se do cordão umbilical.

— Você pode dizer isso — argumentou ele, com raiva estampada na voz. — Teve dez anos para resolver isso. Eu não tive.

Ele olhou para Charlotte. Ela olhou de volta.

— Ela sabe das células-tronco?

— Duvido muito.

— E se ela precisasse e seus pais viessem pedir a você, o que você faria?

— Se eu estiver com elas, entregaria. Mas, se já tiverem sido usadas, não terei como.

— Ela está bem?

— Não sei. Não há contato algum. Nenhum.

Parecendo ter finalmente chegado ao âmago da questão, ele olhou para o oceano outra vez antes de encontrar o olhar dela.

— Como é que você recupera o cordão umbilical?

Isso era melhor. Isso ela podia administrar.

Então, de novo, sentiu o que se parecia com alívio. Desafogar sua raiva em Julian lhe dava uma espécie de conclusão para aquela noite na praia. O que viria a seguir era avanço.

— Basta fazer o pedido. O banco das células entrega o que for preciso de um dia para o outro. Eles congelam separadamente milímetros de amostras para o teste da compatibilidade. Também fizeram testes de DNA quando o cordão foi guardado.

— É o padrão?

— Não sei de outros bancos, sei que nesse é assim. Utilizam os resultados para fins de identificação como quaisquer outros, como números de série. Então, se você duvidar que ela seja sua filha...

Ele descartou a possibilidade.

Agradecida ao menos por isso, Charlotte suavizou:

— Você precisa saber, Julian, que eu não tinha a menor intenção de contar nada disso a Nicole.

Ele engoliu.

— Foi superado. Estamos mais fortes, ela e eu.

— Fico feliz. É a minha melhor amiga. Eu faria qualquer coisa por ela.

Ele respirou profundamente e levantou os olhos para ela.

— Então chegou a hora. Quero o sangue do cordão umbilical. Pode fazer o pedido?

Capítulo 24

Destacando a pequena etiqueta retangular do seu chaveiro, Charlotte discou o número ali registrado e deu a informação necessária. Depois de um acompanhamento por fax para confirmar a sua identidade, o sangue do cordão umbilical foi enviado para Chicago.

E o que mais se podia dizer?

Julian já fizera contato com o médico, mas telefonou mais uma vez para lhe dar os detalhes da expedição.

Nicole se sentou ao seu lado no pátio, parecendo estar com o coração na boca por causa da definição dos procedimentos. Ela saiu de perto dele só um minuto para ir ao jardim, apanhar outro trevo e retornar.

E Charlotte? Com sua missão cumprida, dirigiu-se à praia e caminhou até encontrar uma rocha protetora. Aninhando-se ali, abraçou os joelhos e olhou para longe. Sob o vento constante, o oceano era uma massa de carneirinhos que batiam na praia com arremetidas rápidas, molhados e cheios de espuma. Mas ela não sentiu a impetuosidade. Não estava desgostosa, nem gratificada. E certamente não estava presunçosa. Sentada sozinha com o granito nas costas e a areia fria nas nádegas, com o vento jogando seus cabelos no rosto, cobrindo-o e expondo-o, ela não sabia bem o que sentia.

— Você está bem? — perguntou Nicole, parecendo surpreendentemente forte contra os elementos, com seu jeans, suéter e envolta numa echarpe espessa.

Charlotte ficou um pouco chateada. Havia deixado o pátio para que Nicole e Julian tivessem a sua privacidade. E aquela era a dela.

— Está tudo bem lá? — perguntou no que era essencialmente uma forma de dispensá-la, mais ou menos como se dissesse: *se não precisa de mim, por favor, vá embora.*

— Acho que sim. Quando Hammon receber as células, vai começar o trabalho no laboratório.

Com um leve movimento da cabeça, Charlotte voltou a olhar o mar, mas o gesto deve ter sido sutil demais porque Nicole, em vez de se afastar, começou a conversar:

— Uma vez que as células estejam descongeladas, Hammon tem que selecionar as células T reguladoras. São elas que conservam o segredo da cura e só são encontradas no sangue de cordões umbilicais. Sabe por quê? Um bebê pode não ser compatível com sua mãe por causa do tipo sanguíneo diferente ou de qualquer outra coisa. As células T reguladoras são as que permitem que o bebê se desenvolva no útero independentemente disso. É por isso que não é necessária uma compatibilidade perfeita quando se faz um transplante de células T reguladoras. São como projéteis mágicos. Começa-se a entender pouco a pouco os tipos de doenças que podem ajudar a combater.

Segurando os cabelos do lado mais afastado de Nicole, Charlotte olhou de relance uma gaivota que passava: outro gesto que se perdeu.

— Ele cultiva as células T e as expande — continuava Nicole. — Quero dizer, os números são ridículos. Ele pode conseguir alguns milhões da mostra original e depois expandir, digamos, mil vezes em dezenove dias, o que então será suficiente para o transplante num adulto. Esse cara é bom, Charlotte. Tudo faz parte da pesquisa dele, e ele vai acompanhar cada detalhe. O médico vai embora em setembro, por isso quer fazer o transplante em meados de agosto, para estar por perto e ter certeza de que Julian estará bem nas primeiras duas ou três semanas da recuperação.

Ela queria parecer confiante, como se esse fosse apenas mais um procedimento médico, mas ela precisava de garantias. Charlotte, entretanto, não estava disposta a mimá-la. Afastou-se da rocha.

— Acho que preciso caminhar — disse, e foi em frente.

— Quer companhia? — perguntou Nicole, parecendo assustada.

Charlotte a dispensou.

— Não. — Não entendia bem o que estava sentindo, só sabia que não queria Nicole por perto.

Caminhando na direção do extremo da ilha, passou por montes de areia e contornou pedras e rochas pequenas. Parou quando chegou ao lugar onde estivera com Julian. Não havia mais dor naquela lembrança. Nicole sabia o que tinha acontecido e se beneficiava daquilo.

Mas alguma coisa doía em Charlotte. Procurando compreender, parou por um momento, indiferente ao vento forte, antes de continuar.

Quando se aproximou da terra dos Cole, a estrada se tornou mais áspera. As pedras eram maiores em alguns lugares, espalhando-se até o mar. Ela considerou nadar em torno delas. Inferno, já andava com dificuldade nas águas rasas, com o jorro das ondas que chegavam e deixavam seus tênis e a parte de baixo do jeans molhados. E se ficasse toda molhada? Se secaria.

Pensando bem, não era suicida. A água era selvagem; a profundidade das rochas, desconhecida, e uma ressaca, possível. Então, voltou para a terra, subindo pelo granito, arrastando-se por urzes e grama grossa, depois escorregando de volta para baixo quando a areia reapareceu. Fez isso duas, três, quatro vezes, sendo a última a mais difícil. Ali estava o ponto do bosque onde pela primeira vez nadara com Leo. Os pedregulhos estavam mais pontiagudos, e o bosque, mais denso. Tropeçou em raízes e se emaranhou no mato, arranhou-se subindo as rochas mais complicadas antes de chegar ao nível da praia outra vez.

A praia onde tinham feito amor era uma poça de água, que salpicou quando atravessada; Charlotte chegou a uma escada de pedras, depois um caminho de granito, passou pelo beiral das árvores ao redor da curva na ponta da ilha e chegou à casa de Leo.

A porta do escritório estava aberta.

Ela, entretanto, não entrou. Isso não tinha a ver com ele, mas, sim, com sentimentos que a perturbavam, os quais ela não conseguia definir, e com a necessidade de estar no lugar mais tranquilo de Quinnipeague.

Caminhou até o fim da doca e se sentou cruzando as pernas e apoiando os cotovelos sobre os joelhos. O oceano estava tão selvagem quanto antes, mas o último amontoado de rochas que escalara era um quebra-mar natural que acalmava as ondas na doca. Mantido ali, o barco dele balançava gentilmente contra as amarras.

Não, isso não tinha a ver com Leo. Mas ela só sentiu o efeito completo do calmante quando os passos dele ressoaram na doca.

Os pés descalços foram tudo que viu. Ele acariciou o topo da cabeça de Charlotte e depois se inclinou.

— Você está bem? — perguntou como Nicole fizera, mas o resultado fora totalmente diferente. Baixando a cabeça sobre os joelhos, começou a chorar. — Ei — murmurou ele, agachando-se sobre os calcanhares. Deslizou a mão e bateu suavemente sobre sua nuca, deixando-a chorar.

Depois de algum tempo, ela respirou fundo e, limpando o rosto, levantou a cabeça.

— Ah, Deus — sussurrou, encabulada. — De onde veio tudo isso?

Ele não respondeu, simplesmente escorregou para o chão, dobrou as pernas e olhou para ela.

— Ele quer as células-tronco, então fiz o pedido — disse ela com um olhar vago. — Devia estar contente de poder ajudar. Ou aliviada porque foi feito. — Seus olhos se encheram de lágrimas outra vez, a voz se tornou aguda e quebrada. — Então por que me sinto tão... nada?

— Vazia.

Ela apertou os olhos com os dedos.

— Sim.

— Eram suas por todo esse tempo, Charlotte. Agora foram embora.

— Mas era só sangue, congelado em algum repositório anônimo.

— Era um elo — repetiu calmamente ele.

Com o queixo nas mãos e os dedos espalmados sobre o rosto, ela admitiu suavemente:

— Sim. — E agora o elo fora rompido. — Mas não era por isso que eu tinha guardado... — E se corrigiu: — Ou talvez fosse por isso e eu não sabia? Se não, por que ficaria tão mexida agora?

Desdobrando as pernas, virou-a e puxou para perto. Com as costas dela encostadas nele, ele a aconchegou em seus braços, mas a calma daquilo durou apenas até ela passear os dedos pelos punhos dele.

— *Jesus* — exclamou ele com horror —, o que aconteceu com as suas mãos?

Ela as esticou e só então percebeu os arranhões. A maioria era superficial e esbranquiçado, mas outros estavam mais avermelhados e, o restante, cobertos de sangue.

— Tive que escalar para chegar aqui; era isso ou nadar.

— Não podia vir de carro?

— E estragar minha saída dramática? — perguntou, debochando de si mesma. — De jeito nenhum.

— Vamos limpar isso — ele disse, mas, quando se movimentou para levantar, ela o abraçou para impedi-lo.

— Vamos ficar sentados aqui. Só mais alguns minutos. Tudo bem?

Depois de uma saudável desinfecção com sabão de sálvia e uma xícara de chá de flor de maracujá sorvida para acalmar, Leo a levou de volta para casa. Nicole estava com o notebook na mesa da cozinha, olhando para a porta em espera quando ela entrou. Não disse nada, o que Charlotte mentalmente agradeceu. As células-tronco tinham ido embora. Nada que Nicole dissesse as traria de volta.

Determinada a seguir em frente, Charlotte perguntou.

— Está postando?

— Terminei. Havia um artigo interessante no *Wall Street Journal* de hoje fazendo uma comparação entre o salmão selvagem e o criado em cativeiro. Os leitores sempre ficam curiosos, então conversei um pouco sobre PCBs, aqueles compostos químicos acumulados nos peixes. Quero dizer, não sabemos ao certo quão perigosos podem ser, mas existem em maior quantidade nos que são criados em cativeiro. Neste momento, estou escrevendo a introdução para o capítulo sobre *Peixe*.

Charlotte sentiu algum nervosismo na conversa, mas, se o assunto era peixe, podia suportá-lo.

— Nenhum PCB aqui, é totalmente "do-mar-para-a-mesa" — Nicole continuou —, mas quero trocar o nome para *Frutos do Mar*, incluindo lagostas e vieiras. Não quero dois capítulos separados. *Frutos do Mar* cobre tudo, você não acha?

— Sim.

Ela franziu a testa, pensativa.

— Essa é uma boa ideia para um blog, frutos do mar, o que inclui e por quê. Livros de culinária às vezes não explicam muito.

Ela balbuciou enérgica e nervosamente, percebeu Charlotte. Provavelmente, o que no fundo pensava era no caminho que as células-tronco estavam percorrendo, perguntando-se se essas semanas seriam as melhores que ela teria com Julian e se ele estaria com todas as suas funções, uma vez terminado o tratamento.

Se Charlotte fosse do tipo frenético, talvez tivesse balbuciado, embora não por medo pela saúde de Julian, nem sobre perder as células. Compreendia melhor a si mesma agora e, embora não imaginasse que sentiria remorso, era isso que sentia. Leo havia dito: aquelas células eram um elo. Longe agora, precisava deixar para lá.

Sua própria energia nervosa se aquietara, e isso tinha menos a ver com células do sangue do cordão umbilical do que com o tempo. Iria embora dentro de quatro semanas. O conforto que Leo lhe dera até agora era tão perfeito e tão doce. Jamais o encontraria em outro homem. Tinha andado pelo mundo tempo suficiente para entender isso. O problema, entretanto, era sempre o mesmo. Ele não sairia dali e ela não podia ficar. O que fazer?

— Olá! — chamou Nicole, suavemente.

Charlotte piscou.

— Desculpe. O que você disse?

— Disse que precisamos nos reunir e debater ideias. Estou apavorada com o que deixamos para fazer em tão pouco tempo, e a única maneira que imagino de conseguirmos fazer tudo é listando, estipulando datas e colocando tudo num esquema. Querem um esboço completo no dia quinze de agosto, mas nem sei se vou estar aqui nessa data. Podemos refazer o esquema para acelerar o processo?

Acabamos de gastar duas horas com um calendário, escreveu Charlotte num e-mail para Leo depois dessa tarde, ao organizar as entrevistas no seu notebook. *Criamos um cronograma mais acelerado para o resto do livro. Ela imprimiu quatro cópias do cronograma — uma para cada uma de nós para mantermos bem à vista, uma para pendurar na cozinha e outra para ela carregar na bolsa. Nicole gosta de organização.*

Demais?, escreveu ele de volta.

Talvez, mas quem sou eu para julgar? Quando me formei em Yale, passei raspando, enquanto ela recebeu todos os prêmios em Middlebury, então não há dúvida de que isso funciona para ela.

Eu não me formei. Nem fui para a faculdade.

E veja você agora, respondeu Charlotte sabendo que ele a estava testando para saber se ela se importava. *Faz mais sucesso do que qualquer uma de nós.*

Sorte de principiante. Hoje estou escrevendo de qualquer jeito.

Porque você esteve ocupado dando uma de psicanalista. Obrigada Leo, você ajudou.

Às ordens, Charlotte. Outra sessão logo à noite?

Charlotte queria ser boa. Isso significava dar a melhor atenção à Nicole, talvez por se sentir culpada ainda e pelo fato de o livro ser um projeto seu também.

Mesmo assim, a questão do tempo se intensificava. *Estarei aí às nove*, escreveu.

Jantar?

Gostaria muito.

Leo sabia cozinhar. Suas ofertas eram simples, como o contra-filé que fez grelhado naquela noite, mas ele tinha um talento diabólico para as ervas. Não que ela ficasse surpresa, dadas as suas origens. Mesmo assim, a visão dos seus dedos finos e longos usando com precisão uma faca, em sua relativamente nova e elegante cozinha, era um contraste tão grande com dedos que vira usando um martelo para pregar pregos, e com as mãos calejadas que içavam as velas, e mesmo com as literárias, que digitavam um livro, que ela o ficou olhando admirada. Descalço, usava um jeans e uma camisa aberta no pescoço. Quando ela se flagrou o imaginando como parte da sua vizinhança no Brooklyn, fez força para voltar à realidade do momento — manteiga fresca de estragão derramada sobre o bife, que foi servido com uma salada que continha cebolinha, manjericão e uma série de outras ervas que ela não conhecia.

— Você conhece salsa — disse ele, apontando também para endro, manjerona e rúcula.

— Rúcula? Com essas outras, parece uma erva.

— É uma erva.

— Achei que fosse alface.

Os olhos azul-escuros foram condescendentes quando ele sacudiu a cabeça.

— Você cultiva no seu jardim?

Divertido, ele assentiu.

Ela provou mais uma vez a salada. O molho era uma simples mistura de azeite de oliva e suco de limão que ela o vira espremer. Ele acrescentara pimenta fresca em grão, sal não. A salada não precisava.

— Posso colocar esta receita no nosso livro?

Ele negou com a cabeça.

— Mesmo que eu a mantenha anônima?

Outro não com a cabeça.

— Você vai ter outras receitas como esta. Ervas são bem típicas de Quinnipeague.

Você estava certo sobre isso também, escreveu Charlotte da cidade na manhã seguinte. *Acabei de entrevistar Carrie Samuels, e ela me deu três receitas diferentes de saladas com ervas.*

Três?, escreveu ele de volta.

Salsa, ervas misturadas e erva-doce.

Erva-doce. Uma das boas. Por que você estava entrevistando Carrie?

Pela idade. E a família. Ela é mais moça do que eu, mas, com seis irmãos e quatro vezes mais tios, tias e primos, ela tem raízes muito profundas. Invejo isso.

Você inveja raízes?

Sim. Não tenho nenhuma.

Raízes podem ser como algemas.

Ela levantou os polegares. Algemas eram coisas negativas, não é verdade? Estaria ele se queixando? Se quisesse cortar as raízes e sair flanando por aí, ela poderia ajudar.

Mas ele escreveu, antes que ela pudesse responder:

Tenho muitas para partilhar. Quer algumas?

Ela suspirou.

Você é o cara das raízes. Eu sou a garota viajante. Há alguma maneira de transplantar os dois? Mandou a resposta e depois, temendo que a conversa não pudesse continuar por escrito, ou pior, que se transformasse em discussão, escreveu rapidamente: *Qual é a propriedade da erva-doce? Carrie deu-me um litro de sopa de erva-doce para dar para Julian. Diz que é medicinal.*

É sim. Mas não para esclerose múltipla. Pergunte sobre as gravidezes da mãe dela.

As gravidezes da mãe de Carrie. Isso não havia surgido durante a entrevista, mas o fato dele ter mencionado merecia que se acrescentasse. Subindo no Wrangler, correu de volta para o pequeno chalé onde Carrie morava com o marido e as três crianças, bateu na porta e sorriu, desculpando-se.

— Uma última pergunta?

De volta ao jipe, pouco depois, escreveu.

Constantes enjoos matinais, que só melhoravam com erva-doce, e com sete crianças em doze anos, ela viveu e seguiu em frente. Carrie quis saber por que perguntei e, enquanto eu tentava inventar uma resposta, ela disse que sabia que tinha sido você. Há alguma coisa que não sei, Leo Cole?

Eu costumava entregar erva-doce para a mãe dela. Carrie me perseguia.

Amor infantil?

(Suspiro.)

Bom, escreveu Charlotte, *não confirmei se você foi a minha fonte, então sua reputação está salva.*

Obrigado, Charlotte.

Obrigada pela dica, Leo.

Naquela tarde, Charlotte foi hiperativa. *Estou de saída para entrevistar Mary Ellen Holloway,* escreveu no e-mail antes de fechar o notebook. *Algo especial que eu deva perguntar?*

A senhora das abobrinhas? Pensei que estivesse pesquisando saladas hoje.

Nicole acha que temos muito a fazer para nos limitarmos a um assunto.

Como vai o cronograma?

Ela o revisou outra vez. Então, enquanto ela faz uma varredura nas receitas, eu entrevisto quem quer que esteja disponível. Ela organizou fichas compatíveis em nossos computadores para a classificação. Abobrinha é ao mesmo tempo um acompanhamento e petisco. Nunca comi chips de abobrinha como os de Quinnie. (Suspiro) Por que você não está trabalhando?

Porque estou escrevendo para você.

Isso não vai pagar as contas.

Nem o Próximo Livro. *Já disse. Tá um horror.*

Quando vou poder lê-lo?

Quando começar a ficar melhor. (Suspiro.) Pergunte a Mary Ellen sobre flores.

Flores?

Flores de abobrinha. Ela as frita.

Ah Meu Deus, escreveu Charlotte quando, depois de duas horas com Mary Ellen, voltou para o Wrangler. *As flores de abobrinhas são MARAVILHOSAS. Ela fritou uma porção. Como eu não sabia disso?*

Porque ela não as faz para os eventos da ilha. Nicole não sabia?

Não deve saber, pois não consta da nossa lista. Mary Ellen me mandou para casa com o que sobrou, mais pão de abobrinha para Julian. Ela sabia tudo sobre ele, aliás.

Fofocas de Quinnie. Vai vir hoje à noite?

Nicole quer trabalhar. Mas eu disse que sairia amanhã à noite. Está livre?

Passaram a noite de sábado grelhando gordos cachorros-quentes em espetos sobre uma fogueira na praia, e, despindo-se só o necessário, fizeram amor na areia perto do calor das brasas. Refugiando-se na cama dele por causa do frio, dormiu em seus braços enquanto ele lia o último Grisham. O calor do corpo dele a manteve por perto até a chegada do sol de domingo, e, quando acordou com as mãos dele no seu corpo, estava pronta outra vez.

— Como você faz isso? — perguntou num suspiro depois de um orgasmo que fora mais forte, mais profundo e mais estonteante do que qualquer outro.

O coração dele estava aos pulos sob o peito dela.

— Fazer o quê? — perguntou com a voz rouca.

— Me faz sentir tanto.

Não respondeu logo, simplesmente esticou uma perna peluda entre as dela. Gradualmente seu coração se acalmou.

— Eu faço?

Ela jogou a cabeça para trás. Os dedos dela haviam deixado as mechas do seu cabelo escuro numa grande confusão. As linhas do rosto de Leo estavam mais suaves, mas o escuro do azul da meia-noite dos seus olhos não falava de paixão. Neles ela viu temor.

— O que é? — perguntou docemente. Queria que ele dissesse, dissesse que a amava e que desejava que ela ficasse. Não estavam se testando. Estavam nus e juntos. Podiam discutir isso agora.

Mas ele simplesmente a aproximou mais, beijou-lhe o alto da testa e a abraçou até que chegou a hora de lhe trazer o café na cama.

Charlotte passou a segunda-feira com Eleanor Bailey, proprietária de uma indispensável receita de bolinhos de caranguejo, assim como de um enorme coração. Se houvesse um comitê formal de hospitalidade em Quinnipeague, certamente seria dirigido por ela. E, uma vez que esse era o ponto crucial dos perfis de Charlotte, rodaram juntas pelas estradas da ilha, parando para visitar asilos, entregar mantimentos para pessoas incapazes de ir até a loja, e até para preparar o almoço para as quatro crianças de uma mulher cujo bebê prematuro tomava quase todo o seu tempo.

Eleanor estava guardando as sobras do almoço no refrigerador quando o telefone de Charlotte vibrou.

E aí?, ele escreveu.

Estou no Blodgett com Eleanor. Muito barulho para pensar. Respondo mais tarde.

Uma hora mais tarde, ela digitou:

Que loucura.

Muitas criaturinhas?

Ah, sim. E você, tudo bem?

Médio. As vendas do fim de semana. Soube agora.

Por quê? Quando ele mencionou um novo lançamento, escreveu: *Ah! Esse autor é dos grandes. Dê-lhe uma semana ou duas e* Sal *vai subir de novo. Está escrevendo?*

Não. Contando meus depósitos diretos. É ok ficar mandando mensagem de texto? O que é mais seguro, e-mail ou mensagem?

Mensagem. Vai por linhas telefônicas e só sai do meu para o seu telefone. E-mail usa um provedor.

Por que não falamos pelo telefone?

Porque Eleanor está muito próxima.

Espero que não esteja dirigindo e mandando mensagens.

Ela está dirigindo.

Ela é o demônio nas rodas.
Agora é que você me diz!
Pode vir mais tarde?
Estamos testando receitas.
Bem mais tarde então.
Com certeza.
Às dez? Estarei esperando entre o tomilho e o açafrão.
Açafrão. Tem um som fálico.
AÇAFRÃO. Você tem uma mente suja.
É preciso saber com quem se está falando. Nunca vi um açafrão.
Tem a ver com gengibre. O rizoma trata da artrite.
Rizoma?
A raiz.
Isso não vai me ajudar a encontrar você, escreveu.
— Trabalho — explicou para Eleanor. — Termino num segundo.
Descreva que fica acima da terra no caso do açafrão.
É fálico.
Ela debochou.
Há há!
Estou falando sério.
Então vai se parecer com você?
Sou fálico?
Uma parte de você é.
Isso é uma cantada?
Não. Não estamos mandando fotos.
Quer mandar?
Engraçadinho!
Isso é um não?
Com certeza. Você pode ser anônimo, mas eu não sou. Ela mandou a mensagem com algum ressentimento, mas logo mandou outra. *De volta na casa de Eleanor. Preciso terminar aqui. Vejo você às dez.*

Nicole e Julian estavam no andar de cima quando Charlotte saiu da casa naquela noite. Não disse que sairia. Não devia isso a Nicole, especialmente depois da tonelada de trabalho daquele dia e, quando chegou cedo, na terça-feira, a cozinha estava vazia.

Sentindo-se culpada por ter pensamentos negativos, preparou um café. Estava terminando de passá-lo quando Nicole apareceu com seu roupão macio e em chinelos. O rosto estava limpo e pálido, os olhos, cansados. Aproximou-se para pegar uma caneca.

— Você saiu ontem à noite.

— Ah hã.

— Ouvi a porta.

Parecia querer dizer algo mais, mas simplesmente calou a boca e esticou-se para pegar o creme — o que foi prudente, na humilde opinião de Charlotte, que não pretendia discutir sobre Leo. Não queria explicar seus atos, menos ainda aceitar críticas.

A preocupação de Nicole, entretanto, era outra. Segurando para trás uma mecha do cabelo loiro, falou:

— Sei que você está zangada comigo, Charlotte, e não sei bem por qual motivo, mas a questão é a seguinte. Cada vez que o telefone toca, dou um pulo porque, se for Hammon, teremos que partir logo. Ele precisa de tempo para fazer a cultura das células, mas, se quiser fazer testes em Julian antes de passados os dezenove dias, e se eu estiver em Chicago e não aqui, o livro terá problemas. E ele pode parecer totalmente idiota comparado com EM, mas é como se — e seus olhos verdes ficaram enevoados enquanto ela tentava falar —, é como se alguma coisa *minha* estivesse nele e preciso disso para enfrentar todo o restante. — Com o cenho franzido, puxou um punhado de pétalas vermelhas do bolso. Algumas estavam murchas, outras, mais frescas. — Elas realmente *funcionam*? — perguntou desalentada.

— E por acaso sabemos o que não funciona? — retorquiu Charlotte, fechando o punho da mão de Nicole que continha as pétalas. — Estamos avançando bem no livro...

— Mas principalmente na coleta de material bruto. Ainda falta escrever tanto. — Jogou os cabelos para trás outra vez com olhos frenéticos. — Cinco capítulos estão prontos agora, mas outros cinco ainda não estão, sem mencionar o longo, detalhado e *espirituoso* prefácio e epílogo que a minha editora quer.

— Escreva-os — sugeriu calmamente Charlotte.

— Não estou em clima de coisas espirituosas.

— Você acrescenta essas depois.

— E se não conseguir? — Os olhos dela anunciavam o horror da paralisia, do coma, da morte.

— Nicki, você tem que pensar positivamente. Me entregue a introdução aos capítulos que já terminou — sugeriu —, seguido do Plano B de uma coisa e da outra. Se você precisar viajar, uso suas anotações como material e termino o resto.

Nicole a olhou com atenção e depois suspirou.

— Que confusão! Nunca deveria ter assinado o contrato; já sabia que Julian estava doente.

— Foi por isso mesmo que você assinou o contrato, e fez bem — argumentou Charlotte lhe segurando os braços. — Não faça isso consigo mesma; você tem um compromisso. Está feito.

— Mas você está com Leo o tempo todo.

Silêncio.

Espantada, Charlotte deixou cair os braços.

— Muito do tempo que passo com Leo estou escrevendo para você e, no resto de tempo, você está com Julian. Por que é que tenho que ficar por aqui? Você está com as células-tronco. Paguei minha dívida. Não misture Leo com isso.

— Mas estou perdendo você *de qualquer jeito.*

O silêncio desta vez foi mais triste. Charlotte sentiu e deu um curto suspiro:

— Não, Nicki. Não está. Só estou passando por um momento difícil porque as células foram embora, mas digo *a mim mesma* o que digo a você. Está terminado e feito.

— Isto é um pesadelo.

— Com tudo que está acontecendo, é pior do que isso. — Charlotte percebeu que estava incluindo Leo. — Mas vamos superar, confie em mim, não é a minha primeira vez.

Quando a quarta-feira chegou nublada e fria, foram à loja da ilha, onde o forno grande enchia o ambiente com perfume de pinheiros novos e calor. Embora soubessem que esse era o lugar para verem e serem vistas, seu verdadeiro alvo era Bev Simone que, como dona da loja e do café, estava em segundo lugar em relação ao chefe dos correios em relação a quantidade de habitantes de Quinnie que encontrava todos os dias.

De fato, durante as horas que Nicole e Charlotte passaram lá, Bev raramente se sentou, mas falou sobre a evolução da loja em pé, sempre à espreita, com os cotovelos pousados sobre o espaldar de uma poltrona. Quando o sino da porta tilintava, já estava longe, mas sempre voltava com algo útil — uma receita, um termo de autorização ou um pacote embrulhado para Julian.

Os habitantes de Quinnie eram curiosos, mas tinham tato. Podiam facilmente conversar durante uma hora sobre o tempo, sobre a colheita de rabanetes ou sobre um trecho ruim das taboas do píer, mas ficar de conversa fiada com Nicole nessa época teria sido considerado mau gosto. Assim como não considerar grande coisa trazer uma bandeja de brownies, uma cumbuca de morangos frescos ou uma travessa de lasanha. No que tocava à curiosidade, Bev foi capaz de se satisfazer com o mínimo de informação que, de propósito, Nicole lhe deu.

Você perguntou a Bev sobre sua artrite? escreveu Leo no e-mail que mandou ao meio-dia, ao que Charlotte respondeu: *Não precisei perguntar. Ela sabe que estou com você e imediatamente botou para fora. Garra do Diabo. Diz que é oriunda da África do Sul, mas, se for assim, como Cecily a cultivou?*

No interior da casa e exposta à luz. Quando derrubei a estufa, enterrei as raízes na terra e elas continuam crescendo. São muito feias, mas simplesmente não morrem. Você ESTÁ comigo?

Ela não se surpreendeu com a mudança de assunto, porque estavam sempre pensando nisso.

Estou se você for a Paris.

Não falo francês.

Eu falo.

Não uso mala.

Eu uso.

Não tenho passaporte.

Peça um agora e o terá a tempo.

Ele não respondeu a isso, e Charlotte não o encontrou naquela noite. Ela e Nicole trabalharam até tarde, e, quando acabaram, sentia-se tão cansada que só queria ir para a cama. Na quinta-feira de manhã, acordou pensando nele e querendo lhe contar tudo. Mas ele tinha que escrever de volta primeiro. Era a sua vez.

Você está muito quieta, ele finalmente escreveu depois dela sofrer a manhã toda.

Esperando uma palavra sua sobre o passaporte. Ela conseguira se distrair com o trabalho, mas, ao ver o torpedo dele, sentiu uma onda de emoção. Sentia-se aliviada, impaciente e necessitada, tudo era muito perturbador.

Por que Paris?

Porque é para onde vou depois daqui.

Por que preciso ver Paris?

Não precisa. Sua necessidade de escrever a impediu de levantar as mãos em desespero. *Poderia ser a Toscana, ou Montreal, ou Boston, ou Brooklyn. A questão é que não é Quinnipeague*. Se ele não se dava conta disso, então ela havia superestimado seu cérebro.

O que há de errado com Quinnipeague?

NADA! Só que não posso viver aqui o tempo todo. Parte do tempo, sim. Mas, se você não pode passar parte do seu tempo em outro lugar, não temos futuro.

Houve uma pequena pausa então. Ela se perguntava se teria ido longe demais. Não era propriamente um ultimato.

Sim, era.

Por que você está levantando essa questão agora?

Porque só tenho pensado nisso. Eu amo você.

No instante em que clicou ENVIAR, queria voltar atrás. Essa não era a melhor maneira de dizer isso. Mas já estava feito. Tarde demais. Foi-se.

Capítulo 25

Charlotte havia digitado as palavras porque ficara nervosa, e, não, aquela primeira declaração não deveria ter sido feita por escrito, mas ela não estava dizendo o óbvio? O homem tinha escrito *Sal*. Era sensível e perspicaz. Com certeza sentira o que estava acontecendo ali.

Mas o fluxo de mensagens de repente parou, deixando-a em suspenso, perguntando-se se não o julgara mal, apaixonando-se por uma alma irreparavelmente machucada ou, pior, por alguém que não a tinha. No mínimo, parecia que o havia assustado.

Entretanto, recusou-se a negar o que já dissera. *Sonhe alto, mire alto,* Bob Dilly sempre dissera e, em termos emocionais, Charlotte finalmente estava fazendo isso. Ela jamais havia se apaixonado — como agora, emocionada só de vê-lo, desejosa de viver com ele, ter filhos com ele, envelhecer com ele, até admitindo mudar sua vida para que isso acontecesse. Mas, sim, ela sentia agora tudo isso, e que *não podia* ser unilateral. O recluso, que uma vez a acusara de invasora e a mandara embora, tinha aberto a entrada. Para muito além da atração física, ele parecia fascinado pelas ideias dela, querendo ouvir e dividir com ela o que o divertia. Levara-a para o seu próprio espaço privado — tinha *deixado* ela se apaixonar. Não teria feito isso se não sentisse nem que fosse um pouquinho do que ela sentia. No entanto, a cada minuto que passava, ela ficava mais angustiada.

Depois de mais uma hora de silêncio, ele escreveu *Já ouvi isso antes.* Sem qualquer pretexto de trabalho, ela foi para fora e telefonou.

Mal ele tinha atendido, e ela foi dizendo:

— Sei que você já ouviu isso antes, mas ela não foi honesta. Estou tentando ser, e não é só por sua causa. Por minha, também. Estou me expondo a um sofrimento realmente, realmente grande se tudo acabar, porque sinto por você algo que nunca senti antes. Não quero me machucar, Leo. Não posso arriscar perder tudo de novo.

— E você pensa que eu posso? — respondeu ele com simplicidade. — Não é fácil para mim também.

— Por que não? — *Diga,* ela pensou e prendeu a respiração. *Diga.*

Mas ele ficou quieto.

— Posso te encontrar? — disse, finalmente.

Soltando um suspiro, ela baixou a cabeça.

— Não. Agora não. Preciso trabalhar, e você precisa pensar.

Como as coisas estão indo?, mandou ele algumas horas mais tarde.

Indo, escreveu ela de volta.

Posso ver você hoje à noite?

Não, preciso pensar também.

Tricotou por quase toda a noite — freneticamente —, primeiro empoleirada na cama, depois, enroscada numa cadeira e, por fim, encostada num abajur de pé, quando se levantou e foi tomar um copo de água e não conseguiu voltar para a cama. Seus dedos não estavam sendo gentis com o suéter, e, trabalhando a parte da frente agora, cometeu vários erros. Leo estava no meio dos pontos altos, dos desenhos em oito, nas laçadas, mas, por mais que refletisse sobre a relação deles, nenhuma luz surgia. Ela o amava. De quantas maneiras podia analisar isso? Não era nenhuma engenharia aeroespacial.

Na sexta-feira de manhã, estava um caco, o que apareceu nitidamente em seu rosto quando, após ter conseguido, de madrugada, dormir por duas horas, acordou com o cheiro do café.

Julian lia o jornal e Nicole preparou bacon e muito mais panquecas do que os dois comeriam.

— Mirtilos — disse para Charlotte, mostrando a pilha de panquecas. — Sirva-se! — Depois, acrescentou: — Você não parece muito bem.

Charlotte se serviu de café na maior caneca que encontrou.

— Não dormi bem.

— Você saiu?

— Não.

— Problemas com Leo?

A mulher não tinha um monte de seguidores à toa, pensou Charlotte secamente, pensando se havia um tom de satisfação na voz dela. Era evidente que Nicole desejava que a relação deles acabasse. Tinha sido contra desde o início.

Charlotte não queria discutir aquilo naquela hora.

— O que temos para hoje? — perguntou, o que era ridículo porque havia cronogramas em toda parte. Mas, se Leo era zona proibida, o que mais lhe restava?

O trabalho a salvaria. Sempre fora assim. No fim de contas, o que era ser uma viajante senão alguém que não tinha onde ficar?

Oi, ele mandou às dez da manhã.

Foi isso, apenas um *Oi*.

Às onze, ele voltou: *Está aí?*

Sim.

Me ignorando?

Tentando. Tenho trabalho.

Estou magoado.

Estava brincando, ela não.

Então somos dois.

Posso convidá-la para almoçar?

Na cidade? Ela não suportaria. Ou na casa dele? Com sonhos espalhados por toda parte e o Urso — ela detestava cachorros, mas amava Urso — estatelado nas pernas dela? Pior.

Tenho que trabalhar, Leo. De verdade.

Você está me afastando.

Sim, só assim posso trabalhar. Por favor, respeite isso para variar.

Para variar?

Suspirando, digitou: *Delete isso. Precisamos de uma conversa bem diferente. Estou trabalhando. Por favor.*

Colocou o telefone no bolso, determinada a ignorar aquilo, racionalizando sobre a beleza de não ter compromissos e de não dever nada a ninguém. Por trás disso, é claro, sentia-se pouco amada, e, por isso, vivia procurando as mensagens de Leo. Na hora que ele finalmente escreveu, sentiu-se de novo emocionada.

Preciso rezar para conseguir um jantar?, escreveu ele.

Ela aceitaria se ele tivesse escrito antes, mas enquanto ele calmamente fez hora, ela planejou outra coisa.

Não posso, vamos visitar os Warren.

Então depois. Apanho você na casa deles.

Entretanto, Nicole queria ficar com ela essa noite, e Charlotte estava muito propensa a beber vinho o suficiente para, ao voltar para casa, dormir logo, fugindo assim da agonia de pensar que Leo não se comprometia.

Hoje não vai dar, Leo. Desculpa.

Arrumou-se, o que pelos padrões de Quinnipeague significava uma blusa e uma saia. Com sandálias de salto e saia curta, sentiu-se como se pudesse conquistar o primeiro que aparecesse, desde que fosse interessante. Não havia nenhum. Além disso, o vinho não funcionou, principalmente porque a presença de Julian a lembrava que coisas ruins acontecem quando muito vinho é consumido. Então, limitou-se a sorrir muito e conversar quando solicitada, mas seu coração se encontrava longe de tudo aquilo. Jogada no banco de trás na volta para casa, sentiu-se vazia, o que a irritava. Ao se aproximarem da entrada, ela viu uma picape azul-escura estacionada no acostamento da estrada. Imediatamente reencontrou seu prumo. No instante em que o carro parou, ela já estava fora, ignorando o barulho das portas que batiam atrás dela, e caminhou em direção à casa. No meio do caminho, seu braço foi agarrado por uma mão.

— Precisamos conversar — disse ele.

Ela olhou para a mão dele.

— Esta noite não.

— Não me mande embora.

Os olhos dela encontraram os dele, mas a noite estava escura, tornando-os opacos. Seu maxilar estava apertado, e o rosto, todo sombrio.

— Devemos esclarecer quem está mandando quem embora?

— Podemos esclarecer o que você quiser.

Charlotte sentiu que isso era o que fizera internamente durante a maior parte do dia, e já não tinha dito a ele que esta noite não era uma boa noite?

— Estou cansada.

Embora a pressão da mão dele fosse delicada, era insistente, e conseguiu encostá-la na caminhonete.

— Ei! — gritou Nicole. — Você não pode forçá-la. Qual parte do *não* você não entendeu? Ela não quer ir.

Ele parou e murmurou:

— Diga para Nicole ir tratar da vida dela.

— Ela me ama — disse Charlotte.

A mão dele caiu, a boca ficou entreaberta.

— Tudo bem. Ela é o seu futuro? Tudo bem. Ela é tudo o que você precisa? Tudo bem. — Deu um passo para trás.

O coração de Charlotte se contorceu, doendo de desejo e necessidade.

— Ela não é o meu futuro nem é tudo do que preciso, mas é minha amiga e me ama, então se preocupa comigo.

— Eu me preocupo.

— Isso é tudo que você pode fazer? — disparou ela de volta.

— Não.

Ela o encarou, pensando que uma palavra não bastava — *duas* palavras não bastariam — e *sabia* que havia mais dentro dele, e não podia deixá-lo agora.

Olhando para Nicole, levantou uma mão.

— Estou bem — disse. Afastou-se pela grama, contornou a estrada até o lado mais distante da caminhonete, onde parou, encostou-se na porta e, com raiva, cruzou os braços.

Leo estava ali em instantes. Apertando-a com os quadris, abriu os braços e colocou um deles acima da cabeça dela, segurou-lhe o rosto com a outra mão. Sua boca caiu sobre a dela, os lábios frenéticos, a língua insistente de modo totalmente novo. Naqueles segundos ele foi o perigoso recluso que ameaçava intrusos e atirava em gaivotas por esporte.

Mas ela queria o homem que conhecia. Então respondeu à agressão com agressão, pedindo mais, libertando os braços para poder procurar com as mãos. Esfregou o cabelo dele quando, com a boca, encontrou seu pescoço, e, no momento em que as mãos dele tocaram seus seios, Charlotte deslizou as dela para o jeans de Leo com o objetivo de aproximá-lo ainda mais. Com as bocas unidas, ele lhe deu ar e, quando começou a se balançar com força contra ela, ela enfiou as mãos entre eles para tocá-lo onde mais queria.

— Jesus... — gemeu ele, cobrindo a mão dela para que parasse. Lutando para se controlar, inclinou-se sobre Charlotte pressionando os lábios no alto da sua cabeça.

Ela tentou recuperar o fôlego, mas a cada aspiração vinha mais Leo. Ele sempre tivera um cheiro bom, embora não fosse o cheiro de ervas que ela imaginara antes. Leo podia banhá-la com hortelã-pimenta e sálvia, mas o que predominava em todo ele era Primavera Irlandesa. Agora, com o cheiro, o homem e a excitação, ela estava desesperadamente necessitada.

— Vai — disse ela entre dentes, pressionando-o ainda mais.

Leo blasfemou quando a mão dela se fechou nele.

— *Aqui?*

— Eles estão lá dentro. *Vai!* — ordenou, louca por ele. Se essa fosse a única forma deles se comunicarem, Charlotte aceitaria em nome da mera confirmação.

Frenético, ele empurrou sua saia já levantada mais para cima, arrancou-lhe a calcinha rasgando-a e, levantando suas pernas, penetrou-a.

Ela gemeu com a súbita entrada, depois de novo quando suas costas bateram na picape, mas, se ele tivesse tentado desacelerar, ela daria um grito. Leo estava rude, mas ela queria rude. Nisso também Charlotte correspondeu, dando o que recebia, beijando-o, arrancando-lhe a camisa, cavalgando-o até ouvir o som rouco da sua garganta, e, nesse ponto, ela se perdeu.

Depois de um êxtase eterno, ele cedeu contra ela, segurando-a quando seu corpo ficou flácido. Permaneceu dentro dela por um momento, movendo-se cada vez mais devagar até sair. Ainda assim, manteve seus corpos colados.

A caminhonete, o som longínquo das ondas, a seminudez deles, a raiva dela... Cada item voltou para a sua consciência. Com isso, veio-lhe a ideia de que ele a havia punido pelo muito que fora magoado nos anos anteriores, mas, se aquele sofrimento tinha sido exorcizado agora, ela não podia se opor. Precisavam ir em frente.

Deixou que suas pernas se recompusessem e apertou seu rosto no peito dele para ouvir o coração agora mais calmo, embora não totalmente.

— Não posso dizer as palavras que você quer — murmurou finalmente.

Ela não se moveu.

— Por que não as sente?

— Porque não posso dizer as palavras. Não sei para onde vou com isso.

— O que você *sente?*

— Eu sinto... como se estivesse fazendo o que jurei que nunca mais faria. Disse a mim mesmo que não me envolveria de novo assim.

— As coisas mudam.

— Mudam mesmo? Olhe para mim. Sou o que sou. — Ele empurrou com a mão um pouco do seu cabelo curto e escuro, não tanto pela frustração quanto pela perplexidade. — Eu não esperava nada disso, o livro, você. Estou perdido, Charlotte, não tenho noção do que fazer com isso.

— A vida é como um jogo de cartas. Ela nos dá várias mãos em diferentes épocas. Não temos mais a mão antiga, Leo. Veja qual é a jogada que você tem agora — disse, ouvindo o eco do que Angie dissera.

— Estou olhando para ela — murmurou ele. E ela se perdeu na complexidade do azul-escuro de um homem profundo e adorável.

Emoldurando o rosto dele com as mãos, ela o beijou, beijou, até que aqueles lábios finos se entregassem. Não disse mais nada. Se ele tinha dificuldades com as palavras, ela não podia se permitir estragar o momento. De volta à casa dele, no entanto, quando se agasalhou usando uma das suas camisetas e foram para a doca, pensou nas poucas semanas que lhe restavam. Palavras eram desnecessárias; podia mostrar a ele o que sentia. Ela se enfiaria sob a pele dele para que, no dia que partisse, ele sentisse a perda. E sim, ele já passara por aquilo, a diferença era que ela queria o encontrar no meio do caminho.

A escolha era dele.

Nicole permanecera no escuro diante da janela durante muito tempo mesmo depois da caminhonete se afastar. Perdida nos pensamentos, estremeceu quando Julian passou o braço pela sua cintura. Encostou-se nele, apreciando seu gesto para acalmá-la.

Quinnipeague lhe fizera bem. Depois de nove dias ali, estava relaxado e mais forte. Recuperara alguns quilos que perdera quando submetido ao último medicamento. Os sintomas continuavam, nem melhores nem piores. Mesmo agora, ela sentiu um tremor na mão dele, mas acalmou--o com a própria mão. Julian não parecia debilitado. E, sim, ela estava comprometida com o transplante das células-tronco. A sugestão não partira dela mesma? No entanto, num cantinho da sua consciência, desejava que as coisas fossem mais lentas, adaptadas à doença dele, aguardando um pouco antes do próximo passo duvidoso.

Os pensamentos de Julian estavam em outra coisa enquanto descansava o queixo sobre a cabeça dela.

— Por que ele deixa você tão zangada?

Leo. Ela suspirou.

— Porque ele não serve para Charlotte.

— Como é que você sabe?

— Porque ele não se parece nada com você.

— Nicki — disse ele, com uma risada estranha —, por que ele deveria se parecer comigo? Charlotte não tem nada a ver com você. Você é doce e generosa. Ela é independente e ousada.

— Você alguma vez desejou que eu fosse mais parecida com ela? — perguntou Nicole, porque sempre, *sempre,* no fundo da sua consciência, haveria uma imagem deles juntos; sempre, *sempre,* no fundo, haveria a preocupação de que a ela faltava alguma coisa como mulher.

— Não. Nunca. Amo você como você é — disse ele, dando-lhe a garantia que ela temia sempre precisar de novo.

Fechando os olhos, virou a cabeça para o pescoço dele. Os nove dias tinham sido bons para o casal que eles formavam também. Haviam conversado, feito amor e dormido abraçados. O medo do futuro não estava longe, embora ela pensasse que, quanto mais forte ele ficasse, melhor reagiria ao transplante. Mesmo assim, perguntava-se se Julian estava compensando. E imaginava que ele se indagava a mesma coisa. Estava mais doce, mais gentil, mais amável.

E capaz de perdoar. E, quando ela se referiu a isso em voz alta, ele perguntou:

— Onde é que entra o perdão?

— Com o bebê de Charlotte.

— O bebê era meu também — disse ele, suave. — Posso aceitar que a criança tenha ido embora, mas receber as células do seu cordão significa muito. Charlotte poderia não as ter oferecido. Nem precisava ter vindo aqui para passar todo o verão.

— Você não queria que ela viesse.

— Não — disse ele, com uma ponta de vergonha por seu disfarce então. — Mas deu certo. E agora ela merece ser feliz, você não acha?

Nicole de verdade desejava a felicidade para a amiga, mas algo a respeito de Leo a fazia duvidar.

— E ela pode ser feliz com ele?

— Eu não sei. Mas você também não sabe. Só a própria Charlotte pode responder.

Ela virou a cabeça para tentar ver o rosto dele no escuro.

— Ela diz que o ama. Depois de cinco semanas?

— Ele não foi tão rude assim. E ela soube lidar com ele.

— Mas o que ele é? Está bem, teve sorte com *Sal*, mas pode repetir aquilo? As pessoas podem comprar o seu próximo livro, mas, se não for bom, não vão comprar outra vez. E como pode ser tão bom assim? Ele é de Quinnipeague, Jules. Quero dizer, adoro isto aqui, mas não viver em nenhum outro lugar? Ah, ele esteve na prisão por um tempo, sinto muito, esqueci isso. Será que vai tirar algo da experiência que teve lá para continuar *Sal?* O que quero dizer realmente é que *Sal* refletia um lugar como este aqui. Isso ele não pode repetir. Meu pai diria que aquilo foi fogo de palha.

— Errado — disse Julian, calmamente. — Seu pai teria ficado intrigado. Ele teria convidado o cara para jantar e conversar a fim de saber como ele fez do seu livro um sucesso.

Nicole ficou apavorada.

— Você quer que eu convide Leo para *jantar?* Ah, meu Deus, Julian. Isso seria como dar carta branca para Charlotte fazer o que quer que ela esteja fazendo com ele.

Ele suspirou.

— Querida, você não é a mãe dela.

— Mas gosto dela, e ela está sendo muito idiota. Ele está se apossando do que pode enquanto pode.

— Talvez você esteja enganada — disse Julian com mais firmeza. Nesse momento, Nicole ficou na defensiva. Estava de acordo com o que ele queria no que dizia respeito ao tratamento, mesmo que não fosse o que ela desejava. E, mesmo assim, ele a julgava errada.

— Enganada, como se eu não compreendesse? Como quando sufoco você?

Ele pressionou os lábios dela com os seus.

— Estava descontando a minha frustração em você quando disse aquelas coisas. Mas você está fazendo o mesmo agora. Está preocupada com o livro e chateada com sua mãe, e estamos ambos com os nervos à flor da pele à espera de Hammon. Mas nada disso é culpa do Leo. Você está fazendo dele o bode expiatório de todas as coisas ruins. Isso não é justo, Nicki. Não está certo.

Nicole não tinha certeza se concordava, mas não queria mais discutir com Julian. As coisas estavam muito bem entre eles e, se o tempo era curto, não queria desperdiçá-lo. Então voltou aos braços dele e o beijou.

— Amo você — murmurou, com a boca em seus lábios.

Sentiu o sorriso irônico dele.

— Isso é para me fazer calar a boca? — perguntou.

— Sim — refletiu ela. — É como se agora, neste exato momento, eu estivesse discutindo com Charlotte sobre Leo, com Leo sobre Charlotte, com a mamãe sobre o papai e sobre Tom e a casa, ou estaria se estivéssemos falando, e até mesmo com Kaylin, que não está fazendo absolutamente nada em Manhattan até que as aulas recomecem, mas, quando pergunto a ela sobre isso, ela me vem com esclerose múltipla, e não posso falar com ela agora. Não quero discutir com você.

Ele não continuou, simplesmente a levou para a cama; mas, quando Julian oscilou na escada, foi Nicole que o segurou.

Ela não o calara, sabia disso. Se retomasse a discussão na manhã seguinte, ele voltaria à mesma argumentação, exatamente do ponto em que parara. E talvez estivesse certo; talvez ela demonizasse Leo sem razão. Só que dava a impressão de haver um motivo. E ela estava preocupada com Charlotte.

De qualquer modo, Nicole seria a última a encorajar uma relação com Leo Cole.

Charlotte não precisava encorajá-lo. Mesmo não dizendo As Palavras, ele era atencioso e gentil bem à maneira dele. Fosse enquanto a levava à cidade, ajudando na preparação dela para as entrevistas e se esforçando em falar com outros habitantes de Quinnie nos jantares comunitários dominicais do fim de julho, fosse fazendo amor no chuveiro, no banho, na cama ou no barco — ele era um companheiro interessante, um devotado ajudante e um amante especial. A ironia daquilo é que, apesar da determinação de Charlotte de deixá-lo mais apaixonado, quem estava mais entregue era ela.

Nicole era o espinho. Não havia dúvidas de que detestava Leo e mantinha distância cada vez que seus caminhos se cruzavam. Charlotte dizia a si mesma que não se importava, mas se importava, sim. Queria as bênçãos de Nicole. Não era ela uma representante de Angie e Bob? Não era como uma irmã na família solitária de Charlotte? Metia-se em apuros com Leo e queria que alguém lhe dissesse que estava certa em arriscar.

Sabendo que Nicole não o faria, não lhe perguntava. Quando estavam juntas, concentravam-se no trabalho, mas o silêncio em relação a Leo seria cômico se não fosse triste. Afinal, Charlotte estava com ele toda vez que não estava com ou trabalhando para Nicole. Encontrava-se com Leo quase todas as noites e, às vezes, passava a noite com ele. Escovava mais os cabelos, usava mais rímel e comprara um suéter, uma echarpe e um colar na loja da ilha — tudo porque se preocupava mais com sua aparência. Nicole devia notar, mas não dizia nada.

— Ela está preocupada — disse Charlotte a Leo quando ele veio buscá-la para jantar na noite de quarta-feira e Nicole lhe deu as costas. — Está preocupada com o que vai acontecer com Julian. Não é mais ela mesma.

— Ei — começou ele, abrindo a porta para que ela subisse na caminhonete —, se acha que isso pode ferir meus sentimentos, não se preocupe. Estou bem.

Se ele estava bem, ela decidiu, não precisava se desculpar.

— Mas eu não estou. Isso me machuca. Qual é o problema dela com você?

— Talvez o problema dela ainda seja com você.

Charlotte esperou que Leo fizesse a curva com a caminhonete e deslizasse para trás do volante para perguntar, num tom indignado:

— Por quê? Eu poderia ter culpado a *ela* pelo que aconteceu com Julian. Quero dizer, por que ela não estava conosco na praia naquela noite? Teve medo de que a areia entrasse em seus lindos sapatinhos abertos nos dedões?

— Ela está com raiva por causa daquela noite, por causa do bebê que ela queria, mas que foi você quem teve e pelo fato de ter sido você quem apareceu com as células-tronco capazes de salvar a vida dele. — Ele segurou o rosto dela, roçando os dedos nas orelhas. — Não sofra com isso, Charlotte. Ela está com medo e não pode descontar em Julian, então está descontando em você.

— Em você! — insistiu Charlotte. Ele tinha razão sobre o restante.

— Tudo bem, em mim, mas tenho uma casca grossa. — Ele deu a partida na picape. — Estou com fome.

O The Island Grill estava lotado. Por sorte, uma mesa perto da janela vagou minutos depois da chegada deles, acrescentando um pano de fundo de oceano ao linho azul, um vaso de bálsamo e o cheiro da carne escaldante. Como havia comido carne no dia anterior, Leo pediu peixe. Charlotte pediu vieiras, e eles dividiram — enquanto comiam, nada menos do que três pessoas se aproximaram para delicadamente perguntar se Julian tinha sido chamado. Todos eram amigos de longa data da família, o que explicava o motivo de Nicole os manter a par da situação.

Nenhum deles habitava Quinnie o ano inteiro, e, mesmo assim, Charlotte observou, não se intimidavam com Leo. Ele estava bem vestido, bem preparado, e era dez vezes mais atraente do que qualquer outro homem do lugar, o que a fazia pensar que Nicole podia, na realidade, estar com ciúmes. Não havia nada de muito jovial em Julian. Elegante, sim, mas nada excitante.

Leo era excitante. Ao menos assim pensava Charlotte, mas ela sabia como ele era na intimidade. Ali, no The Island Grill, ele parecia à vontade e reservado. E, embora educado quando as pessoas se aproximavam, parecia não fazer questão da presença delas. Não olhava em volta para encontrar rostos conhecidas, não precisava conversar com as pessoas que lhe eram familiares. Não pediu o vinho mais caro do cardápio, ainda que pudesse facilmente pagar por ele. E, mesmo aparentando ser alguém bem de vida, ninguém de fora o tomaria como um autor no primeiro lugar da lista do *New York Times*, o que lhe garantia uma noite tranquila.

O crostini de morango e ruibarbo foi trazido com duas colheres por ninguém menos do que a dona do restaurante. Michaela Bray nunca deixava de surpreender Charlotte. Enquanto a comida ali era infalivelmente perfeitinha, a mulher de cinquenta e poucos anos tinha listras cor-de-rosa no short, cabelo grisalho, olhos azuis muito bem maquiados e uma tatuagem que subia pela lateral do seu pescoço. Acabara de retornar a Quinnipeague após ter ido a Sacramento para estar com a mãe doente, por isso Charlotte não pudera entrevistá-la ainda. Combinaram uma hora e Charlotte pensou que Michaela viera lhes servir a sobremesa para confirmar o encontro.

Ela, entretanto, puxou uma cadeira, chegou perto e murmurou:

— Não olhem ao mesmo tempo, mas ali está uma mulher com uma blusa vermelha no canto da mesa. Ela é da imprensa.

Charlotte só olhou para Leo, que, por sua vez, mal olhava ao redor. E, embora não demonstrasse coisa alguma, ela sentiu uma tensão na perna que tocava na dela.

— Por que ela está aqui? — perguntou ele, olhando para Michaela.

— Os pais dela estão alugando acomodações por algumas semanas.

— Então não está trabalhando — falou Charlotte, tentando definir o grau de ameaça.

— Não oficialmente — avisou Michaela —, mas disse para todos que tinha acabado de escrever um artigo sobre Clooney para a *People*. Quando aparece uma dessas cheias de si, já sabe que, se sentirem o cheiro de um furo, estando de férias ou não, agarram logo a máquina fotográfica. Ninguém de Quinnie vai revelar quem você é — disse para Leo —, e você é quieto, então não há perigo. — Ficou por mais um momento encostada no espaldar da cadeira, para depois dizer: — Só queira que soubessem. — E se levantou, falando em voz bem alta com Charlotte: — Sexta-feira, às dez?

Charlotte assentiu.

— Estarei aqui.

O crostini era a especialidade das sobremesas do restaurante, mas nenhum deles pôde apreciá-lo devidamente — Leo, porque se esforçava muito para aparentar indiferença, e Charlotte porque pensava em formas de conseguir ajudá-lo.

De volta na caminhonete, Charlotte perguntou:

— Isso acontece muito; quer dizer, aparecem muitos estranhos?

Ele saiu do estacionamento, deu de ombros, mudou a marcha e dirigiu para casa.

— Seria tão horrível se o mundo exterior ficasse sabendo?

— Não sei. — Ele passou pela garganta da estrada antes de estabilizar e perguntar: — Você sabe?

— Não.

Continuaram, passando pelas tendas de mexilhões.

— Mas, se venho a público, e leitores vierem aqui aos montes, não serei o único a sofrer. O turismo é ótimo, mas não quando acaba com as características do lugar. É por isso que o pessoal de Quinnie mantém o meu segredo. Também estão assustados.

Charlotte pensou.

— Então você está deliberadamente deixando morrer? — Quando ele lhe dirigiu um olhar rápido, mas não disse nada, ela acrescentou: — Não quer mesmo que o *Próximo Livro* aconteça? — Ele continuou quieto. — E as ofertas que recebeu? Você assinou uma cláusula de privacidade uma vez, talvez possa fazer o mesmo de novo.

— Não aposte nisso — advertiu ele. — Meu advogado disse que o estão assediando. Disse que querem fazer publicidade para uma aparição pública antes do lançamento dos livros de bolso.

— Se querem um novo livro, vão concordar com o que quer que você exija, e, se não quiserem, outro editor pode aceitar.

— Como se eu já tivesse outro livro para vender... — murmurou ele. — Gostaria que isso acontecesse, Charlotte, mas não estou inspirado.

— O que inspirou você para escrever *Sal?* É um livro tão rico. Tudo por causa da Nossa Senhora de Phoenix?

O apelido o fez rir.

— Não.

— Então por quê?

— Meus sonhos. — Ele continuou olhando para a estrada.

— Você não os realizava com ela? — perguntou surpresa.

— Pensei que sim, mas, se olhar para trás agora... — Ele sacudiu a cabeça. — Foi tudo um sonho. Com ela, com *Sal*. Eu não teria escolhido aquele final, mas o resto todo era o que eu havia desejado que acontecesse.

O fato dele não olhar para ela e de parecer tão concentrado a comoveu profundamente. Pensou na primeira frase de *Sal: Todo homem desejaria amar, se conseguisse vencer o medo de se expor.* Havia exposição agora. *Sal* era ficção, mas o homem por trás era sensível e complexo. E, além disso, havia aquele *se olhar para trás agora*. Se o que ele estava dizendo era que Charlotte lhe mostrara o que o verdadeiro amor de fato significava, isso era maravilhoso.

Ele estacionou atrás da casa e a ajudou a sair da caminhonete, mas então, parecendo perdido nos próprios pensamentos, saiu vagando. Ela o seguiu no jardim onde o perfume da lavanda suplantava todos os outros.

Sentada ao lado dele no chão, enfiou a mão dele na curva do seu braço.

— Você não tem que se esconder, Leo. Pode se orgulhar de tanta coisa.

— Uma coisa.

— Mais de uma. Você tem profundidade.

Ele examinou os dedos deles, roçando com um longo polegar o dela.

— Deixei você se aprofundar mais do que ninguém.

— Mais do que ela? — perguntou Charlotte, precisando confirmar ao menos isso.

— Nossa Senhora de Phoenix? — Um sorriso irônico no escuro. — Não há comparação. Eu era jovem. Se fosse um pouco mais esperto, teria percebido que ela não ficaria. Os sinais eram claros. Ela não gostava dos habitantes de Quinnie. Odiava o Urso. Era alérgica a peixe. — Sorriu tristemente. — E nunca falei com ela desta maneira.

— As conversas em *Sal* foram imaginadas.

— Foram como eu gostaria que fossem numa relação.

Nós temos isso, pensou Charlotte, mas sabia que ele sabia.

— Eu melhorei, não é? — perguntou ele.

— Do sujeito monossilábico do telhado?

O sorriso dele foi uma coisa linda no escuro, como a lua crescente.

— Monossilábico?

— Mal-humorado. *Fechado.* Sim! Você melhorou. — Fez uma pausa, pensando naqueles primeiros dias, e direcionou o queixo para as plantas. — Então, quando você vai me deixar fotografar tudo isso?

— Que tal amanhã?

Ela se engasgou. Estava certa de que viria uma recusa.

— Sério?

— As ervas precisam ser desbastadas, preciso comprar suprimentos na loja para colocar em vasos e entregar.

— Entregar?

— Sim. Para os que vão desenvolvê-las. Esta é a hora de dividir as plantas.

— Você vai me deixar usar fotos no livro? — Ela precisava ter certeza de que entendera bem.

Ele assentiu com a cabeça.

— Para Nicole?

— Para você. Venha ao amanhecer, a luz é melhor.

Charlotte estava morrendo de vontade de contar a Nicole. Não queria se gabar, mas bem que poderia. Isso faria Nicole se sentir melhor em relação ao livro e, mais importante ainda: faria com que se sentisse melhor em relação a Leo.

Nicole de fato esperava por ela junto da mesa da cozinha, com os dedos se abrindo e fechando em torno de umas folhinhas vermelhas. Quando falou, porém, sua voz estava baixa e cheia de medo.

Mark Hammon havia telefonado mais cedo e queria que Julian estivesse em Chicago no dia seguinte.

No frenesi de arrumar a mala, das instruções de última hora e de levar Nicole e Julian ao píer, Charlotte deixou para trás todo o restante. Fotos e plantas eram coisas pequenas. Isso era questão de vida e morte.

O mérito de Nicole foi o de se manter calma quando Julian parecia estranhamente dispersivo. E apenas quando o barco do correio foi jogado no cais e ele embarcou que ela deu um abraço apertado em Nicole.

— Você é incrível — disse calmamente. Quando a resistência de Nicole deu lugar a um tremor, acrescentou: — Você é forte. Ele vai ficar bem. Você vai ajudá-lo a enfrentar a coisa toda. — Segurando suas costas, olhou-a com firmeza. — Não discuta comigo sobre isso. Está fazendo *tudo* certo. Vou sempre me orgulhar de você por isso.

Os olhos de Nicole estavam cheios de incerteza. Era ela que tinha que ser firme agora. Agarrou-se em Charlotte até que o barco apitou.

— Você é a melhor! — finalmente murmurou e, chegando para trás, respirou fundo. Expressando confiança, voltou-se e subiu a bordo ao encontro de Julian.

Capítulo 26

Enquanto olhava o barco se afastando e desaparecendo naquela manhã de quinta-feira, Charlotte se perguntou em que condições Julian estaria na próxima vez que o visse. Dada a natureza experimental do tratamento com células-tronco, ele poderia estar em qualquer lugar entre curado e morto. Além disso, passaria por exames, esperas, preocupações que ela sabia que teriam lugar em Chicago, e imaginou que seus próprios dias se arrastariam.

Isso não aconteceu. Leo adiara a poda das plantas por um dia, sabendo que ela não teria coragem de sair de casa naquela manhã. Charlotte começou pelo topo da lista de afazeres e entrevistou os habitantes de Quinnie que faltavam, coletando as receitas, conferindo as autorizações e correndo atrás dos que ainda não haviam recebido. Ainda tinha a maioria dos perfis para redigir, mas sabia que podia fazer isso sob pressão no final.

Mais importante e prioritário era ler o resto, uma vez que Nicole estava demasiadamente estressada com isso. Não que custasse muito esforço, Nicole era boa escritora. Seu estilo caloroso e pessoal, parecido com o do blog, dava um tom adequado ao livro. Charlotte se surpreendeu, sorrindo ao ler, porque conseguia ouvir a voz da amiga com todo o seu entusiasmo e alegria, o que era extraordinário para as circunstâncias tristes do período da sua escrita. Percebeu poucos erros de digitação e removeu alguns "tipo" ou "quero dizer" que interferiam na fluência do texto, embora tenha sido cuidadosa para não prejudicar a espontaneidade.

Depois de mandar por e-mail aqueles arquivos para Chicago, examinou as notas que Nicole havia deixado e, imitando o seu estilo, o que na verdade era divertido, escreveu a introdução dos últimos capítulos a partir dos esboços.

E depois, sim, chegou a vez das fotos. Leo tivera toda a razão em relação à hora. A luz do amanhecer conferiu um brilho mágico ao jardim. Mas, depois, a luz do meio da manhã foi favorável para as plantas mais altas, e a luz da tarde beneficiou as mais folhudas. No todo, tirou centenas de fotos, tanto do jardim quanto de Leo trabalhando ali. Ainda que ele tenha deixado bem claro desde o início que nenhuma destas apareceria no livro.

— Confie em mim — havia dito ela. — Essas são para mim. — E eram. Depois de transferir as fotos de Leo para um cartão de memória separado, passou horas editando as outras.

Tendo enviado à Nicole material suficiente para mantê-la animada, voltou-se para seu próprio trabalho e o sudoeste da França. Não pensara no compromisso por semanas, mas eis que de repente precisava se preparar. Depois de duas noites em Paris, estaria tomando o trem de alta velocidade para Bordeaux a fim de fazer o perfil dos donos de um pequeno vinhedo. Seu editor telefonara para confirmar os preparativos e fazer sugestões ao artigo, depois de Charlotte passar horas no computador coletando informações. Mandou um e-mail com instruções para a sua *amie parisienne,* Michelle, com quem se encontraria no começo e no fim da viagem, e, uma vez que seguiria de lá para Toscana, acertou as bases com o editor que a estava pagando pelo trabalho.

Feitas as contas, ela ficaria fora por três semanas. Pela primeira vez em sua vida, o fato de ir para tão longe por tanto tempo a desestabilizava, e Leo era o culpado. Mais de uma vez olhando para ele, com a cabeça escura inclinada sobre o computador ou sobre o telefone, com as pernas magras espalmadas, as mãos espertas erguidas ou pousadas, ela sentiu o tique-taque do relógio tão alto que pensou em transferir seus voos a fim de ficar em Quinnipeague até depois do Dia do Trabalho.

Mas isso apenas adiaria o inevitável. E seu trabalho fazia parte do que ela era.

Além disso, com Nicole longe, não fez questão alguma de dormir sozinha. Todo dia passava pela grande casa branca, assim como faria um zelador, e, embora Leo muitas vezes fosse com ela, ele não se sentia à vontade ali. Sua própria casa era, de fato, o seu castelo, era lá que se sentia seguro. E ele tinha muitas coisas a fazer. Se não estivesse estudando as análises das vendas do e-book, ou passando novas ideias ao editor por meio do advogado para o lançamento da edição de bolso, ou navegando na Internet atrás de estratégias de marketing, encontrava-se consertando os estragos da chuva no telhado ou limpando o barco. Parecia ter abandonado temporariamente o *Próximo Livro,* embora ela imaginasse que este habitava a cabeça dele quando o via vagando de noite, vestido com aquele short ou sem nada. Ele regularmente recebia livros de outros autores, os quais lia enquanto ela dormia, e sempre deixava algum deles aberto e virado para baixo sobre a cama, fossem romances, memórias ou biografias. E sempre estava com o café pronto quando ela acordava.

Três semanas sem Leo, três semanas de volta à vida que conhecera antes dele, três semanas sem a certeza de que ele a quereria de volta — esse medo nunca a abandonava. E ela *sabia* que ele sentia a mesma coisa. Ela percebia nas ocasiões em que o surpreendia com o olhar perdido, o que também a feria como uma agulhada no coração.

E ainda havia Urso, de certo modo o mais vocal dos dois, que rosnava quando ela massageava a perna fina que ele oferecia ou acariciava a mancha sedosa da sua testa. Charlotte não conseguia entender como algum dia pudera pensar que ele era feroz. Urso era uma doçura, um cão velho. Preocupava-se com ele, e com Leo, no dia que Urso morresse, e com ela mesma, se ficasse sabendo do fato depois.

Sim, Urso também tinha um papel no desejo de ficar, assim como a ilha. Quinnipeague em agosto era um lugar verde onde lagartas pendiam das árvores cujas folhas eram tantas que as partes comidas nem faziam falta. Ao amanhecer, enchiam-se da névoa densa que cobria os telhados e pingava, obscurecendo as telhas cinzentas sem conseguir ofuscar a cor forte da *rosa rugosa* ou o azul da hortênsia. O cheiro de madeira queimada enchia o ar nos dias chuvosos, a seiva dos pinheiros nos dias ensolarados, e por toda a parte flutuava o cheiro salgado do mar.

Na casa de Leo, ainda e sempre, o cheiro das plantas pairava sobre tudo. Ela sentiria falta disso também.

Não. O tempo não parava. Passava em alarmante velocidade.

Passava. Ultimamente, Nicole vinha pensando a mesma coisa. Lembranças do seu pai, a comunicação com sua mãe, o interesse em comida, roupas ou mesmo no livro de culinária — estava perdendo o contato com coisas familiares.

Parte disso tinha a ver com deixar Quinnipeague e sua ligação com o passado.

Parte disso tinha a ver com o silêncio por parte de sua mãe.

Parte disso tinha a ver com passar hora após hora no hospital, onde a individualidade dava lugar a escrupulosa higienização e a aventais esterilizados.

Acima de tudo, no entanto, tratava-se de Julian, cuja preocupação aumentara desde a chegada em Chicago. Muitas vezes ela flagrou o seu olhar distraído para o tapete, para a janela ou para qualquer imagem que a TV mostrasse. Quando ele abria o iPad, estava mais disposto a ficar navegando do que ler os jornais que tinha lá. Respondia quando ela falava, e olhava para ela, chegava até a sorrir, mas não começava nenhuma conversa.

Ofereceram a Nicole um psicólogo. *Muitas vezes é mais difícil para a família do que para o paciente*, foi-lhe dito. Mas Nicole não acreditava muito naquilo. Julian sofria emocionalmente. Ela não precisava de um conselheiro para lhe dizer o quanto o marido estava aterrorizado, mas, quando lhe lembrou de que não precisava levar adiante o plano, ele insistiu em continuar. Nos seus momentos mais dolorosos, perguntava-se se o fato dele estar se distanciando não era um prenúncio do que aconteceria.

Na sexta-feira pela manhã, membros da equipe de Hammon fizeram tomografia do crânio de Julian e da medula espinhal. Os dois exames foram rápidos e não invasivos. Entretanto, a punção lombar daquela tarde foi mais complicada. Ele a tolerou bem até se recuperar, o que exigiu que ficasse deitado por noventa minutos, assistido por uma enfermeira que perguntava constantemente — de forma protetora, mas irritante — se ele sentia dor de cabeça, formigamento ou dormência.

— Eu sou um médico — finalmente ele estrilou. — Sei o que devo observar, obrigado. — Nicole teria lembrado a ele que a mulher estava apenas fazendo o seu trabalho, que ele pedia a mesma atenção da sua própria equipe, e que a relação entre o paciente e o médico poderia ser penosa no fim de contas, mas pensou que ter paciência com ele era mais importante. Felizmente, não houve dores de cabeça e os únicos formigamentos e dormências que ele sentiu foram os mesmos velhos conhecidos, causados pela doença.

No sábado, depois de outros exames de sangue, ele começou a se arrastar — literalmente: seu pé esquerdo ficou pior do que nunca, embora Nicole não soubesse se era da EM ou do fato de terem colhido tanto sangue. Mas ela não podia se queixar. Evidentemente, Mark não deixava escapar coisa alguma. Queria ter certeza de que cada órgão vital de Julian estava funcionando bem antes de tentar um transplante tão arriscado quanto o que faria.

Enquanto os exames eram feitos, Nicole ou ficava sentada numa sala de espera ou em pé em algum corredor atrás da porta da sala em que Julian estivesse. Essa espera não era tão ruim. Embora soubesse que cada teste levava o processo mais à frente, sentia-se relativamente segura ao pensar que Julian estava vivo para enfrentá-los. Além do mais, o fato de outros se encarregarem dele dava a ela um descanso porque, se Hammon era quem dirigia o evento, ela tinha o encargo de facilitar as coisas. Mantinha um cronograma, um relógio e ordens para indicar onde e quando deveriam estar e chegar pontualmente. O que não era pouca coisa diante da prostração de Julian.

— Você está bem? — perguntava a ele no início, mas, depois de alguns dias, era mais uma expressão de afeto do que propriamente uma pergunta que exigia uma resposta. Não, ele não estava bem. Estava num trem cada vez mais acelerado em direção a um lugar desconhecido. Estava fisicamente abatido e ainda mais cansado. Sentia falta dos seus pacientes, preocupava-se com seus filhos, e não conseguia falar sobre nada disso. Ela poderia ter perguntado se *ele* queria ver um psicólogo, se já não soubesse a resposta. O seu Julian se orgulhava de ser controlado. Com a equipe de Hammon escrutinando cada função do seu corpo, sua dignidade estava ferida. Ela não poderia forçá-lo a isso.

Domingo foi um dia de descanso por ordem de Hammon. E Julian estava cansado o suficiente para não argumentar, o que significava que ele dispunha de tempo vago num hotel estranho com pouca coisa para distraí-lo de pensamentos indesejados. Enquanto estava em Quinnipeague, mantinha contato com as pessoas do seu trabalho, embora com menos frequência. Agora eles sabiam onde Julian se encontrava e mandavam mensagens de encorajamento, mas a paixão da sua vida era trabalhar com pacientes. Desde que essa satisfação lhe fora tirada, o contato com os colegas servia apenas para lembrá-lo do que mais sentia falta.

Se estivesse mais forte, Nicole o teria levado ao Instituto de Arte. Ela jamais visitara a Ala Moderna, apesar de ter estudado muito a arte exposta lá e seria capaz de distraí-los fazendo o papel de guia.

Hammon, entretanto, havia sugerido que tentasse recuperar o sono, pois parecia exausto.

Então, deixando-o no quarto com as cortinas fechadas, acomodou-se na sala da suíte e tentou voltar ao trabalho, um tema delicado agora que Julian não podia fazer o dele. Mas ela tinha um prazo e seu trabalho era sua alegria.

Focalizando a experiência imediata, escreveu no blog a respeito de desafiar convenções ao pedir ovos estrelados com bacon e torrada para o jantar no restaurante do hotel na noite anterior. Falou sobre o que tornava orgânicos os ovos, como o bacon orgânico se diferenciava do comum, e onde se podia encontrar porco livre de antibiótico e de hormônios.

E, como Julian continuava a dormir, voltou-se para o livro de culinária. Charlotte tinha enviado arquivos, tanto os já editados quanto os novos, mas ela não tivera ainda a oportunidade de examiná-los. Com o prazo de apenas mais onze dias, leu cada arquivo, fez correções e os mandou de volta. *Estes estão incríveis,* escreveu no e-mail. Realmente não tinha sido ela quem escrevera novas introduções aos capítulos? Era difícil de dizer. *Michaela entregou as receitas que queríamos?*

Entregou, respondeu Charlotte quase de imediato. *Já as mandei para Nova York.*

Por que está trabalhando hoje?

Pela mesma razão que você está.

Duvido muito. A menos que Leo esteja dormindo.

Mandou essa última mensagem se perguntando se Charlotte iria responder. O nome de Leo estivera ostensivamente ausente nas comunicações delas e Nicole não pedia informações. Mas Charlotte fora impecável na sua solicitude dos últimos dias, escrevendo para perguntar sobre ela, Julian e os exames. Uma simples menção a Leo parecia no mínimo correta.

Não está dormindo; está lendo Sue Grafton, escreveu Charlotte de volta como se falar sobre ele fosse a coisa mais natural do mundo. *Sabe que eu quero acabar este projeto. Julian está dormindo?*

Profundamente. Dois dias de exames o abalaram. Ao menos já estão feitos. Vamos receber os resultados amanhã. Reze para que Hammon não encontre algum problema que possa impedir a tentativa. Impedir a tentativa, matar a esperança, destruir as células-tronco que não poderiam mais ser recongeladas. *Perco o sono pensando nisso.*

Por quê?, escreveu Charlotte. *O fígado dele era o único problema, e esses sintomas desapareceram. Hammon não teria chegado tão longe se não acreditasse que Julian aguentaria o tranco. Ainda está fazendo a cultura das células, não é verdade?*

Sim. Elas podem estar prontas na quinta-feira. Ele precisa medicar Julian antes, mas, se tudo correr bem, vai fazer a transfusão na sexta. O estômago dela ficou enjoado só de pensar. Cinco dias até a avaliação.

Como assim medicar?

Ele vai ministrar um produto químico para reprimir o sistema imunológico e diminuir o risco de rejeição. Nem todas as células são completamente compatíveis, só quatro de seis, o que já é suficiente pelo fato dele ser o pai, acrescentou, para Charlotte não pensar que alguém duvidava disso. *Hammon na verdade prefere uma compatibilidade parcial como essa. Não entendo bem por quê. Só sei que, se um bebê herda uma deficiência genética, suas próprias células não serão úteis porque vão carregar essa deficiência, portanto, no caso de Julian, talvez seja nas células menos compatíveis que resida a esperança. Hammon pensa que células T podem funcionar mesmo sem nenhuma compatibilidade, mas o Conselho Federal de Medicina não permite a utilização só de células totalmente incompatíveis. Exigem uma precaução extra.*

Mandou a mensagem pensando no muito que já aprendera sobre aquilo tudo e como isso pouco importava se a experiência desse errado. Ela precisava ser forte para Julian, mas não podia evitar no seu íntimo os momentos sombrios.

O e-mail vibrou outra vez: *O wi-fi daí é suficiente para receber um grande arquivo?*

Totalmente, Nicole escreveu de volta, de repente desesperada por algo que a animasse. *E-mails, macadâmias, vou comer tudo.* Brownies cheirosos e quentes percorreriam um longo caminho cobrindo o cheiro do hospital que tomara conta da sua vida.

Charlotte, é claro, não podia lhe enviar brownies. Tentando imaginar o que viria num arquivo supergrande que ainda não tinha sido mandado, esperou o computador dar sinal outra vez. Quando aconteceu, um álbum de fotos estava esperando. Prendeu a respiração ao ler o título: *O Jardim de Cecily Cole.* Dentro, uma após a outra, fotos de plantas, algumas isoladas, outras em grupos, em grandes buquês de ervas e flores com legendas da esquerda para a direita como convidados numa festa. Algumas eram altas, outras, baixas. Algumas com folhas grandes, outras, com poucas, algumas com espinhos, outras com plumagem. Cobriam o espectro do verde, desde o tom de verde-oliva até o de ervilha, ou limão. As flores estavam em diferentes estágios de floração, mas todas pareciam ricas, saudáveis e tão... tão *Quinnipeague* que Nicole sentiu uma onda de saudade que lhe encheu os olhos de lágrimas. Que conforto significava se encontrar de novo lá durante esses poucos momentos virtuais!

Agarrando o celular, pressionou o número de Charlotte e disse num fôlego:

— Ele deixou você fotografar.

— Consegui convencê-lo.

— E podemos usá-las no livro?

— É claro! Ele não me deixaria fotografar se não estivesse de acordo.

— Tenho que pagar pelas fotos?

— Não, absolutamente.

— Há alguma condição?

— Só a de não usarmos o nome dele. Podemos intitulá-las como plantas de Cecily, mas a suposição é a de que as fotos foram tiradas em toda a ilha. Obviamente, ele não quer que leitores venham bisbilhotar a casa; nem os dele nem os nossos.

— Compreendo — disse Nicole, querendo garantir a ele uma exigência tão simples como aquela. No início do verão, havia temido que ele sabotasse o livro, o que poderia facilmente ter feito, considerando que suas ervas sempre foram indispensáveis à cozinha da ilha. Acreditara que ele poderia ter inibido os primeiros colaboradores. O fato de estar ajudando agora revelava arrependimento, sentimentos por Charlotte ou generosidade. Se fosse a última hipótese, então ele também sabia perdoar, porque Nicole não fora particularmente simpática com ele.

Admitindo isso para si mesma, sentiu-se humilhada. E o som da voz de Charlotte foi mais do que compensador, servindo para acalmá-la e acalentá-la. Desejava, sim, que Charlotte fosse feliz. O que havia acontecido dez anos antes parecia agora já muito distante e totalmente desconectado das células-tronco. Charlotte fora de uma ajuda fundamental neste verão. E aquelas fotos davam ao livro seu toque especial.

— Ele não é má pessoa — disse Charlotte suavemente.

Nicole não estava pronta para conceder isso completamente, mas conseguiu ser conciliadora.

— Por favor, agradeça a ele por mim. E, Charlotte...

— Sim?

Baixou o tom da voz.

— Pegue outro trevo para mim.

— Faço isso todos os dias.

Nicole insistiu para que almoçassem no saguão do restaurante, onde comeu uma salada grelhada, e Julian, costelas. Ela tomou notas e fez fotos de ambos os pratos, explicando a ele que era para o blog, o que fora uma boa desculpa para que ele levantasse e saísse por alguns momentos, mas não o forçou mais. Se Hammon queria que o dia fosse calmo, não havia nada mais calmo do que golfe. Julian apreciava o jogo e estava passando o campeonato da Associação dos Golfistas Profissionais. Então, subiram para o quarto depois do almoço para ver TV na suíte.

Quando ele estava com ela, Nicole não se sentia confortável trabalhando e, não querendo deixá-lo sozinho, não podia ir às compras ou a um cinema. E, apesar de não ser fã de golfe, sentou-se ao lado dele e procurou acompanhar o jogo, mas logo seus pensamentos começaram a vaguear.

Não gostou da direção que tomaram.

Abrindo o iPad, fez o download do que pareceu um bom livro, mas, quando começou a ler, os personagens não lhe atraíram. Então, puxou uma revista da coleção que se acumulava e passou os olhos. Artigos de revistas eram quase sempre curtos e podiam prender a atenção. Mas já havia lido os bons.

Então, procurou as fotos que Charlotte enviara e as mostrou a Julian. Desnecessário dizer que fotos de ervas e plantas intrigaram a ele da mesma forma que o jogo de golfe intrigava a ela, então ele logo se voltou para a televisão e para o jogo de golfe.

Ficando com as fotos, satisfez-se com a profusão de verde. E isso a levou a pensar em Quinnipeague, que também a levou a pensar na casa que aparentemente não seria vendida. Os sentimentos dela em relação a isso haviam mudado desde que estivera lá com Julian. No passado, seus pais sempre estiveram por perto, mas, se ela tivesse a possibilidade de passar algum tempo lá com Julian, seria muito bom. Tinha sido bom — ou quase, se uma espada não estivesse sobre suas cabeças.

O peso daquela espada foi se tornando cada vez mais pesado à medida que o domingo acabava.

Segunda-feira, com a notícia de que os resultados dos exames eram bons, o tique-taque se acelerou. Depois de Julian assinar o consentimento, Hammon apareceu com um monte de formulários.

Eu não esperava por isso, disse Nicole num e-mail para Charlotte logo depois. *Julian sim, porque os pacientes dele precisam assinar documentos também. Diz que serve tanto para explicar quanto para evitar qualquer processo, mas, Jesus!, é muito intimidante. Você assina para entregar a sua vida em múltiplas cópias. Quero dizer, já conhecíamos a maioria dos efeitos colaterais em potencial, mas vê-los impressos? Foi horrível.*

Qualquer coisa pareceria horrível para você agora, respondeu Charlotte, com total bom senso, como Nicole imaginava que ela faria, e essa era uma das razões que a levaram a escrever logo para a amiga. *O plano dele é fazer na sexta-feira?*

Sim, a menos que alguma coisa dê errado até lá, mas ele não espera que isso aconteça. Acho que estou contente, pois foi para isso que viemos aqui. E tenho me mantido calma. Você se orgulharia.

Você se SENTE *calma?*

Está brincando? Estou aterrorizada.

E Julian?

Nicole ficou pensando. *Neste momento, não. É estranho. Ele tem estado tão alheio à coisa desde que recebemos a ligação para vir aqui, como se a realidade lhe desse uma pancada na cabeça e ele estivesse zonzo. Ele esteve meio sonolento. Depois, de repente, assim que assinou os papéis, acordou. De uma hora para a outra, ficou totalmente lúcido. E ansioso. Pensei que fosse só lá, no consultório de Hammon, mas, quando saímos da sala, Jules olhou para mim, com os olhos brilhando, e sorrindo. Tinha voltado.*

Ele se preocupa com o risco?

Sim, mas é uma preocupação comedida. Diria que é como com o seu próprio trabalho. Ele tem medo quando tenta alguma coisa diferente num paciente, mas, se fez os exames e praticou a técnica, se conhece os riscos e fez planos para enfrentá-los, fica animado. É o que diz. Mas não é uma loucura ficar excitado com uma coisa que pode matar você?

Ele acredita na tentativa.

Ah, sim. Ele e Mark se animam com o que isso pode significar para todas as pessoas com EM mundo afora, só que Jules não está entre "as pessoas" para mim, ele é o meu marido. A velha Nicole estava de volta. Ela precisava de garantias. *E se der errado, Charlotte?*

Não vai dar errado. Não pode dar errado! Quando ele começa a tomar o medicamento?

Acabaram de dar a ele. Chama-se fludarabina. A administração demora um pouco, e eles o mantêm aqui por algumas horas para garantir que não haja reação alérgica. Quanto a mim, reagi. Fiquei tonta e enjoada. Disseram-me para esperar aqui, no hall. Acho que vou voltar agora.

Ele vai ficar bem, Nicki. E você também.

Continue dizendo isso para mim.

É o que vou fazer. Beijos

Charlotte clicou ENVIAR e, murmurando "que pesadelo", ergueu as mãos no alto e se alongou para diminuir a tensão dos ombros. De repente, Leo apareceu atrás dela, inclinando-se entre seus braços para ler o final da conversa. Entrelaçando as mãos ao redor do pescoço dele, ela o observou lendo. Quase tinha vertigens. Daquele ângulo, ela não podia ver mais do que um queixo quadrado, o maxilar e o pescoço, um pescoço forte. Amava aquilo, amava o cheiro de limpeza dele e seu aspecto sólido.

Quando acabou de ler, segurou os braços dela e a olhou.

— Aposto que gostaria de estar com ela.

— É verdade. Ela recebeu muitos golpes e tem sido tão forte. Sei que está com Julian, mas a parte assustada dela está sozinha.

— Por que não vai?

— Porque você não vai junto. — Quando os olhos deles pareceram ficar turbulentos como o oceano, ela perguntou: — Seria tão ruim assim? Você poderia usar um boné e óculos escuros. Ninguém saberia quem você é, não que alguém saiba que você é Chris Mauldin, ou mesmo com quem Chris Mauldin se parece. E estaria comigo. Eu sei me virar.

— Não gosto do que há fora da ilha — disse ele com sua velha, calma e teimosa voz. Era uma velha, calma e teimosa *parede,* ela pensou, e, virando-se, ficou de joelhos na cadeira.

— Você não *conhece* fora da ilha. Conhece a prisão. Conhece uma equipe de construção chefiada por uma vaca. Conhece um pai que ignorou você. Mas existe todo outro mundo lá, Leo, e não é ruim. Eu poderia mostrá-lo para você.

Os olhos dele ficaram enevoados.

— Você não gosta de Quinnipeague?

— Eu *amo* Quinnipeague. Mas também adoro Nova York e Paris. E Juneau e o Rio e Oslo. Amo a variedade.

Ele pensou naquilo, visivelmente perturbado.

— Entedio você?

Sentindo-se desalentada, ela respirou.

— *Nunca!* Mas uma pessoa pode gostar de mexilhões feitos de mil maneiras diferentes e ainda amar carne. — Ela emoldurou o rosto dele com as mãos. — Sabe qual é a melhor coisa quando se visita muitos lugares?

Ele sabia a resposta. Havia lido e sonhado o bastante. Era, com certeza, suficientemente inteligente. Mas, naquele momento, não passava de uma turbulenta mistura de teimosia e medo. Sustentando o olhar dela, negou com a cabeça.

— Voltar para casa — sussurrou ela suavemente. — Meu lar no Brooklyn é pequeno. É acanhado e cheira a tudo que os vizinhos possam estar cozinhando, e as nuvens de Nova York não são as daqui. Meus móveis são de segunda mão, meu refrigerador pode estar pifado quando eu voltar e há *baratas.* — A simples menção às baratas a fez estremecer, e a boca de Leo se contorceu, mas ela continuou: — Brooklyn não é nada comparado a Paris ou Toscana, ou a Bali, mas, neste momento, é lá que estão as minhas raízes.

Ele não piscou.

— Raízes podem ser transplantadas. Veja as plantas. Nós as transplantamos o tempo todo.

— Está certo — disse ela enfaticamente, sustentando seu olhar.

Mesmo assim ele resistiu.

— Sou como sou. Se me amasse, não ia querer que eu mudasse.

No fundo, ela sentiu que algo se esvaziava. Se ele não sabia que ela o amava depois dos últimos dias, ele era mais fechado do que aquela parede que construíra para se proteger do mundo exterior. Ela já havia dito o bastante, e não só durante o sexo.

Era o momento do teste.

— Eu poderia dizer o mesmo para você.

— Nunca disse as palavras — disse ele.

Ela se sentou nos calcanhares.

— Está certo de novo! — Mas ele tirou um zero. Girando a cadeira, levantou-se e saiu pela porta do escritório.

— Onde você vai? — Ele parecia aflito.

— Para a doca.

Ela mal chegara à metade do caminho quando ele a agarrou pelo braço e a puxou para si.

— Não brigamos. Não somos assim.

— Quem nós *somos*? — perguntou ela com voz fraca.

O oceano batia suas ondas, lavando a areia antes de puxá-las para trás.

— Não sei — disse ele finalmente junto do ouvido dela. — Estou tentando compreender.

Charlotte não dormiu bem naquela noite, mas se viu obcecada com mais coisas. Sentia medo por Nicole e culpa por não estar ao lado dela. Preocupava-se em pensar que podia ter herdado a disfunção dos seus pais em questões afetivas. E, quando se imaginava no futuro e tentava visualizar a aventura em Bordeaux, tudo o que podia pensar era na estranheza que sempre sentia no primeiro dia, quando chegava num lugar diferente.

Entre cada pensamento entrava Leo. Imaginava passar a vida ali em Quinnipeague e se dava conta do seu problema: podia fazer aquilo num piscar de olhos. Enquanto permanecia deitada ali, na cama, enroscada nas costas dele e presa pelas suas mãos que agarravam as dela no escuro, podia sentir a força de raízes nascendo. Havia conhecido melhor a ilha naquele verão, conhecera mais do que em qualquer outra época, tudo graças ao livro de culinária, graças a Leo, graças também à sua própria maturidade. Ela gostava das pessoas, gostava do ritmo e da suave brisa marinha. Também gostava de sentir aquelas raízes.

Entretanto, ainda existia o resto do mundo, que ela amava. E o fato de estar cansada de ir sozinha aos lugares. E perceber que, se a cidade de Quinnipeague fosse levada em conta, ela gostava de sair com Leo, o que a fez pensar de novo no resto do mundo. Queria viajar com Leo.

Ele sabia como Charlotte se sentia, mas não se mexia. E quando ela não estivesse mais ali? Talvez isso o fizesse partir. Talvez sentisse saudade do amor o bastante para agir. Ou quem sabe sucumbiria de novo na solidão, poderia até tirar outro livro daquela experiência se escrever fosse a sua catarse. Se quisesse se vingar da partida dela. Se não a amasse tanto assim.

A última possibilidade era como... como o grão de ervilha debaixo do colchão da princesa. E de onde viera *aquele* pensamento? Precisou cavar fundo no passado para se lembrar. Sua mãe. A mãe dela gostava de contos de fadas. Teria gostado de Quinnipeague por isso. Com a fumaça de madeira por cima, as ervas místicas que curavam, e a simbiose com o mar, era o derradeiro conto de fadas.

Como relacionar aquilo com a vida real? Na falta de uma resposta que se adequasse a Leo, nada podia fazer além de permanecer ali deitada, ouvindo o som suave e regular da própria respiração.

Nicole fazia a mesma coisa, embora não tomasse o normal como garantia. Hammon não esperava que Julian tivesse uma reação à leve dose de fludarabina que prescrevera, e as enfermeiras que o monitoravam nas horas que se sucederam à administração não tinham percebido nada alarmante. Ela é que tinha visões de morte súbita, e, por causa disso, mantinha alguma parte do corpo — braço, perna ou quadril — em contato com ele todo o tempo supondo que, enquanto ele estivesse quente, estaria bem.

Espiou o relógio: 2h27. Voltando a apoiar a cabeça no travesseiro, ficou quieta e escutou, mas a respiração dele estava regular.

Ela cochilou e acordou de novo ao som do que parecia um chiado, mas era apenas alguma risada no corredor.

Entregou-se ao sono de novo e acordou em seguida pensando ter ouvido um engasgo, mas fora apenas o barulho de um caminhão na rua.

As palavras de Charlotte se transformaram no seu mantra: *Ele vai ficar bem, Nicki, e você também.* Contava com a equipe de Quinnipeague para apoiá-la de longe — lavanda para acalmar, valeriana para reanimar, e o trevo de quatro folhas vermelho com a anunciada habilidade de realizar desejos.

Nicole não falara com Julian sobre essas coisas. Ele era cientista, e cientistas não aceitavam nada disso.

Ela não era uma doutrinadora. Se tivesse ficado na ilha, ainda colheria o trevo, segurando-o firme durante três dias para que seu desejo se enraizasse. Gostava de saber que Charlotte estava fazendo aquilo para ela agora que não podia. Com a sexta-feira chegando em três dias, precisava de toda a ajuda que encontrasse.

Capítulo 27

Cedo, na manhã de terça-feira, Julian tinha uma segunda dose e, por não haver sinal de problema, também, disse que se sentia entediado. Não podia correr, não podia trabalhar. Não estava interessado no museu de arte nem no planetário, e as outras opções eram limitadas. Hammon não queria que se afastassem muito porque havia a possibilidade de uma reação retardada. Nem queria que se expusessem em espaços fechados porque, com a imunidade baixa, Julian poderia pegar uma infecção.

Para Nicole, encontrar uma distração adequada de uma hora para outra era um desafio, o que, por sua vez, servia para distraí-la. Levando a sério o conselho da sua mãe sobre criatividade, ela, sem deixar de respeitar os parâmetros médicos, fez um plano.

Depois do almoço, ainda na terça-feira, em um carro alugado que vinha com GPS programado e lanches, foram ao Zoológico Brookfield; na quarta, ao Jardim Botânico. O andar de Julian esteve mais desengonçado nesses dois dias, talvez porque ele se esforçasse para ignorar o cansaço, mas, como andavam de braços dados, ela podia ajudar. Os passeios foram calmos e arejados e tiveram muita coisa para ver. À noite, no seu quarto, assistiam a filmes ou dormiam, afastando suas mentes do Grande Acontecimento, como Nicole definia o transplante em seus momentos saudáveis de Jekyll. Os atormentados momentos de Hyde ocorriam quando escrevia para Charlotte, que participava de tudo e podia acalmá-la.

Julian não tinha nenhuma injeção na quinta-feira. Hammon queria examiná-lo uma última vez e revisar os detalhes do procedimento com eles, o que impedia o passeio de um dia inteiro. Então apenas caminharam pelo Navy Pier naquela tarde, parando apenas quando Julian se cansava... senão, continuavam caminhando. Jantaram em um restaurante sobre o qual Nicole ouvira falar, tomando o cuidado de procurar uma mesa afastada, e viram outro filme no quarto, e, dessa vez, tiveram mais dificuldade em esquecer o que viria pela frente. Havia angústia no braço que mantinha ao redor dela. Era ele que parecia precisar de contato físico durante a noite de tantas inquietações.

Logo chegou a manhã de sexta-feira. De acordo com as instruções, chegaram ao hospital por volta das seis da manhã, e Julian foi internado, direcionado a um quarto e ligado a monitores e a uma terapia intravenosa. Com a supervisão de Hammon, tomou um simples comprimido de Tylenol e fez dez minutos de administração intravenosa de Benadryl, ambos tratamentos profiláticos para prevenir qualquer reação às células-tronco que receberia. O Benadryl o deixou bastante tonto, o que era um bom sinal, pensou Nicole, que se sentia uma pilha de nervos. Foi pior quando a verdadeira transfusão começou. Observou primeiro Julian, depois Mark, esperando que algum deles reagisse de modo a indicar o que finalmente acontecia.

Julian estava grogue, e ela não entendeu o que isso queria dizer.

Mark, porém, estava intenso. Em pé, do outro lado da cama, ela não podia saber ao certo se ele se encontrava apenas muito concentrado ou também assustado. Nicole sabia que ele pensava mais do que falava. Mas queria saber agora no que ele estava pensando.

— Dúvidas? — perguntou ela, em voz alta.

A voz dela o assustou em sua total concentração. Seus olhos voaram para os dela, apenas um minuto antes de ele erguer as sobrancelhas e ajeitar os óculos na base do nariz.

— Sempre tenho dúvidas. O processo não seria experimental se eu não tivesse.

Isso não era o inequívoco polegar para cima que ela precisava. Mas, de qualquer forma, ele devia ter algum sentimento.

— Está preocupado?

— Estou sempre preocupado. — Olhou para os monitores que mostravam os sinais vitais de Julian. — É por isso que estamos acompanhando de perto.

— Estou bem — murmurou Julian, de modo sonolento.

Nicole friccionou o braço dele.

— Mark acabou de me dizer isso. — Os olhos dela enviaram a pergunta para o médico. Não se importaria se ele fingisse. O que ela queria era que Julian ouvisse algo tranquilizador.

Hammon ajustou os óculos outra vez e disse finalmente:

— Se eu não tivesse fé nas células-tronco umbilicais, não estaria tentando usá-las. Os testes laboratoriais foram bons. As primeiras experiências humanas foram boas.

— Mas não foram para esclerose múltipla — cochichou ela.

— Não. A de Julian é a minha primeira — Mark confirmou.

Ao ouvir seu nome, Julian abriu os olhos.

— Como estou indo? — perguntou a Mark, parecendo ter saído e entrado na conversa. Dando a volta com o braço que estava com o medidor de pressão, alcançou a mão de Nicole.

— Até aqui tudo bem — informou Hammon.

Com um murmúrio satisfeito, fechou os olhos de novo. Parecia pálido, mas estável. Os monitores se mantinham constantes.

— Não tome a minha distração como dúvida — disse Mark com mais franqueza para Nicole. — Alguém na minha situação precisa revisar constantemente um monte de informações. A responsabilidade pode ser avassaladora às vezes. Julian conhece isso muito bem. Ele também é alguém que se arrisca.

Julian assentiu, com os olhos fechados, e nesse ponto Nicole pensou que estava com dois homens ou muito corajosos ou muito irresponsáveis. Independente do que fosse, vendo o lento pingar das células, estava com os nervos em frangalhos. Chegou a sentir vontade de pedir um pouco daquele Benadryl para si mesma.

Permaneceram em silêncio durante algum tempo, ela à direita de Julian, o médico, à esquerda. Os olhos de Nicole iam da intravenosa para Julian, e deste para Mark, então recomeçavam.

Chegaram à marca dos quinze minutos; a administração estava feita pela metade.

— Então, se alguma coisa acontecer, quando vai ser? — perguntou a Mark. E era estranho: ninguém ali falava do efeito que as células poderiam ter sobre a esclerose múltipla. Naquele momento, a única preocupação era ver Julian passar vivo pelo tratamento.

Mark levantou uma sobrancelha.

— Pode ser a qualquer momento, agora, hoje à noite, amanhã. Corpos diferentes reagem de formas diferentes. Alguns pacientes não apresentam reação alguma.

Mas outros apresentavam, como Nicole sabia. Derrame, ataque cardíaco, falta de ar — essas eram três das piores possibilidades, mas a lista incluía dezenas de outras, numa gama que ia de suave a muito grave, Julian mencionara todas, como se complicações fossem esperadas e perfeitamente aceitáveis. Era evidente que a escolha fora sua. Sem a sua assinatura, o procedimento teria sido abortado.

O procedimento acabou. Julian continuava o mesmo. Mark o observou por um momento, depois foi examinar o monitor dos sinais vitais de um consultório no corredor.

Sozinha, Nicole segurava a mão do marido. Ele abria os olhos de vez em quando, e sorria para ela, mas era um sorriso leve.

— Sente-se bem? — perguntava, ao que ele assentia toda vez. Nicole lhe serviu água, segurando o canudo enquanto Julian bebia. Serviu um copo de água para si mesma, mas isso não acalmou seus próprios tremores.

Dali a pouco, começou a se sentir tonta. Sem querer sair do lado de Julian, tentou ignorar o fato. Não melhorou, porém. Quando o mundo começou a se transformar numa nuvem branca, encostou-se na cadeira, inclinou a cabeça para restaurar o fluxo de sangue e se concentrou na respiração entrando e saindo, entrando e saindo. Pouco depois, ficou bem o bastante para olhar para cima. Julian continuava a dormir.

Pegando o telefone, escreveu para Charlotte:

Ele já passou pela transfusão. Estamos esperando uma reação. Diga-me que fizemos a coisa certa.

A rapidez da resposta de Charlotte demonstrou que ela ansiava por notícias.

Fizemos a coisa certa. Julian queria isso. Ele está nervoso?

Não. Dopado. Deram-lhe uma dose pesada de Benadryl.

Quando você vai saber que o transplante funcionou?

Nicole respirou para responder. Fizera a mesma pergunta não só para Mark, mas para vários membros da equipe dele, sem falar na equipe de enfermeiras, e a resposta tinha sido sempre insatisfatória.

Depende de como ele vai reagir. Convulsões vão mascarar a doença. Um derrame também.

Por que você está imaginando o pior?

Porque estou aterrorizada. Tanta coisa está em jogo nisso...

Mas já está feito. Você não pode voltar atrás. Precisa olhar para a frente. Seja otimista.

Charlotte pousou o telefone. Estava sentada com as pernas cruzadas no único degrau do escritório de Leo, enquanto, do outro lado da praia, com as ondas batendo em suas coxas, o homem lixava a doca.

Ela havia prometido ajudar. Mas, naquele exato momento, queria estar em Chicago, e isso nada tinha a ver com trabalhos de limpeza como lixar uma doca. Se Julian estava grogue e o médico esperava algum tipo de complicação, quem se encontrava lá para amparar Nicole?

Captando o seu olhar, Leo acenou para ela.

Levantando apenas um dedo, ela abriu sua agenda, selecionou um nome e fez a ligação.

Nicole se sentiu acabada. Não estava tonta agora; sentia enjoo, mas não queria sair do quarto. Qualquer coisa podia acontecer e ela queria estar ali.

Julian acordou e perguntou pela TV. Encorajada, ela ligou no canal das notícias, embora ele parecesse mais apagado do que acordado. Enfermeiras vieram checar o fluxo dos fluidos da intravenosa e não podiam ser mais simpáticas. Trouxeram-lhe gelatina. Trouxeram pudim. Chegaram a trazer sopa e biscoito para Nicole, o que ela só comeu porque sabia que precisava se alimentar, embora pensasse que aquela tinha sido a pior sopa da sua vida. Naturalmente, comparava com a sopa de Quinnipeague, onde desesperadamente desejava estar.

Escreveu para Charlotte.

Está trabalhando?

Sim. Acabei de mandar ACOMPANHAMENTOS *e* PETISCOS, *tudo pronto.* NÃO *olhe agora.*

Nicole estava dividida de novo entre Jekyll e Hyde. Enquanto seu coração estivesse com Julian e o mais distante possível do livro, o Nickiamesa.com apelava para ela, apontava para o computador e lhe dizia que precisava trabalhar.

Talvez hoje à noite, escreveu. *Minha editora quer tudo pronto na quinta-feira.* Estivera tão absorvida pela contagem regressiva para o transplante que se desligara. Para quinta-feira, porém, faltava menos de uma semana.

Sua editora não vai olhar para nada até depois do Dia do Trabalho, Charlotte escreveu de volta. *Confie em mim. As últimas duas semanas de agosto são mortas em Nova York. Deixe-me telefonar para ela e explicar. Você tem mais do que motivos para pedir uma extensão do prazo.*

Detesto fazer isso. É algo que me desmoraliza.

Está brincando? Todos os escritores se atrasam. Prazos são apenas pontos de partida. Os editores os marcam na esperança de receber alguma coisa um mês depois.

Nicole estava tentada. Seis dias até o prazo significavam seis dias para a partida de Charlotte, depois da qual ficaria tudo por sua conta.

Quanto nos falta?

Você precisa revisar o resto das receitas. Eu preciso escrever a introdução para as Tortas, reunir três autorizações, terminar dois perfis para Doces, e é só.

Nicole tentou compreender tudo o que Charlotte fizera — e, se escrevesse um P.S., diria que nem tudo estava tão ruim na *sua* vida. Precisaria falar em Leo, com certeza uma questão séria para Charlotte com apenas mais seis dias em Quinnipeague. E, embora estivesse começando a se acostumar com a ideia dos dois juntos, ainda não conseguia tocar no assunto. Então, escreveu simplesmente *O que eu teria feito sem você?*

Você teria uma extensão em seu prazo, e ainda pode fazer isso. Precisa ler tudo o que escrevi e é possível que queira fazer modificações. Vai ser fácil porque a estrutura foi mantida, mas o livro é seu. Posso telefonar para a editora?

Nicole deixou escapar um suspiro trêmulo e escreveu: *Ainda não. Vamos esperar mais uns dias e ver o que acontece.*

Mandou o que escreveu, mas continuou encarando as palavras. *Ver o que acontece.* Se Julian sofresse um derrame, precisaria de muito tempo para voltar a se interessar por comida. O mesmo aconteceria se ele ficasse paralisado ou tivesse que se recuperar de um ataque do coração. E se ele morresse?

Não! Era melhor terminar o livro antes de Charlotte ir embora.

Naquela noite, passou horas diante do notebook no quarto de Julian, revisando o que Charlotte havia mandado. Porém, cada vez que Julian se mexia, levantava-se rápido e, inclinando-se sobre a cama, perguntava como se sentia e dizia como ele estava indo bem.

Mark, que entrara e saíra do quarto o dia inteiro, passou mais uma vez às 22 horas a fim de dizer que ia para casa dormir um pouco. Parecia mais desalinhado do que habitualmente. Ela duvidava que costumasse trabalhar até tão tarde.

— Está preocupado? — cochichou para que Julian não ouvisse.

A resposta do médico foi igualmente num tom baixo, embora talvez mais por cansaço do que por segredo.

— Ainda não há motivo para preocupação.

— Isso é um sinal para o sucesso do tratamento?

Ele lhe dirigiu um olhar rápido por cima dos óculos.

— É muito cedo para dizer. Você deveria dormir um pouco também. Quer que a deixe no hotel?

— Não. Vou ficar um pouco mais.

— Eles vão avisar se houver algum problema. Você está a cinco minutos daqui.

A enfermeira da noite disse a mesma coisa pouco depois, e de novo uma hora mais tarde. Quando falou pela terceira vez, as luzes do quarto estavam mais baixas, e Nicole caíra no sono enroscada na cadeira. Deu um pulo e acordou ao sentir o toque de uma mão no seu braço.

— Ele ainda está dormindo. — A mulher disse. — E esse é um bom sinal porque, se ele vir você aqui a esta hora, ficará preocupado.

Nicole foi até a cama, viu por conta própria que Julian dormia pacificamente e cedeu.

A chamada foi às 5 horas da manhã de sábado. Tendo dormido apenas três horas antes, estava morta para o mundo quando a estridência da campainha a acordou. Levou ainda um minuto para saber onde estava e outro para encontrar o telefone em meio aos lençóis.

— Sim — suspirou, sentando-se na cama. Começou a tremer tanto pelo susto quanto pelo medo.

Era Mark, com voz firme.

— A temperatura dele está muito alta. Estou no hospital agora. Ainda não considero uma emergência. Mas havia prometido que avisaríamos se houvesse qualquer mudança.

— Temperatura muito alta — Nicole repetiu e engoliu em seco, tentando não entrar em pânico. — O que isso significa?

— Ele está tendo algum tipo de reação. Isso pode ser o pior.

Ou só o começo, ela sabia, e empurrou os lençóis para o lado.

— Mas você pode fazer baixar a febre, não é?

— Estou aumentando a dose de paracetamol, mas preciso ser cuidadoso.

Ele não precisava dar maiores explicações. O temor era o de prejudicar o fígado que se recuperara do último remédio para a EM.

Eles deveriam ter esperado. Ela sabia, *sabia*. Mais um mês e ele estaria mais forte. Mais *dois* meses, e estaria mais forte ainda.

— Ele está acordado? — perguntou ela, puxando uma blusa do armário.

— Sim. Diz que está bem.

Era claro! O senhor Frio-e-Calmo diria isso. O senhor Tomador de Riscos diria que isso fazia parte do jogo.

Nicole não estava nem fria nem calma nem assumia riscos.

— Estou chegando — disse e, terminando a conversa, tratou de se vestir correndo. Como desligara o telefone, não sabia se Mark teria lhe dito para esperar, ou que não era indispensável que fosse, e que podia chegar normalmente às 8 horas. Não importava. Não havia *hipótese* de ela voltar a dormir.

O sol ainda não tinha aparecido quando atravessou o lobby e saiu pela porta giratória. Pulando num táxi, abraçou a bolsa contra o peito, mal enxergando a palidez do horizonte entre os prédios no leste. Entrou quase correndo no hospital e tomou o elevador para o andar de Julian.

À primeira vista, não havia sinais de trauma iminente, nem luzes vermelhas no quarto, nenhum sinal de emergência. Mark se encontrava parado em frente à porta, conversando com dois dos médicos da sua equipe. Endireitando os óculos, separou-se deles quando ela se aproximou. Nicole notou preocupação no rosto dele, certamente cansaço também, mas não pânico, ainda não.

— *Como ele está?* — murmurou ela. O andar continuava em clima noturno: luzes baixas, sons controlados, mas ela falava naquele tom não tanto por consideração aos outros, mas por pura ansiedade.

— Ainda quente — respondeu ele calmamente.

— Piorando?

— Um pouquinho.

Ela continuava agarrada na bolsa, precisando segurar algo sólido por causa do seu mundo que desmoronava.

— Não é o que queremos.

— Não.

E que mais se podia dizer? Assustada, entrou no quarto. Os olhos de Julian estavam fechados. Ele devia estar sob o efeito do Benadryl, ainda um pouco zonzo. Seu rosto tinha manchas vermelhas nas bochechas logo acima da sombra da sua barba. A testa estava úmida.

Ele abriu os olhos, e sorriu levemente ao vê-la.

— Oi!

— Oi para você — disse ela com vivacidade.

— Que horas são? — perguntou, arrastando as palavras.

— Cedo. — Ela não queria alarmá-lo com a hora certa. Deixando a bolsa escorregar para o chão, inclinou-se para beijá-lo suavemente nos lábios. Estavam quentes como as bochechas indicavam. — Não pude dormir. Como está se sentindo?

— Bem.

— Você está com o aspecto de quem correu.

— Nem me diga — murmurou Julian, levantando uma mão trêmula para procurar a dela. Ele tinha dedos magros e longos de cirurgião. Nicole sempre gostara do calor das mãos dele nas suas, sempre frias, mas essa quentura de agora era diferente.

Tentou se convencer de que a febre é o que causava o tremor da mão dele.

Julian fechou os olhos.

— Isso é um pontinho. Vai passar.

— Com certeza — disse, encostando a mão dele na sua garganta. — Mark esperava uma reação desse tipo. — Olhou para a bandeja da mesa com sua pequena jarra e um copo de plástico meio cheio. — Essa bebida ainda está fresca? — Não podia faltar gelo.

— Está bem — respondeu ele.

Nicole não queria soltar a mão dele.

— Já deixaram você comer alguma coisa?

— Só gelatina.

Não viu nenhuma na bandeja.

— Quer que eu vá buscar mais?

Com os olhos ainda fechados, ele negou com a cabeça. Se não podia lhe trazer nada para beber ou comer, ao menos podia refrescar o seu rosto. Roçou a mão livre por seu maxilar, pelas têmporas, pela testa e desceu. Ele gemeu de prazer.

Ela repetiu os gestos uma, duas, três vezes e então seus dedos se aqueceram. Julian estava mais quente do que nunca. Levando a mão dele ao pescoço, colocou os cotovelos no trilho da cama e ficou olhando. Ele não parecia dormir, mas pairar num estado intermediário, abrindo os olhos de vez em quando apenas para sorrir e depois mergulhar outra vez no torpor. Nicole não se moveu nem quando a enfermeira foi checá-lo, nem mesmo quando Hammon também o examinou. Contava suas respirações, tranquilizada pela regularidade. O que não a tranquilizava era a cor das suas bochechas, que pareciam em chamas comparadas com a palidez do resto. Quando suas pernas ficaram cansadas, puxou a cadeira para mais perto e, encostando a mão dele no trilho, apoiou seu próprio rosto no metal e fechou os olhos.

— Cansada? — murmurou Julian.

— Mmmmm.

— Vá buscar café.

Ela levantou os olhos.

— Para você?

— Para você — disse ele, querendo continuar dormindo.

Mesmo assim, Nicole ficou. Podia até ter cochilado, percebia vagamente que outros se aproximavam e saíam, mas estava cansada demais para se mexer e confortada com a mão de Julian agarrada na sua para não querer se preocupar com mais nada.

Estava começando a se agitar, precisando se alongar e ir ao banheiro quando Charlotte lhe mandou uma mensagem.

Como ele está?

Com febre.

É uma reação? Me ligue quando puder.

Levantando-se então, inclinou-se sobre a cama.

— Jules — murmurou. Quando ele com visível esforço abriu os olhos, perguntou: — Como está se sentindo?

— Bem — balbuciou e retornou para onde quer que estava, mas não parecia tão tranquilo como mais cedo. Sua pele continuava úmida, a testa estava franzida; parecia concentrado. Estaria tentando controlar a febre só com a força da vontade? Ela lhe tocou a bochecha. Estava queimando.

— Vou buscar aquele café agora — disse suavemente. — Posso trazer alguma coisa para você? — A sacudida da cabeça dele foi pequena. Ela lhe beijou a testa. — Já volto — murmurou e escapou do quarto.

— Só tenho um segundo — disse assim que Charlotte atendeu. — A febre estava nos 39 graus quando cheguei aqui às 6 horas, e está acima de 40 agora. Não estão conseguindo controlá-la. Quero dar um banho nele e colocar roupas frias, mas não querem deixar. — Ela acabara de tentar, frenética por fazer alguma coisa.

— Hammon está preocupado?

— Ele não diz com muitas palavras, mas é homem de falar pouco e foi lacônico quando lhe perguntei há pouco. *Isso não está dando certo,* eu disse. E ele respondeu: *Eu sei.* Então perguntei *Há alguma coisa que você possa fazer? Ainda não,* ele disse. Então estou pensando que, se ele está tendo essa reação, é porque o corpo está se dando conta do tratamento, mas, quando pergunto a Mark se isso é bom ou ruim, ele simplesmente diz *Logo saberemos* — contou para Charlotte. — Só duas palavras.

— Você tem razão de estar chateada.

— *Assustada.*

— Sim, assustada, mas se isso é o pior que pode acontecer, então não é tão ruim. Tenho certeza de que Hammon está fazendo tudo que pode — raciocinou Charlotte, e, se essa observação viesse de qualquer outra pessoa, Nicole teria argumentado afirmando que Mark sabia que isso poderia acontecer e que provavelmente tinha um plano para enfrentar o problema, e que, se um hospital escola não soubesse como lidar com uma febre, então isso era um problema sério e talvez Mark não fosse suficientemente bom.

Mas estava falando com Charlotte, cuja voz era reconfortante.

— Gostaria que você pudesse vir. Há alguma chance?

Depois de uma pausa, a voz veio suave.

— Não posso, Nicki.

— Por causa de Leo? — Pronto. Ela tinha que perguntar.

Charlotte não negou.

— Só tenho mais cinco dias aqui — respondeu, soando como se estivesse sofrendo. — Preciso desse tempo. Além disso — e então disse rápido —, dadas as circunstâncias, não é muito apropriado. Ainda lamento o que aconteceu naquela noite. Vou sempre lamentar.

— Eu não lamento — disse Nicole, incapaz de sentir algo contra Charlotte justamente agora. — Ele teria tido esclerose múltipla com ou sem você. Ele estava desesperado por este tratamento, e, se não fossem essas células, ele teria usado as de um doador. Essas me parecem melhores. Quero que funcionem, Charlotte. Continuo pensando no que vou fazer se não der certo. Julian se entregou a essa cura. Se não há esperança, o que sobra?

— Se ele estiver vivo...

— Vai ficar devastado. Quero criticá-lo por concentrar todas as esperanças nesta tentativa. Só que não há outra possibilidade.

— Vai haver — argumentou Charlotte. — As pesquisas continuam. Se isso não der certo, outra coisa vai dar. Você precisa acreditar.

— Isso é bom para mim, mas o que vou dizer a Julian?

Desalentada, comprou café e um muffin, e levou-os para cima. Hammon estava saindo do quarto. As linhas duras do seu rosto indicavam que não ocorrera melhora.

Colocando os alimentos na bandeja da mesa, sentou-se ao lado da cama onde o trilho estava abaixado e segurou uma das mãos quentes de Julian numa das dela e, com a outra, usou o canudo e se serviu. Uma vez satisfeita, pressionou os dedos dele sobre a boca desejando que o cheiro de café e geleia estivesse ali. Exalavam, entretanto, um cheiro antisséptico, mas as mãos dele sempre cheiravam assim por causa do seu trabalho. Todo o restante lhe era estranho, porém, desde o calor da sua pele até a sua imobilidade. Tentou acreditar que ele estava conservando energia, focado na luta contra a rejeição de células estranhas no seu corpo, mas era um consolo fraco.

A temperatura dele continuou subindo. Chegou aos 41 graus ao meio-dia e a 41,5 por volta das três.

— Quanto pode subir? — perguntou em pânico.

— Bem mais — respondeu a enfermeira, calmamente, acostumada com febres.

Deram-lhe mais paracetamol. Hammon entrava e saía, entrava e saía, garantindo a ela que Julian era suficientemente forte para enfrentar isso, mas ela podia perceber o quanto ele estava preocupado.

— Não há mais nada que você possa fazer? Nada mais para baixar a febre? — Ela quase implorava.

— Ainda não — respondeu ele, parecendo querer dizer outra coisa.

O que você está esperando?, pensou ela, frenética, quando o médico a deixou de novo sozinha com Julian, que continuava a flutuar amarrado à cama por um emaranhado de fios e sensores ao som do zumbido das máquinas.

Então soube o que estavam esperando — ou, ao menos, o que temiam. O ruído continuou, mas havia algo mais. No início, pensou que Julian estivesse roncando e gentilmente lhe sacudiu o braço. Quando ele abriu os olhos, no entanto, pôde ouvir cada respiração.

— Chame Hammon. — Ele conseguiu articular.

Correndo para o corredor, ela olhou espantada quando uma enfermeira, tendo percebido o problema da sua estação, passou apressada. Minutos depois, Hammon e sua equipe vieram, num instante, da sala do computador atrás da mesa.

Nicole os seguiu, mas manteve distância da cama enquanto examinavam, auscultavam e discutiam sobre o que fazer. Acrescentada à compressão no peito, a pressão arterial de Julian tinha caído, e as duas coisas indicavam um choque anafilático. De vez em quando, ouvia Julian falando numa voz baixa e sussurrada, e, apesar do som, ele parecia forte. Ficou claro que ele tinha uma opinião. Nicole tentou adivinhar.

Separando-se dos outros, Hammon chegou perto dela.

— Poderíamos usar esteroides, que controlariam a reação, mas também poderiam matar as células-tronco.

— Julian quer esperar.

— Sim. Ele conhece o risco.

De matar a cura. Mas o risco ia mais além e, num momento de pânico, ela só enxergou esse além.

— Em que momento você opta por salvar a vida dele? — perguntou com uma voz aguda.

— Quando notarmos que ela está em perigo. Vamos ver quanto tempo isso vai durar.

Ela segurou a língua. Com a emoção crua num mundo de ciência, sentiu-se sem chão.

Hammon voltou para o lado de Julian. Fraca, Nicole se encostou na parede perto da porta e escutou as idas e vindas deles, pesando os prós e contras, mas sem a ênfase que ela teria. Depois de algum tempo, parou de ouvir as palavras, focou somente no som horrível da difícil respiração de Julian.

Isso continuou e continuou. Deve ter parecido doente, porque uma enfermeira a pegou gentilmente pelo braço e a levou para o hall a fim de respirar. Não, não queria água. Não, não queria chá. Ficou parada ali, assustada e sozinha, com os braços enrolados na cintura numa tentativa de se acalmar. E, quando a enfermeira perguntou se havia alguém que pudesse chamar para acompanhá-la durante a noite, sacudiu bruscamente a cabeça.

Ah, sim, tinha amigos. E família. E seguidores que liam todas as suas palavras.

Mas os amigos estavam longe, na Filadélfia, pensando que Julian se encontrava em férias no Maine. Não tinham ideia do que acontecia.

O mesmo ocorria com Kaylin e John, que estariam ali se soubessem que o pai estava mal. Tinham conhecimento de que ele estava em Chicago, tentando um novo tratamento, mas Julian se recusara a lhes contar o resto.

E os seguidores? Conheciam Nickiamesa.com, mas não Nicki Carlysle.

Se seu pai estivesse vivo, ela o teria chamado. Ele levantaria seu ânimo.

Ou... ou talvez não. Não queria ouvir *Sonhe alto, mire alto* agora, e quanto ao *O que não nos mata, nos fortalece, blá, blá, blá,* era exatamente o que ela *não* precisava. Adorara Bob, mas ele era otimista a ponto de negar as coisas. Espantava-a agora pensar que, se ele fosse mais consciente em relação aos problemas cardíacos da sua família, talvez ainda estivesse vivo.

Realismo era domínio da sua mãe. Naquele momento, precisava de Angie. Tinham se separado de forma ruim, com má vontade e palavras feias. Mas queria Angie. Olhou para o corredor na direção do elevador, querendo que ela surgisse, sofrendo por isso.

E, de repente, eis que ela estava ali, uma imagem borrada através das lágrimas de Nicole, com certeza uma miragem. Porém, quanto mais se aproximava, mais real se tornava.

Elas não se falaram durante quatro semanas, desde que Angie deixara Quinnipeague, mas quatro semanas não podiam apagar 34 anos.

— Mamãe! — murmurou Nicole. Apenas "mamãe" e o estranhamento fora embora.

O rosto de Angie expressava preocupação. Quando seus braços se abriram, Nicole se precipitou neles e começou a chorar, e os braços a apertaram, exatamente o que ela mais precisava. Tinha sido forte para Julian, apoiando sua decisão e ajudando-o a manter a firmeza preenchendo os vazios quando tinham tempo para isso. Tinha ventilado o assunto para Charlotte, mas não era a mesma coisa.

Angie era sua mãe. Mães serviam para essas ocasiões, quando um total colapso se apresentava e as lágrimas eram só o começo. Depois disso, vinha a conversa. Sentaram-se lado a lado na sala para os familiares, e Nicole revelou todos os detalhes dos seus temores — a febre subindo, a queda da pressão arterial, o chiado que podia significar choque anafilático, o sinistro tremor da mão, o dilema sobre os esteroides.

Angie foi compreensiva e se preocupou, mas também foi realista. Não pretendia ter respostas, apenas ouvia e fazia perguntas. Sua simples presença era calmante. E oportuna também. Nicole estava prestes a levá-la ao quarto de Julian quando Mark apareceu no salão.

— Estamos transferindo para a UTI.

Ela se levantou num salto.

— Ele está pior?

— Não, mas lá podemos observá-lo melhor.

— Ainda está recusando os esteroides, não é? — Julian não era marcante nas maneiras ou no jeito de se vestir, mas tinha muita segurança quando se tratava de medicina. E com certeza era muito cuidadoso, estudava todos os ângulos. Mas, uma vez decidido, não voltava atrás.

— Ainda tem esperança de conservar as células T.

— Você concorda com ele?

— Entendo o ponto de vista. E também vejo o outro lado. Neste exato momento, estou dividido. É por isso que quero observá-lo de perto. Se ele piorar muito, não teremos escolha.

— Acha que eu deveria tentar falar com ele? —perguntou Nicole, mas ela mesma respondeu: — Não, não faz sentido. Se ele não ouve você, não vai ouvir a mim.

Mark sorriu rapidamente para ela.

— Você provavelmente tem razão. Mas eu o admiro. Ele prefere morrer tentando.

Morrer tentando, Nicole pensou e dirigiu um olhar frenético para sua mãe.

Angie sustentou seu olhar e colocou com firmeza uma mão em seu braço. Em seguida, apresentou-se ao médico.

— Podemos fazer alguma coisa enquanto vocês o transferem? — perguntou.

— A senhora pode levar Nicole para jantar em algum lugar.

Nicole se recusou a sair do hospital, então foram à cafeteria, mas não conseguia se decidir sobre o que queria comer. Sentou-se numa mesa e tamborilou com os dedos enquanto Angie encheu uma bandeja e pagou ao caixa. Colocou a bandeja diante dela, mas tudo que Nicole podia pensar era UTI, UTI, UTI.

— Parece pior do que realmente é — disse Angie gentilmente, ao distribuir os guardanapos, garfos, facas e a comida. — É só uma precaução.

— O que vai acontecer se ele morrer? — Fez a pergunta que só podia fazer para Angie.

— Não pense nisso, querida. Ele está muito longe disso.

Nicole, entretanto, não podia parar. Se os médicos estavam suficientemente preocupados para desejarem um tratamento intensivo, *eles* pensavam que ele poderia morrer. Ela sabia que essa era uma possibilidade. Mas um futuro sem Julian? Impensável! Deveria lhe ter dito isso lá na Filadélfia, deveria ter dito na ilha e de novo na manhã da sexta-feira passada, no hotel, antes de tudo começar. Ela deveria ter insistido para que ele lutasse mais. Teria feito isso se não escolhesse ser forte para ele. E agora, tratamento intensivo?

— Uma UTI é apenas outra sala com mais máquinas — argumentou Angie, servindo-se com o garfo de salada de galinha. — O dr. Hammon só quer obter o maior número de informações possível. Está cobrindo a retaguarda, e não acho isso criticável. Não me parece alguém que vai permitir que seu paciente morra tentando sem garantir cada passo. Vai contrariar Julian quando achar que chegou a hora. — Ela olhou para um pouco apetitoso pedaço de peixe e depois empurrou a salada de galinha para Nicole. — Por favor, coma.

Nicole pegou uma porção. Colocando de volta, olhou para Angie em desespero.

— Estou tentando ser realista. Durante todo o verão foi assim. O *ano* inteiro tem sido assim. Conversas sobre despertar. Conversas sobre *amadurecer.*

— Ah, querida, você é madura há algum tempo. Veja os últimos quatro anos. Guardando tudo com você, aceitando as limitações de Julian, lidando com recaídas? E o seu blog? E o *livro?* Você não se dá suficientemente valor.

Charlotte dissera a mesma coisa. Mas Nicole não podia se dar qualquer valor quando Julian estava a caminho da UTI.

— Como a gente se prepara para uma coisa como esta?

— Ninguém se prepara. Trata-se de saber reagir quando acontece.

— Não foi isso que eu desejei.

— Não. — E sua mãe sorriu. — Mas veja por este ângulo. Se você tivesse morrido aos 25 anos, não teria que lidar com isto.

— Que coisa horrível para se dizer!

Angie, entretanto, não retrucou. Simplesmente ajeitou o canudo na sua Coca-Cola diet e a bebeu — e é claro que, no silêncio, Nicole se deu conta de que ela tinha razão. Isso era o que sempre acontecia: nas discussões entre mãe e filha, a mãe dizia basicamente a verdade e a filha levava algum tempo para aceitar. Assim fora com rapazes e com esportes. Seria certamente o caso com Tom.

— Não fui gentil com você quando esteve em Quinnipeague — disse Nicole, suavemente.

— Não, você não foi.

— Sinto muito.

— Desculpas aceitas.

Nicole fez uma pausa.

— E é só isso? Sem discussão?

— Sim. Nenhuma agora, ao menos. Entendo o que você está sentindo, minha querida. Acredite em mim, passei por tudo isso. Também compreendo que esteja tão assustada agora. Você pensa que não pode perder Julian, que sua vida ficaria totalmente vazia sem ele, que deve haver alguma coisa que você possa fazer; só que não sabe o que é. Sua cabeça está cheia de eu deveria, eu poderia, eu faria.

Nicole estava maravilhada. Não tinha pensado exatamente com aquelas mesmas palavras minutos antes?

— Como você sabe?

— Porque amei seu pai como você ama Julian. Ele também esteve na UTI, a diferença é que ele já tinha praticamente ido embora quando chegou lá. Julian não. Você vai ter sua vida com ele, querida. Eu acredito nisso. Você vai.

Nicole respirou mais profundamente. Angie não podia ter certeza de que Julian sobreviveria. Além disso, havia níveis diferentes de sobrevivência, e qualquer um poderia ser pior do que a vida que eles levaram até então, e, fosse qual fosse, modificaria suas vidas para sempre.

Mas ela confiava em sua mãe. E queria mesmo acreditar.

Alcançando a mão de Angie, entrelaçou os dedos da mesma forma que fazia quando era criança e murmurou:

— Por quanto tempo pode ficar?

— O tempo que você precisar, querida. Estou aqui por você.

Momentos depois, quando Angie foi entregar a comida que sobrara e comprar queijo para levar para cima, Nicole pegou o telefone.

Obrigada, digitou simplesmente e pressionou ENVIAR.

Capítulo 28

Charlotte estava remando. O barco era uma velharia de madeira que ela encontrara no barracão de Leo. E sendo algo que, ao contrário do veleiro, podia manusear sozinha, pedira que o tirasse de lá. Leo, sendo Leo e um faz-tudo, pintou, poliu e selou o barco antes de lançá-lo à água, e depois, apesar de permitir que ela remasse, insistiu em ir junto.

O sol não tinha se posto, mas se encaminhava para isso, espalhando ouro sobre as ondas sob um céu melancólico. Embora as ondas fossem suaves, o barco balançava mais do que se movia. Puxando os remos de costas para a proa, Charlotte estava totalmente concentrada pela primeira vez naquele dia.

Quando o celular vibrou junto do seu quadril, porém, Chicago voltou correndo a seu pensamento. Largando os remos em seus toletes, puxou o telefone e, ao ler o texto, sorriu aliviada.

— A mãe dela chegou lá — Leo compreendeu. De frente para ela, na popa, com os pés descalços espraiados, ele abriu uma garrafa de vinho e, com extraordinária firmeza apesar do movimento do barco, serviu dois copos de plástico.

Uma iniciativa adequada?, digitou.

Muito adequada, respondeu Nicole.

Satisfeita, Charlotte pegou o copo que Leo oferecia. Depois de bater no dele — sempre faziam isso —, bebeu.

— Como Julian está? — perguntou ele.

Charlotte olhou mais uma vez para o telefone antes de colocá-lo no bolso.

— Deve continuar na mesma, considerando que ela não comentou mais nada.

— Ela mesma deveria ter chamado a mãe. — Por mais solidário que Leo fosse, não era muito condescendente com Nicole.

— Ahã — respondeu ela, tomando um gole do vinho. — Nós todos sabemos disso. — Ele ainda se recusava a ligar para o próprio pai.

Com um olhar de cumplicidade, Leo pegou uma sacola plástica e combinou pedaços de queijo com fatias de pera para ela e biscoitos para ele.

Charlotte deu uma mordida.

— Se fosse comigo, eu chamaria Kaylin e John também. Eles deveriam estar lá. Ela precisa de todo o apoio que possa ter — disse. E empurrou outro bocado na boca.

Os olhos de Leo estavam no nível dos dela.

— Vá com ela.

Ela sacudiu um não com a cabeça e olhou diretamente para ele.

— Escolho você — disse ao engolir. Era um passo atrás de *Eu amo você*, que ela só dizia em momentos de paixão, quando não tinha controle sobre o que acontecia. Essas palavras tinham sido muito assustadoras em outras épocas. E estava bem assim. Ele sabia como ela se sentia.

Os remos bateram com estrondo nos toletes. Inclinando-se para a frente, ele os puxou para dentro do barco, depois enfiou a mão no saquinho e distribuiu os acompanhamentos.

— Talvez você não deva — disse finalmente. — Há muitos problemas.

— Conte-me alguma novidade.

— Filhos.

Opa! Isso *era* novo. Ele não tinha mencionado filhos antes. *Sal* não chegara tão longe, e ela não tinha ousado perguntar.

— Você quer filhos?

— Sim — disse ele, parecendo magoado por ela não saber ainda. — Faz parte do sonho, mas não podemos ter filhos se você continuar voando mundo afora.

O fato dele pensar sobre essas coisas era maravilhoso. Mas era um passo à frente ou apenas uma extensão do muro?

— Então o problema sou eu.

— Sou *eu*. Eu sou Quinnipeague.

— Você é sofisticado, educado e cosmopolita no papel. Você poderia fazer isso na vida real — argumentou ela.

Mas ele estava empacado no outro aspecto.

— E mesmo que você vá e volte para cá, ainda ficaríamos separados durante semanas. É a receita do desastre.

— Ah, vamos lá, Leo — disse ela gentilmente —, isso é o que nós vemos na TV e lemos em livros, que precisam de trauma para manter a trama em movimento. Mas conheço vários casais que têm suas famílias e seus trabalhos e ainda viajam. Cada um cede um pouco e a coisa funciona. Se você quer filhos, então, você *realmente* vai ter que chegar a um meio-termo.

— Você não quer mais filhos?

— Quero. *Absolutamente*. Mas tive um sozinha uma vez e não quero passar por isso de novo. E me deixe perguntar — E ela franziu a testa. — Onde seria o parto aqui? Não há hospital na ilha. — Os bebês de Quinnie nasciam habitualmente no hospital do continente, onde Cecily morrera depois de Leo a levar para lá, coisa de que ele ainda se arrependia amargamente.

Ele pareceu confuso. Era evidente que não tinha pensado nisso. Com as sobrancelhas franzidas, inclinou-se para a frente e depois voltou para trás, com os cotovelos no painel da popa e as longas pernas esticadas por fora das dela. A pose era mais desafiadora do que relaxada.

— E se alguém descobrir quem sou? Seria um problema ser a minha namorada, minha mulher, a mãe dos meus filhos, qualquer coisa.

— Não para mim. Você é o único que tem um problema com o sucesso.

— Está bem. Então, se fosse o contrário. E se eu não conseguir escrever outro livro? O que acontece se o dinheiro que ganhei com *Sal* for único? E se eu não conseguir sustentar mulher e filhos?

Charlotte olhou espantada para ele.

— Preste atenção no que está dizendo, Leo. Você está imaginando problemas, e todos pequenos. Dinheiro não é um problema. Você tem o suficiente para uma vida inteira, mesmo antes da edição de bolso ser lançada, isso sem contar com o que você ganharia se deixasse *Sal* se transformar em filme. Você investe. Já vi você investir. Está fazendo dinheiro em cima do dinheiro.

— Eu me preocupo.

— Eu também, mas não sobre isso. Neste momento, estou preocupada em pensar que Julian Carlysle pode morrer. Todo o dinheiro do mundo não o impediu de ter esclerose múltipla, e nenhum tostão pode garantir a sua sobrevivência agora. — Ela sentiu um arrepio só de pensar, embora também pudesse ser apenas uma nuvem sombria cruzando o caminho do sol poente. Estavam definitivamente num mar sombrio. Ela precisava se mover, mas para onde?

Nicole teria dito que mar sombrio era para tolos porque, por mais que quisesse ser positiva e ver as coisas de forma diferente — como a de que as reações faziam parte de um quadro maior que incluiria a redução dos sintomas da EM —, chegou a manhã de domingo e Julian não estava melhor. Como Angie lembrara, havia mais máquinas na UTI. E a equipe o checava com tanta frequência que era como ter uma enfermeira particular. A temperatura dele, entretanto, permanecia alta, e o chiado o estava deixando cansado de um modo bem mais acentuado do que a tonteira do Benadryl.

Mesmo assim, recusava-se a tomar os esteroides.

Na segunda-feira, pela manhã, sem que houvesse melhora alguma, preocupada demais, frustrada e zangada demais, resolveu imitar Charlotte e tomou uma decisão por conta própria. Como os pais de Julian estavam em San Diego, não adiantava chamá-los para que viessem correndo, mas seus filhos estavam por perto e já eram adultos, ou quase, e tinham o direito de estar ali.

Charlotte checava o telefone constantemente procurando uma palavra de Nicole, mas além de um ocasional *Ainda na mesma* ou *Nada mudou* — mensagens enviadas de fora da UTI porque celulares eram proibidos lá dentro — nada de substancial chegou até a tarde de segunda-feira.

Chamei Kaylin e John. Estarão aqui amanhã. Ele vai ficar furioso, mas dane-se, era a coisa certa a fazer.

Com certeza. Eles TINHAM que estar aí. Você agiu CERTO, Nicki. Nenhuma melhora ainda?

Não. Hammon está sofrendo por causa dos esteroides. Se Julian pedisse, ele faria. Estou dizendo a você, as prioridades do meu marido estão fodidas.

A linguagem não era nada característica de Nicole, mas ela evidentemente estava no limite. Não que Charlotte fosse repreendê-la por isso, considerando que o outro pensamento em sua mente era que as prioridades de *Leo* estavam fodidas também, exatamente com as mesmas palavras. Sabia que Leo de algum modo a amava. Mas o suficiente para admiti-lo? Admitir significava que se reconhecia o sentido disso e que era preciso ceder um pouco, e ele não estava pronto para ceder.

O tempo corria. Ficou acordada até tarde na noite de segunda-feira, trabalhando no livro e continuou na madrugada de terça, não parando até estar de tarde, quando finalmente conseguiu ligar para Nicole.

— Como *ele* está? — perguntou em primeiro lugar, porque era a prioridade.

— Na mesma — respondeu Nicole, parecendo tensa. — Kaylin e John acabam de aterrissar. Estarão aqui a qualquer momento. Ele não vai gostar. Estou me preparando para isso, então me diga alguma coisa boa.

— Acho que terminamos.

Houve um momento de silêncio.

— Você e Leo? — perguntou, surpresa.

— O livro — corrigiu Charlotte com malcontida animação. Apesar de todas as coisas sombrias que estavam acontecendo, houve algo de realização quando ela finalmente fechou o arquivo, encostou as costas na cadeira e deixou as mãos caírem ao lado do computador. Leo estava em suas boas graças ao ficar sinceramente feliz por ela. Sabendo que telefonaria para Nicole, fora à cidade fazer compras para um jantar comemorativo.

A voz de Nicole subiu.

— É sério?

— Acabei de mandar para você o último arquivo.

— Ah, meu Deus! Você é incrível!

— Não diga isso antes de ler o que mandei. Gosto dos perfis, mas talvez você queira reordená-los e escolher os lugares de cada um, intercalando os planos de cardápios para combinar, e ainda resta a questão dos textos que escrevi no seu estilo.

— Ainda estou no meio do caminho. Estou tão atrasada!

— Essa é a segunda parte das minhas notícias boas. — Charlotte estava exultante com isso. — Você tem mais tempo.

O riso de Nicole foi nervoso.

— Não *vejo* como.

— Falei com minha editora predileta. — E continuou: — Ela e eu nos damos muito bem, às vezes nos encontramos para almoçar pelo simples prazer de estar juntas e perguntei se ela conhecia a sua. Acontece que são boas amigas. Você está sabendo do bebê?

Nicole estava muito intrigada.

— Sim. É esperado para o fim de setembro.

— Nasceu na semana passada. Ela deve ter mandado um e-mail para você.

Houve uma pausa, depois um suspiro.

— Ah, meu Deus, *aquele* e-mail? — Ela passou para o viva voz, aparentemente para olhar a caixa de entrada enquanto falava. — Não abri porque me senti culpada de não ter terminado. — Suspirou outra vez. — Uma menininha. Quase quatro quilos. Prazo de entrega até o final de setembro, quando ela começará a trabalhar em casa. — Deixou escapar um longo, suave e visivelmente aliviado suspiro. — Ah, meu Deus! Não acredito. Essa é a melhor notícia!

Então, assim como quando Charlotte telefonou, Nicole tinha duas boas notícias para compartilhar com Julian. Sabia que ele ficaria feliz com elas, mas só teve a oportunidade de contar bem mais tarde porque, assim que desligou, Kaylin e John chegaram. Kaylin parecia uma modelo com jeans apertados, suéter e imensos saltos, enquanto John, com uma camisa amarfanhada, jeans e um rosto muito pálido, só parecia assustado.

Nicole os havia chamado por causa de Julian. Vendo-os, porém, aproximarem-se, sentiu o mesmo alívio que sentira ao ver Angie. A cada nova chegada, ficava menos sozinha.

Embora Angie tivesse sido incluída nos abraços, foi Nicole quem se encarregou de contar o que ocorria. Pelo telefone, contara alguma coisa sobre o tratamento e a reação que provocara. Agora, sem dizer propriamente que ele poderia morrer, descreveu em detalhes os sintomas.

— Ele parece pior do que realmente está — disse, o que não era totalmente verdade, mas eles já tinham bastante com o que se assustar.

Conduzindo-os à unidade onde Julian se encontrava, levou-os à pia para que desinfetassem as mãos e, depois, inclinando-se sobre a cama, sacudiu gentilmente o braço do marido. Julian abriu os olhos, mas levou alguns segundos para focá-los em seus filhos. Houve um ar de prazer inicial e depois, tendo compreendido, um olhar enfurecido para Nicole.

— Não queria que se preocupassem — resmungou entre os chiados da respiração.

— Estão aqui para animar você. — Ela chegou para trás a fim de dar tempo a cada um deles. Kaylin demorou mais, falando calmamente sobre como ficara contente de ter sido chamada por Nicole porque queria mesmo estar ali, e o pai nem precisou responder. John foi mais emocional e, ironicamente, Julian também.

— Vou ficar bem — conseguiu dizer para o filho, lutando ao mesmo tempo para respirar e manter a compostura, mas pareceu reencontrar forças quando os garotos se retiraram e Nicole tomou o lugar deles. Seus olhos castanhos, ainda embaçados pela febre, ficaram cheios de censura, suas palavras soaram cortantes misturadas com o chiado da respiração. — Eu disse para você não fazer isso.

— Eles amam você.

— O que é o amor — retrucou com aspereza. Não se tratava de uma pergunta, mas de uma espécie de desprezo que feriu os sentimentos de Nicole.

— É *tudo* — disse ela, arregalando os olhos. — É o motivo de eu estar aqui com você na última semana e meia, apesar do fato de que queria ter esperado mais tempo para fazer isso, e é por isso que você precisa *lutar.*

— Mas as crianças... não.

— As crianças sim! — disparou ela, com uma ênfase que não teria ousado um ou dois dias atrás, mas, se não fosse agora, quando então? *Se não fosse agora, quando então?* Seu pai fora especialista em dizeres; este era dela. Era o que tinha a ver com a realidade. Crescer e ser madura, forte, esse fora o seu verão. E isso lhe dava uma grande segurança. — Eles amam você. Querem se tornar parte da sua vida. Bem, doenças acontecem. Eles não são crianças, Jules. São jovens adultos com muito bom senso e vibrações positivas, e *amam* você. — Com Julian olhando para ela, espantado com a sua voz, ouvindo com maior consciência do que havia demonstrado desde sexta-feira, ela percebeu o surgimento de uma força. — Estão aqui porque os chamei, porque isso é o que as pessoas fazem quando se amam, isso é o que as famílias fazem; e você não está feliz por ter isso? Algumas pessoas não têm. — Ao sentir uma força lhe subir o peito, pressionou uma mão no coração. — Ah, meu Deus, eu me sinto tão abençoada por tê-los aqui agora. Você também deveria, e, se não se dá conta disso, então não nos merece. — Batendo na mão dele, inclinou-se e disse mais determinada do que nunca: — Se você não pode lutar por si mesmo, lute por nós. Não jogue isso fora, Julian Carlysle. Não seja um completo... um completo... *cretino.*

Ele a olhou, estarrecido. Sua testa ainda estava úmida e suas faces se enrubesceram, mas alguma coisa aconteceu nos seus olhos, e seus lábios se curvaram.

— Cretino?

Ela recuou. Era uma palavra feia.

— Eu ia dizer babaca, mas saiu isso.

Ele emitiu um som sufocado que podia ter sido uma risada.

— Cretino, hein?

— Você pode ser — disse ela, suavemente.

— Mas você me ama de qualquer forma.

— Amo.

Sorrindo, fechou os olhos. O sorriso continuou, mas ele não disse mais nada. Estava quieto. Muito quieto.

Morto.

A ideia lhe cortou a respiração.

Aterrorizada, inclinou-se outra vez e sacudiu a mão dele com força.

— Julian.

Ele abriu os olhos.

— Só estou descansando. Pode bater mais leve?

Ele está melhor!, leu Charlotte pouco tempo depois. *Chiado, pressão arterial, febre — tudo melhorou. Vai demorar um pouco mais até ele estar completamente fora de perigo, mas Hammon está fora de si. E eu, simplesmente, mal acredito. Volto logo. Vou entrar lá agora.*

Com lágrimas nos olhos e a garganta apertada, ela mostrou o texto para Leo, que a abraçou até que o timer da cozinha o chamou. Feliz demais por Nicole, sentiu um extraordinário alívio, como se o inferno do verão — as lembranças do caso, a raiva de Nicole, a perda do único elo com sua filha — tivesse um propósito.

O livro estava pronto e Julian ultrapassara uma etapa. Seria uma dupla celebração no jantar.

Leo comprara lagostas frescas daquela tarde, e as cozinhou vivas, o que ela se recusou a fazer por ter ouvido o arranhar das garras na panela anos antes. Ele também grelhou espigas de milho e fatias de abobrinhas, tudo fresco dos campos de Quinnipeague, enquanto Charlotte aquecia o pão de alecrim amanteigado de Melissa Parker.

O silêncio entre eles jamais fora um problema, e também não era naquele momento. Charlotte não podia deixar de pensar em Julian e sorria aliviada de vez em quando, mas pouco a pouco seus pensamentos se fixaram em Leo, cujas feições estavam suaves agora, e os olhos de meia-noite, calorosos. Ele ajeitou uma mecha de cabelos atrás da orelha de Charlotte; ela limpou manteiga do seu lábio com o polegar. Várias vezes ergueram seus copos em brindes silenciosos, e, quando o vinho e a comida acabaram, prepararam café e foram tomá-lo sentados na doca com Urso. Quando Charlotte se inclinou a ponto de encostar a cabeça no pescoço do cachorro, seus olhos se encheram de lágrimas. No momento em que se endireitou, no entanto, as lágrimas tinham ido embora. Recusava-se a chorar naquela noite especial.

Mais tarde, quando a lua estava alta e a maré baixa, caminharam pela praia, pés descalços na areia, com as mãos se separando só quando era preciso subir pelas grandes rochas. Pouco tempo depois, chegaram ao lugar onde fizeram amor pela primeira vez, sete semanas antes. Talvez inconscientemente tivessem se dirigido para ali, mas não disseram nada em voz alta. Deixando as roupas na praia, nadaram, embora quando chegaram onde a água lhes cobria a cabeça, ficaram mais boiando, com Leo mantendo-os à tona, enquanto Charlotte enroscava as pernas na cintura dele, e suas bocas se fundiam.

Fizeram amor uma vez lá, na água, depois outra vez, mais devagar e de forma mais saborosa, na praia. Quando acabaram, ficaram deitados até que o ar do oceano lhes fez sentir frio. Então, carregando as roupas nas mãos que não estavam entrelaçadas, voltaram para a casa e ficaram na cama por um longo tempo, os corpos enroscados um no outro, ouvindo o som da maré, que tinha o ritmo da respiração de Leo quando ele finalmente dormiu.

Charlotte não dormiu; apenas escutou o oceano, a respiração dele e a batida revitalizante do seu coração. Minutos passaram, depois, horas. Se ela cochilava, era por pouco tempo. Sabia que era mais importante sentir o suave roçar dos pelos do peito de Leo e a força das coxas dele sob as suas. O mais importante, entretanto, era gravar o perfume dele na memória.

Pouco antes do amanhecer, deixando Leo na cama, com a cabeça virada para o lado, levantou-se de mansinho. Urso olhou, do chão, para cima, mas um simples toque entre seus olhos o fez dormir de novo. Sua mochila estava sobre uma cadeira; nunca formalmente se mudara, a mochila nunca fora totalmente esvaziada, o que facilitava a tarefa de agora. Juntando as últimas roupas e apetrechos de toalete, levou a bolsa para a cozinha. Querendo dizer mais alguma coisa para Leo, pegou papel e caneta de uma gaveta, mas lhe faltaram palavras. Finalmente, com um simples *Beijos*, deixou o bilhete sobre o travesseiro, saiu pela porta da frente, desceu o caminho e foi embora para a casa de Nicole.

Leo não a seguiu. Não veio nem telefonou, e ela não esperava nada disso. Não tinha nem certeza se ele de fato dormia enquanto ela arrumava a mochila. Ambos sabiam que isso tinha que ser feito.

No entanto, o vazio dentro dela era enorme. Tentou preenchê-lo lavando roupa e limpando o quarto, mas tudo foi feito rápido demais. Então, tricotou. Depois de um verão treinando, estava totalmente familiarizada com os desenhos e, milagrosamente, não errou nenhuma vez. No início da tarde, deixara o tricô de lado e foi à casa de Isabel Skane para aprender a colocar as peças juntas. Tomou notas detalhadas, pensando que levaria algum tempo para terminar. Mas essa foi a parte mais fácil, especialmente porque não tinha nada mais para fazer além de costurar no pátio, procurando conforto junto às últimas rosas da pérgula, a brisa salgada e o barulho das ondas.

Mais de uma vez, vagueou pelo jardim onde a lavanda, a valeriana e o trevo vermelho floresciam. Sorria contente por terem sobrevivido, pois haviam certamente cumprido a tarefa. As notícias de Chicago eram boas. Julian estava melhor, recuperando-se do transplante. Até seus sintomas da esclerose múltipla haviam melhorado. Era o que Nicole relatava, mas só o tempo diria se aquilo iria se manter. Da mesma forma, só o tempo diria se as células-tronco poderiam realmente reparar os danos à bainha de mielina que os quatro anos da doença haviam causado. Nicole, entretanto, não se preocupava com isso. Tinha seu homem de volta. Não poderia estar mais feliz.

Por uma extravagância momentânea, pensando que as plantas permaneciam vivas e frescas só para ela, Charlotte colheu um único trevo, fez um pedido e o colocou junto do coração. Não sabia se acreditava em tudo aquilo. Frequentemente, na sua vida, mergulhara no fundo de si mesma e emergira com a mesma calma que as plantas haviam oferecido, e quanto a fazer pedidos para trevos vermelhos, seria mesmo por isso que Julian estava melhor? Medicina era medicina, ciência era ciência, fisiologia era fisiologia — e Leo por acaso havia dito que a amava depois de todos os trevos que ela colheu e de todos os desejos que fez? Não!

Desanimada, voltou ao suéter, trabalhando noite adentro, tecendo as extremidades e só o embrulhou e guardou quando já se sentia exausta. Por não ter dormido na noite anterior, dormiu profundamente — um bom sinal, concluiu na manhã de quinta-feira ao dar uma checada final na casa, colocar as malas no Wrangler e ir embora.

Como planejado, chegou no píer antes do *ferry*. Tirando o pacote envolto em tecido do banco do passageiro, entrou na Chowder House. O cheiro de sopa estava forte, acompanhado pelo dos mexilhões fritos. Dorey se encontrava na cozinha, preparando o almoço. Bastou um olhar para Charlotte e ela limpou as mãos no avental e saiu de perto do fogão.

— Você está com cara de quem perdeu o melhor amigo. — A mulher disse de um modo suave pouco habitual.

— Na verdade, as notícias são boas. — Sorrindo, Charlotte contou-lhe sobre Julian.

— Boas, mas esperadas — afirmou Dorey. — O coração de Quinnipeague estava com eles. — Fez uma pausa. — Vai estar com você também.

Charlotte se esforçou para não chorar.

— Me faz um favor? — perguntou ao segurar o pacote. Não precisava dizer para quem era nem o que fazer com ele. Dorey assentiu e segurou o pacote. Depois, seus olhos enrugados se tornaram suplicantes.

— Tem certeza de que não pode ficar?

— Sim. Tenho que trabalhar.

— Vai voltar?

— Não sei.

Sufocada, virou-se para sair. Quando sentiu um braço ao redor dos seus ombros, olhou para o chão de madeira.

A voz de Dorey estava cheia de compaixão.

— E eu estava preocupada com ele — observou com um muxoxo. — Cuide-se mocinha. Vou manter a chowdah quente para você.

Chowdah. Tão Maine, tão *Quinnie,* a palavra ficou ressoando na sua cabeça até que o apito do *ferry* a apagou. Depois de colocar o Wrangler na balsa e da rampa ser levantada, sentou-se num lugar na popa. Como deixar de olhar para ele então? Como deixar de desejar que ele tivesse mudado de ideia? Como deixar de imaginar um final feliz para sempre nesse lugar que em tantos sentidos eram uma fantasia?

Tudo que ela viu, no entanto, foi a ilha ficando cada vez menor à medida que o *ferry* singrava as águas na direção do continente.

Tudo correu bem na ida para Rockland, e igualmente bem na ida para Nova York. Ainda se sentia bem quando chegou ao Brooklyn e, em um piscar de olhos, encontrou seu sufocante apartamento, no terceiro andar, sem elevador, sem ar e sem vista para fora. Chamou seu senhorio, parou no seu restaurante de sushi favorito para jantar e, depois, parou no seu café favorito para pedir um chá de framboesa grande para viagem. De volta ao apartamento, ainda se sentia bem ao abrir o armário e escolher roupas para levar para a França.

Foi quando começou a tirar as coisas de Quinnie da mochila que, chegando ao fundo, tocou numa coisa dura. Intrigada, puxou para fora. Era uma peça de pinho, de 15 centímetros, com todos os detalhes do rabo ao focinho, e uma cabeça que era a réplica perfeita do Urso, entalhada pelo homem que melhor o conhecia.

O coração de Charlotte começou a bate forte. De todas as coisas que Leo tentara esculpir naquele verão, o tempo inteiro garantindo que não sabia fazer e que, assim como o tricô dela, o importante era o processo, aquela era perfeita.

Segurando o pequeno cachorro, com as orelhas pequenas e afastadas, os flancos musculosos e as pernas finas, e, com os olhos da mente vendo-o com seu dono bem ao lado, desmanchou-se em lágrimas.

Capítulo 29

Paris estava tão divertida quanto podia estar sem um coração batendo, ou foi isso que Charlotte sentiu. Ali já há dois dias, seguiu os amigos como um robô, sorrindo e concordando até mesmo quando o francês que falavam se embaralhava na sua cabeça. Não lhes contou sobre Leo, não quis falar sobre ele, e todos estavam bastante contentes só por revê-la e poder levá-la de mercado a mercado, de café a café, de bar a bar.

Pensava em Leo? É claro que sim. Colocara na mala roupas diferentes das que lhe faziam lembrar Quinnipeague, mas enfiara a pequena escultura de Urso entre elas — não o deixaria sozinho em casa, muito menos dormiria sem ele — e pensava em Leo todas as vezes que suas mãos tocavam a cálida madeira. Ele tivera muito trabalho, especialmente no detalhe da cabeça, e como o pinho era nodoso e macio, imaginou quantas vezes Leo precisara recomeçar, pegando um novo pedaço de madeira quando não dava certo. Enquanto ela dormia? Nas horas em que estava na casa de Nicole ou na cidade? Era um presente "até setembro" ou significava um adeus definitivo? Simplesmente não sabia.

Pensou nele também cada vez que Nicole a atualizou com notícias, o que acontecia com frequência. Julian saíra do tratamento intensivo na noite de quinta-feira, e, quando Charlotte aterrissou em Paris, cedo, na manhã de sábado, um e-mail à sua espera dizia que ele já estava em pé e caminhando. Charlotte estava contente por eles, embora essa fosse uma resposta instintiva.

Quando Julian recebeu alta no hospital, era segunda-feira e ela estava a caminho de Bordeaux. Ali, entre castelos imponentes e vinhedos luxuriantes, ficou mais envolvida. Essa era responsabilidade dela, precisava estar *dentro*. Seu contrato era para escrever o perfil de uma família norte-americana, que recentemente comprara um vinhedo. Era um clã extraordinário — três gerações empenhadas, incluindo os avós, com dois filhos e suas mulheres, e sete crianças com menos de 10 anos de idade — enfrentando um desafio notável. Tendo sido proprietários de um pequeno vinhedo na Califórnia, tentavam realizar um sonho, e, embora os proprietários anteriores estivessem lá para ajudá-los, o negócio não progredia do jeito que esperavam. Entre a economia enfraquecida, investimento estrangeiro que estava elevando demais os preços e o puro culto da competição, tinham se visto forçados a reformular suas metas. Comercialização era sua nova palavra de ordem. Seus vinhos precisavam ser acessíveis, e para isso deviam cortar margens de rentabilidade, o que implicava reduzir o sonho ainda mais — tudo um grande estresse. E mesmo assim estavam felizes. Durante os dez dias que Charlotte passou em seu *château*, viu otimismo por todo lado.

Nos primeiros cinco daqueles dez dias, Nicole e Julian ficaram em Chicago para voltar ao hospital e fazer revisões diárias. Na época em que Charlotte deixou Bordeaux, eles voltaram para a Filadélfia, e ela recebia as mensagens de Nicole como elos com seu passado. Ela sabia o minuto exato em que se instalaram no seu condomínio com novas esperanças; sabia o momento exato em que Nicole foi aos seus mercados orgânicos favoritos, o momento em que se deu conta — mais uma vez — que nada era tão fresco como em Quinnipeague.

Frescor era uma característica também da Toscana, mas totalmente diferente do de Bordeaux. Na pequena vila italiana onde ficou hospedada, em vez de fileiras de vinhedos bem cortados subindo e descendo colinas, as oliveiras eram monótonas, suas árvores esguias e alternadas. Em vez do perfume úmido do Bordeaux, os cheiros ali eram mais secos e picantes, muitas vezes de *foccace* ou de peixe ou de carne ensopada, tudo feito com azeite de oliva direto da prensagem.

O desafio ali não era o otimismo, mas a evolução. As personagens da sua história eram a quinta de oliveiras e a família italiana que a dirigira por gerações, e suas constantes invenções se relacionavam mais ao interesse pessoal dos membros da família do que com a economia. Dinheiro significava pouco para aquela gente. Para eles, o sentido da vida era experimentar coisas diferentes e, especialmente — Charlotte estava lá por causa disso —, criar uma escola de culinária para ilustrar a excelência da azeitona.

Passou horas com produtores, podadores, catadores e prensadores. Entrevistou chefes locais e participou de uma sessão com estudantes regulares. Tudo muito parecido com o que fizera nos últimos dias em Quinnipeague, estava escolhendo receitas para o seu artigo enquanto Nicole e Julian voltavam para a ilha.

Os exames dele estão todos bons, escreveu Nicole. *Hammon considera remota a possibilidade de uma nova rejeição. Ainda está fraco, mas vai demorar algum tempo para que saibamos se é por causa do transplante ou por causa da doença.*

Ele está animado?

É difícil de dizer. Acho que ainda não pensa em voltar a trabalhar. Está preocupado em sair, em caminhar, e está determinado a tentar correr dentro de uma semana. Essa será a sua prova de fogo da recuperação.

Imaginando-os na estrada, no pátio, na praia, Charlotte sentiu uma onda de saudade.

Como está o tempo aí?

Glorioso. As noites estão mais frescas e chegam mais cedo, mas a multidão foi embora. Tenho levado meu notebook para o Café e tenho trabalhado lá. Terminei quase tudo. Quero dizer, não há mudanças — NENHUMA mudança — no que você fez. Como posso agradecer a você, pelo trabalho e pelas células-tronco?

Ele teria feito de qualquer maneira. Tinha que ser feito.

Mas foi tão mais significativo assim.

Mais doloroso?, Charlotte precisava perguntar, porque nada poderia jamais apagar a traição que estava na origem daquelas células.

Talvez um pouco, escreveu Nicole. *Mas estando de volta aqui, sinto falta de você. Como está?*

Bem, respondeu Charlotte. *De volta à velha rotina.* Só que não era verdade. Por mais que tentasse recuperar o entusiasmo de viajar livremente, sem ligações com um lar, não conseguia. Passava o dia todo cercada por pessoas, mas estava sozinha. E havia o cachorrinho de madeira.

Alguma notícia de Leo?, perguntou Nicole.

Charlotte sentiu uma pontada funda.

Nada. Não estamos em contato.

Por que não?

Estamos dando um tempo. Essa era a maneira mais suave de dizer.

Vocês TERMINARAM?

Não. Sim. Talvez. Não sei. Tendo digitado as palavras no impulso, colocou o polegar para deletar. Mas isso expressava o que ela estava sentindo, que era totalmente confuso. Amava Leo, mas não sabia o que fazer com isso. Tinha desejado que ele escrevesse, telefonasse ou pegasse *uma porcaria de um avião* num rompante de coragem e a surpreendesse com uma declaração de amor eterno à beira do Sena, num vinhedo de Bordeaux, ou sob uma oliveira da Toscana.

Todas ideias românticas. Ela não era assim. Talvez fosse o que ela gostava de ler, mas, na vida real?

Deixou as primeiras palavras como estavam e acrescentou *Ele é como Julian, eu acho. Só o tempo dirá.*

Então não virá para cá depois da Itália?

Para Quinnipeague? Não. Vou de trem para Paris na quarta-feira e para Nova York, no sábado. Vou trabalhar lá por algum tempo.

Mandarei flores para você. A que horas chega?

Você não vai me mandar flores. Flores eram desnecessárias. *Agradecimentos* eram desnecessários. Nunca se sentiria merecedora de uma coisa ou de outra no dizia respeito a Nicole.

A que horas você chega?, Nicole insistiu.

Sabendo que ela estava determinada a descobrir, o que tornava qualquer discussão inútil, e que de qualquer forma flores ficariam lindas e brilhariam na sua solitária morada, digitou: *Às 13h35. Sábado.*

Na verdade, chegou um dia antes. Em Paris, sentiu saudade do solo norte-americano e, quando achou que não custava nada tentar a antecipação do voo e foi fácil fazê-lo, não hesitou. A viagem foi tranquila e, apesar dos ventos contrários, aterrissou cedo. Sua mochila foi uma das primeiras a surgir; passou pela alfândega e ainda era suficientemente cedo para estar em um táxi em direção ao Brooklyn antes do rush da sexta-feira. O ar-condicionado funcionou perfeitamente, resfriando logo o seu apartamento. Com rapidez, esvaziou as malas, colocando a roupa limpa no armário e a suja, no cesto. Seu notebook, a câmera e uma pasta com panfletos e anotações foram para a mesa do café da manhã, na cozinha.

O que fazer então?

Ávida para se reconectar com suas raízes, começou a telefonar para amigos, alguns dos quais não via desde a primavera. Deixou três mensagens, desesperada por uma voz humana, antes de ligar para sua amiga editora, atravessar Manhattan de metrô e se encontrar com ela, para tomarem uns drinques. Mesmo sendo empurrada no metrô, no meio da multidão de pedestres ou ignorando olhares de paquera no bar, sentia-se confortável. Era o seu terreno repisado, barulhento, agitado e familiar. Estava contente por estar de volta.

Como continuava no horário de Paris, dormiu às oito da noite e, na manhã seguinte, encontrou uma amiga para o café da manhã e outra para um café. Manter-se ocupada parecia a coisa certa a fazer e, quando voltou para o apartamento, cuidou da roupa suja, espanou e aspirou o pó. Depois de olhar a correspondência, foi à rua para almoçar. O café era um dos seus favoritos, outro terreno familiar. A loja de lãs, no entanto, era nova. Entrou, apresentou-se e deu uma olhada, mas saiu de mãos vazias porque nada ali era tão bonito como o que a loja de Isabel Skane vendia.

Em casa de novo, jogou longe os sapatos, vestiu um short e, antes de domar seu cabelo rebelde com um prendedor de casco de tartaruga, abriu a pasta de Bordeaux e espalhou os papéis. E espalhou papéis. E espalhou mais ainda.

Sem muito ânimo, olhou em volta para fazer outra coisa, mas nada lhe interessava. Sentindo-se vazia, foi para a janela e ficou olhando através das venezianas para o nada.

Um minuto depois viu o homem. Parado e encostado na escada de entrada da casa do outro lado da rua, ele usava um boné, óculos escuros, jeans e tênis. Uma mochila no chão. Olhava para cima, para a janela dela, com o corpo retesado. Charlotte poderia ter pensando que ele estava com um braço na tipoia se não fosse pelo ramo de flores que segurava. De Nicole? Não exatamente. Alguma coisa no jeito dele ficar parado — em como os jeans se adaptavam aos quadris, não totalmente soltos, mas nada apertados —, o modo das suas pernas se posicionarem, como se estivesses num barco — tudo era muito familiar. E ainda havia o suéter.

Seu coração quase parou quando fez a última constatação. Tinha sonhado, mas não ousara acreditar. A realidade não era romântica. E ali não era Quinnipeague numa manhã de verão com cheiro de fumaça e névoa densa, era apenas o Brooklyn numa tarde quente e nebulosa de setembro.

Em um segundo, com o coração batendo forte, imaginou o que tinha custado a ele vir até ali, e ficou parada durante os segundos de incredulidade, com os pés enraizados no carpete.

Piscou e ele continuava lá.

Real.

De repente, arrancando-se dali, voou do apartamento e desceu dois andares com os pés descalços. Escancarando a porta da frente, arremessou-se para fora, mas parou no degrau de cima. Com os óculos escuros e o boné, com jeans, olhadelas e mesmo com as flores, podia ser qualquer homem. Mas nenhum outro estaria usando um suéter de tricô irlandês no calor de 27 graus, ainda mais um suéter torto no lado esquerdo e ombros caídos.

Segurando o trilho de ferro forjado, desceu lentamente as escadas, sem tirar os olhos dele, com medo que desaparecesse. Não parou. Cruzou a calçada e saiu do meio-fio sem olhar para lado algum.

O rosto dele estava bronzeado do verão em Quinnie, mas as faces estavam vermelhas, e ela pouco podia ver da sua testa sob o visor do boné, via apenas o maxilar, a garganta e parte do pescoço; o que aparecia acima do suéter estava úmido.

— Conheço você? — perguntou ela, com o coração na garganta.

— Espero que sim — respondeu ele, numa voz baixa e trêmula. — Não tenho certeza.

— Sentindo-se estranho?

— Muito.

— Por causa da cidade?

— Em parte.

O pensamento de que ele tinha vindo para dizer adeus cruzou a mente dela, o que causaria talvez o desconforto. Mas toda aquela distância para isso?

— Veio de avião?

— Eu não voo.

— Você também não sai de Quinnipeague — lembrou gentilmente, chegando mais perto à medida que a esperança aumentava. — Então você dirigiu.

Ele lançou um olhar nervoso para a rua, onde a caminhonete azul-escura estava estacionada. Naquele segundo, lembrou-se de ter feito amor encostada nela e sentiu uma pontada de desejo na barriga.

Chegou ainda mais perto, desesperada para tocar, mas com medo de admiti-lo.

— Você pode ser multado por ter estacionado ali — disse.

— Posso pagar uma multa. Vão rebocar?

— Depende de quanto tempo você vai ficar aqui. — Mas ela não queria abordar esse assunto ainda. — Como está Urso?

— Cheirando tudo à sua procura.

A garganta dela se fechou. Urso sempre a comovia. Mas por que Urso e não Leo? Talvez porque o amor de Urso fosse incondicional. E porque amar um cachorro era permitido.

Urso, entretanto, não estava ali, mas Leo sim — e ela estava louca para ter a permissão de amá-lo também. Com os olhos se enchendo de lágrimas, pressionou os lábios para impedi-los de tremer, mas não adiantava. Na ponta dos pés, enrolou seus braços no pescoço dele e enterrou o rosto na sua garganta. Cheirava a suor e sabão — e a bálsamo e pinho, a lavanda, valeriana, sálvia, tomilho, e hortelã, e mexilhões fritos, a *chowdah*, e a praia, e oceano. Cheirava a Quinnipeague, porque ele *era* Quinnipeague.

Incapaz de conter a plenitude pura daquilo tudo, começou a chorar — sim, Charlotte, a que nunca chorava a não ser com Leo. Com um som gutural, ele a abraçou com um braço, ancorando-a apertada contra ele, enquanto com a mão livre afastava mechas do cabelo do rosto dela antes de pressionar sua cabeça no pescoço. Beijou-lhe os cabelos e, quando estava chegando perto da têmpora, ela jogou a cabeça para trás.

— O que *fez* você demorar tanto? — cobrou com uma voz anasalada.

Ele poderia ter argumentado que ela estivera fora e que só voltara agora, e que tinha sido ela a ir embora em primeiro lugar — ao que ela revidaria com palavras como telefone celular, e-mail e torpedo.

Em vez disso, ele falou sucinta e secamente:

— Eu aprendo devagar.

Assim, a raiva dela se foi, e seu coração se derreteu totalmente. Podia viver com esse tipo de honestidade.

— Estou horrível — disse, tentando segurar as lágrimas.

— Você está linda. — E sustentou o seu olhar.

Mas os olhos dele eram apenas formas sombrias no outro lado do escuro. Precisando vê-los melhor, ela tirou os óculos Ray-Ban dele — e mal pôde respirar. Ali estava o azul da meia-noite sem nenhum traço de desconfiança ou desprezo, nada do muro, só uma profunda, profunda carência, desejo e medo.

Então os lábios dele se moveram, mas as lágrimas enevoaram as palavras.

— O quê? — perguntou ela.

Ele sussurrou desta vez.

O coração dela captou.

— De novo — sussurrou de volta.

— Eu amo você — disse ele, não com toda a voz, mas com intimidade, e exposto, e tão *Leo* que ela teve que acreditar.

As lágrimas dela ameaçaram de novo. Mas os olhos dele permaneceram tão escuros, tão preocupados, que ela só podia piscar e reter o fôlego.

— Ainda está aí? — perguntou ele no mesmo tom suave.

Soltando o ar, ela sorriu.

— Isso não vai embora, Leo, está sempre aqui. Isso é o que tenho tentado dizer a você. Quando é real, permanece.

— Isso é real?

Ela assentiu. Seu olhar pousou nas flores que ele ainda segurava na mão. E, de repente, com pequenos fios de pensamentos, franziu a testa.

— Quando você chegou aqui?

— Há uma hora. Pensei que você chegaria num táxi. Seu avião deve ter chegado cedo.

— Nicole contou a você.

— Ah, sim. — E ele demorou, de um jeito jocoso que Charlotte entendeu bem. — Em termos inequívocos. Ela me odeia.

— Não, não odeia. Tenho certeza de que existe orgulho envolvido, e teimosia. Mas se ela ligou para dizer a que horas eu chegava e que você tinha que estar aqui com flores...

— As flores foram ideia minha — disse ele e, como que para confirmá-lo, uma van passou com o logo de uma casa de flores local ao lado.

Minutos mais tarde, Charlotte estava segurando o mais fechado dos arranjos de flores silvestres que já vira. Era bastante feio, mas com certeza Nicole faria uma declaração sobre o quanto flores do campo eram mais bonitas no outono em Quinnipeague e que Charlotte precisava vê-las pessoalmente.

— Essas vão morrer logo — observou e os seus olhos se moveram para as rosas amarelas —, mas essas não. Precisam de água. Não quer subir?

— Cristo! — suspirou ele. — Pensei que nunca fosse perguntar. Está quente como no inferno aqui.

— É porque você está usando um suéter pesado e feito à mão. Por que neste calor?

— Era a única coisa que me impedia de desmoronar.

Mal colocaram as rosas dentro da água, porque logo o suéter saiu, depois a camisa e as calças e o resto — tudo isso com ar-condicionado, mas a necessidade de ficarem juntos era avassaladora. Fizeram amor de mil maneiras, no chão, na cama, no chuveiro, e tudo de novo. Charlotte nunca fora tão insaciável, mas fazia um mês que não via Leo e estava apaixonada.

Não que Leo tenha se cansado. Ele foi, na verdade, incrível. Foi também *palavroso,* dizendo que a amava uma e outra vez e de novo e de novo. E ela pensou que não se cansaria nunca disso.

À medida que a noite foi chegando, porém, havia coisas práticas para definir, como onde esconder a caminhonete e comprar comida para o jantar, tudo fácil de resolver. A caminhonete foi parar atrás do jipe na garagem de um amigo, muitas quadras acima, e compraram comida tailandesa, que Leo escolheu e, como nunca experimentara, Charlotte encomendou um sortido. Ele gostou mais de alguns pratos do que de outros, mas, muito antes da comida acabar, ele começara a se arrastar. Tendo feito a viagem de Quinnipeague para Rockland com a caminhonete no dia anterior, havia saído de lá às três da manhã para enfrentar o tráfico e o terror de se perder.

Assim, Leo, o seu homem da noite, arrastou-a de volta para a cama, e fez mais uma vez amor com ela doce e suavemente antes de cair no sono. Ela não, não estava nada cansada. Sentia-se eufórica demais para dormir, encantada demais pela visão de Leo na sua cama para querer fechar os olhos.

Além disso, pouco antes de cair no sono, ele apanhara a mochila e tirara de dentro um manuscrito.

— O *Próximo Livro?* — Charlotte perguntou animada.

Ele concordou com a cabeça e entregou o monte de papéis na mão dela. Depois, deitando-se de lado e virado para ela, fechou os olhos.

Charlotte permaneceu olhando. Quando ficou claro que ele não explicaria — que ele de fato tinha dormido imediatamente —, ela olhou a folha de rosto. *Raízes e todas as outras coisas sujas.* Virou a página. *Para Charlotte.*

Engoliu e começou a ler.

Nunca seria publicado, é claro, apesar de estar lindamente escrito. Era espontâneo, o que era notável desde o início. Havia juntado algumas centenas de páginas em três semanas, e a prosa era lírica como em *Sal,* mas Charlotte percebia que ele não tivera tempo de revisar. Ali estava uma catarse na sua forma mais crua — o desabafo de 38 anos de breves vitórias ofuscadas pela raiva, pelo ressentimento e pelo medo.

Era o próprio Leo, sua história pessoal, escrita talvez para Charlotte, mas certamente para ele mesmo se encontrar. O básico ele já lhe contara antes, mas agora examinava os sentimentos que experimentara por sua mãe e pela ilha. Escreveu sobre os sonhos de ter um pai. Sobre desafio e tristeza, sobre confusão e rebeldia. Escreveu sobre as moças da ilha e sobre sexo, sobre sua amante de Phoenix, e Charlotte não achou nada chocante nem errado nas relações ali tão expostas à luz pelo homem que ela conhecia. Escreveu sobre ter visto Charlotte no escuro do seu caminho naquela primeira noite, sobre o que significara para ele o verão que passaram juntos e como, quando ela partiu, ele se sentira paralisado no início, e depois tão aborrecido consigo mesmo e com seu próprio medo de saber o que tinha que fazer.

E o que ele tinha que fazer, para começar, era encontrar seu pai. Não fora uma visita fácil para nenhum dos dois, não havia nada para facilitar a comunicação, nem orientações para a relação pai-filho, nem filtros para suavizar as emoções. Leo fora brutalmente honesto, bastante irritado e cheio de acusações, com certeza arrogante quando contou para o homem a respeito de *Sal.* Não tinha planejado aquilo. Conhecia o risco de se expor e não confiava naquele estranho.

Mas *Sal* tinha resultado numa conexão vital a fazer. Com suas ligações com o mar, com desejos e sonhos, era uma boa apresentação de quem ele era.

Seu pai era mais velho do que lembrava, recentemente aposentado no departamento de polícia, visivelmente na defensiva às vezes, mas capaz de ouvir. Haveria uma trégua? Leo não sabia. Entretanto, horas de conversa franca — aquele ato de arrancar as ervas daninhas e deixar o solo limpo e pronto, como Leo dizia — era necessário antes que ele saísse do Estado do Maine pela primeira vez na sua vida.

E tinha que sair, ou, ao menos, tinha que ser capaz de fazê-lo. Tendo acolhido no coração os argumentos de Charlotte, não poupou nada a seu respeito naquele assunto. Egoísta. Covarde. Tão inseguro quanto aquele menino que dormia do lado de fora com as plantas, não pintou a si mesmo com cores favoráveis, nem mesmo depois do sucesso de *Sal*. E, no entanto, ressurgiu luminoso aos olhos de Charlotte.

Quando terminou de ler eram três da manhã. A obra a levara às lágrimas várias vezes, com Leo dormindo todo o tempo ao seu lado. Ela não entendeu como. Ele não desejava ver as reações dela? Não, ela compreendeu. Estava usando o sono exatamente para não ver, para não se preocupar com o medo. O tempo todo, porém, mantivera uma ligação física: o toque de um dedo, uma mão, uma perna.

Parecendo sentir que ela terminara, espreguiçou-se, abriu um olho, depois o outro, como se estivesse se adaptando, e rapidamente ficou alerta. Esperou que ela falasse, mas o que ela podia dizer? Ele passara pelo tipo de angústia que, apesar de toda a solidão que ela sentira ao longo da vida, sequer podia imaginar. E o pai dele? O homem dissera que Cecily o ameaçara com o caos se ousasse interferir na vida de Leo e ele se sentia suficientemente enfeitiçado para acreditar. Cecily nunca soubera que fora ele quem instruíra o advogado para livrar Leo da prisão em cinco anos em vez de aguardar os dez e que também interferira na segunda vez para que fossem retiradas as acusações quando Leo foi acusado injustamente.

Levantando-se, tocou as lágrimas no rosto dela, mas ela não queria aquilo. Também não queria sexo. Deslizando, enfiou um braço por baixo, esticou o outro por cima e o abraçou com força para ele saber que nunca o deixaria sair. Mais tarde, ele mudou a posição para abraçá-la enquanto ela dormia com o ouvido no seu coração.

Quando finalmente acordou, o sol do meio-dia estava esquentando o carpete, e Leo anunciou que queria ir à cidade. Charlotte ficou espantada.

— Manhattan? — Ela pensou que Leo iria mais devagar, que se afastaria do bairro dela passo a passo. Manhattan costumava ser um choque para pessoas de outras cidades, ainda mais para quem vinha de uma pequena ilha.

Mas ele insistiu:

— Quinta Avenida. — Ele tinha certeza.

Mas, ao deixaram o ar livre para entrar no subterrâneo do metrô, ele segurou a mão dela como se sua vida dependesse daquilo. Em cada parada, ele permanecia em guarda e, quando emergiram em Midtown, seus olhos expressaram um misto de terror e espanto. Mas estava calmo — ah, estava calmo. Traído apenas pelo movimento do seu pomo de adão, estudou os sinais das ruas. Tinha evidentemente feito o dever de casa; sabia como a rede funcionava. Depois de vários quarteirões, começou a observar os números. Quando encontrou o que queria, abriu a larga porta e a deixou passar.

Charlotte, para quem o número nada significava, mas o nome da loja gravado na pedra sim, dirigiu-lhe um olhar inquisidor. Ele simplesmente balançou a cabeça, indicando que ela deveria entrar. Uma vez lá dentro, Leo foi para o vendedor mais próximo e, numa voz calma e confidencial, perguntou por Victoria Harper que, ficou claro, era a assistente da gerência com quem ele falara mais cedo naquela semana. Se Charlotte já não estivesse espantada com o *savoir-faire* dele, ficaria quando, logo depois, a mulher os guiou na direção de uma vitrine cheia de anéis de brilhantes. A elegante srta. Harper então puxou vários mostruários do que, aparentemente, ela e Leo combinaram pelo telefone.

Charlotte apertou os dedos trêmulos na boca, embora, nem se quisesse, conseguiria falar. Tudo o que podia fazer era olhar para os anéis, depois para Leo, que sorria numa mistura de timidez, empolgação e orgulho.

— O que você estava esperando? — perguntou.

Cegamente, procurou a mão dele, a única coisa que parecia real naquele lugar.

— Eu... ahn... eu não... eu... eu não tinha planejado...

— Isso é um não?

— É um sim, sim, *sim!* Mas... *na Tiffany's?* — exclamou ela, acrescentando estupefata, num sussurro: — É *demais!*

— Para mim, não. Não se você se apaixonar por um desses aqui.

Ela estava apaixonada por Leo, não precisava de um anel. Mas ele planejara tudo e parecia saber exatamente o que queria. Se aprendera a ser sofisticado com os personagens de ficção, eles haviam sido ótimos professores. E, delicado como se mostrava numa loja como aquela, seus olhos eram pura honestidade. Ele a queria feliz.

Ela observou os anéis. Cada um mais bonito que o outro. Muitas mulheres não têm escolha, e ela percebeu a vantagem de tê-la. Com uma mão apertada no peito, ia e vinha, mas era quase demais para ela.

— Se não gosta de nenhum desses, podemos ver outros — disse, um pouco nervoso. — Ou podemos encomendar um.

— Ah, meu Deus, *não*, Leo — disse ela levando a mão à garganta. — Estes são *maravilhosos.*

— Ele sabia o que queria — disse Victoria, com uma pontinha de sotaque britânico na voz. — Tem muito bom gosto.

Charlotte duvidava que o dela própria fosse tão bom, mas seus olhos se voltavam para um determinado anel. Era um diamante em forma de pera com uma delicada decoração em volta. Ela gostou da simplicidade e da cintilação que o diamante emitia.

Em segundos estava em seu dedo. Ela mal podia respirar.

Precisava ser ajustado, mas o esperto Leo já acertara essa parte do negócio. O anel escolhido iria para o ourives do interior da loja por uma hora, durante a qual eles caminharam do lado de fora e ele pôde, pela primeira vez, apreciar a grandeza de Manhattan, com o Rockfeller Center e, particularmente, a Catedral de St. Patrick. Charlotte era quem se agarrava agora — no braço dele, na sua mão, bem próxima a ele — mais encantada com a coragem do seu futuro marido do que com qualquer coisa que a cidade tinha a oferecer.

Quando voltaram à Tiffany's, o anel os esperava cintilantemente vivo numa caixa de veludo. Charlotte respirou fundo, pensando de novo que era caro demais, grande demais e *perfeito* demais para alguém tão imperfeita quanto ela. Mas Leo já retirara o anel do estojo, estava dobrando um joelho no o chão e se oferecia para ela. Ele não falou. Não precisava. Ela escutou as palavras em alto e bom som no doce, tímido e vulnerável olhar no rosto dele.

Sorrindo, levantou um dedo trêmulo no qual ele colocou o anel, depois se ergueu e, enfiando as mãos nos cabelos dela, levantou seu rosto para o mais simples e mais honesto dos beijos. Só quando acabaram foi que ela ouviu o aplauso dos espectadores da cena. Encabulada e deliciada, encostou o rosto no pescoço dele.

A cena não poderia ser melhor nem mesmo se ele próprio a tivesse escrito.

Epílogo

Junho sempre seria o mês predileto de Charlotte em Quinnipeague. Adorava a cor púrpura e rosa das novas flores e o cheiro da terra úmida. Adorava as espumas do mar revolto quando ele se refazia de um dia de chuva e, cedo nas manhãs desses dias, antes da névoa levantar e o sol aquecer a ilha, não havia nada, *nada* melhor do que uma lareira, meias de lã e chocolate quente feito na hora.

Estava com o chocolate pronto naquela manhã, mas, como Leo se deitara de novo, não precisava nem do fogo nem das meias. Escorado no espaldar da cama, estava concentrado no teclado, mas olhou para cima quando sentiu os olhos dela.

— Feliz aniversário — sussurrou ela, segurando a caneca quente ao se deitar ao seu lado.

Ele levantou uma sobrancelha.

— Só em outubro.

— Faz um ano que entrei aqui e vi você no telhado.

— Só um ano? — observou ele, divertido.

— Também acho estranho.

Abriu um braço para ela se aninhar. Eles não estiveram assim sempre? Não. Vinham de lugares totalmente diferentes, o que poderia ter dificultado a compatibilidade. No entanto, assim como era fácil para Charlotte ver o lado dele, o que mais a gratificava era perceber com que segurança ele se aproximava dela.

Não que tivessem em algum momento discordado sobre o casamento rápido e em Quinnipeague. Leo queria uma cerimônia simples, e Charlotte ficaria feliz de trocar os votos no deque ou no jardim das ervas. Mas os habitantes da ilha tinham manifestado a vontade de participar, e ela amava aquela comunidade.

— É um tributo a você — disse a Leo quando ele se arrepiou com a ideia de multidão. — Estão dizendo que sabem que a sua infância foi um inferno, sentem muito por não terem ajudado mais e realmente gostam de você. Gostam, sim, Leo.

Na verdade, foram os moradores da ilha que organizaram o casamento, o que foi ótimo para Charlotte, que não sabia organizar coisa alguma além de um jantar para quatro pessoas. E, ainda assim, com comida encomendada. Nicole se oferecera para ajudar e a levou a lojas para escolher o vestido de casamento. Entretanto, ela estava ocupada viajando para Filadélfia e Nova York, trabalhando com sua editora na produção do livro e dando suporte emocional a Julian, cujo destino ainda não estava bem definido.

A cerimônia foi celebrada na Igreja. Charlotte usava um lindo vestido branco, o mais próximo do tradicional, com o cabelo solto, as unhas pintadas de azul, e Urso a acompanhando até o altar. Foram devagar. A desculpa de Urso foi a artrite, a dela, os saltos muito altos que Nicole insistiu que usasse, os quais foram tirados quando a celebração continuou, começando com champanhe servido nos degraus da porta da Igreja, continuando com os aperitivos no The Island Grill, seguido pelo jantar na Chowder House e pelo baile sob uma tenda aquecida no pátio de Nicole.

O pai de Leo, embora fosse um filho do Maine com uma longa história no serviço público, ficou meio sem graça com os ilhéus. Conhecia muitos deles, mas, se não tinham raiva dele por abandonar Cecily, ressentiam-se por ter abandonado Leo. Embora educados, não se esforçaram muito em tratá-lo bem. Julian, que não conhecia muitos dos de Quinnie, gostou de discutir com ele sobre a polícia e lhe deu bastante atenção.

— No que você está pensando? — murmurou Leo. Estava com uma mão na sua barriga, que visivelmente crescera. Estava grávida de sete meses. Mais quatro semanas na ilha e se mudariam para Nova York a fim de completar a espera.

— Seu pai. Deveríamos convidá-lo para jantar quando formos para Nova York.

— Por quê?

Charlotte o repreendeu com um beliscão.

— Porque ele é o seu pai. E porque ele é o avô de LL.

LL queria dizer *little Leo*, apesar de Leo não querer que o menino levasse seu nome. Queria que tivesse o nome do herói de *Sal*, Ethan. Charlotte também gostava muito desse nome, embora pensasse que LL fosse mais masculino do que LE.

Leo não respondeu. Ela sabia que ele acabaria por ceder em relação ao pai. Em geral, cedia. Não que vissem o homem com frequência, ele não participava muito da vida do casal. Mas eles tinham os genes em comum. E Charlotte, incorrigivelmente curiosa, descobrira afinidades com ele conversando sobre pedreiras de granito, que faziam parte da história da costa do Maine, assunto que ele dominava.

Tratava-se de raízes. Charlotte finalmente as estava criando, e com avidez. Nem um pouco envergonhada, aconchegava-se nisso.

Leo virou a cabeça para olhar o rosto dela.

— Esse é um sorriso satisfeito. O que foi agora?

Ela deu de ombros, sorriu e olhou para o computador dele.

— Estou pensando em como você avançou.

— Literariamente?

— Também.

Ele estava escrevendo seu segundo livro — na realidade, o segundo depois de *Sal* —, no começo do capítulo dezesseis, se a tela não mentisse. Afirmava que Charlotte era sua musa, mas ela sabia que, ao exorcizar um bando de demônios, a mente dele se abrira. Ele jamais gostaria de viajar tanto quanto gostava de Quinnipeague, mas seu mundo começara a crescer. Depois de Nova York, houve a lua de mel na Nova Zelândia e, depois, uma semana no Leste Europeu, onde Charlotte tinha um compromisso, seguida de mais uma na Islândia. Embora custasse a admitir, novos lugares o inspiravam. Quando o bebê estivesse grande o suficiente para usar um carrinho, viajariam não por causa do trabalho dela, mas por causa do dele.

Com a ajuda do advogado, Leo contratara um agente que vendeu o segundo Chris Mauldin por quantias de dinheiro com as quais ele jamais teria sonhado. Leo o escrevera nos quatro meses de inverno e, tendo provado a si mesmo que era *capaz*, assinou um novo contrato. O acordo especificava que Chris Mauldin nunca faria turnês nem qualquer coisa que pudesse revelar a sua identidade, e, embora o seu editor brigasse com ele por causa da confidencialidade, Leo não fazia concessões. Ele só se encontraria com seu agente ou editor no escritório do seu advogado. Ligeiramente paranoico? Talvez. Mas, por estarem tão ávidos por seus livros, acabavam concordando.

Com o adiantamento que recebeu pelo sucessor de *Sal*, Leo comprara uma casa no Brooklyn, onde passavam a maior parte do seu tempo trabalhando em escrivaninhas. Urso ficava com eles, dormindo durante a viagem de carro, velho demais para se preocupar com a mudança ou mesmo com o fato de ter que usar coleira. Leo talvez se incomodasse mais com a coleira do que o próprio Urso. Amarrado ao cão, se aventurava mais longe. E, depois, havia a realidade do hospital. Aceitando que Charlotte *não* daria à luz em casa, usava passeios e aulas sobre parto para amenizar seu desconforto. O que ajudava também era o fato de Nicole e Julian estarem passando pelo mesmo na Filadélfia. Nicole teria um filho três semanas depois de Charlotte.

E Julian? Oito meses depois do transplante, estava admiravelmente bem. Mas, embora seus sintomas tivessem melhorado, o hospital ainda não lhe permitia operar. Ele sabia que seria assim. Foi uma porta que se fechou, e ele teve dificuldade em aceitar o fato. Depois, surgiram alternativas. Aparecia na televisão mais do que nunca, um pouco como um garoto propaganda para o tratamento da esclerose múltipla, era um orador brilhante em eventos e um defensor das pesquisas médicas — tudo isso favorecia publicitariamente o Nickiamesa.com e o livro de culinária.

Uma vibração soou na mesa de cabeceira de Charlotte. Rolando sobre a cama, ela colocou a caneca no lugar do telefone.

— Só queria ouvir sua voz — disse Nicole. A gravidez a deixava com falta de ar, o que elevava seu tom para a voz aguda de antigamente, mas sem balbuciar tanto. Tinha amadurecido no último verão. Isso era bom.

Na verdade, era bom para Charlotte, pois estavam em contato diariamente — até mais de uma vez por dia —, compartilhando informações, queixas e temores. E, uma vez que Charlotte tentava avançar nos seus compromissos, chamadas curtas ou torpedos funcionavam melhor.

— Sente-se bem? — perguntou.

— Não gosto deste excesso de peso. Mas há boas notícias. — Nicole tentava controlar sua excitação. — Já estamos na terceira impressão. — O livro de culinária foi publicado a tempo para o Dia das Mães, com promoções planejadas para as vendas de verão. Essas ainda começariam, mas algo já estava acontecendo. — Estão entusiasmados. E a minha editora disse, a propósito da gravidez, que a azia não é necessariamente um sinal de que o bebê vai ser cabeludo, porque ela ficou enjoada o tempo todo e o bebê nasceu careca.

Charlotte riu.

— Eu não tenho azia, só soluços. O que isso significa? — Sentiu a cama se mover porque Leo se esgueirou ao lado dela.

— TDAH, transtorno de déficit de atenção? — arriscou Nicole.

— Espero que não — disse Charlotte, cobrindo as mãos de Leo quando ele cobriu a barriga dela.

— Talvez ele seja um bailarino.

— Pelo amor de Deus, Nicole.

— Um sapateador.

— É isso que quer para o *seu* filho?

— Ah, não. Se eu tiver um menino, ele vai ser um inventor, mais ou menos como seu pai, mas, se for uma menina, ela pode ser dançarina.

Charlotte só ouviu parte do que ela dissera. Leo estava mordiscando a sua orelha.

— Tudo bem, Nicki, tenho que desligar. Falamos depois. — Desligou, colocou o telefone debaixo do travesseiro e sorriu. — Você está a fim do quê?

— A fim... — Foi tudo que ele disse, embora ela já tivesse sentido o que era. Leo insinuou uma mão por baixo da camiseta dela, que na verdade era dele, e tocou e acariciou o seu ventre. — Quando ela vem?

— Em breve — murmurou Charlotte, reagindo muito rápido graças aos dedos hábeis dele e seus ágeis quadris.

O hálito quente de Leo junto de sua orelha, seu sorriso audível, sua ereção maior.

— Não você. Nicole.

— Na próxima semana. — Conseguiu dizer numa curta respiração.

Angie já estava em Quinnipeague, segundo ela na antecipação de *dois* nascimentos e abriu a casa para a temporada. Tom viera junto para ajudar, porém iria embora antes da chegada de Nicole. Esta, entretanto, começava a aceitar, afinal Bob morrera havia dezoito... ah, não, vinte ou... o que fosse, muitos meses — Charlotte não conseguia pensar direito com a mão de Leo entre suas pernas. Quando a perna dele levantou a dela e ele a penetrou por trás, Charlotte se engasgou com a beleza da plenitude. Sempre houvera química entre eles, mas acrescentada à química emocional, o prazer explodia. Era uma das experiências que Charlotte jamais tivera com qualquer outro.

Embora ele quase não se movesse, o calor era lancinante. Sempre tão devagar, a explosão foi sendo construída e, por algum tempo depois daquilo, tudo que ela percebia era um latejar no seu ouvido, a rápida subida e descida do torso quente e agora úmido dele nas suas costas, e dentro, os espasmos se esvaindo.

Quando finalmente acabou, ela rolou para cima dele, agarrou seu queixo e encontrou os profundos olhos azuis que desejava desesperadamente que seu filho tivesse.

— Detesto não olhar para você.

— Não quero nada entre nós.

— Nem seu próprio filho?

— Não, nem mesmo ele — disse Leo e riu. Fazia muito isso agora. Não era o riso amargo de um sujeito com um peso nas suas costas e o medo de voar, mas o orgulhoso riso de um homem feliz.

Perdida nele, ela não podia falar, e só podia encará-lo e sentir o elo de amor que os unia.

Levantando uma sobrancelha, Leo fingiu que torcia a orelha para ouvi-la.

— Nada a dizer?

Ela sorriu como resposta, tão orgulhosa e feliz como ele, e simplesmente negou com a cabeça.

Agradecimentos

Um segredo doce e amargo marca o início de uma nova fase em minha carreira, pois começo a trabalhar com o time talentoso e cheio de energia da St. Martin's Press. Há tantas pessoas a agradecer. No topo da lista, porém, precisa ficar minha revisora, Hilary Rubin Teeman, cujas abrangentes notas refletem as profundas ideias que preciso, e o meu editor, Mathew Shear, que rapidamente me pergunta aonde quero chegar e, com a mesma rapidez, leva-me lá. Ainda, e de novo, agradeço à minha agente, Amy Berkower, por seus sensatos conselhos e seu incansável apoio tanto profissional quanto político.

Agradeço à minha assistente, Lucy Davis, pelo contato muito especial com o brilhante dr. John Wagner, a quem agradeço profusamente pela sua dedicação à pesquisa sobre as células-tronco do cordão umbilical. Pedi a ele que compartilhasse suas ideias sobre o futuro comigo, e ele assim o fez. Sonho com a possibilidade de que, quando este livro for publicado, tratamentos como os descritos aqui já tenham se tornado a norma. Ainda não são, mas chegaremos lá.

Nesse sentido, eu seria omissa se não mencionasse a estimativa dos mais de dois milhões de pessoas que, até o momento, sofrem de esclerose múltipla. Vocês me ensinaram a compreender a frustração, a dor e o medo que essa doença carrega consigo. Desejo-lhes o melhor possível à medida que as pesquisas avancem.

De forma mais geral, agradeço aos meus leitores por sua lealdade e paciência ao me darem tempo para escrever um livro melhor.

Finalmente, e sempre, agradeço à minha família por seu amor. Sou uma pessoa de muita sorte. Acordo todas as manhãs sabendo disso.

Impresso no Brasil pelo
Sistema Cameron da Divisão Gráfica da
DISTRIBUIDORA RECORD DE SERVIÇOS DE IMPRENSA S.A.
Rua Argentina, 171 – Rio de Janeiro, RJ – 20921-380 – Tel.: (21)2585-2000